KB150545

피니 장편 소설

DAHYANG ROMANCE STORY

우물 밖 여우새끼

도家 세쨰

contents

#0
너와 나는

풀잎이 싱그러웠던 봄날이다. 계열사 호텔에서 직접 공수해 온 핑거푸드들이 테이블에 펼쳐져 있었음에도 나는 입안 가득, 먹을 것 대신 공기를 담고 있었다.

"도련님, 오늘 4시 이전에 모든 일정이 마무리되게 되어 있습니다."

재벌가의 전통 교육 코스라는 성심 초등학교, 성심 중학교 코스를 마무리하고 고등학교에 입학한 첫해 생일날이었다. 갓 사업의 전권을 물려받은 터라 아버지는 눈코 뜰 새 없이 바빠서 입학식에도 오지 못했고, 그것은 아버지를 뒷받침해야 하는 어머니 역시 마찬가지였다.

부모 대신 경호원과 식사를 하고 집 안에 들어간 그날은 전혀 특별한 날 같지 않았다. 그런데 바로 오늘 생일 역시 그런 날이 될 것 같아 잔뜩 불만에 가득 차 있었다.

"다온아. 표정관리 해야지."

열한 살 많은 큰형은 대학 졸업하자마자 아버지 옆에 꼭 붙어서 후계자 코스를 밟았다. 후계자 자리가 욕심나는 것은 아니지만 아버지 옆자리는 욕심이 났다.

"됐어. 기껏 조퇴시켜서 데려오더니 뭐하는 건데?"

"할아버지 숙원이셨던 장학 사업이다. 이번이 1기인데 당연히 너도 참석해야지."

사업, 사업. 마치 우리 가족의 존재 자체가 사업을 위한 것처럼 말하는 걸 듣는 것 역시 원치 않았다. 아니꼬웠다. 돈이 많은 것도 좋고, 고개를 빳빳이 쳐들 수 있는 것도 좋았지만, 이건 싫었다. 다온은 때 하나 타지 않은 새하얀 운동화 앞코를 대리석 바닥에 문질렀다.

"올해 봄을 맞이하여 이렇게 성심그룹 제1 기 장학생들을 만나 뵙게 되어 영광입니다. 이는 미래의 초석이 될 우리 학생들에게……"

전부 지루한 말들뿐이었다. 다온의 눈이 가늘어졌다. 단상 위의 아버지가 마이크를 붙들고 무어라 떠들어 대도, 자신의 건방진 태도에 큰형의 입꼬리가 차갑게 내려앉는 모습에도 불만스러웠다. 말만 우리 사랑하는 막내아들이지, 자신은 항상 뒷전이었다. 오늘 같은 생일날에도.

"도다온!"

차마 큰 소리를 내지 못하는 큰형을 지나쳐 행사장을 빠져나왔다. 로비로 들어서니 채 다 비우지 못한 음식 접시들이 테이블 위에 가득했다.

"응…… 금방 들어갈 거야. 걱정 마, 엄마. 잠깐 답답해서 나왔
어. 증서 하나만 받으면 끝난대."

로비 끝자락. 창업주의 업적을 기리겠다고 만든 메모리얼 비석
이 위치한 곳에서 작은 목소리가 새어 나왔다. 식이 진행되는 중이
라 텅 빈 로비에서 그 목소리는 그대로 다온의 귓가에 흘러들어
왔다. 통화를 마친 다온은 한숨을 쉬며 방금 한 말을 되뇌었다.

"증서 하나."

그거 하나 때문에 수업 중에 끌려 나왔고, 생일인데 생일 축하
가 아닌 장학생으로 선발되었다는 사람들에게 전해지는 아버지의
축사를 듣고 있다. 속 안이 배배 꼬이는 듯했다.

"금방 갈게, 엄마."

그래 금방 끝나 버려라. 이런 것들. 그냥 돈이나 주면 되는 것을
괜히 시간 들여, 돈 들여 생색이나 내고 있다. 다온이 대리석 바닥
에 퉤 침을 내뱉은 뒤 몸을 돌려 다시 행사장으로 돌아갔다.

#1
도다온, 주연아

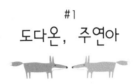

베르디니 맞춤 정장에 윤기가 흐르는 가죽구두. 평소 입고 돌아다니던 차림이 아니라서인지 다온은 영 어색한 모습이었다. 목을 꽉 조여 오는 듯한 넥타이를 이리저리 끌어내리다가, 너무 끌어내리면 형에게 혼이라도 날까 봐 소심하게 찔끔찔끔 넥타이를 내리는 모양을 슬쩍 흘겨본 김 실장이 빙그레 미소를 지었다.

스물둘이나 먹었지만 여전히 어린아이 같은 사람이었다. 하기야 재벌가 막내아들로 오냐오냐 컸으니, 오죽하겠느냐마는.

"진짜 몰라요, 김 실장님?"

'출장 갔다 올 때까지 잘 생각해 둬.'

일주일 전, 큰형이 미국 출장을 가기 직전 공항에서 다온에게 그렇게 통보했었다. 그 일주일의 유예기간 동안 다온은 대체 자신이 무슨 죄를 지었나 싶어 전전긍긍하며 평소 잘 가던 클럽마저 끊고 방에 처박혀 두문불출했다.

"저도 모른다니까요. 저도 어제 귀국했어요. 도련님."

"아오, 죽겠네, 진짜. 대체 뭔데 그러는 거야."

단정했던 머리를 헝클이며 다온이 숨을 깊게 내쉬었다. 일주일 동안 밥도 제대로 못 먹고 대역 죄인이라도 된 양 큰형의 부름만을 기다린 자신을 떠올리면, 이렇게 말 잘 듣는 개가 어디 있을까 싶은 생각에 한심하기까지 했다.

"올라가 보세요. 기다리고 계실 겁니다."

"그 말이 제일 무서워요."

나는 새도 떨어뜨린다는 성심그룹 재벌가의 주인은 아직 아버지인데, 왜 큰형이 제일 무서운 사람으로 느껴지는지. 다온은 천천히 열리는 차문을 기다렸다가 몸을 일으켰다.

"안녕하세요."

"안녕하세요."

단정하게 정장을 차려입은 직원들이 깍듯하게 인사를 건네자 다온 역시 목례로 답하며 발걸음을 재촉했다. 이곳의 직원이 아닌 터라 게이트에서 경비원의 허가를 기다려야 했지만, 다들 그의 얼굴을 쉽게 알아보는 터라 오래 기다리지 않고 들어갈 수 있었다.

"형!"

그의 얼굴을 보자마자 벌떡 일어나 고개를 숙이는 비서진을 지나 다짜고짜 문을 열고 들어선 다온의 입에서 반가움이 터져 나왔다. 아무리 일이 바빠도 형제간에 이렇게 얼굴 보기가 힘들어서야 쓰나.

"노크는 어디다 팔아먹고?"

"에이, 우리 사이에 노크는 무슨. 저는 라테로. 우유 많이 말아

11

주세요."

"술이냐, 말게? 원하는 게 라테야, 커피 우유야?"

"굳이 따지자면 커피 우유?"

"에라이, 자식아."

반가움이 가득한 다온을 마주하는 재준도 결국 빙그레 웃어 보였다.

도재준.

성심그룹 재벌가 장남으로 태어날 때부터 후계자로 자라 온 남자. 그리고 다온보다 무려 11살이나 많은 큰형이었다. 결재 서류라고 쓰인 파일을 닫고 일어선 재준이 팔을 활짝 벌려 다온을 끌어안았다.

"에이, 남세스럽게."

대꾸는 그리했지만 다온의 얼굴에서 미소가 지워질 기미는 보이지 않았다. 형이 이러는 것은 그의 인생사에 손에 꼽힐 정도로 흔치 않은 일이었기 때문이다.

스물두 살이나 먹고 큰형에게 한참 토닥토닥을 당하던 다온은 비서가 테이블로 차를 가져오자 얌전히 소파로 다가가 찻잔을 받아 들었다.

"고마워요."

그새 차를 내온 형의 비서에게 방긋방긋 웃어 준 다온이 티스푼을 들어 설탕을 퐁당퐁당 빠뜨렸다.

"그걸로도 모자라?"

각설탕 하나로도 모자라 4개나 더 넣는 모습에 눈살을 찌푸린 재준이 잠시 자리에서 일어서더니 그가 업무를 보는 책상 한구석에서 무언가를 꺼내 왔다.

마치 보고서처럼 두툼한 두께에 잠시 시선을 준 다온은 어깨를
한 번 으쓱해 보이고는 달콤함을 음미했다.

"궁금해?"

"안 궁금하다면?"

두툼한 두께의 파일에서 꺼낸 종이에 시선을 주자, 재준이 다온
의 맞은편에 털썩 소리를 내며 앉았다. 괜히 퉁명스럽게 대꾸하는
다온의 목소리에서 감추지 못한 불안함이 흘러나왔다.

"성심양행 주식 15만 주, 성심백화점 3만 주, 성심물산 7만
주."

불길함은 곧 현실로 나타났다. 후루룩 소리를 내며 설탕 커피
우유를 들이켜던 다온이 목에 무언가가 턱 걸리는 기분이 들어 찻
잔을 내려놓았다.

다른 건 몰라도 이 소파, 큰형이 엄청 아끼는 거라. 뿜어도 여기
다 뿜어서는 안 되었다. 큰형 얼굴이면 모를까.

"그게 왜? 설마 나도 모르는 새 그게 내 거가 되었다는 말은 아
니지?"

"맞는데?"

이런 쌍시옷. 다온이 순식간에 올라오려던 쌍욕을 입안으로 내
리눌렀다. 둘째 형이라면 몰라도 인정사정없는 큰형 앞에서 괜히
욕설을 뱉었다가 본전도 못 찾을 수 있기 때문이다.

"증여세는 얼마나 내야 하는데?"

"그거야 세무사가 할 일이고."

"그럼 왜 불렀어? 주식 필요해? 그럼 형이 다 가져가도 돼. 양
도세를 형이 부담한다면야 얼마든지."

세금이 몇 프로나 되는지는 몰라도 몇만 주, 몇십만 주가 왔다

갔다 하는 걸 보면 증여세도 꽤나 나올 터였다. 아무리 할아버지나 아버지가 대뜸 주는 것이라고 해도 세금은 칼같이 내야 하니까.

혹시 할아버지나 아버지가 준 주식이 큰형의 경영권에 부정적인 영향을 미칠 거 같다고 한다면, 이번에 받은 주식은 물론, 어렸을 때부터 차곡차곡 모아 왔던 주식들까지 무료는 아니더라도 헐값에 내줄 의향도 있었다. 그건 큰형도 이미 잘 알고 있을 텐데…… 다온은 의아했다.

"주식이 필요한 건 아닌데."

"그럼 왜 부른 건데?"

"너 요즘도 그렇게 살지."

의문형도 아니었다. 마치 답을 내리듯 명료하게 이야기하는 큰형의 모습에 다온은 잠시 자신의 생활을 돌아보았다. 자고 싶을 때 자고, 일어나고 싶을 때 일어나고, 먹고 싶을 때 먹고 놀고 싶을 때 논다. 뭐 잘못된 거 있나?

"사실 나는 네가 나이 먹으면서 좀 변할 줄 알았는데, 대학은 갈 생각도 없고, 군대 갈 생각도 없고, 그렇다고 하고 싶어 하는 것도 없고……"

"무슨 말을 하고 싶은 건데?"

"너 다음 주부터 출근해라."

"형! 나 경영 같은 거 관심 없다는 거 알잖아. 그런 거 머리 아파서 싫어."

"누가 너 경영 시킨대?"

"그럼?"

되묻는 다온의 이마가 짜증스레 구겨져 있었다. 반면 열한 살 어린 동생을 대하는 재준의 표정은 태연했다. 일자로 다물린 입술은 딱딱하진 않았지만, 엄격한 분위기를 풍기고 있었다.

"아무리 창업주 손자라지만 수능도 안 봐, 대학도 안 가. 널 낙하산으로 밀어 넣을 수나 있겠니? 요즘 청년 실업이 얼마나 심각한지는 알고?"

"그게 어디 내 일인가? 나 다이아몬드 수저잖아, 형."

무슨 말을 하나 들어나 보자 했던 다온의 인상이 구겨진 종이처럼 구깃구깃했다. 이 정도면 얼굴도 괜찮고, 재력도 빵빵하고 똑똑한 큰형이 경영하겠다, 둘째 형이 뒷받침 잘 하겠다. 그래서 좀 즐기면서 살겠다는데 그렇게 잘못된 건지.

집에 들어갈 때마다 아버지는 벼루를 내던져, 어머니는 국자를 내던져. 그것도 모자라서 이젠 큰형까지. 다온은 아직 손에 들고 있었던 티스푼을 내려놨다. 입맛이 뚝 떨어졌다. 이번에 프랑스에서 디저트를 공부하고 왔다는 셰프가 낸 가게 이름이 뭐더라…….

"잘 생각해 보고 결정해."

"뭘 생각해 봐? 난 이대로 살 거야. 이게 좋아."

재준의 말이 끝나기가 무섭게 대꾸한 다온이 벌떡 일어섰다. 계속 자유방임주의로 동생들을 대하던 큰형이 나섰다는 것은, 아버지든 어머니든 분명 둘 중 한 분이 큰형에게 바람을 넣으신 것이리라. 깽판은 못 놓더라도 입을 쭉 내밀어 불만이라도 표시하러 가야겠다고 결심하던 찰나였다.

"김복현 준장님께 연락 넣었다. 네가 군대에 관심 있다고 말씀드렸더니 입영 연기 신청해 놓은 거 반려해 주신다더라. 다음 주에 출근 안 하면 대대적으로 기사 나갈 거다."

"형!"

"다온아. 이쯤 하자."

"군대를 언제 가든 그건 내 마음이잖아! 나 스물둘이나 먹었거든? 내 일은 내가 결정할 수 있어. 내가 병아리 반 삐약삐약인 줄 알아?"

다온의 불같은 대응에도 재준은 태연하게 프린트 뭉치를 넘겨 보다가 대충 정리해서 다시 서류철에 끼웠다. 그러고는 다온의 앞에 놓인 찻잔 바로 옆에 내던졌다.

"선택해. 네가 재벌가 막내아들로서 누렸던 것들에 대한 책임을 질 건지, 아니면 다음 주 월요일부터 출근을 한 건지."

"무슨 책임?"

대꾸하는 다온의 날 선 목소리에도 재준은 느긋하게 손깍지를 꼈다. 만만치 않은 가격으로 추측되는 수제 구두가 대리석 바닥과 부딪치며 묵직한 울림을 자아냈다.

"아버지가 그러시더라. 요즘 재벌에 쏠린 시선이 얼마나 많은데, 막내아들이라는 새끼는 제대로 학교도 안 나오고 대학도 안 가고, 거기다가 매일같이 밤거리에 돈이나 뿌려 대니 어디 우리 그룹의 사회적인 이미지가 좋아질 수 있겠느냐고."

재준의 말에 다온은 입을 꾹 다물었다. 틀린 이야기는 아니었다. 그가 태어나서부터 누려온 부(富) 때문에, 항상 사회의 많은 눈이 그에게 달라붙어 있었다.

"그런데 만약 이렇게 사고뭉치에 철없는 재벌가 막내아들이 군 입대를, 그것도 직업군인을 검토하고 있다고 발표하면 어떨까? 재벌 기업의 사회적 이미지 재고로는 이만한 임팩트가 없을 거 같은데…… 그렇지?"

콰과과광, 다온의 머릿속에 운명 교향곡의 클라이맥스 부분이 스쳐 지나갔다.

아버지가 자신에 대해 이를 바득바득 갈고 계신다는 것은 이미 짐작하고 있던 바이지만, 이렇게 소리 소문 없이 자신을 보내 버릴 생각을 하고 계시리라는 것은 전혀 생각지 못한 것이었다.

"형, 그거…… 진심이야?"

묻는 다온의 목소리가 한층 가라앉아 있었다. 평소처럼 아버지의 협박이 지나가는 것처럼 느껴지지 않는 이유는 저 말을 전하는 사람이 '아이고, 우리 막내'를 외치는 둘째 형도, 말은 사납게 하셔도 결국 늦게 본 막내아들을 애지중지하는 어머니도 아닌 큰형이기 때문이다.

"확인해 보고 싶다면, 방법이 두 가지 있지. 첫 번째는 본사 홍보팀이나 대외협력팀 가서 스탠바이 된 기사 확인해 보기. 두 번째는 월요일에 출근 안 해 보면 알게 될 거야."

다온의 얼굴이 말로는 형용할 수 없을 만큼 일그러졌다. 바로 몇 개월 전 본사 로비에서 아버지와 한바탕한 까닭에 본사는 방문하기 좀, 많이, 껄끄러웠다. 그렇다고 월요일에 자신의 미래(?)를 걸고 도박을 할 수도 없었다. 만만한 둘째 형이라면 모를까, 상대가 큰형인 이상은 10이면 10, 필패였다.

"좋아. 내가 졌어, 형. 어디로 출근하면 되는데? 영업? 회계? 인사? 아니면 설마…… 비서야?"

결국 다온이 두 손 두 발 다 들고 항복을 선언했다.

"성심대학병원 사회공헌팀."

"뭐?"

"내가 다시 한 번 말해 줘?"

"뭐야. 가오 안 살게, 사회공헌팀이 뭐야. 그거 시골 가서 할머니들이랑 하하호호 사진 찍는 거 아냐?"

딱딱하게 굳어 있던 재준의 얼굴이 다온의 삐딱한 대꾸에 짜증스럽게 일그러졌다. 그런 큰형의 얼굴 변화에 바로 자세를 단정하게 바꾼 다온이 차마 입으로 튀어나올 수 없는 불만들을 그대로 입안으로 구겨 넣었다.

그럼에도 펴지지 않는 형의 얼굴에 잠시 고민하던 다온이 입꼬리를 끌어올렸다. 이대로는 살아 나갈 구멍이 없었다. 화난 큰형이 웃으면서 제주도에 때려 넣을 수도 있다는 것을 떠올리니 억지로 끌어올린 입꼬리가 파들파들 떨렸다.

"형수님은 잘 계시고?"

"늘 잘 있지."

다온은 그녀가 언급되고 나서야 살며시 펴지는 인상에 가슴을 쓸어내리며 티 나지 않게 살짝 웃었다. 박아름. 성심그룹 설립 이래 다온의 집안에 가장 큰 파장을 가지고 들어온 여자였다. 동화나 소설 속에서만 존재할 것 같았던 신데렐라로, 애견 카페 〈아르몽〉의 주인. 그녀와 재준의 결혼 발표는 세간을 떠들썩하게 뒤흔들었다.

"건강하시고? 키위 좋아하시는 거 같던데 내가 사다 드릴까?"

"됐다. 괜히 집에 와서 정신 사납게 하지 마."

하긴, 재준의 말을 듣고 보니 결혼준비로 바쁠 텐데 괜히 가면 짐이 될 것 같았다. 유일하게 형을 웃게 하는 사람. 예비 형수 덕분에 분위기가 조금 풀린 것 같아 다온은 안심이 됐다.

"나 카페 놀러 갈 때마다 형수님이 좋아하시는 거 같던데."

"당연하지. 좋아하지. 너 개 같잖아."

"형, 그거 욕으로 들려."

"욕이야."

다온은 무어라 더 말을 꺼내지 못하고 일어섰다. 어차피 답은 출근으로 내려져 있는 데 괜히 더 이야기했다가 수습할 수 없게 될까 무섭기도 했고, 곧 시작될 클럽 파티 때문에 더 이상 시간을 지체할 수 없었다.

"다녀올게."

오전 일곱 시, 직장은 같지만 출근 시간이 다른 친구를 두고 연아가 운동화 끈을 동여맸다. 나이트 근무를 끝내고 돌아온 룸메이트 리연은 시체처럼 소리 없이 자고 있었다.

"응, 엄마. 지금 출근해."

이어팟을 귀에 걸고 머리를 질끈 동여맨 그녀가 마치 조깅하듯 발을 굴렀다. 지방에서 작은 가게를 하는 엄마가 가게 문을 여는 시간 역시 이 시간이라 출근하면서 통화하는 것은 습관이었다.

— 별일은 없고?

"뭐 별일이 있겠어?"

— 리연이는?

현관문 앞에 붙여 놓은 체크리스트를 확인하며 혹시나 놓고 가는 물건이 없나 눈으로 확인하던 연아가 뒤를 돌아보았다. 입을 반쯤 벌리고 널브러져 있는 꼴이 좀비 같았다.

"이리연? 어제 나이트라 죽어 있어. 이따 나 퇴근하면 살아나 있을걸."

— 같이 살면서 그렇게 얼굴도 못 봐서 어쩌니.

"얼굴은 보지. 대화가 없지."

거의 매일 통화하는 터라 시시콜콜한 대화뿐이었지만, 오히려 이게 더 좋은 일이었다. 무소식이 희소식이라고 매일같이 반복되는 통화에서 골칫덩이 오라비나 남동생의 이름이 언급되지 않는다는 것만 해도 얼마나 좋은지, 연아는 잘 알고 있었다.

"그럼 수고해, 엄마."

걸어서 겨우 십여 분, 고개를 번쩍 들어야만 시야 안에 넣을 수 있는 대학병원 건물을 바라다보며 연아가 핸드폰을 백팩에 집어넣었다. 운동할 수 있는 시간은 이 시간이 전부였으니 최대한 많이 움직여야 했다.

주연아.

2남 1녀 중 둘째로 이제 겨우 입사한 지 2년이 조금 넘은 성심대학병원 사회공헌팀 소속, 스물여섯 살의 사회복지사. 대기업에서 일한다지만, 사회복지라는 일이 다 그렇듯 적은 월급을 받고 있다. 그리고 그 쥐꼬리만 한 월급에서 얼마를 떼 집으로 보내는, 흔히 말하는 소녀 가장이었다. 바로, 오늘 아침까지는.

병원 가운의 깊은 주머니에서 호출기가 울렸다. 짧은 간격으로 세 번이었다. 호출기를 모두 꺼내지도 않고 살짝만 꺼내 대충 확인한 연아가 벌떡 일어나 차트 몇 개를 챙겼다. 그러자 반대편 칸막이에서 얼굴을 불쑥 내민 윤서가 해맑게 웃으며 말을 건넸다.

"연아 쌤 어디 가요?"

"63병동이오! 시온이!"

연아는 다급하지만 차분하게 챙겨야 할 것들을 생각하며 대답했다. 소아병동에 갈 때는 챙겨야 할 게 참 많았다. 연아의 말을 들은 윤서는 병동 이름을 듣자마자 벌떡 일어나 자신의 책상에 놓인

곰돌이를 건넸다.

"신 팀장님 회의 가셨으니까 끝나는 대로 바로 내려오세요."

"네!"

윤서와 연아, 두 사람 모두 알고 있는 사실이 하나 있었다. 그것은 바로 소아병동에서 이루어지는 상담은 끝나는 시간이 따로 없다는 것. 그래서 소아병동 상담은 보통 아이들이 식사할 때나 되어야 끝이 나곤 했다. 즉, 윤서의 말은 곧 연아의 오전 시간이 전부 방금 걸린 콜 하나에 쏟아부어질 거라는 말이었다.

"김쌤."

직원용 엘리베이터가 열리자마자 병동 안으로 뛰어 들어오는 연아의 얼굴에 다급함이 가득했다. 제일 먼저 보이는 곳은 병동 중간에 위치한 간호사실, 통칭 스테이션이라 칭하는 곳이었다.

"아, 연아 쌤 왔어요?"

"시온이는요?"

콜을 받자마자, 그리고 올라오는 내내 최악의 상황만을 생각했던 연아의 표정이 하얗게 질려 있었다. 스테이션에 앉아서 업무를 보던 간호사가 일어나 그녀를 안타깝게 바라보았다.

"놀이방에 있어요. 지금 윤 간호사랑 함께 있어요."

"무슨 일인데요?"

겨우 한숨을 돌린 연아가 고개를 숙이면서 흘러내린 머리카락을 귀 뒤로 넘겼다.

"저번 주에 시온이 중간정산 나왔잖아요. 알다시피 지원이 기각돼서……."

"제가 재무과랑 이야기를 해 봤는데 우선 일부라도 납부를 하면 유예기간을……."

"네, 저도 아버님께 그렇게 설명을 드렸어요. 뭔가 고민하시는 것 같았는데, 오늘부터 일을 나가신 거 같아요."

"일을요?"

"네……. 그래서 시온이 어제 저녁부터 혼자 있어요."

연아는 고개를 돌려 아이들이 좋아할 법한 귀여운 색지로 장식된 소아병동 놀이실을 바라다보며 짧게 한숨을 내쉬었다.

놀이도구들이 바닥에 널려 있는 작은 놀이실 안에는 유니폼이 구겨지는 것도 아랑곳 않고 바닥에 주저앉아 다섯 살 정도로 보이는 남자아이를 무릎에 앉힌 윤 간호사의 모습이 보였다.

놀이실로 가까이 다가가자 재잘거리는 아이의 목소리가 들려왔다.

"다섯, 여섯, 다섯, 여덟."

"시온아 다섯, 여섯, 일곱, 여덟."

조막만 한 손가락을 쭉 펴고 숫자를 세는 아이를 내려다보는 그녀의 얼굴에는 잔잔한 웃음이 깔려 있었다. 또박또박 발음하는 아이의 말에서 틀린 부분을 작지만 분명하게 지적하는 모습이 여유로워 보이기까지 했다.

"다섯, 여섯 일곱, 일곱……."

"여덟."

"여덟."

"그렇지."

뿌듯한 표정으로 자신을 올려다보는 아이에게 빙그레 웃어 보인 그녀의 유니폼에 파란색 실로 새겨진 이름이 보였다. 간호사 윤세하.

"안녕하세요."

"가서 일 보셔도 돼요. 자 시온아, 시온아. 아버지는 언제 오신대?"

연아가 문을 열자마자 인기척을 느낀 윤간호사가 고개를 들어 인사를 건넸다. 연아는 목례로 간단히 답한 뒤, 아이에게로 시선을 내렸다.

이렇게 보면 체구가 조금 작은 거 외에는 다른 아이들과 다를 바가 없는데. 모근조차 없어 보이는 하얀 머리만 제외하면 말이다. 아이에게는 머리카락이 하나도 없었다.

"몰라."

"몰라?"

연아의 말에 밝았던 아이가 바로 축 가라앉았다. 한숨을 삼킨 세하가 시온의 등을 토닥였다. 연아나 세하의 머릿속에 공통적으로 스쳐 가는 장면이 있었다.

가족 중 장기입원 환자가 생기면 보통 보호자가 머물면서 환자를 돌보게 된다. 간병인을 두는 것도 만만치 않은 금액이 들기에…… 보호자는 결국 직장을 그만둘 수밖에 없다. 그런 보호자가 돈을 벌기 위해 갈 곳이란 막노동판밖에 없었다.

"윤쌤, 수고하셨어요. 시온아, 이제 선생님이랑 놀자."

"선생님!"

연노랑색 놀이방 문을 열고 나가는 윤 간호사의 얼굴이 그다지 밝지가 않았다. 간호사 인력도 부족한데 보호자 없는 아이를 오전 내내 보느라 고생이 많았을 터였다.

"괜찮겠어요, 연아 쌤?"

"연락해 봐서 자원봉사자 좀 구해 봐야죠. 손 남는 요양보호사라도……."

그런 자원이 남아 있을 리는 없지만요. 마지막 말은 차마 건네지 못하고 달려오는 시온의 등을 토닥이며 연아가 애써 웃었다.

"아, 참, 요즘 승아는 어때요?"

"승아는 괜찮은데, 승아 어머님께서 아직도 좀……."

오늘도 보호자 상담은 물 건너갔구나.

연아가 짧게 한숨을 내쉬었다. 아픈 아이를 둔 부모들은 똘똘 뭉치기 마련인데, 사회공헌팀에서 그렇게 똘똘 뭉쳐서 지원을 따내려 애썼던 프로젝트가 단 3분 만에 기각되었으니……. 자신이 얼마나 어려운지를 내세워서 알량한 병원비 한 푼 받느니 차라리 공사판 노가다를 뛰겠다는 여론이 부모들을 중심으로 형성되고 있었다.

그렇게 짧게 이야기를 들은 뒤, 연아는 시온을 데리고 상담실로 향했다.

"선생님, 놀아 주실 거예요?"

"그래. 뭐 하고 놀까? 선생님이랑 미끄럼틀 탈까?"

"아니아니, 나 나가고 싶은데."

"그래? 그럼 옥상 정원이라도 다녀올까?"

팔을 뻗어도 겨우 무릎 위, 고개를 숙여야만 맞닿는 시선을 마주하며, 연아가 울지 못해 웃었다. 아이의 밀린 병원비, 사백이십여만 원. 많다면 많고, 적다면 적은 금액. 그리고 이 아이의 생명과도 직결된 액수.

"먼저, 밥부터 먹고."

열한 시 반, 병원 내에서 가장 먼저 배식이 시작되는 곳이 이곳, 소아병동이었다. 똑똑 소리와 함께 상담실의 문을 열고 들어온 간호사 재연이 빙그레 웃었다. 기다렸다는 듯이 연아의 품을 쪼르르 벗어난 시온이 재연의 가운을 잡아 당겼다.

"자, 시온이~ 선생님이랑 안녕할 때 어떻게 해야 하지?"

"내일 만나요!"

"그래, 내일 보자."

고사리 같은 손으로 간호사 가운을 꼭 잡고 총총 사라지는 시온의 뒷모습을 바라보던 연아의 얼굴이 야차처럼 구겨졌다. 있는 새끼들이 더하지, 정말. 시온과 함께 있어 확인하지 못했던 핸드폰을 꺼내 화면을 터치하자마자 기다렸다는 듯이 부재중 콜들이 떠올랐다.

지금 내려갈게요. 톡톡 터치해서 톡을 보내자마자 읽었다는 마크가 금방 떠올랐다. 일거리는 태산인데, 감정이 앞서서 아무것도 처리하지 못하고 있었다. 연아는 그런 자신이 한심하기만 했다.

"네, 팀장님."

핸드폰을 주머니에 넣으려 하자마자 올리는 진동에 화면을 보지도 않고 전화를 받은 연아가 대꾸했다. 그리고 얼마 지나지 않아 고개를 푹 숙였다.

"네, 바로 내려가겠습니다."

터덜터덜 발걸음을 옮기는 연아의 어깨가 축 처져 있었다.

"은채야!"

"너 그거 안 먹으면 이따가 만화 못 본다!"

"아이, 싫어요."

소아 병동의 식사시간은 시끄러웠다. 아이들이 떠드는 소리, 한 입이라도 더 먹여 보겠다는 보호자들의 목소리, 그리고 중간중간 들리는 까르르 웃음소리. 이 소리들이 있는 곳이 병동이 아니었으면 더 좋았을 텐데. 활짝 문이 열린 병실들을 지나치며 연아가 생각했다.

◇　◇　◇

"그래서 지금 이게 무슨 상황인데요?"

"주연아 씨."

"아니 이건 좀 말이 안 되는 거 같은데요."

사회복지사에게 꿈같은 단어가 몇 가지가 있다. 그중 두 가지를 먼저 소개하자면 첫째는 정시 퇴근이고, 둘째는 야근 수당이었다. 연아는 황금 같은 금요일을 정시퇴근으로 장식하고 대기업에 들어온 덕에 야근 수당까지 보장받는 꿈같은 생활을 하고 있었다. 그런데 그 아름다운 생활에 폭탄이 하나 떨어졌다.

"아니 재벌 3세가 뉘 집 개 이름도 아니고, 제가 어떻게 재벌 3세 사수를 해요? 그것도 바로 얼마 전에 사례 보고도 안 듣고 기각시킨……."

연아가 숨을 골랐다. 자신도 모르게 비속어가 튀어나갈 것 같아 입을 꾸욱 다물었지만, 바로 앞의 신 팀장은 연아의 표정을 보고, 그녀가 뱉으려고 했던 단어를 눈치챈 것 같았다. 그 증거로 미간을 찌푸린 채 길게 한숨을 내쉬고 있지 않은가.

사회공헌팀은 윗선의 입김을 넓게 받을 수 있는 예산들을 관리했고 그래서 아예 팀장이 전담적으로 윗선과 맞닿아 있었다. 그래서 있는 분들에 대해서 아는 건 별로 없었지만, 연아는 그 사람 이름은 확실히 알고 있었다.

도다온. 그의 나이 방년 19세에 돌연 복지재단의 고액기부자 중 하나로 이름을 올렸다. 기부할 거면 고이 기부나 할 것이지 굳이 적립된 기부금 사용에 있어 하나하나 허락을 구할 것을 명시했던 인간. 돈만 많으면 다지. 주연아의 입사 이래 그녀가 올리는 것마다 아는 거 하나 없으면서 전부 기각 결정을 때리던 인간.

이 가족이, 이 아이가 얼마나 절실한지 제대로 읽어 보지도 않고 담당자인 자신이나 신 팀장의 얼굴조차 보지 않으려 한 독불장군 같은 인간이었다. 철없는 애새끼.

"연아 씨, 이건 이미 위에서 결정된 사안이라……."

"아니 그 인간은 생각이 있는 사람이래요? 내가 올린 것마다 기각 기각, 각하, 별 같잖은 거 트집 잡아 가면서 얘는 안 된다, 얘는 안 된다. 기부금으로 희망고문이나 하면서, 십 원 한 장 내주기 싫다 그래 놓고 지금 제 밑으로 들어오겠다구요? 머리 좀 어떻게 된 사람 아니에요?"

"주연아 씨! 지금 회사 생활이 장난입니까? 사회생활 안 해 본 사람처럼 왜 그래요? 위에서 결정한 것이 부당하다고 생각하면 당신이 올라가요. 막말로 연아 씨도 잘리기 싫으니까 기각에 이의신청 안 했잖아."

오래 참았다 싶었다. 평소 인자하고 차분한 신 팀장의 입에서 기어이 날카로운 목소리가 터져 나왔다.

평소 사람의 장점만을 보려고 노력하는 사람답게 좋지 않은 말은 잘 하지 않는 신 팀장임을 잘 알기에 연아도 이쯤에서 입을 다물 수밖에 없었다. 물론 자신도 스스로가 조금 심하다고 느꼈다. 그래도 열 받는 건 열 받는 거였다.

"알겠습니다. 그런데요, 팀장님. 그…… 사람 지도는 다른 선생님께 맡기시는 게 어떨까요. 저는 개인적인 감정도 있어서 실질적으로 교육을 진행하기엔 어려움이 있을 거 같습니다."

"그런 어려움을 헤쳐 가는 것도 사회복지사에게 필요한 능력이지요."

신 팀장의 단호한 말에, 더 이상의 말은 소용없을 것 같아 보였다. 연아는 어깨를 축 늘어뜨리고 칸막이가 쳐진 자신의 자리로 돌아섰다. 팀장과 함께 회의에 다녀온 듯 그녀의 사수였던 7년 차 사회복지사 성균이 연아의 앞으로 에너지 바를 내밀었다. 그것을 받아 든 그녀가 팔을 들어 얼굴을 가렸다.

"연아 쌤 괜찮아요?"

"네, 괜찮아요. 그래서 그 새…… 아니, 그 사람은 언제부터 출근이래요?"

"오늘요."

옆자리에 앉은 동기 사회복지사 윤서의 답에 팔을 내린 연아가 화들짝 놀라 눈을 동그랗게 떴다.

"네?"

"오늘이라고요."

"지금 12시가 넘었는데 오늘 출근이라고요?"

등받이에 기댔던 몸을 곧추세우면서 연아가 어이없다는 듯이 내뱉었다. 이에 목소리를 낮추라는 듯 입술에 손가락을 갖다 댄 윤서가 몸을 낮추었다.

"말도 마세요. 출근하자마자 병원장실부터 갔어. 병원장님이 지하주차장까지 마중 가셨대요."

맙소사. 스케일이 커도 이렇게 큰가.

자신이 보고한 케이스들을 제대로 읽어 보지도 않고 돈 안 주겠다고 기각시킨 새끼가 자신의 밑으로 들어온다는 것이 큰 사건일까. 그런 새끼가 첫 출근에 병원장 마중을 당연하다는 듯 받으면서 출근지에는 코빼기도 안 비추는 것이 큰 사건일까.

아무리 수습이라도 그런 사람이 자신의 후임이라니. 연아는 한 치 앞도 보이지 않는 것 같아 눈앞이 캄캄해지는 것만 같았다.

"그럼 점심들 맛있게 드세요."

가라앉은 목소리를 애써 띄우려고 노력한 티가 역력했다. 신 팀장이 먼저 가운을 벗고 일어서 사무실을 나섰다. 아무리 들뜨게 보이려 노력하면 뭘할까. 이미 사무실 분위기는 가라앉을 대로 가라앉아 있는 것을. 연아가 짜증스레 머리를 헤집었다.

"제가 뭐 잘못했어요?"

"잘못하긴 뭘 잘못해요. 우리가 뭐 힘이 있나."

바로 옆에서 윤서가 바퀴 달린 의자를 빙글 돌리며 대꾸했다. 윤서의 손안에서 빙글빙글 돌아가는 펜에 시선을 두었다가 내리니 평소와 같이 단정하지만, 누드톤 매니큐어로 꾸며진 손가락이 눈에 띄었다.

"윤서 씨, 오늘 힘 좀 줬네요. 미리 알고 있었던 거 아냐?"

"에이, 그런 거 미리 알 정도로 인맥이 있었으면 나 여기 안 있지. 아마 공무원 특채든 뭐든 해서 위쪽에 있을걸요?"

윤서가 빙글빙글 돌리던 펜을 들어 천장을 가리켰다. 이 바로 위층, 한 층을 올라가면 회의실이었고, 한 층 더 위로 올라가면 중역실. 즉 병원장실과 이사장실이 있었다.

"뭐 틀린 말은 아니네. 우리 윤서 씨가 욕심이 좀 많아?"

"아이 참, 선생님도."

뒤늦게 공부해서 일을 시작해, 팀장보다는 나이가 많지만 배려심이 많아 팀 내에서 존경받는 희순이 내내 조용히 있다가 농담 한마디를 던졌다. 밖으로 점심을 먹으러 나가려는 듯 손에는 식권 대신 지갑이 들려 있었다.

"희순 쌤은 어디로 가세요?"

성균이 칸막이 뒤에서 고개를 내밀었다. 벌써 점심시간이 십여 분이나 지났는데도 사무실을 떠날 기미가 안 보이는 걸 보니 오늘 도 대충 때우려는 것 같았다.

"응? 오늘 우리 아들이랑 같이 점심."

"아, 맞다. 막내 아드님이 여기 인턴으로 왔다고 했죠?"

"뭐, 그렇지. 계속 안 된다 시간 없다 하더니 오늘은 엄마랑 밥 먹어 줄 시간이 있나 봐."

말로는 아무렇지도 않다는 듯 이야기했지만 목소리에는 기쁨과 자랑스러움이 가득했다. 윤서와 연아의 입가에도 미소가 맺혔다.

"그럼 윤서 쌤, 우리 막내랑 점심 한번 먹을래?"

"아 쌔앰!"

윤서가 장난스럽게 발을 동동 구르며 신경질을 내는 체했다. 먼 저 제안한 희순을 포함해서 지켜보던 연아와 성균까지 웃음을 터 뜨렸다.

"막내분으로 되겠어요? 오늘 오는 재벌 3세 정도는 되어야 우 리 윤서 쌤을 채 가지 않을까 하는데?"

그리고 희순이 사무실 문 앞까지 다가가기 직전 연아가 기어코 한마디를 보탰다. 분위기를 가라앉힌 책임을 지려는 것은 아니었 지만, 이왕 들뜬 분위기 다시 가라앉히고 싶지 않았기 때문이었 다.

"아, 연아 쌤까지 왜 그래요?"

"왜? 우리 윤서 쌤이 어때서? 이번 기회에 재벌가 며느리로 한 번 들어가 봐. 가서 예산 좀 더 따오고."

"아니 이 사람들이. 예산 따 오라고 멀쩡한 처녀 시집보내실 기세네?"

이어지는 대화에 희순이 한바탕 웃고 사무실을 나섰다. 성균이 너스레를 떨자 윤서가 반쯤 지워진 립스틱을 티슈로 문질러 닦으며 웃었다. 전부 웃자고 하는 우스갯소리였다.

"그래서 다들 점심 어떻게 할 건데?"

성균이 직원에게 배급되는 식권 한 장을 서랍에서 챙겨 일어섰다. 책상에 턱을 괴고 앉은 연아 립스틱을 다시 바르는 윤서나, 둘 다 움직일 기미가 보이지 않았다.

"저는 먹으면 체할 거 같아요~"

"전 다이어트. 사과 하나면 됩니다."

"여자들은 참 이상하단 말이야. 어쩔 때는 남자들보다 배는 먹는 거 같은데, 이럴 때 보면 위가 없는 것처럼도 보이고⋯⋯."

"식사나 하러 가시지요, 성균 쌤."

윤서가 정색하는 척하며 한마디를 던졌다. 성균이 자리를 비우자, 드디어 윤서와 연아 둘만 남게 되었다.

"그래서 어떻게 하고 싶은데? 정 불편하면 내가 바꿔 줄게."

"됐어. 나 편하자고 어떻게 너한테 넘기니?"

"이러나저러나 야근인데. 좀 나눠서 하지 뭐."

느긋하게 손을 뻗어 챙겨 둔 과도를 꺼내 사과를 반 가른 윤서가 한쪽을 연아에게 내밀었다. 할 일 많은 건 똑같지만, 그래도 막내인 자신이 신입을 맡는 것이 당연한 일이니⋯⋯ 윤서에게 미룰 수는 없는 일이었다.

"너 때도 성균 쌤이 고생하셨잖아."

"어휴, 나야 뺑뺑이 돌다 들어온 거라 인수인계고 뭐고 사수도 없어서 그랬던 거고."

아삭아삭, 사과 하나를 둘이 나눠 먹으며 점심시간을 흘려보냈다.

똑똑똑, 정신없이 밀린 업무에 집중하던 팀원들이 노크 소리에 모두 예민하게 반응했다. 그중 가장 먼저 반응한 것은 연아의 옆에서 업무를 보던 윤서였다. 화들짝 놀라 일어선 그녀는 신 팀장과 시선을 마주했다. 마치 큰 결단을 내리듯 신 팀장이 고개를 끄덕이자 윤서가 쪼르르 신속하게 움직여 사무실 문을 열었다.

"픽—"

어디선가 바람 빠지는 소리와 비슷한 웃음소리가 들렸다. 성균이었다. 그 이유가 짐작이 가서, 연아 역시 웃음을 삼켰다.

보통 노크소리가 들리면 주로 대답을 하거나, 대답을 하지 않아 당사자가 문을 열고 들어오게 해 왔는데 문을 열려고 달려가는 윤서나 그것을 말리기는커녕 재촉하는 신 팀장의 모습이 평소 같지 않았기 때문이었다.

"역시 재벌의 힘이 대단하긴 하네."

"그러게요."

희순이 작게 속삭이자 연아 역시 미소와 함께 동의하는 말을 건넸다.

첫 출근부터 분위기는 영 좋지 않았다. 아무리 성심그룹 주력 산업과는 한참 동떨어진 사회공헌팀이라고 해도 창업주 막내 손자가 인턴으로 갑자기 올 줄은 상상도 못 했던 사람들일 테니 이러한 반응은 당연하다면 당연하다 여길 수 있으리라.

하지만, 지금 다온은 당황을 넘어 당혹스러웠다. 자신을 향한 반응이 이토록 안 좋을 줄이야. 어쩐지 자신을 노려보는 듯한 여자에게선 적개심마저 느껴지는 것 같았다.

그리고 조금은 짜증스럽기까지 했다. 처음부터 경영에는 손도 대고 싶지 않았으니 억지로 주어진 일이 달가울 리가 없는데다, 성심 그룹 주요 산업도 아니고 기업이미지를 조금이라도 좋게 만들려고 돈이나 쓰는 부서에 배치라니…….

"자, 다들 인사 끝났으면 일들 시작할까요?"

멀뚱하게 서 있는 다온의 등을 툭툭 두드리며 빙그레 웃은 신 팀장이 다온에게 쏠려 있던 시선을 자신에게로 향하게 했다.

"팀장님! 우리는 회식 그런 거 안 해요? 원래 신삥 오면……."

"윤서 쌤도 참, 신삥이 뭡니까, 신삥이. 일이나 하세요. 다음 회기 소외지역 지원 계획서는 통과됐어요?"

윤서가 말괄량이처럼 바퀴 의자를 쭉 밀며 바닥을 쓸었다. 굳이 그녀의 칸막이 반대편에서 팔짱을 끼고 기대앉은 성균이 그녀의 들뜬 기분에 초를 쳤다.

"됐으면, 제가 주말에 나와서 일했겠어요?"

어디 가서 무시당해 본 적 없던 다온은 이런 기분이 처음이었다. 이게 소외당하는 기분이라고 하는 건가. 아니면 왕따 당하는 거라고 해야 하나. 애매한 기분이었다.

어차피 기간만 채우고 나갈 일이었다. 돌아가는 분위기를 보니 무단결근만 안 하면 큰형에게 뒷말이 들어갈 일도 없을 것이다. 병원장마저 싹싹 기는데 누가 그의 심기를 거스르겠는가. 단 한 명, 저 여자만 빼고. 다온이 눈을 가늘게 떴다.

"자, 다온 씨. 이쪽은 주연아 선생님. 다온 씨가 적응하는 동안 업무 지도해 주실 거예요."

"아, 네. 잘 부탁드립니다. 도다온입니다."

"주연아입니다."

싸늘하게 가라앉은 표정이었다. 일직선으로 다물린 입술이나 바라보는 눈 속에 적개심이 가득해 다온은 오히려 안정감을 느꼈다.

차라리 재벌이라고 처음부터 선을 긋고 나오는 게 더 좋았다. 재벌이라는 타이틀 때문에 들러붙는 인간들이 더 별로였으니까. 역시 큰형답게 사람 잘 뽑았구나, 하는 생각도 잠깐 들었다.

"연아 씨, 저는 무슨 일을 해야 할까요?"

"이 팀 안에서는 지위나 직무가 어떻든 서로 선생님이라고 불러요."

"네. 연아 선생님. 뭐부터 하면……."

"미안한데, 저기 매뉴얼 있으니까 그거 보시든지, 아니면 인수인계 매뉴얼 확인하고 계세요."

그런데 그것도 잠시였다. 다온은 도무지 저 적개심의 원인을 알 수가 없었다. 딱히 저렇게 미움 박힐 일은 없는 거 같은데, 이상하게 연아를 중심으로 몇몇의 직원들에게서 좋지 못한 눈초리를 받고 있었다. 여자 문제로 엮인 적이 있었나? 다온이 고개를 갸웃했다.

게다가 성격 좋고 넉살 좋은 윤서나 성균마저 웃고는 있지만 영…… 감이 좋지 않았다. 형이 이쪽 홀대하나? 홀대하면 이쪽으로 발령 내진 않았을 텐데? 잠시 고민하던 다온은 이내 곧 생각을 접었다.

재벌 3세니까 재수 없겠지. 세상 사람들이 흔히 가지는 편견을 이들도 가지고 있는 것 같았다. 다온은 간만에 오기가 생겼다.

반반한 얼굴에 큰형만큼 큰 키. 아무리 재벌이라고 싫어하는 사람도 조금만 사근사근하게 굴면 그런 사람 아니구나 하고 쉽게 넘어오곤 했다. 그녀도 며칠 못 가겠지. 다온이 입을 삐죽였다.

"주연아 선생님? 62병동 콜이에요."

"네, 갈게요."

"저희가 병동도 나가요?"

다온과 잠깐 대화를 나누면서도 컴퓨터 모니터 앞에서 머리를 부여잡고 무언가를 작성하던 연아가 신 팀장의 부름에 하얀 가운을 걸쳐 입고 자리에서 일어섰다. 기다렸다는 듯 다온이 칸막이 사이에서 고개를 빼꼼 내밀고 물었다.

"아……."

무언가를 망설이는 그녀의 뒤에서 짧게 한숨을 내쉰 신 팀장이 손짓으로 다온을 불렀다. 쪼르르 그의 손짓을 따라간 다온이 눈을 동그랗게 뜨고 지시를 기다렸다.

"연아 쌤, 다온 쌤이랑 같이 가요."

"하지만, 팀장님……."

"어차피 계속 얼굴 봐야 하잖아요, 그렇죠?"

알 수 없는 대화를 늘어놓는 두 남녀의 모습에 다온이 눈동자만 이리저리 굴렸다. 싫어하는 사람에게 자신을 붙이는 신 팀장의 의중이 의심스러웠고, 싫어하면서도 망설이는 연아가 이상했다.

싫으면 그냥 안 하면 되는 거고, 어차피 형식적인 일이니, 실제로 자신에게 일을 시키지 않아도 상관없는 거 아닌가. 다온이 생각에 빠져 있던 사이 신 팀장의 다정한 눈초리에 결국 항복하고 만

연아가 한숨과 함께 그를 돌아보며 입술을 달싹였다.

"같이 가죠. 도다온 쌤."

"네."

왠지 모르게 가슴이 부푸는 느낌이었다. 고졸에 제대로 된 사회 경험도 없어 보이는 자신에게 제대로 된 일을 시킬 리 없을 거고……. 게다가 못마땅하게 자신을 바라보는 사람이니 그냥 따라다니기만 하면 되겠구나 싶어서 두 손을 들어 뒤통수에 댔다. 하지만 다온의 얼굴이 딱딱하게 굳은 것은 몇 분 되지 않아서였다.

"62병동은 어떤 곳이에요?"

"소아과 병동 중 하나예요. 병원 입장으로 보면 응급실 다음으로 적자가 많이 나는 곳이고……."

연아가 직원용 엘리베이터 앞에서 초조하게 발을 굴렀다. 오늘만 벌써 두 번째 콜이었다. 소아과 병동에서 콜이 자주 오는 것은 그다지 놀라운 일이 아니지만, 두어 시간 전에 한번 다녀갔다면 이야기가 좀 달랐다. 엘리베이터 앞에 붙어 있는 홍보물에 시선을 주던 다온이 심드렁하게 말을 걸었다.

"그런데 사회공헌팀이 소아과 병동에는 왜 가요?"

"병원 내에서 적자가 많이 나는 곳은 이유가 있죠. 소아과 병동은 장기입원 환자가 가장 많은 곳 중 하나예요."

"장기 입원……."

입속에서 맴도는 단어를 씹어 삼키듯 내뱉는 연아의 얼굴에서 선연한 적개심을 발견한 다온은 그냥 가만히 입을 다물었다. 태어날 때부터 금수저라는 이유만으로 자신을 싫어하는 사람들과는 조금 다른 것 같았다. 이상하게 불안감이 밀려오는 듯했다.

"아, 연아 쌤!"

연아의 표정에 의아함이 서렸다.

"어? 세하 쌤이 왜 여기 계세요? 무슨 일이에요?"

"은채요. 은채 트렌스퍼 때문에 잠깐 넘어왔어요. 한 시간 전에 ER(응급실)로 들어왔는데 CT 찍고 바로 병실로 올라올 거래요."

연아가 스테이션의 동그란 테이블에 몸을 기대자마자 콜을 받고 있던 세하가 전화기를 내려놓고 그녀를 반겼다. 연아 역시 작은 미소로 대답했으나 이어지는 말에 얼굴을 굳힐 수밖에 없었다.

"인테이크(Intake), 초기면접은 할 수 있을 거 같아요?"

"할머니랑 같이 왔는데, 잘 모르겠어요."

몇 마디를 나누고서 세하와 연아가 나란히 한숨을 내쉬었다. 다온만이 떨떠름한 표정으로 서 있을 뿐이었다.

"이쪽은."

세하의 시선이 자연스레 연아에게서 다온에게로 향했다. 다온이 연아의 눈치를 살짝 보더니 입을 열려 했다.

"아, 저는……."

"이쪽은 도다온 쌤. 오늘 사회공헌팀으로 발령받았어요."

연아가 막아서기 전까지는.

"공채 기간 끝나지 않았나? 그나저나 다행이네요. 거기 계속 인력난이던데."

"여기서 인력난 아닌 데가 어디 있어. 다 인력난이지."

"그건 그래요. 병원이 그렇지, 뭐."

이걸 학부 때 알았어야 했는데. 세하가 능청스레 덧붙이며 어깨를 으쓱했다. 이제 겨우 점심시간을 조금 지난 터라 스테이션이 한산했다.

"그래서 은채는 언제쯤 올라올 거 같아요?"

조근조근한 목소리로 이어지는 대화를 들으며 다온은 복도를 지나다니는 아이들, 그리고 휠체어에 탄 아이들을 유심히 살폈다. 아이들은 모두 공통적으로 모자를 썼거나, 빛을 받으면 반짝하고 빛날 것처럼 맨들맨들한 머리를 가지고 있었다.

"모르죠, 그건. CT 끼어들어 가기가 어디 쉽나. ER이니까 당일에 끼어들 수라도 있지, 병동은 시도도 못 해요. 교수님이 전화하면 될지도 모르겠지만. 근데……."

"그런 거 하실 군번도 아니고, 그럴 시간도 안 나니. 밑에 있는 우리 같은 사람들만 쪼이는 거죠. 보호자한테, 환자한테."

대충 요약하면 은채라는 환자가 응급실에서 올라올 거긴 한데, 언제 올라올지는 확실치 않음에도 여기서 기다려야 한다는 소리였다. 그냥 듣기만 해도 비효율적인 이야기였다. 다온이 지루한 표정으로 연아가 기댄 스테이션 옆에 몸을 기댔다.

"근데 도다온 선생님은 어디서 발령받으신 거예요? 젊으신 거 같은데 나이가……?"

"아, 스물둘입니다."

세하가 몸을 기울여 다온을 바라봤다. 그 답에 어딘가 묘한 표정이 된 세하가 다온에게 다시 물었다.

"스물둘. 젊으시네. 그럼 고등학교 졸업하고 군대 갔다가 바로 취업하신 거예요?"

"아…… 군대는 아직."

거의 받아 보지 못한 질문들을 한꺼번에 폭격당하는 듯이 받았다. 이상하게도 별거 아닌 질문들인데 답하면서 점점 당혹스러워졌다. 그리고 질문한 사람 역시 어색한 표정으로 입을 다물었다. 별거 아닌 질문들에 별거 아닌 대답인데 왜 죄인이 된 것 같은 느낌이 드는 건지. 다온은 낯선 감정에 머리를 긁적였다.

"아, 그렇구나. 근데 그럼 좀 힘드시지 않을까요."

"세하 쌤."

"아 내가 주책이었나. 미안해요."

"아닙니다."

마음에도 없는 소리, 대답들이 오간 뒤, 다시 침묵이 자리를 잡았다. 간호사인 세하는 일거리가 끊이지 않았다. 스테이션을 지키듯 기대고 서 있는 둘을 두고 처치실과 준비실, 그리고 스테이션을 오가기 바빴다.

"아, 저, 은채는 어떤 아이예요?"

"이제 다섯 살이고, 음…… 사구체 신장염이에요."

"사구체 신장염요?"

"음, 신장이 어떤 일을 하는지는 알죠? 그쪽 부분이 안 좋아지면 어떻게 되는지도 대충 아시고?"

"투석해야 하는 거 아니에요?"

"대충 비슷해요. 신장은 주로 여과, 음 거름망이라고 표현하면 편한데……. 신장 안에서도 여과 부위를 사구체라고 불러요. 근데 여기 기능이 제대로 안 되는 거죠."

"그럼, 다섯 살짜리가 투석을 해요?"

그다지 의학적인 지식이 많지 않은 다온이라도 투석이라는 게 얼마나 힘든지는 대충 들어 알고 있었다. 나이 드신 회장님들이 가끔 투석을 하네 인슐린을 맞네 하지 않았던가. 그나마 좀 알고 있는 부분이었다.

"아직은 아닌데, 조만간 투석해야 할지도 몰라요. 초기에 치료만 잘 되었어도 투석까지는 가지 않아도 됐을 텐데."

어금니 꽉 깨물고 답하는 연아의 모습에 다온이 입을 다물었다. 이유를 알 수 없는 적개심이 그를 불안하게 만들고 있었다.

"ER에서 왔습니다. 송은채 환자. 5세. 등록번호가 17……."

"은채야. 선생님 생각나지?"

연하늘색 병원복을 입은 사내 두 명이 침대를 밀며 들어왔다. 스테이션에서 각자의 일을 진행하고 있던 간호사들의 시선이 모두 그쪽으로 향했다. 벌떡 일어서서 탁구공처럼 튀어나온 세하가 링거부터 확인했다.

"차트는요?"

세하의 질문에 기다렸다는 듯이 연아가 허리를 숙여 이송용 침대 아래에 있는 차트를 꺼내 내밀었다. 응급실 전용의 딱딱한 철제 커버로 싸여 있는 차트였다.

"병실 배정 났어요?"

"잠시만요."

환자 이송팀이라고 써 있는 명찰을 단 사내가 묻자 세하가 링거액 속도를 조절하고 다시 스테이션으로 뛰어 들어갔다.

"은채야?"

"연아 쌤."

주삿바늘 때문에 힘겹게 손을 움직이려는 은채를 위해 연아가 허리를 숙였다. 손을 내미는 아이의 얼굴이 눈물로 가득했다.

"무서웠어?"

대답 대신 고개를 끄덕이는 얼굴이 안쓰러워 연아가 가운 주머니를 뒤적여 손수건을 꺼내 쥐어 주었다. 다온이 그 손수건에 잠시 시선을 보냈다. 어린아이나 쓸 법한 흰색 도트무늬 면 손수건.

"지금 몇 시예요?"

울먹이는 아이의 시야에 스테이션 안쪽 벽에 걸려 있는 시계가 잡힐 리 없었다. 보이는 것은 하얀 천장과 낯선 사람들의 얼굴인 터라 숨만 꺽꺽 쉬며 울음을 참던 아이는 연아가 내미는 손수건을 부여잡은 뒤 울음을 토해 냈다.

"은채야. 선생님이랑 놀다 보면 엄마 오실 거야. 알지?"

"응. 응."

대답하는 목소리가 울음기로 가득했다. 다온이 말을 잃었다.

"세하 쌤, 6인실 났어요?"

"아뇨. 오늘은 2인실에 있어야 할 거 같아요."

들려오는 대답을 듣자마자 몸을 일으킨 연아는 은채에게서 돌아서서 몰래 한숨을 내쉬었다. 2인실이라니……. 지끈거리는 머리를 부여잡고 고개를 흔들었다.

"몇 호로 가요?"

"2호실이요."

"다행이네, 은채야. 간호사실 바로 옆이다. 엄마가 바로 은채 찾아올 수 있어."

다온은 혼란스러웠다. 아이가 응급실에 오고 병원에 오는데 보호자가 없다는 것이 말이나 되는지. 이송팀 직원이 둘이나 들러붙어 침대를 2호실로 옮겼다.

"하나, 둘."

직원들이 은채가 누워 있는 침대의 시트를 들어 올려 병실 침대로 옮기고 나서야 세하가 들어와 처방된 주사를 놓고 산소를 조절했다. 아이의 하얀 얼굴에 초록색 튜브 줄이 길게 늘어섰다.

"은채야, 은채 몇 살이지? 여기 새로 오신 선생님한테 자기소개할 수 있어?"

소아과 병동, 다른 아이들은 모두 어머니든 할머니든 보호자가 보조침대에 앉아 아이와 이야기를 하거나 챙기고 있건만, 은채의 옆에는 아무도 없었다. 침대 옆으로 쭉 늘어진 녹색의 가는 줄은 그녀의 콧속으로 연신 산소를 흘려보내고 있었다.

"송은채구요. 다섯 살이에요."

"그렇구나……."

대답하는 다온의 머릿속에 몇 장의 사진이 스쳐 지나갔다. 언제더라. 본 적이 있는 거 같은데. 분명 본 적이 있는 얼굴인데…….

고민하는 다온이 말이 없는 사이, 연아는 얼굴 가득 웃음을 머금고 은채에게 무언가를 연신 이야기하고 있었다. 다온은 한참의 시간이 지나고도 결국 떠올리지 못해 헛웃음을 지을 수밖에 없었다.

"은채야. 선생님 잠깐 은채 할머니한테 다녀올 거야. 잠깐 혼자 있을 수 있어?"

"네에."

작은 눈동자에서 아쉬움이 뚝뚝 떨어졌다. 은채의 등을 몇 번 쓸어내리고 도닥여 준 연아가 걸터앉아 있던 침대에서 몸을 일으켰다.

"근데, 선생님."

"응?"

"새로 오신 선생님, 이름이 뭐예요?"

내내 다온과 시선을 마주하지 않던 연아의 시선이 겨우 다온에게 닿았다. 다온이 허리를 숙여 은채와 시선을 맞추었다.

"다온이야. 도다온. 도다온 선생님."

"도다온 선생님."

기억하려는 듯 천천히 따라 말한 은채가 빙그레 웃었다. 다섯 살치고도 한참 작은 체구였다. 다온이 어색함에 머뭇거리는 사이 연아는 작별 인사를 마치고 빠른 걸음으로 병실을 빠져나갔다. 망설이던 다온이 걸음을 재촉해 따라잡았다.

"연아 쌤!"

"빨리 와요. 급하니까."

먼저 엘리베이터에 올라탄 연아가 재촉한 탓에 급하게 달린 다온은 숨을 헐떡이며 뒤따라 탑승했다. 숨도 고르지 못한 다온은 입술을 열어 계속 궁금했던 점을 물어보았다.

"은채, 부모님은요?"

"아버지는 연락두절된 지 오래되었고, 어머니는……."

"선생님?"

"기억 안 나요? 바로 저번 달에 서류에서 봤을 텐데."

더 이상 말해 주기 싫다는 듯 일자로 다물린 입술에서 단호한 무언가의 감정이 느껴졌다.

저번 달. 저번 달에 뭘 했지? 다온이 딱딱하게 굳은 연아의 얼굴에서 시선을 떼고 기억을 뒤지기 시작했다.

다섯 살짜리 애랑 엮일 일은 없었을 텐데 왜 이렇게 저 얼굴이 낯익은지. 머릿속이 복잡해진 다온이 머리를 박박 긁었다.

"은채 어머니는 지금 일하고 계실 거예요. 애 병원비는 벌어야죠."

띵. 띵. 엘리베이터가 멈춰 설 때마다 흰 가운의 간호사와 의사들이 들어섰다가 사라지길 반복했다.

"정말 기억 안 나요?"

2층에서 내려 사무실이 위치한 별관으로 건너가며 연아가 퉁명스레 물었다. 분명 낯이 익은데 기억이 없다. 그리고 분위기상 다온은 왠지 입을 열어서는 안 되는 거 같아 묵비권을 행사하기로 했다.

"6월 30일. 성심복지재단 고액기부자 대상 통합사례관리 회의. 당신이 기각시켰잖아요."

그 말 한마디로 다온은 그에게 쏟아졌던 적개심의 원인을 깨달았다.

"연아 씨!"

"성균 쌤!"

항상 사람 좋은 얼굴로 서글서글 웃던 성균이나 윤서의 얼굴에 난감함이 가득해 보였다. 은채 할머니를 찾으러 간다던 연아가 사무실로 걸음을 재촉하는 통에 차마 더 묻지 못하고 그녀를 따라 발걸음을 재촉하던 다온이 우뚝 멈춰 섰다.

"선생님, 우리 은채, 은채 좀 도와주세요. 도와주신다고 하셨잖아요."

"할머님, 저희 노력하고 있어요. 조금만 더 기다려 주세요."

난처한 표정의 성균이 하얗게 샌 머리칼이 듬성듬성 빠진 할머니의 등을 도닥였다. 망설이는 다온과 달리 연아는 망설임 없이 발걸음을 더욱 재촉했다.

"할머님!"

"연아 선생님. 선생님. 우리 은채 이번에도 수술 못 하면 우리 애 죽어요. 아시잖아요. 제발요. 내가 여기서 평생 청소라도 할 터이니……."

"할머니, 우선 일어나세요. 일어나셔서, 저랑 들어가 앉아서 이야기해요."

"어떻게 내가 앉아서 이야기를 해요. 우리 은채가, 은채가 저런데……."

성균의 부축에 겨우겨우 서 있던 은채 할머니가 한순간에 연아에게로 무너져 내렸다. 연아는 그것을 피하지 않고 고스란히 받아냈다.

"수술만 하면 산다잖아요. 어려운 수술 아니라고 하셨잖아요. 수술비는 어떻게든 갚을게요. 우선 수술만 하면……."

"알아요. 제가 알지 누가 알겠어요. 은채 할머니. 우선 지금 은채는 병동 올라갔구요. 은채 지금 혼자 있으니까 가서 같이 이야기해요. 네? 저 어디 안 갈 거예요."

덧붙이는 목소리가 간절했다. 난처한 표정으로 한숨을 내쉬던 성균이 고개를 들고는 망연한 표정으로 서 있는 다온을 발견하고 성큼 다가왔다. 연아는 벌써 할머니를 부축해 사무실 옆 상담실로 데리고 가고 있었다.

"대체 언제부터 돈부터 내고 수술했어요? 성심병원 설립 당시 창업주이신 할아버지께서 분명……."

"수술비부터 받고 수술하는 거 아니에요."

"근데, 이게 대체 무슨 일인데요?"

연세도 지긋한 분이 뭣도 모르고 저렇게까지 매달릴 것 같지는 않았다. 왜인지 다온은 점점 더 불안해져 갔다. 불안감하고 답답한 마음에 넥타이를 풀자 그제야 숨이 좀 트이는 것 같았다.

"밀린 병원비가 있으니까요. 은채 같은 경우에는 사례회의에 지속적으로 올라가고 있어서 납부연장신청이 된 상태였어요. 수술을 하려면 수술 처방이 나야 하거든요."

"수술 처방이 안 나요? 밀린 병원비 때문에?"

"간단하게 말하면 네. 그래요. 원래 퇴원도 병원비 납부 안 되면 안 돼요. 그래서 저희 팀 재량으로 해서 우선 일시 퇴원하고 분납으로 납부하기로 했어요. 그게 최선의 방법이었거든요."

다온이 멍하니 생각을 정리하는 사이 성균이 손수 사무실 문을 열고 다온을 떠밀었다. 신 팀장과 희순은 그새 자리를 비웠는지 사무실은 텅 비어 있었다.

"수술이 먼저 아니에요?"

분기가 치밀어 오른 듯 다온의 얼굴이 벌겋게 달아올랐다. 자신이 딩가딩가 노는 동안에도 지구 어느 한구석에서 사람이 죽어 간다는 것은 이미 알고 있는 사실이었다. 그런데 뭐? 내가 그런 사람을 모두 구할 수 있는 건 아니잖아.

"그렇게 되면 병원 운영이 안 되죠. 경영 아시잖아요?"

"근데, 제가 알기로 병원은 성심재단 사회공헌을 위해……."

혼란스럽게 흔들리는 다온의 눈동자를 뒤로하고 성균이 사무실 안 작은 냉장고를 열어 뒤적였다. 여기 분명 몇 개 있을 텐데. 혼 잣말을 하던 성균이 비타민 음료를 찾아 꺼내 그에게 내밀었다.

"순수익의 10%죠. 아무리 성심이 한국에서 1, 2위를 다툰다고 해도 대학병원 몇 개 운영하기는 어려워요. 게다가 이건 규칙이죠. 솔직히 병원 유지비만 해도 꽤나 쓰일걸요."

병원이 괜히 적자가 나는 게 아니에요. 성균이 어깨를 으쓱했다.

"그래도 사람 생명이 중요한데……."

"중요하죠. 그런데 냉정하게 말해서 당장 죽지는 않잖아요."

"아니, 그래도 애가……."

당혹스러운 표정의 다온이 의자에 털썩 주저앉았다. 밀려드는 생각의 파도 때문에 제대로 된 생각이 이루어지지 않고 있었다.

시골구석에서 명을 달리한 것도 아니고 서울 한복판에서 그것도 사회 환원이라고 돈을 쏟아붓고 있는 병원에서 병원비 때문에 수술도 못 받는다는 게 다온의 상식으로는 도저히 이해가 안 되고 있었다.

"그럼 다온 씨, 아니, 다온 쌤. 조금 상황을 달리해서 생각해 볼까요? 나이는 서른다섯, 성별은 남자. 2남 1녀 중 둘째. 10년 동안 막노동을 하며 월세 내기도 바쁜 삶을 사는 사람이에요. 그리고 간암으로 이식 수술 외에는 살 수 있는 방법이 없는 환자고요. 병원비 지원이 들어가야 하나요?"

"당연하죠. 우선 사람부터 살려야……."

"좋아요. 우리가 1년에 환자 병원비 명목으로 지원받는 예산은 2억 2천 정도예요. 지금 다온 씨는 한 명을 살리고 병원비, 수술비 포함해서 대강 천오백 정도를 썼어요. 그런데 고작 한 사람을 살렸네요."

성균이 팔짱을 끼고 상담실 문 바로 옆 벽에 기대섰다.

"두 번째."

"잠깐만요. 지금 지원금 때문에 안 된다는 소리예요?"

"근본적인 대답을 원하는 거라면 맞아요. 처음부터 끝까지 문제는 돈이죠."

다온이 기가 막혀 헛웃음을 내뱉었다. 돈 때문에 사람이 죽을 수 있다는 것은 알아도 병원이 돈 때문에 살 수 있는 사람 방치한다는 소리는 듣지 못했기 때문이었다.

그것도 자신의 할아버지가 원했고, 아버지가 세웠으며 큰형이

말을 성심 그룹이 운영하는 병원 안에서 돈 때문에 사람이 죽어
나가? 큰형은 이를 알고도 좌시하는 걸까? 아니 그럴 리 없었다.
다온의 속에서 용암이 부글부글 끓거나 말거나 성균은 말을 이었
다.

"두 번째, 지금 송은채."

"사구체 신장염요? 아까 잠깐 이야기 들었어요. 투석도 해야 되
고…….."

"그건 심한 병 아니에요."

"네? 투석을 해야 하는데 심한 병이 아니에요?"

다온이 화들짝 놀라 물었다. 성균이 잠시 고민하듯 턱을 쓸었다.
말을 해 줄까 말까 고민하는 기색이 역력했다. 그러다 둘의 시선이
맞닿았다.

"사구체 신장염. 말 그대로 염증이에요. 염증은 생겼다가 없어
졌다가…… 그럴 수 있죠. 초기에 치료만 잘했어도 지금처럼은 안
되었을 거예요."

"그럼 은채는 뭔데요?"

"만성 신부전, 그리고 합병증이 여러 개 겹쳤어요."

"그럼 그때까지 대체 뭐 했어요? 말 들어 보니까 계속 입원하고
그랬던 거 같은데…….."

갑갑한 마음은 마찬가지였다. 성균이 짧은 한숨을 내쉬었다. 허
공을 맴돌던 시선이 상담실을 가리키는 푯말을 향하다가 다시 다
온을 향했다.

"그래서 초기 치료가 중요한 거죠. 은채네 집이 지방이에요. 지
방 병원들 전전하면서 치료받으려면 돈 많이 드니까, 돈이 좀 생기
면 했다가 돈이 없으면 못 했다가, 그런 반복이었죠. 그러다가 상

황이 악화되니까 그쪽에서 이쪽으로 보낸 경우예요."

지금은 그때보단 많이 좋아진 거예요. 성균이 짧게 덧붙였다. 다온은 가슴이 답답해짐을 느꼈다. 처음에는 자책감이었는데 지금은 이 감정이 어떤 것인지도 알 수 없었다. 세상 사는 동안 갑갑함이라고는 느낀 적이 거의 없는 것 같은데.

"은채한테 들어갈 돈이 얼마나 될 거 같아요? 수술만 한다고 땡하고 끝나는 거 아니에요. 은채는 겨우 다섯 살이고, 정기적으로 투석해야 하고, 치료받아야 하고 검사받아야 해요."

"그럼 우선 수술비라도……."

초등학생 아이를 가르치듯 차분한 성균의 목소리가 사무실 안에 은은하게 맴돌았다. 다온은 건네받은 비타민 음료의 뚜껑을 개봉하지 않고 손안에서만 빙글빙글 돌렸다.

"수술비만 일시적으로 지원한다? 얼마나 좋아질 거라고 생각해요? 저 애가 가진 병명이 몇 개인지 짐작이나 해요? 합병증은 끝없이 나와요."

머리가 지끈거린다는 듯 이마를 짚은 성균이 다온의 반대편 의자에 털썩 소리가 나도록 주저앉았다.

"말한 대로 수술비만 일시적으로 지원해서 살렸어요. 그럼 그다음은요?"

"그럼, 앞으로 들어갈 돈이 많으니까 안 살린다는 거예요, 지금?"

"엄밀히 따져 말해 지원은 저희가 결정하는 게 아니에요."

다온이 입을 반쯤 벌린 채로 몸을 멈추었다. 숨이 턱 하고 막히는 기분이었다. 달리지도 않았는데 숨이 턱까지 차올랐다.

송은채, 그 이름을 왜 흘려들었을까. 분명 서류에 써 있었을 텐데. 그 내용은 물론이고 그 서류가 어떻게 생겼었는지조차 생각나지 않았다. 그만큼 흘려 보고 흘려들었다.

"그럼, 제가 지금이라도 당장 지원 결정할 테니까……."

"그래요? 안 하는 게 좋을 텐데."

성균은 미묘한 표정으로 다온을 응시했다. 생각지도 못한 대구에 다온이 눈을 크게 떴다. 계속 은채의 이야기를 거론하고 돈 이야기를 한다는 건 결과적으로 기부금을 사용하라는 뜻이 아니었나?

다온도 이미 알고 있었다. 복지재단 내에 가장 많이 적립된 기부금은 그의 것이었고, 승인하지 않으면 사용할 수 없다는 조항 때문에 끝없이 적립만 되고 있다는 것을.

"아니 어떻게 안 해요? 지금 보면……."

"사례관리회의 기각된 뒤로 우린 다온 씨한테 사례 올린 거 없어요. 근데 지원해 준다…… 뭐 그건 좋죠. 그럼 그다음은요? 아이들 전부? 환자들 전부?"

다음. 다온이 입술을 쓸어내렸다. 병동을 걸으면서 수십 명의 아이들의 맑은 눈망울을 보았다.

끝없이 발목을 붙잡아 온 여자들의 얼굴과 아이들의 얼굴이 겹쳐져 머리속을 지나쳤다.

"그래도……."

"은채한테 들어갈 돈이면 올해는 4명을 더 구하겠지만, 잘하면 5명을 더 구할 수도 있는 거죠."

"생명을 선택해서 구하나요?"

"그럼, 다온 씨는 왜 선택하셨나요?"

고개를 든 다온의 눈가가 붉어져 있었다. 그러나 대면하는 성균의 눈은 변함이 없었다. 사회복지사 7년 차. 이것보다 더한 것도 많이 겪었다. 담담하니 눈 하나 까딱하지 않는 모습에 참지 못한 다온이 결국 자리를 박차고 일어났다.

"서류로 보다가 직접 내려와서 보니까 어때요?"

"개 같네요."

"그래요? 그럼 오늘 배울 것은 다 배우셨네요. 다온 쌤."

다온이 사무실 문을 벌컥 여니 그 앞에 들어올 타이밍을 놓쳐 멀뚱히 서 있는 윤서가 있었다.

"하……."

윤서와 마주하자 잠시 말을 잇지 못하던 다온이 그대로 자리를 피했다. 거의 뛰어가듯 사라지는 뒷모습을 바라보다 윤서가 사무실 문을 닫고 들어섰다.

"첫날인데, 심한 거 아니에요, 균쌤?"

"팔은 안으로 굽는다고 나도 연아 쌤 편인가 봐."

"그거 편애예요."

윤서가 다온의 자리에 덩그러니 남겨진 비타민 음료를 집어 들었다. 타박하는 윤서의 목소리에도 힘은 빠져 있었다.

"윤서 쌤한테도 편애하면 쌤쌤인가?"

"신 팀장님께 보고는 제가 할까요?"

"아니, 내가 할게. 혼나도 내가 혼나야지."

넉살 좋게 대답하는 성균의 입가에도 웃음은 없었다. 온실 속에 화초에게 첫날부터 눈덩이를 던진 꼴이었다.

"그래도 연아 쌤이 한 것보다야 낫지 않냐고 너스레 좀 떨어 봐요."

"통하려나?"

"에이, 그래도 본인 사수한테 듣는 것보다야 낫지. 성균 쌤은 피할 수라도 있잖아요?"

윤서가 상담실로 내갈 다과를 접시에 담으며 대꾸했다. 이러나 저러나 둘 다 힘이 쭉 빠져 있었다.

"너무 어려웠던 거 아닐까요? 우리 같은 전공자들 중에도 이해 못 하는 사람 많은데."

"뭐든 직접 느껴 봐야 경험이 될 거라고 봐요. 저 사람은 지금 까지 위에 있던 사람이니까 위에서만 바라보는 시선을 갖고 있잖 아요. 우리는 반대로 아래서만 바라봐서 위의 시선에 대해서는 이 해하려고도 안 하잖아요. 오히려 다온 씨가 우리보다 더 넓은 시야 를 가질 수도 있어요."

성균이 이젠 미지근해진 비타민 음료의 뚜껑을 따서 그대로 들 이켰다.

돈을 주는 사람은 항상 기준을 만든다.

더 많은 사람들에게 쓰이길 바라고, 그에 대한 대가를 바라지 않는다고 말하지만, 은연중에 자신이 이들을 구했다는 마음을 가 지고 있다. 그래서 한 번씩 갑질을 하기도 한다.

"돈이 필요하지만 장기적 치료가 필요한 환자 한 명과 역시 돈 이 필요하지만, 일시적 지원만 한다면 금방 나아질 수 있는 환자 다섯 명."

"후자죠. 언제나 그렇듯이. 기업의 사회공헌의 한계죠. 우리는 이러이러해서 환자 몇 명을 지원하였고, 이 지원으로 인해 환자 몇 명이 완치 후 일상생활로 돌아갔습니다. 이걸 원하니까."

윤서가 멀뚱한 표정으로 대꾸했다.

"그냥 그렇게만 말해 주면 될 것을. 성균 쌤도 악취미야."

윤서의 퉁명스러운 말에 성균은 빙그레 웃었다.

◇　◇　◇

다온이 없어 혼자 병동에 올라갔다 온 뒤, 연아 주변에는 더 찬 바람이 쌩쌩 부는 것 같았다. 바로 퇴근해 버릴 줄 알았는데 그 정도로 제멋대로는 아닌지 한 시간이나 지났을까, 연락도 없이 밖으로 나갔다 온 다온이 자신의 자리로 돌아왔다.

"그럼 오늘은 나 먼저 들어갈게요."

"고생하셨어요."

희순이 먼저 가운을 벗어 행거에 걸고 방실방실 웃으며 자리에서 일어섰다. 신 팀장 역시 고개를 끄덕이며 그녀의 퇴근을 배웅했다. 반면, 다온은 가시방석에 앉아 있는 기분이 되었다. 불편했다.

"윤서 씨, 혹시 112병동 저번 회기 우울증 프로그램 결과보고서 있으면 보내 줄 수 있어?"

"왜? 그거 집단 회기라 그렇게 도움 안 될 텐데."

"그래도 한번 보는 게 낫지 않나 싶어서."

"그래? 그럼 보내 줄게."

타닥타닥 키보드 두드리는 소리, 그리고 업무와 관련된 약간의 대화. 그것 외에는 깨끗하리만큼 적막한 공간이었다. 다온은 신 팀장에게 건네받은 작년 회기의 사업들과 인수인계 자료들을 건성으로 넘겨 보았다.

변명을 하고 싶었다. 하지만 그럴 면목이 없다. 원래부터 형들 몫에는 눈도 돌리지 않는다는 것이 그의 철칙 아닌 철칙이었다. 그래서 회사 일에 관심 없이 주어진 주식의 배당금이나 챙겨서 내빼기 바빴고, 할아버지의 유언 때문에 그중 일부는 기부했다.

고액기부자로 떠받들려지면서 콧대도 세웠지만, 그런 대우도 귀찮아서 건성으로 넘기던 일들이 이런 일에 엮여 있을 줄은 상상도 못 했다.

"도다온 씨도 이만 들어가죠?"

"네?"

직원 대부분 컴퓨터 모니터만 뚫어져라 바라보던 터라 칸막이 위로 고개를 내밀진 않았다. 신 팀장이 일부러 엉거주춤 몸을 일으켜 다온과 눈을 마주했다.

"아닙니다. 다들 퇴근하시면 같이⋯⋯."

"생각은 기특하네. 근데 우리 퇴근에 맞추려면 오늘 안에 집에 못 가요. 갈 수 있을 때 가요."

아까와 달리 한껏 누그러진 목소리로 성균이 너스레를 떨었다. 신 팀장 역시 손을 내저으며 다온을 만류했다.

"어, 저기⋯⋯."

그런 그들의 반응에 다온이 자신의 사수인 연아에게 시선을 돌렸고, 조심스레 입을 떼었다. 적개심의 원인을 알게 된 이후로 연아에게 말을 걸기가 조심스러웠다.

"가 보셔도 돼요. 오늘 수고하셨어요."

누가 보더라도 영혼 없는 말투였지만, 다들 그러려니 하는 분위기였다. 신 팀장마저 어쩔 수 없다는 듯 웃자 다온이 어색하게 몸을 일으켰다. 아니, 사실 모든 게 어색할 수밖에 없었다.

손목 위에서 딱 떨어지는 소매와 허리 라인을 살려 입은 정장의 바디라인. 이 사무실에서 그나마 잘 차려입은 사람이 블라우스에

H라인 스커트를 입은 윤서 정도인데, 다온이 이 사무실 풍경에 어울릴 리가 없었다.

"그래요. 오늘 고생했어요. 가 봐요!"

윤서가 방실방실 웃으며 칸막이 위로 고개를 내밀었다. 거의 추리닝에 가까운 차림인 성균과 화장기 없는 얼굴에 머리도 풀어 헤친 연아는 그가 생각한 회사 생활과는 전혀 맞지 않는 사람들이었다.

"그럼, 가 보겠습니다."

그에 반해 맞춤 와이셔츠에 캐쥬얼한 커프스, 심플한 디자인이지만 그렇기 때문에 더 비싸 보이는 넥타이핀까지. 아무리 티를 내지 않아도 티가 날 수 밖에 없는 차림이었다. 아래위로 훑어보는 듯한 눈빛에 다온이 죄 지은 자처럼 몸을 움찔 떨었다.

"잘 가요. 고생 많았어요."

그래도 90도 이상 꾸벅꾸벅 허리를 숙이는 다온의 면전에 더 이상 아니꼬운 눈초리를 보낼 수 없어 연아가 짧은 숨을 내쉬고 일어섰다.

"같이 나갈래요? 나 어차피 재무재표 보러 내려가야 하니까."

"아, 네. 그럼 내일 뵙겠습니다."

이 정도면 재벌 3세 수습치고는 괜찮은 편 아닌가. 성균이 서글서글 주름지게 웃었다. 먼저 연아가 문을 열고 나가고, 그 뒤를 따라나서는 다온의 뒷모습을 바라보았다. 그러다 슬며시 웃었다.

"아차, 윤서 씨, 92병동 들어갈 프로그램, 평가지표 다시 선정해야 할 거 같던데……."

"그거 이미 수정 끝났어요. 한번 봐 주실래요?"

성심재단 성심대학병원 사회공헌팀, 달랑 팀원 다섯 명이던 작은 사무실에 한 명이 늘었다. 그것도 어떻게 보면 병원장보다 파워가 더 센 신입이 말이다.

정지된 자동차와 공손하게 서 있는 수행비서 진철을 보자마자 다온이 다급하게 고개를 들어 건물과 건물 사이를 잇는 구름다리를 바라보았다. 그리고 지나다니는 하얀 가운들 사이에서 연아의 모습을 찾았다. 한참을 바라보아도 보이지 않자 안도의 한숨을 내쉬었다.

"내일부터는 지하주차장이나 그런 데에 세워 놔요. 이게 뭐예요, 이게."

택시, 병원 방문객의 차들과 섞여서 복잡한 병원 로비 앞에 서 있는 까만색 체어맨이라니. 다온이 머리를 짚었다.

"하지만 도련님, 규칙상……."

이어지는 대답을 듣지도 않고 다온이 상석에 올라탔다. 잠시 망설이던 진철이 차문을 닫고 조수석에 올라타자 기사가 물 흐르듯 부드럽게 차를 출발시켰다.

"자택으로 모실까요?"

기존에 준비했던 첫 출근은 어떠셨는지 심기를 살피고 안부까지 물으려 했던 원래 계획을 머릿속 쓰레기통에 구겨서 박아 넣은 진철이 조심스레 말을 건넸다.

"아니, 둘째 형네 메르떼로 가요."

"식사 아직이십니까?"

"네."

머리가 깨질 것 같은 두통이 몰려오는 탓에 시트 깊숙이 몸을 파묻었다. 심리적인 부분의 문제일 터였다.

다온이 지끈거리는 이마를 손가락을 꾹꾹 눌렀다. 모셔야 할 사람의 심기가 영 불편해 보이자 수행 비서인 진철과 기사 역시 입을 다물었다.

다온의 차가 약 이십여 분을 달려 도착한 곳은 번화가에 자리엔 디저트 전문점 메르뗴였다. 평소 단것을 좋아하는 터라 자주 방문했던 덕에 건물주 전용 주차장을 이용할 수 있었다. 물론 이것도 다 그의 둘째 형이 이곳을 그다지 많이 찾지 않기에 가능한 일이었다.

"김 실장은 여기서 퇴근하세요."

벗어 둔 재킷을 다시 걸치며 다온이 차에서 내렸다. 다온의 첫째 형인 재준이 경영 전문이라면 둘째인 서원은 부동산에 있어서는 천재나 다름없는 인물이었다. 이 건물 역시 그의 둘째 형의 소유였다.

"알겠습니다, 도련님. 내일 출근은 어떻게 모실까요?"

"밥만 먹고 갈게요."

동문서답이나 다름없는 대답이었지만 김 실장은 굳이 트집을 잡지 않았다. 그 말은 곧 술집이나 클럽에 들를 계획이 없으니 내일 출근에는 지장이 없을 거라는 말을 돌려서 하는 것이나 다름없었기 때문이다.

"그럼 기사님도 지금 퇴근하세요."

우려 섞인 진철의 시선이 다온의 뒷모습을 따라가는 것을 아는지 모르는지. 다온은 그리스 산토리니의 짙은 파도빛 푸름을 그대로 담아 놓은 듯한 문을 밀고 안으로 들어갔다. 문을 열자 동강

동강, 작은 물고기 모양의 풍경들이 청량한 소리를 내며 부딪혔
다.

"어서 오세요?"

"야, 넌 손님한테 의문형으로 인사하냐?"

"손님이 손님 같아야 손님이지."

메뉴판을 어깨에 걸친 채로 손님을 맞이하는 아르바이트생이나
삐딱하게 짝다리로 선 손님이나 둘 다 만만치 않았다. 새하얀 앞치
마를 입고 아르바이트생 명찰을 단 현오가 메뉴판으로 다온을 툭
치며 장난을 걸었다.

"야, 나처럼 매상 올려 주는 손님이 어디 있냐?"

"외상으로 올리지. 외상으로."

"둘째 형한테 받잖아."

"그래도 외상은 외상이잖아."

아프지 않게 서로를 툭툭 치며 장난스러운 주먹을 주고받던 두
사람은 결국 웃음을 터뜨렸다.

"단거 먹고 싶단 말이야."

"아이고, 또 지랄이다. 니가 스트레스를 받을 일이 있긴 하냐."

"스트레스 받아야만 단거 먹는 법 있어?"

"그래그래. 알았어. 야! 은채야! 3층 테이블 열려 있나?"

태연하게 친구와 장난을 주고받던 다온의 표정이 싹 굳었다. 마
치 정색하는 것처럼 굳어 버린 다온을 본 현오 역시 몸을 굳혔다.

"너 왜 그래?"

"부르셨어요?"

당황한 현오가 다온에게 말을 걸거나 말거나, 다온은 우렁찬 소
리로 대답하고 달려온 소녀에게서 시선을 떼지 못했다. 그 모습에

당혹스러운 것은 현오였다.

"혹시 둘이 알아?"

"아, 아뇨."

"됐어. 여기 미성년자도 써?"

현오와 똑같은 앞치마를 차려입은 단발머리의 은채가 고개를 절레절레 저었다. 다온이 고개를 휙 돌렸다.

"뭔 미성년자를 써. 이 새끼 또 시비네. 됐다, 은채야. 내가 할게. 가 봐도 돼."

"네, 네 오빠."

당혹스러운 기색이 역력한 소녀 은채가 사라지고 나서야 다온이 짜증스럽게 머리를 쓸어 올렸다.

"너 술 마셨냐? 왜 그래?"

현오는 마치 취한 사람을 부축하듯 다온의 팔을 자신의 어깨에 걸친 채 계단을 올랐다. 아무리 아르바이트지만 서당 개 3년이면 풍월을 읊는다는 말이 있듯이 장기 알바생인 현오는 가게 사정을 꽤 알고 있었다.

건물주 도서원의 동생 도다온. 자신과는 사는 세계가 달라 친해질 일이 없다고 생각했지만, 나이가 비슷하고 자주 얼굴을 보다 보니 어느새 이런 관계가 되어 있었다.

다온은 가끔 기분이 엉망이면 가게로 와 단것을 찾으며 안정을 찾곤 했다. 오늘은 또 무슨 일이 있었기에…… 벌써부터 귀찮아지는 듯해 현오가 머리를 벅벅 긁었다.

"브런치 B."

"넌 시간이 몇 신데 브런치를 시켜?"

"미국 시간으로."

"지랄한다."

제멋대로 도련님의 전형적인 행동이었다. 그걸 아니까 일부러 개방하지 않는 3층으로 끌고 올라온 거였지만. 현오는 팔짱을 낀 채로 다온을 내려다보았다.

"만들어 줘어."

"재고 있나 봐야 해."

"그럼 보고 와."

"없어. 재고 없어. 있어도 못 만들어."

건네받은 메뉴판을 펴 보지도 않고 다온이 주문한 것은 황금 같은 저녁시간대에는 절대로 판매한 적이 없던 브런치 메뉴였다. 생떼를 쓰고 있는 도련님을 내려다보면서 현오가 단호하게 대답했다.

"우와, 여긴 손님 접대가 왜 이래? 알바 바꿔."

푹신한 등받이에 깊이 몸을 기댄 다온이 미간을 찌푸렸다. 현오의 단호한 태도에 그를 쫓아내려고까지 했다.

"듣는 알바 서럽게 꺼지라 하냐?"

"누가 꺼지래? 바꿔 달라는 거지."

"내가 사장 형한테 가서, 성심그룹 막내 도련님께서 말씀하시길 알바를 바꾸랍니다, 하면 여기 알바들 다 잘려. 나 포함해서."

현오가 다섯 살 아이 가르치듯이 또박또박 말했다. 그러자 곧 마음이 조금 누그러졌는지, 허리를 반쯤 펴고 일어나 앉더니 테이블에 턱을 괴었다. 그러면서도 펼쳐진 메뉴판에는 일절 시선 한 줌을 주지 않는다.

"현오야."

"왜, 오늘 더치 맛있는데 그거 줄까?"

"아니 그거 말고."

"그럼 몽블랑에 에이드 종류 어때? 자몽 오늘 괜찮아."

주문해야 할 사람마음이 영 딴 데 가 있으니 결국 현오가 대신 메뉴판을 폈다. 그가 입은 앞치마와 채도가 비슷한 색의 메뉴판이었다.

"야, 김현오."

"왜. 나 그만 부르고 메뉴나 정해."

"아니, 지금 메뉴가 중요한 게 아니라니까?"

다온이 현오의 손에 잡힌 메뉴판을 뺏어 들었다. 메뉴판을 뺏긴 현오는 어이가 없다는 듯 입을 벌렸다.

"야! 그럼 가게엔 대체 왜 온 건데!"

"아, 그렇게 주문이 중요하면 아무거나 시켜."

"진짜 아무거나 시켜?"

"너 먹고 싶은 거 시키든가!"

그제야 현오가 메뉴판을 들고 일어났다. 그리고 확인하듯 다시 묻자 다온이 건성으로 고개를 끄덕였다. 맞춤으로 딱 맞게 입는 양복 재킷의 팔 부분이 이상하게 죄여 오는 것 같았다. 현오가 자리를 뜨자마자 다온이 주섬주섬 재킷을 벗어 옆 의자에 걸쳤다.

"아오 씨!"

현오가 나가고 아무도 없는 것을 확인하자 제 성질에 못 이겨 테이블을 걷어찼다. 성심그룹 막내아들. 재벌 3세라는 타이틀로 따가운 눈총도 적대적인 시선도 많이 받아 봤지만 이런 난감한 일로 엮이게 되는 일은 오랜만이라 어떻게 대처해야 할지 도저히 감도 잡히지 않았다. 게다가…….

"은채. 송은채."

아까 잠깐 스쳐가듯 본 단발머리의, 병원에서 본 아이와 이름만 같은 여자를 보는 것 자체가 그의 감정을 자극하고 있었다. 오냐오 냐 키워 주신 부모님 대신 그런 것 일절 없이 냉정한 큰형이 있었기에 겉보기엔 철없는 재벌 3세여도 나름 바르게 자라 왔다고 생각했던 다온의 세계에 금이 가고 있었다.

그룹 전체 순이익의 10%를 사회에 환원하는 사회공헌사업은 창업주인 그의 할아버지의 뜻을 따라 그의 아버지가 20년 전부터 시작해서 현재는 어느 정도 자리를 잡은 사업이었다.

가족끼리 식사하는 와중에 자수성가형 사촌누이의 넌 뭐하고 사냐는 일침에 기부라도 해 보자 해서 하다 보니 고액기부자가 되었고, 곧 재벌 3세 이미지 재고에 괜찮은 효과를 일으킨 덕에 더 이상 '뭐하고 사냐.' 같은 소리는 덜 듣게 되었다.

다른 사람의 시선이 어떻든 정기적으로 많은 금액을 기부하고 있다는 사실은 그에게 면죄부 같은 것이었고, 방패막이 같은 것이었다.

"야, 정신 차려. 무슨 생각을 그렇게 해?"

주문을 마치고 올라온 현오가 그의 반대편에 앉으며 물었다. 얼음이 가득 담긴 투명한 유리컵을 건네자 다온이 생각 없는 표정으로 그것을 받아 들었다. 차가운 물 잔의 냉기가 손끝을 타고 올라와 사고를 마비시키는 것 같았다. 충격적인 현실과 당면한 머리는 더 이상 생각하길 거부했다.

다온은 생각을 정리하기 위해 현오에게 주절주절 오늘 있었던 일을 내뱉기 시작했다.

"내가 말이야. 우리 병원에 1년에 한 3억? 4억 정도를 기부하는데……."

"그래서?"

달콤한 냄새를 풍기는 몽블랑과 음료가 올라간 쟁반을 다른 아르바이트생에게서 받아 들며 현오는 뚱한 표정을 지었다. 어디 몇 억이 남의 집 개 이름도 아니고 저렇게 쉽게 말하는 20대는 손에 꼽을 만큼 적을 터였다.

"술집에 퍼다 쓰는 것보다 훨씬 생산적인 일 했구먼, 왜 죽을상인데?"

"술집? 아, 거기다도 그쯤 썼구나."

"뭐? 술 마시는 데 억을 썼다고?"

어이가 없다는 듯이 되묻는 현오를 쳐다보지도 않고 다온이 고개만 끄덕였다. 빨대로 얼음이 가득한 음료 잔을 휘젓는 다온은 어딘가 멍해 보였다.

"미친 새끼."

벌어다가 월세 내기 바쁜 현오는 1억이라는 돈을 술집에 갖다 부었다는 다온을 위아래를 스캔하듯 훑었다.

반짝거리는 게 눈에 보이는 것만 다섯 군데였다. 풀어 헤친 목 사이로 반짝이는 거 하나. 머리카락으로 반쯤 가려진 귀에 두 개. 심플해 보이지만 반짝반짝한 보석이 하나 박힌 넥타이핀과 그것들 다 합친 것보다 비쌀 것 같은 가격의 브랜드의 손목시계. 도다온, 그는 자신과는 다른 세상에 사는 사람이었다.

"그래서, 뭐. 나한테 고해성사라고 하러 왔냐? 번지수 잘못 찾았다. 성당으로 가라."

현오가 진저리를 쳤다. 다이아몬드 수저쯤 되려나. 목에서 울컥하고 올라올 것 같은 서러움을 대충 꾹 씹어 삼키며 붉어지려는 눈시울을 허벅지를 꼬집어 참아 냈다. 어떻게 비교가 안 되겠는가.

저 인간은 어려움이라는 것을 모르고 살아왔을 텐데.

"나는 그냥 대충 내가 돈 낸 만큼 사람 도와주라고 했어. 근데 막 2년 전부터는 사례발표니 후원 감사패니, 이것저것 챙겨 주더라. 딱 보니까 괜히 나한테 돈 더 달라는 걸로밖에 안 느껴져서 그냥 안 갔단 말이야."

사례회의 같은 거 처음부터 안 간 것은 아니었다. 좋은 마음으로 기부하는 김에 필요한 사람한테 주면 좋지라는 생각을 갖고 있었다.

그런데 가 보면, 예산은 이미 다 썼고 이렇게 어려운 사람이 있으니 자신의 돈을 달라는 말을 좀 더 품격 있게 포장하고, 마치 투자가치 있는 상품인 양 포장해서 내놓는 것으로밖에 안 보였다. 그래서 대충대충……. 다온이 결국 눈물을 뚝 하고 흘려 냈다.

"야…… 너."

"이렇게 될 줄 알았으면 그냥 아무것도 하지 말걸. 아 진짜 왜 내가 내 돈 내고 사람 도우면서 이렇게 잘못한 거 같은 기분을 느껴야 하지?"

알려고 하지 말걸. 그냥 철모르는 재벌 3세를 즐기며 갑질이나 할걸. 나밖에 모르는 듯이 출근도 제멋대로 퇴근도 제멋대로. 병원 장실에 올라갔을 때 그냥 대충 사무실 하나 새로 빼 달라 해서 거기서 술판이나 벌리고 놀걸. 다온이 쏟아 놓는 푸념에 현오가 질린 듯이 그를 일별하고는 자리에서 일어섰다.

그렇게 아프고 힘든 상황임에도 아이는 어여뻤다. 아이의 눈망울도 예쁘고, 주삿바늘이 꽂혀 파리한 손도 어여쁘게만 느껴졌다. 다온은 자신이 처음 보는 아이에게서 이런 감정을 느끼게 될 줄은 몰랐다. 종이 위에 올라왔던 글자와 살아 있는 체온의 크기는 마음에 닿아 오는 범위부터 달랐다.

"미친 새끼. 먹고 가라. 개새끼."

현오는 거의 욕설과도 같은 말을 내뱉은 뒤, 다온을 뒤로하고 1층으로 내려갔다. 앞만 보고 쭉 걸어가던 그는 카운터에 당도해서야 걸음을 멈췄다.

"아까 걔, 3층에서 내려오기 전까지는 아무도 올라가지 마."

3년. 가끔 오는 새끼였지만 저렇게 망가진 모습은 처음이었다. 괜히 동정심이나 서러움, 혹은 그 어떤 다른 감정이 자신의 몸속에서 튀어 나올 거 같아 현오는 입을 다물었다. 굳이 위로하고 싶지도 않았다. 그러기에 저 새끼는 너무 세상을 몰랐고, 너무 누리고만 살았다.

#2
직면

그의 출근 둘째 날. 연아가 하나로 질끈 동여 묶은 머리를 풀어 내리며 병원 로비로 뛰어 들어왔다. 말이 조깅을 겸한 출근길이지 사실은 땀 하나 안 나, 가벼운 산책 정도에 불과했다.

"……출근 어디로……."

"잘 모르겠습니……."

로비에 걸린 시계를 보니 여덟 시 사십 분이 조금 넘은 시각이 었다. 여기서부터 그녀가 근무하는 별관까지는 연결통로를 통해 느긋하게 걸어 오 분이 걸렸다. 숨을 고르고 연결통로로 향하려는 연아의 시야에 검은 양복을 차려입은 보안요원들과 하얀 가운을 입은 사람들이 웅성거리는 모습이 들어왔다. 평소라면 그냥 지나 쳤을 텐데, 무슨 바람이 불었는지 궁금해져 자연스럽게 그들 쪽으 로 걸음을 옮겼다.

"막내 도련님이……."

"어제 퇴근은 언제 하셨지?"

"다섯 시가 좀 넘어서 하셨습니다."

"신 팀장이 그건 잘 했네."

연아는 기가 막혀 소리 없이 헛웃음을 뱉어 냈다. 희끗희끗한 머리로 보아 최소 교수나 과장급, 조금 더 과장해서 말하면 원장급 정도 되리라. 진료 시작 시간이 9시, 오전 병동 회진 때문에 가장 바쁜 이 시간대에 로비에 이런 분들이 몰려 있는 광경을 보는 건 사상 최초였다.

"어……."

거기다 머리카락 휘날리며 뛰어 들어오는 사람은 다름 아닌 그녀의 팀장이었다. 신 팀장이 이러는 모습을 처음 본 연아는 자신도 모르게 멍하니 입을 벌리고 있었다.

"오, 신 팀장 어서 오게. 도련님 출근하셨는가?"

그걸 확인하려고 로비까지 와서 기다리고 있는 거야? 연아의 표정이 일그러지는 것을 아는지 모르는지, 그녀에게 잠시 시선을 주었던 신 팀장이 얼른 부원장의 옆에 섰다.

"저도 방금 출근해서 정확히 파악이 안 됩니다."

"음…… 차가 들어오는 걸 봤으면 보안요원들이 연락을 줄 텐데. 영 소식이 없어서……."

집중되는 시선에 부원장이 헛기침을 하며 변명 아닌 변명을 늘어놓았다. 재벌 3세라고는 하나 딱 봐도 능력 하나 없는 얼간이에 불과한데, 왜 저리 빌빌 기실까. 연아는 더 이상 미련을 두지 않고 자리를 떴다.

"어, 좀 늦었네?"

"재미있는 구경거리가 있었거든요."

아침부터 냉장고 앞에서 비타민 음료를 꺼내 마시려던 성균이 제일 먼저 연아를 맞이했다. 머리가 부스스한 것이 딱 봐도 야근한 것 같았다.

"무슨 구경거리?"

목소리가 들리는 곳으로 시선을 돌리니 사무실 옆 숙직실에서 윤서가 머리를 벅벅 긁으며 나타났다. 프로그램 평가지표가 완벽하다더니…… 역시나 한 번에 통과될 리가 없지. 아예 병원에서 밤을 샌 것 같았다.

"그냥, 입사 이래 두 번째로 부원장님 얼굴을 뵈었죠. 근데 윤서 쌤은 숙직실?"

"말도 마요……. 세 시간 잤어요. 집에 가고 싶다."

윤서가 기지개를 피며 하품을 했다. 연아는 찔끔 흘러나온 눈물을 가운 소매로 닦는 것을 보며 자신의 자리로 가 가방을 내려놓았다.

"어제는 윤서 쌤, 오늘은 제가 여기서 날밤이네요."

"왜요. 연아 쌤? 시온이 일 끝나고 뭐 크게 일 없지 않나?"

"생겼잖아요. 은채."

입이 찢어져라 하품하는 윤서에게 성균이 비타민 음료를 건네주었다. 그리고 빙글 몸을 돌려 연아에게도 건넸다.

"아…… 그쪽이 더 어려울 텐데."

"뭐, 어떡해요. 해 보는 데까진 해 봐야지. 잘 마실게요, 성균 쌤."

윤서가 안타깝다는 시선으로 바라보거나 말거나 연아는 어깨만 으쓱했다. 시온이 일로 속을 부글부글 끓이고 마음고생을 하고 있던 터라, 당분간은 연아에게 케이스를 주지 않으려 했다. 성균이 그 마음 안다는 듯 고개를 끄덕끄덕 하고는 그녀의 어깨를 두드렸다.

"늦어서 미안해요."

시계를 흘긋 보니 아홉 시 십 분이었다. 정신을 차리기 위해 양치를 하던 윤서가 제일 먼저 희순을 반겼다.

"어라, 근데 신 팀장님은?"

"어우, 아오비……."

"뭐야. 윤서 쌤 가서 뱉고 와. 못 알아듣겠어."

선명하게 아이라인은 그려 놨다지만 졸린 눈까진 감춰지지 않았다. 희순이 눈에 웃음을 가득 담고 그녀의 등을 팡팡 쳤다. 입안에 거품이 가득한데 등에 충격까지 받으니 참지 못하겠는지 윤서가 후다닥 사무실을 뛰쳐나갔다.

"로비에 계세요. 부원장님 내려오셨거든요."

"아니, 부원장님이 로비에 있다고? 우리 신 팀장은 왜 거기 있대?"

"우리 신입 한 분 계시잖아요. 좀 대형 신인."

"아, 맞다. 내가 이렇게 정신이 없어."

눈을 동그랗게 뜨고 묻는 희순에게 연아가 장난스럽게 대답했다. 양치를 하러 나선 윤서를 기다리며 희순과 연아는 가운을 챙겨 입었다.

"그래서 우리 신입은 지각이신가?"

"뭐, 한 달만 버티면 될 텐데, 열심히 하려고 하겠어?"

"한 달요?"

입가의 물기를 닦으며 들어오던 윤서의 질문을 시작으로 다온을 중심으로 한 대화가 시작되었다. 다각다각거리는 키보드 소음이 잔잔하게 깔리는 와중에 희순이 웃음을 담은 목소리로 말했다.

"수습이잖아. 대충 이야기 들어 봤더니 계속 놀고 있으니까 밖에서 안 좋게 본다고 출근이라도 하라고 해서 온 거래."

"수습이어도 3개월 아니에요? 언제부터 수습이 한 달이었어요?"

"우리랑 사는 세계가 다르잖아. 연아 쌤도 마음고생하지 말고 그냥 한 달만 그러려니 해."

그러려니⋯⋯. 다달이 월급에 의지해 사는 사람들 입장에서 위에 거슬러서 좋을 일이 뭐가 있겠어. 희순이 하려는 말이 그것이었을까. 연아는 비비 꼬인 심사에 기계적으로 움직이던 손을 멈추었다.

그리고 거짓말처럼 그 순간 얼굴이 하얗게 질린 신 팀장이 문을 열고 들어왔다.

"다들 출근했네요."

별일 없었던 듯 아무 일 없는 듯 평범함을 가장한 말투로 신 팀장이 툭 입을 열었다. 대답을 강요하는 말도 아니었고 그냥 스스로 확인하듯 가볍게 던지는 말이었다. 대답 대신 키보드 소리만이 사무실에 울려 퍼졌다.

신 팀장이 자연스럽게 자리로 돌아가고 다온도 연아의 옆자리에 앉았다.

"연아 씨는 마음 정리 좀 되었나?"

"네."

"그럼, 72병동 케이스 연아 씨가 맡을래?"

"아, 이미 케이스 하나 맡았습니다."

대답하는 연아의 말투가 딱딱하게 굳어 있었다. 연아의 냉랭한 목소리에 다온의 어깨가 딱딱하게 굳었다.

"언제? 어느 병동 의뢰야?"

"아직 정식 의뢰로 내려오진 않았는데, 기존에 의뢰되었던 사항이라 좀 보완해서 제출하려고 했습니다."

연아가 모니터에 고정되었던 시선을 떼고 몸을 돌려 신 팀장을 바라보았다. 잠시 그녀를 주시하던 신 팀장이 짧게 한숨을 내쉬었다.

"누군데요."

"은채요. 송은채. 62병동 어제 ER에서 병동으로 올라왔습니다. 아마 오늘 중으로 사례 의뢰 내려올 거 같습니다."

후우, 담배가 땡기는 듯 손을 어디다 두어야 할지 몰라 방황하던 신 팀장이 연기를 뱉듯 숨을 내쉬었다.

사회공헌팀에서 지원하는 케이스마다 리젝(reject, 거절)이 나는 것은 아니지만 유난히 연아의 케이스가 리젝이 많아 마음이 쓰이던 찰나였다. 그래서 신 팀장은 연아에게 조금 더 가능성이 높은 케이스를 주려 하고 있었다.

"연아 쌤. 이러다 번아웃(Burn─out, 소진) 와요."

"그것도 제가 감당해야죠."

연아가 빙그레 웃었다. 신 팀장도 어쩔 수 없다는 듯 고개를 끄덕였다. 뭐 어쩌겠는가. 이미 자신의 클라이언트를 정했다는데…….

"죄송합니다! 늦었습니다!"

사무실 문이 소리 없이 열렸지만 울리는 목소리는 컸다. 신 팀장의 책상 옆에 서 있던 연아가 문 쪽으로 고개를 돌렸다. 그리고 그 목소리의 주인공이 누구인지 인식하자마자 문 옆에 걸린 벽시계를 바라보았다. 아홉 시 삼십 분.

"어? 이게 다 뭐야?"

"다들 아침 못 드시고 출근할 거 같아서요. 아시는 분 가게에서 받아 오느라 조금 늦었습니다. 죄송합니다."

다온이 가지고 온 건 SNS에서 유명세를 타고 있는 애견카페 〈아르몽〉의 특제 브런치였다. 두 손 가득 들고 있는 비닐봉지에 그려져 있는 귀여운 강아지들이 빵빵하게 부풀어 있었다.

"어머머머, 이게 다 뭐야?"

"샌드위치랑 커피예요. 출근하는 길에 받아 왔어요."

희순이 호들갑을 떨며 다온의 짐을 받아들었다. 어제와 달리 맞춤정장 차림은 아니었다. 한층 가벼워진 와이셔츠에 짙은 검은색의 청바지. 그리고 단정하고 깔끔한 하얀 운동화. 연아의 눈이 가늘어졌다.

"어? 가로수길까지 다녀온 거예요? 나 여기 좋아하는데."

"윤서 쌤 아까 이 닦고 오지 않았어?"

"양치하고 뭐 먹으면 안 되는 법이라도 있어요? 잘 먹을게요, 다온 씨."

비닐봉지를 자세히 보니 〈아르몽〉 분점이라 쓰여 있었다. 〈아르몽〉의 분점은 서울에서 땅값이 두 번째로 비싸다는 가로수길에 위치해 있어 화제가 되었던 곳이다. 윤서는 성균의 농담을 재치 있게 받아치며 샌드위치와 베이글 중 무엇을 먹을지 고민했다.

"늦어서 죄송합니다, 팀장님."

"괜찮아요. 아, 그리고 다온 씨 이따가 부원장님이 점심 같이 하자고 전해 달라네요."

다온이 웃으면서 건넨 샌드위치와 커피를 받아 든 신 팀장이 아무렇지도 않게 말을 건넸다. 순간, 그 말을 들은 연아의 표정이 싸해졌다. 희순과 성균, 그리고 윤서가 커피를 하나씩 들고 자리에 돌아갈 때까지 가만히 있었던 그녀였다.

"네, 알겠습니다."

다온이 작은 목소리로 대답했다. 하지만 사람들이 한 공간에 옹기종기 모여 있는 이상 모두의 귓속을 파고드는 목소리였다.

"뭐하고 있어요, 연아 쌤? 언제부터 연아 쌤이 먹을 거 거부했다고? 내가 먹을까?"

"안 먹는다고는 안 했거든요? 잘 먹을게요. 다온 씨."

윤서가 크림치즈가 발린 베이글을 크게 한입 베어 물며 남아 있는 샌드위치를 탐내는 눈빛으로 연아에게 말을 걸었다. 그 모습에 연아가 픽 웃으며 샌드위치를 들고 멀뚱히 서 있는 다온을 지나쳤다.

"오, 아침이 든든하네. 고마워요 다온 쌤. 안 그래도 밤새서 죽을 거 같았거든요."

"밤을…… 새요?"

"뭐, 일상이에요. 우리 일이 워낙에 밤을 새야 할 일이 좀 많아서……."

입안에 마지막 한입까지 털어 넣은 윤서가 개운하다는 듯 웃었다. 잡담은 잠시였다.

똑딱거리는 시계소리와 다각거리는 키보드 소리. 그리고 종이가 넘어가는 소리를 제외하고 사무실은 정적에 휩싸였다.

마치 연극의 막이 내린 것처럼 조용해진 사무실 풍경에 다온이 의자에 앉아 있다가 어색하게 주위를 둘러보았다.

친근하게 대화를 하다가도 일할 때가 되면 각자의 일에 집중하는 것 같았다.

"윤서 씨, 프로그램 오늘 몇 시에 들어가지?"

"두 시부터 시작입니다."

"점심 먹고 바로 올라가야겠네."

신 팀장의 옆자리에는 그가 팔을 넓게 벌린 것보다 큰 화이트보드가 자리하고 있었다. 신 팀장은 월간 달력이 그려진 화이트보드에 어떤 표시를 하고는 자리로 돌아갔다.

신 팀장의 물음에 대답한 윤서는 여전히 자신의 컴퓨터 모니터와 프린트 된 자료들을 하나하나 비교하느라 정신이 없는 것 같았고, 부스스한 검은 머리카락에 듬성듬성 섞인 하얀 머리칼, 각진 뿔테 안경의 신 팀장은 무엇이 그리 답답한지 서류를 읽다가도 자신의 머리를 흐트러뜨리기 바빴다.

"다온 씨, 혹시 이해 안 되거나 어려운 부분 있으면 바로 이야기해."

다온은 어제와는 달리 자상하게 말하는 성균에게 도무지 적응할 수 없어 멍하니 고개를 끄덕였다. 솔직히 전부 다 이해되지는 않는다.

그 흔한 아르바이트 한 번 한 적 없이, 엘리트 코스를 밟아 자랐다. 사회복지와도 완전 동떨어져 살았던지라, 그저 적힌 글씨를 읽고 또 읽어 머릿속에 집어넣는 것이 고작이었다. 그조차 제대로 못하고 있다는 게 문제지만.

삐빅, 삑. 집중이 안 되지만 억지로 붙들고 있던 종이를 넘기자마자 바로 옆에 앉아 있던 연아가 빠른 손길로 내선전화를 잡아챘다. 그러고는 머리를 하나로 묶으면서 자리에서 일어섰다.

"63병동 콜입니다. 다녀오겠습니다. 뭐 해요, 다온 씨? 일어나요."

"아, 네네!"

잘 다녀오라는 의례 있을 법한 인사도 없었다. 늘 이래 왔는지, 연아는 아무렇지도 않아 하며 서류나 차트 하나도 챙기지 않고 사무실 문을 열고 나갔다. 그 뒤를 가운을 매만지며 다온이 허겁지겁 따라나섰다.

"가면서 간단하게 백그라운드 설명해 줄게요."

"네."

말을 하면서도 연아의 발걸음은 전혀 느려지지 않았다. 다온은 새삼 아침에 고민하다 구두 대신 운동화를 선택한 자신을 칭찬해 주고 싶어졌다.

"우선 61, 62, 63 병동은 전부 소아과 병동이에요."

"그렇게 나눠 놓는 건 무슨 차이가 있나요?"

"소아과에서도 과가 나뉘는 건 알고 있죠? 예를 들면 소아심장외과나 소아호흡기 센터, 소아암 센터."

다온이 소리 없이 고개를 끄덕였다. 사무실 건물과 병원이 연결된 구름다리를 건너고 있었다. 그 아래 조성된 공원에서 환자들이 산책하는 것이 눈에 들어왔다.

"우선 63병동은 암센터예요. 소아암 환자는 물론이고 백혈병 등 면역이 떨어지는 애들을 우선적으로 입원시켜요. 62병동은 어제가 봤죠? 은채. 주로 만성 환자들이 입원하는 곳이에요. 61병동은 62병동이랑 큰 차이가 없어요. 워낙 환자가 많으니까 병동이 두 개나 되는 거죠."

"원래 이렇게 소아과 병동이 많나요?"

"아뇨. 다른 병원에서는 주로 두 개만 쓴다고 들었어요. 원래 응급실 다음으로 적자가 많이 나는 편이기도 해서 베드(bed)를 많이 두지는 않거든요."

연아의 말에 다온은 입을 꾹 다물었다. 어제도 들은 이야기였다. 응급실 다음으로 적자가 많이 나는 곳. 말을 할까 말까 망설이던 다온이 연아가 엘리베이터 버튼을 누름과 동시에 입을 열었다.

"응급실이나 소아과나 꼭 필요한 곳이 아닌가요? 그런데 적자가 무슨 상관인가요?"

"병원에서 필요하지 않은 곳이 어디 있을까요? 상식적으로 응급실을 축소한다는 건 말이 안 되는 일이죠. 특히 여기 성심 같은 대형병원 응급실은 24시간 풀로 돌아가는 게 맞아요. 반면에 소아병동의 경우에는 음……."

연아는 운동화 앞코로 바닥을 문지르며 잠시 말을 골랐다.

"줄어드는 추세가 되는 게 맞죠. 일반적인 시각에서 보면요. 당연히 줄어들어야 되는 게 맞는 거예요. 만만하기도 하고."

"만만하다는 게 대체 어떤 뜻이에요?"

"저출산 시대잖아요. 아이들은 점점 적어지는데 이렇게 많은 병상, 그러니까 베드 숫자를 유지해야 할까요? 게다가 적자도 많이 나는데요. 병원은 항상 자리가 부족해요. 응급실에 가 보면 입원하기 위해 줄 서 있는 환자를 찾는 건 아주 쉬운 일이죠."

때마침 엘리베이터의 문이 열렸다. 연아가 가운 주머니에 손을 집어넣고 벽에 기대 삐딱하게 섰다. 다온이 6층 버튼을 꾹 누르고 숫자가 붉은색으로 변하는 것을 확인한 후 시선을 아래로 내렸다.

"말이 다른 데로 샜네요. 오늘 다온 씨가 만날 환자는 시온이에요. 이시온 이제 6살이고, 한 부모 가정이에요. 어머니는 시온이 5살에 사망하셨고, 아버지는 시온이 병원비 문제로 사흘 전부터 자리를 비워서 병실에 혼자 있어요."

"6살짜리 어린애가 혼자요?"

"뭐 방법이 없으니까요. 간병인을 붙이자니 돈이 너무 많이 들고, 병원비를 벌기 위해선 아버지가 붙어 있을 수도 없으니 어쩔 수 없는 선택이죠. 간호사님들이 자주 들여다보고는 있지만 늘 일손이 모자라니까 한계가 있어요."

띵— 하는 소리와 함께 엘리베이터에서 내리자 61병동과 62병동 사이에 있는 놀이방이 눈에 들어왔다. 몇 명의 어린아이가 텔레비전에 들어갈 듯 만화 영화에 푹 빠져 있었다. 연아와 다온은 잠시 그쪽으로 시선을 주었다.

"63병동은 어디에?"

"아, 이쪽이에요."

62병동의 스테이션을 지나 복도를 쭉 걸어가니 63병동 표지판이 보였다. 다른 병동과 들과는 달리 출입을 자제해 달라는 안내판이 여기저기 붙어 있었다.

"아, 주쌤 오셨네요!"

"시온이 보러 왔는데 상태 어때요? 교수님 회진 도셨어요? 아버님은요?"

스테이션에 앉아 있던 간호사가 연아를 반겼다. 그녀를 부르는 호칭에 다온이 새삼스럽다는 듯 그녀의 가운을 훑어보았다. 사회공헌팀 사회복지사 주연아.

"아버님은 어젯밤에 오셔서 시온이 잠깐 보고 갔어요. 다행히 시온이 상태는 괜찮아요. 시온이 병실에 있는데 가 보시게요?"

"가 봐야죠. 아직…… 혼자 있죠?"

"그렇죠. 아버님께 여쭤 봤는데 어떻게 방법이 없는 거 같더라구요. 시온이 이모님도 가게를 하고 있어서 어렵다고 하시고, 할머님은 거동이 불편하셔서……."

간호사는 난처한 표정을 지으며 말끝을 흐렸다. 멀뚱하게 서 있는 다온은 이상하게 마음이 불편해짐을 느꼈다. 그리고 이시온이라는 이름을 머릿속에서 뒤지기 시작했다.

혹시나 자신이 넘겼던 서류에서 그 이름이 있었던 게 아닐까 하는 불안함에 곰곰이 생각하던 다온은 얼마 지나지 않아 백지처럼 깨끗한 기억을 원망하며 머리통을 부여잡았다.

"시온이 산책은 가능한 상태인가요?"

"실내정원 정도면 괜찮아요. 주쌤이 데리고 가시려구요?"

"뭐……."

연아가 어깨를 으쓱했다. 자신을 대할 때와 달리 부드러운 표정에 누그러진 분위기였다. 다온이 새삼스럽게 연아를 바라보았다.

"다온 씨, 병실로 가요."

"아, 네."

연아의 뒤를 황급히 쫓으며 서류를 펴 보지도 않고 넘기던 과거의 자신의 머리통을 후려치고 싶다는 충동에 시달렸다. 그냥 전부 사인만 할걸. 뭐가 그리 배배 꼬였었는지. 어차피 갖고 있어 봤자 쓰지도 못할 돈이었다. 그때는 뭐가 그리 꼬여 주기 싫었는지.

활짝 열린 병실 안에는 드라마 속의 한 장면과 달리 텔레비전이 없었다. 그 대신 아이들의 목소리로 가득한 공간이었다. 연아는 가운 주머니에 손을 찔러 넣은 채로 병실 안으로 성큼성큼 걸어 들어갔다. 왼쪽과 오른쪽으로 3개의 침대가 서로 마주 보고 있는 구조의 6인실 병실이었는데, 그중 연아는 창가에 커튼이 쳐진 침대로 다가갔다. 그러고는 망설임 없이 커튼을 드르륵 걷어 냈다.

"시온이 안녕?"

"안녕하세요."

양쪽의 침대 난간은 어린아이가 떨어지지 않게 촘촘한 철망으로 만들어져 있었다. 아이를 지키는 난간이 틀림없는데도, 다온은 그것을 보는 순간 어째서인지 감옥 같다는 느낌을 받았다.

답답하다는 생각을 하며 연아를 따라 그 옆에 선 다온은, 나타난 아이의 모습에 숨을 멈출 수밖에 없었다. 티를 내지 않으려 노력했지만 당황스러웠다. 아이의 머리는 마치 머리카락이 한 번도 난 적 없는 것처럼 검은 티 하나 없이 매끄러운 살색이었다. 연아가 빙그레 웃으면서 아이에게 다가갔다.

"시온이 아침은 잘 먹었어?"

"네에."

"뭐 먹었어?"

"미역국."

대답하는 목소리는 작고 가늘었다. 귀를 기울이지 않고서는 잘 알아들을 수 없을 정도였다. 투명하리만큼 하얗게 질린 피부색에 병원복 사이로 삐죽 나온 손은 가늘디가늘었다. 그 손을 잡는 연아의 표정에 미소가 가득했다.

"어제 아빠 왔다 가셨다며?"

"네! 어제 이거랑 젤리 사 왔어요!"

"우와, 맛있겠다~"

침대 옆에 놓인 서랍 위에 놓인 과일 젤리 몇 개를 가리키며 시온이 웃었다. 평소 아이와 만나는 일이 많지 않아 아이에 대해서 잘 모르는 다온이었지만, 저렇게 작은 체구가 여섯 살일 리가 없다는 생각이 들었다.

아이를 보다 보니, 연아에게서 들은 이야기가 떠올랐다. 분명 63병동이 암센터라고 했었다. 출입 자제 푯말을 보면서도 느끼지 못했던 사실들이 아이 한 명으로 인해 확실히 깨닫고 있었다.

"시온이 어제 아빠 와서 기분 좋았구나?"

"네, 돈 많이 벌어 와서 같이 있어 줄 거라고 했어요."

아이의 목소리는 점점 줄어들었다. 신경이 쓰여 주변을 둘러보니, 병실에 있는 다른 아이들은 모두 보호자와 함께 있었다.

"자, 시온이. 이제 여기 남자 선생님한테 인사할까?"

"안녕하세요, 저는 이시온이에요. 여섯 살."

조막만 한 손을 죽 피고는 거기다 손가락 하나를 더한다. 다온이 시선을 맞추기 위해 허리를 굽혔다.

"나……는 도다온이야."

"선생님은 몇 살이에요?"

"시온이 손가락이랑 발가락을 다 더한 것보다 많아."

"나 숫자 셀 수 있는데!"

다온이 장난스럽게 웃었다. 아이는 해맑았다. 그래서 더 가슴이 아팠다. 다온이 아이에게 더욱 가까이 갈 수 있도록 연아가 뒤로 물러섰다.

"그래?"

"나 영어도 할 수 있어요. 아빠가 영어 잘한다고 했어."

"어? 영어도 해? 우와 똑똑한데?"

아무렇지도 않게 시온의 볼에 손을 가져가 톡톡 두드린 다온이 순간 멈칫하더니 손을 거둬들였다. 어린아이 특유의 통통한 볼 살이 아니라, 홀쭉한 촉감이 낯설어서였다.

"자, 시온아. 오늘 여기 선생님이랑 산책하고 밥 먹는 거야. 할 수 있지?"

"선생님이랑? 나 오늘 간호사 누나랑 밥 먹기로 했는데."

"그랬어? 그럼 여기 선생님이랑은 산책만 할까?"

그렇게 말하고 연아는 아차, 하고 놀랐다. 다온과 부원장님과의 점심식사 약속이 떠올랐기 때문이었다. 다행히 시온이 녀석이 선약(?)이 있다는 것을 피력한 덕분에 연아는 안도의 한숨을 내쉬었다.

"시온이, 나랑 밥 먹기 싫어?"

"몰라요."

"몰라? 그럼 우선 산책부터 할까?"

그동안 답답했던 모양인지 산책이라는 말이 나오자마자 시온은 눈을 반짝이며 고개를 끄덕였다.

연아의 부탁으로 다온이 휠체어를 가져오자, 연아는 침대 난간을 내려 시온이 내려올 수 있게 만들었다. 아이는 혼자서 침대에서 내려오는 것도 힘들어 보였다. 다온이 안아 들어 휠체어에 앉혀 주자 시온이 방긋 웃어 보였다.

"젤리. 젤리 주세요."

시온은 휠체어에 앉자마자 과일 젤리가 놓여 있는 쪽으로 손을 뻗었다. 바로 근처에 있던 다온이 그것을 들어 아이의 손에 쥐여 주었다.

"먼저 사무실 들어가 볼 테니까 실내정원 한 바퀴 돌아 주고 좀 놀아 준 다음에 병실로 돌아오면 돼요. 병실에 데려다준 뒤 침대 난간 올리는 거 잊지 말고요. 낙상사고 일어나면 큰일이니까. 점심시간은 11시 반부터 12시 반까지인데, 부원장님 시간에 맞추려면 12시까지는 올라가야 할 거예요. 가기 전에 스테이션에 시온이 나갔다 들어왔다고 보고해 주시고요."

나가기 전 스테이션에서 간호사가 시온의 링거와 혈압을 확인해 주었다. 간호사와 무슨 이야기를 하는지 아이의 표정이 꽤 밝아 보였는데, 연아는 시선을 그쪽에 고정시킨 채 불안한지 길고긴 당부를 남겼다.

"네. 아 혹시 부원장실이 몇 번인지 알고 계세요?"

"아, 아직 다온 씨 호출기 없지. 그럼 오늘은 내 거 써요. 아마 계속 사무실에 있을 거 같으니까."

0020이에요. 연아가 가운 주머니에서 까만 호출기를 꺼내 주며 덧붙였다. 혈압을 재는 데 시간이 걸리는지 시온이가 발을 동동거리다가 간호사에 한소리를 듣는 것이 보였다.

"점심 먹고 사무실로 오면 돼요."

"그럼 애는……."

"간호사실에서 계속 들락거리며 체크해 줄 거예요. 오후부터는 처치나 검사가 있을 수 있어서 병실에 있는 게 좋아요."

"그렇구나……."

대답하는 다온의 눈동자에 생기가 없었다. 가만히 앉아 천장만 바라보는 여섯 살 어린아이의 심정은 어떨까. 연아가 시온에게 다가가 노란색 모자를 푹 씌워 주었다.

"잘 다녀와, 시온이?"

"네, 선생님."

시온이와 마주 보고 웃는 연아의 모습을 멍하니 바라보다 시온의 목소리에 정신을 차린 다온이 건네받은 호출기를 주머니에 넣고 다가가 시온이의 휠체어를 잡았다.

"좋겠네. 시온이. 새로 온 선생님이랑 산책도 가고."

간호사의 장난에 아이는 대답 없이 웃었다. 그 해맑은 웃음에 간호사가 떠나고 나서도 연아는 쉽사리 발걸음을 떼지 못했다.

"재밌게 놀다 와. 시온이~"

다온이 아이의 휠체어를 밀며 엘리베이터 쪽으로 사라졌다. 그 뒷모습을 잠시 바라보다가 연아 역시 스테이션으로 향했다.

"주쌤, 저래도 괜찮아요? 일 많을 텐데."

"수습이라 괜찮아요. 제가 사수인데 뭐 어때요."

"아 맞다, 주쌤 그거 들었어요? 우리 병원에 저희 그룹 막내아들이 왔다던데요?"

"어, 그거……."

난처한 표정으로 연아가 간호사의 잡담에 대답했다. 하기야 아무리 조용히 넘어가려고 해도 부원장에 병원 경영진 몇 명이 로비에 나가 대기했는데 소문이 안 날 수는 없겠다 싶었다.

"그렇게 좋아?"

"헤헤."

아이는 말없이 빙그레 웃었다. 딱히 서로 나눌 수 있는 공통된 화제가 없었기에 침묵이 감돌았다. 이렇게 어린아이를 대하는 것이 익숙하지 않았기에, 다온은 무슨 말을 해야 좋을지 조용히 휠체어를 밀며 생각했다.

"선생님 코코몽 알아요?"

"코코몽?"

"코코몽 모르는구나. 이렇게 크게 생겼는데. 빨간색이고."

아이와의 대화는 절로 식은땀이 나게 만들었다. 대화를 하려 시도하는 화제마다 전혀 모르는 것이었기 때문이다.

어른들의 쾌락에 빠져 살던 다온이 아이들의 눈높이를 쉽게 맞출 수 있을 리가 없었다. 그럼에도 아이는 자신의 이야기를 들어주는 사람이 있다는 것이 기쁜지 주절주절 하고 싶은 이야기들을 쏟아 냈다.

"선생님은 동생 있어요?"

"아니, 선생님이 막내야."

"막내?"

"응, 선생님한텐 형이 두 명 있어."

다온의 대답에 아이는 갑자기 말이 없어졌다. 정원에 심어진 대나무에 시선을 고정한 채 한참 동안 말이 없었다. 다온은 휠체어를 밀어야 하나 말아야 하나 망설이다 그냥 아이가 대나무를 볼 수 있게 브레이크를 걸었다.

"난 여동생 있는데."

"그래? 시온이 여동생은 몇 살이야?"

"몰라요. 전에 봤을 때는 두 살이라고 했어요."

"누가?"

"이모가."

또박또박 대답하는 아이의 대답에 다온은 할 말을 잃었다. 작년에 어머니를 떠나보냈다고 들었는데……. 아이를 병원에 홀로 둔 채, 시온의 어린 여동생을 돌보며 병원비를 벌어야 하는 아버지는 얼마나 힘들까 하는 생각에 가슴이 쓰린 듯이 아픈 기분이 들었다.

아이의 앞에서 티를 내지 않으려 했지만 다온의 얼굴에는 점점 그늘이 드리워졌다.

"시온이는 병실에서 뭐 하고 놀아?"

"음, 그냥 놀아요."

"뭐하고?"

"음, 그냥 생각하고, 그림도 그리고, 글자 공부도 하고, 숫자 공부도 해요."

실내 정원에서 지나치는 아이들은 휠체어에 앉아서 혹은 벤치에 앉아서 산책보다는 스마트폰의 작은 화면에 빠져 있기 마련인데 아이의 손에는 아무것도 없었다.

아이의 말에 다온은 작은 의문을 가졌다. 휠체어를 밀며 실내 정원을 이동하며 스쳐 지나가던 아이들의 대부분이 스마트폰을 주시하고 있었다. 하지만 시온이 핸드폰을 만지는 모습은 본 적이 없었다.

"그림 잘 그려?"

"잘 그려요! 아빠가 화가 해도 된다고 했어요."

대답하는 시온의 목소리에서 흥분이 묻어 나왔다. 아빠에 대해 이야기할 때면 유난히 들뜨는 듯했다. 때르릉— 그때 혹시나 까먹을까 봐 맞추어 놓았던 알람이 울렸다. 아이를 데리고 병실로 올라가야 했다.

"시온아."

"밥 먹으러 가야 하는 거 알아요."

아이의 시선이 대나무에 못 박혀 있었다. 다온이 아이의 앞으로 걸음을 옮겼다.

"시온이 대나무 좋아해?"

"저는 팬더를 좋아해요. 그 팬더가 좋아하는 게 바로 저런 대나무래요. 자는 시간 빼고 계속 대나무만 먹는대요. 귀여워요."

"그렇구나. 팬더 본 적 있어?"

"예전에요."

휠체어에 있는 안전띠의 찍찍이를 한 번 더 확인하고 다온이 휠체어를 밀기 위해 다시 일어섰다. 그러던 다온의 시야에 아이의 주삿바늘이 선명한 손목이 들어왔다.

"팔찌가 참 예쁘네. 이건 누가 사 줬어?"

"이건, 동생 거. 시아 거. 아빠가 줬어요."

남자아이에게 연분홍 팔찌라니. 환자 팔찌 옆에 수줍게 걸려 있는 분홍색 실팔찌였다. 다온이 묻자 환자복 안에 가려져 있던 팔찌를 시온이 끌어내렸다.

남자아이가 소화하기 힘든 연분홍색이라고 생각했는데, 동생 팔찌란다. 아이는 다온에게 대답하며 소중한 보물을 만지듯 팔찌를 조심스럽게 만지작거렸다.

"가서 점심 먹을까?"

"선생님이랑?"

"그래. 선생님이랑."

"좋아요. 그럼 간호사 누나랑은 저녁 같이 먹어야지."

"그래그래."

무의식적으로 아이의 머리에 손을 가져다 대려던 다온은 손끝에 닿은 모자의 감촉에 살짝 놀라 손을 거둬들였다. 다행이 아이는 눈치채지 못한 듯했다.

"시온이 왔어요."

엘리베이터에서 내려 스테이션에 다가가기도 전에 스테이션에 있던 간호사가 일어나 크게 외쳤다. 이에 다른 간호사들이 고개를 끄덕이는 것이 눈에 들어왔다. 한 간호사가 아이에게 다가오더니 체온계를 귀에 가져갔다.

"36부7. 괜찮네요~"

"밥은 제가 먹일게요."

"아, 그러실래요?"

체온을 받아 적은 간호사가 시온을 데리고 혈압을 재야 한다고 말했다. 다온은 간호사에게 시온을 맡기고 조금 걸어가 스테이션이 보이는 복도 한쪽에서 호출기를 들어 0020을 눌렀다.

— 네, 부원장 실입니다.

"부원장님과 오늘 점심 같이 먹기로 한 도다온이라고 합니다."

— 아, 네 잠시만요. 연결해 드리겠습니다.

내선번호라고 바로 연결될 거라고 생각한 다온이 머리를 벅벅 긁었다. 귀찮은 건 딱 질색인데. 다온은 이런 절차들이 전부 귀찮았다.

— 네, 전화 받았습니다.

"아, 안녕하세요. 저 도다온입니다."

— 오, 막내 도련님. 신 팀장한테 전달 받으셨는지 모르겠네요. 오늘 점심 괜찮으시면 식사는 저와 하시는 게…….

"아, 오전에 전달받긴 받았는데, 죄송한데 제가 선약이 있어서요. 혹시 괜찮으시다면 다음에 같이하시는 게 어떨까요."

— 아, 그러셨군요. 그럼 편하실 때 이쪽으로 연락해 주세요.

어차피 만나 봤자 부모님의 안부에 대한 이야기나 성심그룹에 대한 이야기, 혹은 기부에 대한 이야기 정도겠지. 아부를 듣는 걸 즐기는 타입도 아닌지라 모든 것이 귀찮게 느껴졌다.

"시온이 다 됐어요."

"네. 감사합니다."

다정한 목소리의 간호사가 시온의 상태 체크를 마쳤는지 다온을 불렀다. 한걸음에 다가간 다온이 시온의 휠체어를 밀며 병실로 들어섰다.

◇　◇　◇

바쁜 걸음으로 사무실로 들어온 연아는 제일 먼저 희순을 마주했다. 서글서글하게 웃어 주는 희순과 무게 없는 가벼운 대화를 나누면서 가운 안에 가득한 사탕과 젤리 몇 개를 꺼냈다. 아이들을 달래기 위해서 소아병동으로 갈 때 꼭 필요한 필수 아이템이었다.

"점심은 먹었어요?"

"이제 먹으러 가야죠."

"같이 갈래요?"

"음, 저는 오늘 케이스 정리 좀 하고 가야 할 거 같아요."

병원의 업무 특성상 점심시간이 확실하게 정해져 있는 것은 아니었다. 외래를 보는 간호사들이 서로 번갈아 가면서 점심을 먹는 것처럼 11시부터 1시 안에 알아서 먹고 오는 게 규칙 아닌 규칙이었다. 희순은 알겠다는 듯이 자신의 가운을 걸치고 사무실을 나섰다.

"하아."

연아가 깊은 한숨을 내쉬는 것과 동시에 사무실 옆 상담실 쪽 문이 열렸다. 무슨 골치 아픈 일이라도 생긴 건지 성균은 머리카락을 헝클며 인상을 쓴 채였다.

"왜 거기서 나오세요? 점심은 드셨구요?"

"아뇨. 상담 좀 하고 오느라."

연아가 별일이라는 듯 성균을 바라보았다. 사무실에는 그와 그녀 둘뿐이었다.

"성균 쌤 맡은 케이스가 있었어요? 팀장님이······."

"알아요. 케이스 아니에요."

"그럼 무슨 상담이에요?"

기존에 있었던 일 때문에 신규 케이스는 물론이고 그전에 있던 사례까지 윤서와 연아가 나눠서 인수인계 받은 이후였다. 연아가 의자에 푹 기대며 물었다.

"음, 그냥 인간관계죠."

"성균 쌤도 그거 때문에 고민하는구나."

"저도 사람인데 어떻게 고민을 안 해요. 인간관계는 답도 없고 끝도 없는 문제 같아요."

연아는 새삼 성균을 다시 보았다. 후줄근한 차림에 서글서글한 인상과는 달리 그는 그 어렵다는 사회복지 공동모금회의 사업을 뚝딱 따 오는 능력자였다. 사람을 대하는 업무를 하다 보면, 자괴감이 생길 정도로 인간관계에 있어 회의가 느낄 때가 많았던 연아가 보기에 성균은 한 번도 그런 적이 없었던 것 같기에 더욱 놀라웠다.

"저는 성균 쌤이 되게 완벽한 사람 같다는 생각을 했거든요."

"내가 연아 쌤 사수였어서 그렇게 느끼는 거 아니에요?"

"뭐, 그럴 수도 있고."

연아가 고개를 끄덕였다. 대학 졸업하고 현장에서 뛸 때, 제일 처음 성균에게 배웠기에 더 대단해 보일 수도 있었다. 대학에서 실습을 많이 했다지만, 실습생으로 일하는 것과 사회복지사의 이름을 달고 일하는 것은 그 책임감의 무게가 달랐다.

연아는 입사 이래로 계속 아슬아슬한 외줄 타기를 하는 기분이었고, 그 밧줄을 조금이나마 두껍게 만들어 준 사람이 바로 눈앞의 성균이었다.

"그나저나 새로 오신 선생님은 어때요?"

"강점관점(다양성을 존중하고, 결점보다는 장점을 중심으로 봄)에서요, 아니면 오프 더 레코드로?"

"둘 다?"

"그런 게 어디 있어요."

"양쪽 이야기를 다 들어 봐야 할 거 같은데요."

다른 사람을 볼 때 장점 혹은 강점만 보는 강점관점과 비공식적으로 자신의 감정만을 털어놓는 두 가지 중 하나만 하려 했으나 역시 먹히지 않는다. 일부러 두 가지 관점을 제시했던 연아가 어쩔 수 없다는 듯 어깨를 으쓱했다.

"그럼 시간을 좀 더 주셔야 할 거 같은데요. 지금은 강점관점보다는 오프 더 레코드 쪽이 좀 많이 쌓여서."

"아직 사회복지사 되려면 멀었네. 우리 연아 쌤."

"초짜일 때가 좋은 거죠. 전 이 팀의 영원한 막내가 되고 싶었는데."

"안타깝게도 대형 수습님이 오셨네요."

"그러게요."

연아가 웃음을 터뜨렸다. 능청스럽게 대꾸하던 성균 역시 소리 내어 웃었다.

"점심 안 먹을 거예요?"

대화도 잠시, 자신의 업무에 집중하느라 대화에 긴 텀이 생겼다. 그렇게 열중하던 연아의 귓가에 째깍거리는 벽시계 소리가 들려왔다. 자신은 별생각이 없었지만 평소 점심시간을 자주 놓쳐서 팀장님에게 한 소리 듣곤 하는 성균이 생각나서 일부러 한마디를 던졌다.

"대충 먹었어요."

"웬일이세요?"

성균의 대답에 연아는 크게 놀랐다. 워커홀릭이라고 불릴 정도로 일에 있어서 완벽주의를 추구하는 탓에 점심시간은 물론이고 매일 끼니를 거르는 게 일상이었던 성균이 스스로 밥을 찾아 먹다니. 모니터에서 시선을 뗀 연아가 칸막이 너머를 응시했다.

"만날 사람이 있었거든요. 같이 먹었어요."

"혹시 여자 친구?"

"눈치 빠르네. 연아 쌤."

그때까지도 키보드에 손을 올리고 있었던 연아가 손을 내렸다. 무언가 흥미로운 이야기가 나올 것 같았다. 반짝이는 눈동자에 성균이 시선을 회피했다.

"아, 이런 건 윤서 쌤이 전문인데."

"말하지 마요."

"어떤 분인데요?"

더는 피할 길이 없다고 생각했는지 성균이 포기했다는 듯 모니터에서 시선을 떼고 의자에 몸을 기댔다.

"그냥 좋은 사람."

"와, 재미없는 대답. 언제부터 사귀셨어요?"

"스물둘?"

"헐, 대박. 티도 안 내시고!"

전혀 몰랐다. 팀원들 다 그렇지만 성균 역시 야근에는 일가견이 있었기 때문이었다. 출근했다는 말보다 입원했다는 말을 장난스럽게 쓸 정도로 병원에 틀어박혀 있는 날들이 훨씬 많았다.

그런 와중에 연애, 그것도 스물두 살 때부터 사귀었다니. 현재 성균의 나이 서른넷…… 무려 10년이 넘게 사귄 것이다. 연아는 순수하게 감탄했다.

"뭘 티를 내요. 내 나이가 몇인데. 티 내면 다 결혼하라고 할 거면서."

"그럴 만하죠, 뭐. 10년 넘게 사귀신 거잖아요."

"그건 그런데……."

성균이 말끝을 흐리는 모습은 보기 드문 장면이었다. 연아는 잠시 굳은 표정으로 성균을 관찰했다. 대답하는 성균의 표정이 계속 어딘가가 불편한 듯했다.

"설마, 성균 쌤도 그런 쪽이에요?"

"어떤 쪽?"

"연애 상대 따로 결혼 상대 따로?"

"야! 넌 나를 뭘로 보고!"

존칭과 존댓말이 한순간에 날아갔다. 순간 흥분한 성균이 빽 소리를 질렀다. 별것도 아닌 일에 소리를 지른 자신의 행동이 머쓱했는지, 성균의 얼굴이 점점 붉어졌다. 그것을 본 연아는 배를 잡고 웃다가 정신을 차리고 질문했다.

"근데 왜 그래요?"

"연애의 끝이 결혼인 건 너무 정해진 거 같지 않아?"

"연애의 끝이 결혼은 아니죠."

"그럼 뭔데?"

"헤어짐."

"아씨, 연아 쌤!"

연아가 까르르 웃었다. 성균 역시 어쩔 수 없다는 듯 픽픽 웃음을 흘리다가 연아의 모습에 같이 크게 웃었다. 한참을 웃고 나서야 겨우 진정한 연아가 성큼성큼 냉장고로 다가가 시원한 생수를 꺼냈다. 자신의 컵에 콸콸 따르고 나서 성균에게 생수병을 건넸다.

"왜 그러는데요."

"그냥, 내가 좀 너무한 거지. 확신이 안 서니까 갑갑하네. 12년이나 사귀었으니 이제 답을 내려야 할 것 같은데. 답답하다 생각하지? 나도 이해해."

"아직 준비가 안 되었어요? 싱글생활 청산?"

"그럴지도 모르겠다. 어려워."

"솔직히 이야기해도 돼요?"

성균이 고개를 끄덕였다. 연아에게 말을 편하게 한다는 것은 사적으로, 즉 오프 더 레코드로 대화가 이어지는 것이나 다름없었다. 연아 역시 편안하게 의자에 몸을 기댔다. 벌컥벌컥 들이켜서 텅 비어 버린 물컵을 손안에서 굴리다가 성균과 시선을 마주했다.

"책임지지 못할 거면 지금이라도 접어요, 쌤. 케이스도 그랬잖아요."

"케이스랑 연애랑……."

"같진 않지만, 책임져야 하는 건 똑같잖아요."

연아의 말에 분위기가 착 가라앉으며 침묵이 흘렀다. 하지만 그 침묵도 잠시였다. 성균 역시 그녀의 말에 동의하는지 얼마 지나지 않아 고개를 주억거렸다. 맞는 말이었다.

"연아 쌤은 이래서 좋아."

"10년이건, 20년이건, 책임 못 질 거 같으면 바로 접어 주는 게 예의라고 생각해요. 그건 환자든 연인이든 마찬가지이지 않을까요."

냉정한 연아의 말에 성균이 톡톡, 책상을 천천히 두드렸다.

"그래서 우리 냉정한 연아 쌤은 언제쯤 우리 수습 선생님 기를 살려 줄 거야?"

"내가 살려 줘야 해요? 자기가 알아서 살아야지."

"냉정하네."

딱 잘라 말하는 연아의 대답에 성균이 웃음을 흘렸다. 이러나저러나 맞는 말이었다. 책임지지 못할 일은 벌이지를 말아야지. 다른 사람들은 사회복지사나 다른 사람의 도움을 받을 수 있지만, 도움 주는 사람의 입장에서 어떻게 그럴 수 있나. 그런 건 성균의 프라이드에 어긋나는 일이었다.

"그래도 연아 쌤. 선입견, 편견 다 걸러 내고 보자고요. 우리가 제일 해서는 안 될 게 색안경 쓰고 사람 보는 거잖아."

연아는 대답하지 않았다. 침묵은 곧 긍정이었다. 성균 역시 대답을 요구하진 않았다. 성균이 아는 연아는 이렇게만 말해도 충분히 알아듣고 이해할 수 있는 사람이기 때문이다.

"일이나 해요. 우리 오늘도 야근하게 생겼어요."

"그럽시다. 죽겠네, 진짜."

팔락팔락 종이 넘어가는 소리, 키보드가 다각거리는 소음만이 사무실을 가득 메웠다. 병원 로비에서 울려 퍼지는 희미한 안내방송 소리에 연아는 몇 번째 읽고 있는지 모를 서류를 책상 위에 내려놓았다. 그러고는 칸막이 바로 옆, 다온의 자리로 시선을 옮겼다.

밉다. 사람의 생명이 걸려 있다시피 한 서류를 제대로 쳐다보지도 않고 각하시킨 것도 미웠고, 그걸 기억하지 못하는 것도 괘씸했다. 그러나…….

"나쁜 사람은 아니에요."

연아가 툭 내뱉은 말에 대꾸는 없었다. 연아는 사회복지 일을 시작하면서 항상 자신이 손해 볼 수밖에 없다는 생각을 했다. 다른 사람을 위하는 일이고, 자신의 몸보다 다른 사람의 안위를 위해 일하는 것이 직무이니까. 잦은 야근에도 불평이 없었던 건, 자신이 이 일을 미루게 된다면 다른 사람 고통받을 거라는 확신 때문이었다. 그래서 손해 보는 것에 익숙해지고 있던 와중이었다.

그러던 어느 순간 마음속에서 이건 부조리하다는 생각이 싹튼 것 같았다. 그것이 눈앞에 나타난 다온에게 적개심의 형태로 쏟아진 것 같았다.

그게 사회경험은 눈곱만큼도 없는 온실 속 화초였음을 깨닫고 났을 때에도 저 사람은 돈이 많으니까 라는 생각에 죄책감을 밀어 넣은 것도 같았다. 그리고 연아는 그 마음을 마주했다.

사회 경험이라고는 눈곱만큼도 없어 보이는 온실 속의 화초 같은 사람. 그것을 깨달았을 때에도 저 사람은 돈이 많으니까, 라는 생각에 더욱 심술을 부렸던 것 같았다. 그런 생각의 끝에 한 가지 사실이 떠올랐다.

돈이 많다고 반드시 행복한 것은 아닐 텐데. 그녀는 물끄러미 허공을 바라보며 다온을 떠올렸다.

◇ ◇ ◇

1시 10분, 본격적으로 오후 업무가 시작되는 시간이었다. 점심시간이 끝나자마자 돌아온 다온이 문을 열자마자 텅 비어 있는 사무실을 둘러보다 입을 열었다.

"어? 아무도 없어요?"

"아, 아니에요. 윤서 쌤은 프로그램 아직 안 끝났고, 희순 선생님은 점심 드시러 가셨고, 어…… 신 팀장님은 출장."

누군가 들어오는 소리를 듣고 상담실에서 나온 연아가 머리를 긁적였다. 그녀의 손안에 들린 것은 오전에 사 온 샌드위치였다.

"점심 식사 안 하셨어요?"

"아, 네. 정신이 좀 없어서. 다온 씨는 먹었어요?"

"네, 전 아까……."

멀뚱히 서 있는 그에게 앉으라고 손짓한 연아가 샌드위치를 마저 먹었다. 아침도 빵. 점심도 빵이었다.

"혹시 샌드위치 남은 거 더 있나요?"

"아, 냉장고 위에 베이글 두 개랑 샌드위치 하나 있어요. 많이도 사 왔던데……."

"하하, 아니에요."

시온에게 병원 밥을 먹이고 변변찮은 식사를 하지 못한 다온은 배 속이 허한 기분이었다. 아까까지만 해도 괜찮았는데, 꾸미지 않아도 예쁜 연분홍빛의 연아의 입술 사이로 천천히 들어가는 샌드위치를 보니 갑자기 허기가 밀려오는 것 같았다. 다온은 샌드위치를 가져와 자리에서 먹어도 될지 연아의 눈치를 보았다.

"상담실에 커피 내린 거 있으니 같이 마셔요."

"감사합니다."

그를 쳐다보지도 않고 샌드위치를 마저 먹으며 무언가를 읽던 연아가 툭 터는 듯이 혼잣말처럼 던진 말에 다온이 군기 바짝 든 신병같이 대답했다. 갑작스럽게 들려온 힘이 들어간 목소리에 연아가 고개를 들었을 때는 다온이 이미 자신의 자리에 앉아 샌드위치의 포장을 벗기고 있었다.

그때 똑똑똑, 정중한 노크 소리가 들렸다. 다온의 고개와 연아의 고개가 동시에 문을 향했다. 그곳에는 간호사 정복을 차려입은 여자가 반갑게 손을 흔들고 있었다. 다온이 자신에게 아는 척하는 건지 심각하게 고민하던 찰나 연아가 벌떡 일어섰다.

"오, 이리연 오늘 데이야?"

"아니, 이브."

"근데 왜 벌써 나왔어?"

아이라인을 길게 뺀 고양이 상을 가지고 있는 그녀는 연아의 물음에 대수롭지 않게 웃으며 답했다.

"나 오늘 시험 있어. 벼락치기 좀 하려고."

"못살아. 넌 신입도 아닌데 왜 아직까지 시험을 보냐."

"간호사잖아."

안으로 들어오지 않고 문 앞에서 웃으며 대화하는 그녀들을 보던 다온은 핸드폰 진동을 느끼고 주머니를 뒤적였다. 다온이 그렇게 핸드폰에 집중하는 사이 리연이 흘끗 그를 보고는 연아의 옆구리를 푹 찔렀다.

"그래, 알았어. 나가서 이야기하자."

"연아 너 혹시 오늘 일찍 들어와?"

"나? 오늘부터 야근이야."

까르르 웃는 목소리가 문이 닫히자 흐려지듯 사라졌다. 그와 동시에 다온이 긴 한숨을 내쉬었다.

"네, 김 실장님 어떻게 됐나요?"

— 죄송하지만 도련님. 큰도련님께서…….

다온은 책상 위에 팔꿈치를 대고 손으로 이마를 짚었다. 진철의 난처한 목소리는 계속해서 이어졌다. 대강대강 흘려듣던 다온이 다시 한 번 짧게 한숨을 내쉬었다.

"알았어요. 그럼 제가 오늘 큰형 만나러 갈게요. 오늘 큰형 스케줄이 어떻게 돼요?"

— 오늘 특별히 중요한 스케줄은 없으십니다만.

"그럼 제가 집으로 찾아간다고 전해 주세요."

— 아, 그게, 오늘 큰도련님이랑 사모님께서 반지 보시러 가신답니다.

미친. 다온이 경련을 일으키듯 몸을 떨었다. 하필이면 날을 골라도 너무 잘못 골랐다. 어쩐지…… 큰형이 스케줄이 없는 날이 있을 리가.

"그럼, 회사로 찾아간다고 전해 주세요. 음, 아니다. 저 회사 끝나는 대로 간다고……. 아니아니, 혹시 모르니 늦게 끝나면 내일 찾아간다고 해 주세요."

— 네. 알겠습니다. 오늘 퇴근시간 맞춰서 대기하겠습니다.

"아니에요. 그냥 지하주차장에 차 놓고 퇴근하세요. 운전 제가 할게요."

— 하지만 도련님…….

"어디다 주차했는지만 문자로 남겨 줘요. 수고하세요, 김 실장님."

사무실 문밖에서 인기척이 들리는 것 같아 다급하게 통화 종료 버튼을 연타했다. 평소라면 터치 한번이면 끊어지던 게 이상하게 반응이 느린 거 같아 신경질적으로 화면을 두드려 전화를 끊은 다온이 눈앞에 쌓인 매뉴얼로 시선을 옮겼다. 한숨이 절로 났다.

"아, 미안해요. 친구가 잠깐 찾아와서……."

"저분도 소아병동 간호사 선생님이세요?"

무어라 대꾸할까 고민하던 다온이 최대한 대화를 이어 갈 수 있는 화제를 찾았다. 처음 하는 사회생활이고, 처음 맞는 사수인데 그래도 잘 지내 봐야 하지 않겠는가 싶어서였다.

"아뇨. 쟤는 호흡기 내과."

"저희가 호흡기 내과도 보나요?"

"음, 의뢰가 있으면 보긴 하는데. 쟤는 그냥 친구예요. 룸메이트."

"아, 같이 사시는구나……."

그렇게 대화는 더 이루어지지 않았다. 적막한 사무실에 타이핑 소리만 울려 퍼졌다. 이젠 눈에도 안 들어오는 매뉴얼만 붙잡고 있다가 다온이 번쩍 고개를 돌렸다. 하나로 질끈 올려 묶은 머리카락, 깜박이면서 함께 움직이는 속눈썹, 한 번씩 손을 들어 문지르는 관자놀이.

여자를 이렇게 관찰해 본 적이 있었나 싶을 정도로 연아를 빤히 바라보던 다온은 그녀의 시선을 따라 연아가 바라보고 있는 서류를 들여다보았다.

자신이 보는 매뉴얼에 나온 프로그램 계획서. 매뉴얼로는 쉽게 감이 잡히지 않던 차라 안 그래도 질문하고 싶던 차였다. 그런 다온의 시선을 느꼈는지 연아가 입을 열었다.

"아, 이거요? 117병동 들어갈 프로그램이에요. 윤서 쌤이 보완 좀 해 달라 해서요."

"어제부터 궁금했던 건데, 프로그램이라는 건 대체 어떤 건가요? 사회공헌팀이 프로그램이라고 하니까 잘 모르겠어요."

"음……."

연아는 키보드에서 손을 떼고 의자를 뒤로 밀었다. 책상과 충분히 공간을 벌린 뒤 의자를 돌려 다온을 마주 보았다. 잠시 고민하는 듯 하던 연아가 어느새 자신의 책상에 올라온 내선전화를 매만졌다. 연아의 곤두섰던 신경이 점점 누그러졌다. 끙, 하는 소리와 함께 눈을 감았다 뜬 연아는 이윽고 마음을 먹었는지 입을 열어 다온에게 설명을 하기 시작했다.

"우리 프로그램의 대상은 4종류로 구별돼요. 첫 번째는 환자랑 환자 가족들, 둘째로는 병원 직원들, 세 번째는 지역주민, 네 번째는 해외대상자. 아시다시피 저희 성심그룹 계열은 기업이념에 따라 기업 복지하고 사회공헌 둘 다 맡아서 하고 있어요."

"어, 달랑 다섯 명이서요?"

"다른 병원도 사회복지 쪽 인력은 비슷비슷해요."

괜히 병원이 인력이 부족하다고 하겠어요? 아무렇지도 않게 덧붙이며 연아가 대화를 이어 갔다. 아예 사회복지 쪽은 모르고, 회사생활을 해 본 경험도 없고, 사회생활에 대해서 하나도 들은 바가 없을, 도련님에게 차근차근 기본부터 알려 주려니 벌써부터 머리가 지끈거리는 것 같았다.

"분기 별로 나눠지긴 하는데, 전체 분기 공통적으로는 환자랑 환자 가족들, 그리고 병원 직원들에 대한 복지가 들어가고, 2분기에는 지역주민 대상 특성화 사업 프로그램이 들어가요. 주로 지역

주민 대상 무료 건강검진 서비스라든지, 소외계층 검진이라든지, 초등학교 파견 헬스케어 교육 같은 거요. 4분기에는 해외에 있는 성심그룹 계열사가 진출해 있는 곳으로 해서 해외 쪽으로 의료봉사단이 파견되죠. 주로 4분기에는 그거 준비하느라 정신이 없어요."

가만히 듣던 다온이 가운을 뒤적여 볼펜을 들었다. 왠지 이번에 제대로 알지 못하면 다신 알려 주지 않을 거 같았기 때문이었다.

"질문 있으면 바로바로 해요. 음…… 그리고 대상 환자 같은 경우에는 대부분 병동에서 의뢰가 와요. 아니면, 지역 동사무소에서 의료비 지원이 필요하다고 연계요청이 오기도 하구요. 직원 복지로는 병원 내 음악회 개최라든지, 병원 내 휴게실 운영, 아, 인사팀과 연계해서 휴가나 친절 직원 소개 같은 것도 직원 복지에 포함이 돼요. 홍보팀이랑 해서 병원 내 회지를 내기도 하고요……."

"일이 많네요."

연이어 늘어지는 일거리들에 다온이 질린 듯이 대꾸했다. 그는 실제로 끝없이 이어지는 일들에 질려 있었다. 그의 심정이 표정에 그대로 드러났는지 연아의 입꼬리가 슬그머니 올라갔다. 해야 할 일이 정말로……. 끊임없이 늘어놓는 연아의 말에 다온이 질렸다는 듯 중얼거렸다.

"그러니까 저희가 늘 정신없죠. 혹시 모르는 거 있으면 물어보고. 다온 씨 오늘 오전에 시온이 관찰한 거 케이스 레코딩(Case Recording) 작성해 주세요."

"어, 그거 봤는데……."

"메뉴얼에 틀 있을 거예요. 사내 네트워크는 접속해 뒀죠?"

"아, 네."

연아의 말에 다온은 급히 절전모드로 전환된 컴퓨터 마우스를 흔들었다. 대상자의 행동과 감정을 관찰해서 언어적 행동과 비언어적 행동을 적는 보고서 비슷한 거였는데……. 얼마 지나지 않아 연아가 보고서 틀을 사내 네트워크 메신저를 통해 보내 주었다.

"오늘은 그거 제출하면 퇴근하는 걸로 해요."

"네, 알겠습니다."

대답은 쉬웠지만, 처음 해 보는 게 잘 될 리가 없었다. 다온이 반쯤 울상을 지으며 건성건성 살펴보던 매뉴얼에 다시 고개를 처박았다. 대학도 안 갔는데 레포트나 보고서 등 무언가를 쓰는 행위에 익숙할 리가 없었다. 그에게는 사상 최대의 과제나 다름없었다.

이럴 때의 답은 벤치마킹밖에 없었다. 눈에 불을 켜듯 매뉴얼을 뒤적이는 다온의 연갈색 머리칼을 바라보던 연아는 다시 일로 돌아섰다. 돌아서는 연아의 입가에 살며시 미소가 스친 것을 다온은 발견하지 못했다.

"아 죽을 거 같다."

저녁 일곱 시. 점심시간부터 들러붙었던 그, 케이스…… 케이스 뭐시기. 겨우겨우 연아에게 통과를 받고 신 팀장에게 제출하자마자 퇴근했는데도 이 시간이었다. 지하주차장으로 내려오면서 바라본 병원은 외래진료가 끝나서 그런지 한산하게 느껴졌다.

"C—17, C—17……."

입은 주차구역을 찾기 바쁘면서 손은 연신 뻐근한 목을 주무르기 바빴다. 오랫동안 컴퓨터 모니터에 얼굴을 박고 있어서 그런가, 살면서 이렇게 많이 타이핑을 해 본 건 처음이라서 그런가…… 손목부터 뒷목까지 아프지 않은 구석이 없었다.

"아, 어쩌지."

다온은 차에 올라타 핸들을 붙잡자마자 한숨을 토해 냈다. 형의 호출이 두렵고 궁금했지만, 오늘은 큰형을 찾아가기에 좋은 날이 아닌 듯했다. 거의 신혼이나 다름없는 재준의 집에 찾아갔다가는 눈치 없다고 혼날 것 같고, 그렇다고 그냥 집에 들어가기도 그렇고…….

"간만에 좀 놀아 볼까."

이틀 동안 출근 도장 안 찍었다고 카카오톡이랑 SNS가 아주 난리가 났다. 맨날 출근 도장 찍던 녀석이 자기 영업장에 코빼기도 비추지 않으니 찾을 수밖에. 운전대를 홱 돌려 차를 빼낸 다온이 통화버튼을 눌렀다. 블루투스 이어폰을 통해 들려오는 목소리는 작게 가라앉아 있었다.

"어, 현율아. 오늘 너 알바 언제 끝나냐."

― 왜.

현율은 그와 잘 노는 부류의 사내였다. 볼링장에서 처음 만난 사이인데, 다온이 재벌 3세이건 어떻건 전혀 상관하지 않고 다른 사람들과 똑같이 대해 주었다.

다온은 그런 현율이 마음에 들었다. 통신회사에서 일하는 그를 다온은 평소 '알바'라고 칭하지만 엄연한 정직원. 업무 중인지 목소리를 잔뜩 낮춘 현율을 꼬여 내려는 다온의 목소리에 짓궂음이 가득했다.

"가자!"

— 미친 새끼.

"그리로 와. 기다린다?"

— 웬일이래. 한동안 소식 없더니. 끝나고 바로 갈게, 기다려라.

그러든지 말든지. 대답 없이 통화를 종료시킨 다온이 생각 없이 액셀을 밟았다. 머리 아픈 보고서와 신경 써야 할 사람들에서 벗어난 생활은 얼마나 아름다운지. 까만 밤하늘에 수놓인 야경을 즐기며 다온이 창문을 내렸다.

까딱, 까닥. 귀가 시끄러울 정도의 음악에 맞추어 고개를 까딱거리다가 습관적으로 와이셔츠 가장 윗 단추를 풀려고 했던 다온은 문득 자신의 차림새를 내려다보았다. 너무 편안한 옷차림이었다. 마치, 운동을 가는 듯한 운동화에 활동성 좋은 옷들. 일하기엔 좋지만 놀기에는 영 아닌 옷.

"나예요. 실장님. 우리 백화점 폐장시간이 언제죠? 음, 한 시간만 더 열어 놓으라고 해요. 아니, 다 열 필요는 없고 남성복 쪽만. 명품숍까지? 음, 그 정도만."

병원이 위치한 강북에서 백화점이 위치한 강남까지는 짧게 잡아도 꽤나 긴 시간이었다. 그것도 퇴근시간 혼잡한 도로라면 더더욱. 넉넉히 잡아 한 시간은 걸릴 거 같아 빨간색으로 깜빡이는 자동차 시계를 바라보았다. 대충 이 시간이면 되겠지. 김 실장에게 통보 아닌 통보를 한 다온이 꽉 막히는 도로에 신경질을 냈다. 이래서 이런 시간에는 안 돌아다니는데.

— 지이이잉.

운전대를 내리치며 짜증을 내려던 순간이었다. 핸들을 내려치는 순간 울린 핸드폰이 짧은 소리 후에 부르르 몸을 떨며 진동을 자아내고 있었다. 화면에 떠오른 이름은 둘째 형.

"왜, 형."

— 요즘 출근한다며. 할 만해? 어때?

들려오는 목소리는 걱정보다도 웃음과 장난기를 가득 담고 있었다. 분명히 저거 약 올리려고 전화한 거다. 막내가 아주 동네북이지. 여기저기서 툭툭 쳐 대게.

"형도 출근할래? 우리 팀에 여자 많다?"

나름 많았다. 나이 지긋하게 드신 선생님부터 자기만 보면 냉정해지는 사수에 자신에게는 말도 잘 안 거는 윤서까지. 남녀 성비로 따지면 다온까지 합쳐서 딱 3 대 3, 여섯 명이었다. 미팅도 아니고 삼삼이 뭐야.

— 됐거든. 나는 월세나 받아 챙기는 게 좋다.

"아, 나도 부동산이나 할 걸 그랬어. 그럼 큰형이 이렇게 일 안 시킬 텐데. 설마 큰형 나한테 경영시키려는 건 아니겠지?"

— 그건 또 무슨 미친 소리래. 너 술 마셨냐?

머리를 긁적이며 갑자기 떠오른 생각을 뱉어 낸 다온의 말에 둘째 서원이 질색했다. 허황된 소리 하지 말라며 정색하는 목소리에 다온이 발끈하며 목에 핏대를 세웠다.

"내가 뭐! 난 그런 생각도 하면 안 돼? 내가 그렇게 능력이 없어?"

— 능력 없지 당연히. 니가 뭐가 되냐? 대학 졸업장이 있냐. 자격증이 있냐. MBA는커녕 대학 문턱도 못 밟아 본 녀석이 무슨 경영이야. 형이 미치지 않고서야 너한테…….

"와, 그놈의 대학이 뭐라고 사람 기죽이네."

내내 무시하는 말을 하던 서원은 큰형이 미쳤다는 우스갯소리를 건네며 크게 웃었다. 이어폰을 통해 흘러나오는 웃음소리를 듣다가 다온도 덩달아 웃었다.

— 너 대학 안 나온 거, 자랑 아니다. 다른 사람이면 몰라도 환경도 다 되는 놈이 뭐가 문제가 있어서 대학도 못 가고, 쯧.

"고졸 무시하지 마."

— 넌 무시당해도 돼. 고등학교 졸업할 때 성적 읊어 줄까? 내가 그거 외웠다, 외웠어. 하도 어이가 없어서.

"아 형! 그건 좀 잊어라."

장난기가 가득한 형제들 간의 대화였다. 꽉 막힌 도로에서 꽤나 즐거움을 주는 것 같아 다온이 팔을 쭉 뻗었다. 앞에 있는 차는 전혀 움직이지 않고 왼편의 야경은 아름다웠다.

— 내가 그걸 어떻게 잊냐? 공부 좀 하고 살아라, 새끼야.

"재벌가 막내로 태어났는데 이거면 됐지 뭐. 공부까지야."

— 너 우리 집 망하면 어쩌려고 그러냐? 주식 다 휴지쪼가리 돼버리면 어떻게 살려고.

쯧쯧쯧, 혀를 차는 것이 영 답답한 어투였다. 하기야 답답할 만도 하지. 큰형은 태어날 때부터 엘리트 코스에 후계자 교육. 둘째 형은 큰형이랑 나이 차가 별로 안 나서인지 그런 큰형의 모범을 보고 자라서, 뭘 하더라도 꽤나 착실하게 자기 할 일을 찾아 척척 해내는 스타일이었다.

반면에 막내인 자신은 망나니처럼 노는 것만 좋아했다. 하고 싶은 것도 없고, 해야 할 것도 없는 생활. 그 어떤 것도 다온을 붙잡아 맬 수 없었다. 그렇게 자유로운 영혼의 소유자가 바로 성심그룹 막내인 자신이었다.

"주식이 휴지 조각 돼도 집 있고, 차 있고, 매장 있는데, 뭐."

물론 그 매장의 반이 적자라는 사실은 굳이 언급하지 않았다. 돈 벌려고 차린 곳도 아니고 그냥 놀려고 차린 거라고 하면 둘째 형의 욕설 섞인 타박을, 큰형의 진중한 잔소리를 듣게 될 테니 말이다.

— 그래서 지금 어딘데.

서원의 짧은 한숨은 그대로 다온의 귀로 전해졌다.

"어디긴, 놀러 가는 중."

— 이 새끼 아직도 정신 못 차렸네.

"내가 정신 차리면 그날은 세상이 멸망하는 날이야, 형."

말은 아주 청산유수다. 서원이 마저 잔소리를 하다가 먼저 전화를 끊었다. 먼저 끊을 거라 예상치 못한 다온은 어안이 벙벙할 뿐이었다. 이 인간은 대체 전화를 왜 한 거야? 약 올리려고 한 거 같긴 했는데…… 서원과의 통화는 잔소리로 끝났다.

겨우 뚫린 도로를 한참 달리다가 반쯤 불이 꺼진 백화점에 들러 맞춤 정장을 한 벌 주문하고 세미정장을 하나 사서 갈아입었다. 바짓단이 조금 맞지 않아 수선을 맡겼지만 대기시간 10분 안에 모든 일이 끝났다.

갈아입은 자신의 모습을 만족스럽게 바라보던 다온은 느긋하게 현란한 조명이 반짝이는 자신의 사업장으로 발을 옮겼다. 이 세계가 바로 다온의 세계였다. 우는 소리 가득한 환자들이 있는 공간이 아니라 바로 이곳. 쿵쿵 가슴을 울리는 비트가 울려 퍼지는 공간, 과하지 않은 조명. 한잔, 한잔 데코레이션까지 신경 쓰는 고급진 클럽, 바? 다온이 집보다 더 자주 찾는 공간이었다.

"현율이는?"

딱 떨어지는 검은색 조끼를 걸쳐 입은 직원에게서 한 잔을 받아

들며 다온이 안으로 들어섰다. 다온의 발에는 운동화 대신 광택 없는 까만 구두가 자리하고 있었다. 그는 대답 대신 테이블 형식의 바를 가리켰다. 그 방향을 따라 천천히 걸으며 다온이 빙그레 웃었다.

사람들은 흔히 클럽을 운영하는 다온이 위스키나 보드카처럼 도수가 강한 술을 좋아할 거라 생각하지만 실상은 달랐다. 그는 술보다는 술을 마시는 분위기를 즐겼다. 쓴맛도 싫어했고, 술 특유의 짙은 알코올 향도 싫어했다. 그리고 무엇보다 도수가 높으면 목이 뜨겁다며 질색하는 어린아이 같은 사람이었다.

"이제 오냐?"

반쯤 찰랑이는 액체가 든 각진 모양의 잔을 들고 있던 그가 자신에게 내밀어지는 보드카 한잔에 인상을 찌푸렸다. 짙은 까만색의 머리칼이 귀를 가릴 만큼 길었다.

덥수룩해 보이는 머리카락을 한차례 휘젓자 몇 개의 피어싱이 북두칠성처럼 귓가를 수놓고 있었다. 다온은 자신을 발견하고 말을 거는 현율을 가만히 바라보았다. 가까이 다가가 방금 직원에게서 받은 잔을 넘기고는 직원에게 칵테일을 주문했다.

"뭐긴, 간만에 술 좀 마시겠다는데."

"그니까 왜 이걸 굳이 가져와서 나한테 주냐고."

"먹기 싫으니까."

180은 족히 넘어 보이는 체구에 두툼한 근육질 덩치의 현율에게 시비를 거는 듯한 다온의 모습을 사람들이 힐끔힐끔 쳐다봤다. 하지만 그런 것에도 아랑곳 않고 다온은 계속해서 그의 성질을 건드렸다.

"그럼 버려."

"아깝잖아."

"뭐래 이 새끼가?"

"나 보고 싶었지?"

이마에 깊어지는 주름이나 딱딱해져 가는 표정이 신경 쓰이지도 않는지 다온은 빙글거리는 웃음을 머금고 연신 빈정거리기 바빴다. 그러다가 손바닥 두 개를 볼에 갖다 대면서 예쁜 척까지 하면서 약 올리기 바빴다. 그에 현율의 인상이 더더욱 험악해지는 것은 당연한 사실이었다.

"너 오늘 약했냐?"

"너는 말을 왜 그렇게 하니? 고운 말 좋은 말을 좀 써야지. 오랜만에 보는 친구한테 약을 했냐니, 너무한 거 아냐?"

"한동안 안 보여서 좋았는데, 너 미쳐서 나타나니 어이가 없어서 말이다."

금방이라도 싸움이 벌어질 듯한 두 사람의 대화는 별 탈 없이 계속 이어졌다. 이제 겨우 저녁 9시. 다온이 사랑하는 초저녁의 축제가 시작될 시간이었다.

"그래서 나 안 보고 싶었어?"

"비싼 술은 그리웠지."

"에이, 돌려 말하긴. 나도 보고 싶었어."

"아오, 이 개새끼가 진짜."

다온이 소리 내어 까르르 웃었다. 일부러 해맑게 웃는 걸 안 현율이 허탈한 한숨을 토해 냈다.

"어, 오빠~ 오랜만이에요."

주로 부유층이나 몇 가지 조건에 부합하는 사람들만 들어올 수 있는 이 클럽에는 상주하는 여성의 수도 꽤 되었다. 클럽 주인인 다온은 이들의 얼굴은 물론 인적사항까지 전부 꿰고 있는 상태였다. 다온이 바에서 내려오자마자 자연스럽게 홀로 인도하는 솜씨가 아주 자연스러웠다.

"오빠도 어서 들어가세요."

누가 네 오빠야. 중얼거리려던 현율이 짧게 한숨을 쉬고 다온의 뒤를 따랐다. 마치 자신이 왕이라도 되는 양 양쪽에 딱 달라붙는 붉은색 원피스를 입은 여성을 끼고 걷는 폼이 영 꼴 보기 싫었다.

홀을 지나 룸으로 걸어가는 도중에 많은 사람들이 다온에게 인사를 건넸다. 대부분 도 사장 오랜만에 본다는 둥, 아버지나 형님은 잘 계시는지 묻는 안부 인사들이었다. 방긋방긋 웃으며 기분 나쁘지 않게 뿌리치며 룸 안에 들어섰다.

"뭐 마실까?"

"웬일로 룸을 들어와?"

"처리해야 할 서류도 있고, 너 어차피 혼자 술이나 마실 거잖아. 그럴 거면 그냥 내 옆에서 마셔."

유혹적인 눈길로 다온의 허리를 조심스럽게 쓸어내리던 여인이 룸 안에 들어오자마자 팔을 내렸다. 룸 안은 술집보다는 사무실에 가까웠다. 안쪽에 책상이 하나 있었고, 그 앞에 기다란 테이블이 놓여 있었다. 현율이 그 긴 탁자의 의자를 빼서 앉았다.

"아, 사장님. 사장님 오시면 비윤 언니가 뵙고 싶다고 전하라 그랬어요."

"비윤 누나가? 들어오라고 해. 술은 현율이가 항상 마시던 걸로 갖다 주고, 안주도 알아서 좀 준비해 줘."

머리를 길게 늘어뜨린 여자들이 나가고 나서야 다온이 책상 앞에 앉았다. 놀기 위한 장소라지만 사업장은 사업장이니 필수적으로 처리해야 할 서류들이 꽤 있었다.

"논다며?"

"할 건 하면서 놀아야지."

자물쇠로 잠긴 서랍을 열어 노트북을 꺼내면서 다온이 대꾸했다. 타닥거리는 타이핑 소리와 시끄러운 클럽의 비트 소리에도 현율은 느긋하게 앉아 술만 입속으로 집어넣기 바빴다.

어디서 마시든 무슨 상관인가. 배 속에 술만 들어가면 그만인걸. 그가 찬장에 있는 위스키 병 중 하나를 전부 비웠을 때였다. 똑똑하는 노크 소리가 들려왔다.

"들어와요."

다온이 흩어져 있던 종이뭉치를 하나로 모아 탁탁 소리를 내며 정리했다. 사람이 들어오거나 말거나 현율은 마시지 못해 죽은 귀신처럼 술을 들이켰다. 짧은 노크 소리 뒤로 눈살이 찌푸려질 정도로 아찔한 의상을 입은 두 명의 여자가 들어왔다.

"어쩐 일이야, 비윤 누나?"

다온은 오랜만에 보는 낯익은 얼굴에 반가워 노트북을 닫고 일어나 장난스럽게 웃었다. 다른 여자들이 머리카락에 웨이브를 넣은 것과 달리 빳빳하게 쭉 뻗은 머리카락을 가진 여자는 화장이 유난히 옅어 보였다.

"그냥, 오랜만에 오셨으니 그 비싼 얼굴 좀 볼까 하고."

비윤의 뒤로 들어온 원들이 트레이 한가득 예쁜 모양의 과일안주와 칵테일을 싣고 들어왔다.

"직장 잡으셨다면서? 그 소문이 사실이야? 다들 막내 도련님이 성심으로 들어갔다고 하던데."

"비슷하긴 한데. 수습이야. 그냥 날짜만 채우고 나올 거야."

"후계자 수업 밟는다는 소문이 가득하던데? 그래서 요즘 매출이 좋대."

분명 용건이 있어서 왔지만 쉽사리 끄집어내지 않고 표면적인 대화만 이어졌다. 비윤의 말에 다온이 졌다는 듯 자리를 정리하고 일어나 현율의 맞은편 자리에 앉았다. 다온이 자리를 잡자, 비윤도 그 옆에 자리를 잡았다. 모두 착석하자 트레이를 밀고 들어온 직원들이 테이블 세팅을 시작했다.

"그거 전부 개소리야. 내가 맡았다가 다 말아먹을 일 있어?"

"왜? 우리 사장님 보기보다 착실한데."

잔잔하게 올라간 붉은 입꼬리가 자연스러웠다. 비윤은 이어 테이블 위의 칵테일 한 잔을 집어 들어 다온의 앞에 올려두었다. 천천히 이어지는 대화에서 입을 다물고 있는 건 현율뿐이었다.

"대체 나를 어떻게 보는 거야?"

"날건달."

기가 막히다는 듯이 내뱉는 질문에 대한 대답은 엉뚱한 곳에서 나왔다. 가만히 듣고 있던 현율이 툭 내뱉은 말에 여기저기서 웃음이 터져 나왔다. 웃지 못하는 사람은 다온뿐이었다.

"우와, 사람을 대체 뭘로 보고."

"날건달."

"야!"

"날건달은 널 위해서 있는 단어야."

쿠쿵, 촌철살인처럼 달려드는 그 한마디가 다온의 가슴에 묵직하게 꽂혔다. 게다가 쉽게 입을 여는 타입이 아닌 현율의 입에서 나온 말이라 그런지 더더욱 신빙성을 더하는 듯했다. 충격받은 표정의 다온의 얼굴에 또다시 웃음이 흘렀다.

"우리 사장님은 연애 안 해?"

한참을 웃고 난 뒤, 클럽에서 일한 지 2년 차가 되어 가는 비윤이 장난스럽게 물었다. 다온은 짐짓 고민하는 듯한 표정을 짓고 턱을 괴었다.

"음, 지금은 별로 안 땡겨."

한참을 시간을 끌던 다온이 툭 내던지듯 대답했다. 평소와는 달리 조금 가라앉은 목소리였다.

"연애를 땡겨서 하나? 좋아하는 사람 생기면 하는 거지."

잠시 큰형과 형수님의 연애가 떠올랐던 다온이 피식 바람 빠지는 듯한 웃음소리와 함께 칵테일을 들이켰다. 비윤을 바라보니 그녀는 머리카락을 배배 꼬며 무언가 할 말을 숨기는 듯한 느낌이었다. 다온은 슬쩍 그녀를 떠보기로 했다.

"그러는 누나는 연애 안 해?"

"해. 그래서 나 곧 그만둘 거야."

"오오오오."

장난스러운 반응이 룸 안에 가득 차올랐다. 파트너가 있건 말건 모두 비슷한 반응이었다. 그녀에게 남자친구가 있다는 것도 놀라웠지만, 이 직장을 그만 둔다는 결정이 더 놀라웠다.

이 클럽이 유흥업소로 분류된 것은 사실이었다. 그러나 확실히 보장된 높은 임금과 상대하는 이들이 부유층 등의 상류층임에도 불구하고 신변에 위협이나 유혹이 없게 보호해 주는 점에 있어서 이곳은 좋은 일터였다.

그녀에게 갚아야 할 학자금 대출금이 많다는 것도, 돈이 부족해 허덕이는 상황이라는 것도 모두 아는 상황에서 그녀의 결정은 정말이지 놀라운 것이었다.

"축하해, 누나. 그래서 결혼은 언제인데?"

"결혼은 아직 생각 없는데, 근데 왜? 결혼하면 축의금 내 주려고?"

"냉장고 하나 정도는 봐 줄 수 있지."

"다들 들었지? 우리 사장님이 이런 분이시다. 그러니 챙길 수 있을 때 챙겨 가."

받아치는 비윤의 솜씨가 일품이었다. 까르르 웃는 여성들의 웃음소리가 닫힌 문사이로 들려오는 잔잔한 비트소리와 함께 섞였다. 현율이 픽 웃으며 술잔을 기울였다. 잔을 비우자마자 과일안주를 씹으며 다온이 하는 꼴을 쳐다보았다. 비윤의 말에 웃으며 대꾸는 하고 있지만 눈이 웃고 있지 않았다.

다온은 한 번씩 드는 생각들에 진저리를 치곤 했다. 다온은 자신의 가족을 떠올렸다. 냉혹한 아버지, 아버지를 똑 닮아 가는 큰형. 다온은 늘 그 큰형의 모습을 보며 두려움을 느꼈다. 그 사이에서 자신이 하고 싶은 일을 찾아간 둘째 형 서원이 참 대단해 보였다. 다온 또한 그처럼 자신이 하고 싶은 대로 살고 싶었다.

"왜."

이래서 현율이 좋았다. 다온은 아무 말 하지 않아도 자신을 알아봐 주는 그를 보며 실없이 웃었다.

"아니야."

다온은 지금 자신을 지탱해 줄 사람이 필요했다. 이 제멋대로의 삶에도 어느 정도의 선은 필요하니까. 그런데 한 번씩, 아니 점점 자주, 유혹이 턱밑까지 차오르고는 했다. 다온이 비윤의 머리에 손을 얹어 머리카락을 쓸어내렸다.

"뭐야, 웬일이야 우리 사장님이?"

클럽 초창기, 공사가 끝나고 자리 잡을 때까지 꿋꿋하게 다른 여자들을 불러 모으고 버티게 만들었던 장본인. 비윤은 탐나는 인재였다. 아마도 비윤이 나간다면 다른 여자들도 슬그머니 따라 나갈지도 모른다. 어느 정도 단골도 확보된 상황에서 그녀들이 나간다면 클럽이 큰 타격을 입을 수도 있으리라.

"그냥, 간다니까 조금 서운해서."

"그럼 여기 통행증 좀 주지? 자주 들를게요."

"통행증은 뭐야. 그냥 들어와. 다들 누나 얼굴 알지 않나?"

"쌩얼로 오면 아무도 못 알아볼걸?"

"맞아요, 사장님. 비윤 언니 쌩얼 한 번도 못 보셔서 그래."

비윤이 까르르 웃음을 터뜨렸다. 바로 옆에서 현율의 앞에 안주를 나르던 이름 모를 여자까지 그에 동조하며 웃음을 터뜨렸다. 무언가가 뱃속에서 배배 꼬인 기분이었다. 다온이 잔을 들어 표정을 가렸다. 어떻게 할까.

"남자 친구는 쌩얼 알아?"

"에이, 누가 사귀면서 쌩얼을 공개하니? 차차 해야지."

"사귄 지 얼마 안 됐나 봐?"

장난스럽게 이어지던 대화가 일순 삐끗했다. 말을 뱉고서야 조금 비꼬인 것을 알아챈 그 순간 다온이 아차, 하고는 비윤의 눈치를 살피며 살짝 미소를 지었다. 잠시 그의 표정을 살피는 듯 살짝 눈을 가늘게 뜬 비윤이 다온의 웃음에 조금 풀어진 듯 입을 열었다.

"음, 3개월?"

"3개월 만났는데 벌써 결혼 생각을 해?"

"좋으니까."

맥이 탁 풀리는 기분이었다. 좋으니까. 둘째 형이 결혼을 이야기할 때 그랬다. 평소 웃음을 달고 다니는 실없는 인간이긴 해도 맞는 건 맞고, 아닌 건 아니었던 인간이 시도 때도 없이, 마치 넋 빠진 인간처럼 실실 웃고 댕겼다.

큰형은 어릴 때부터 제멋대로 사는 막내 동생이 귀엽게 보이는 눈치였지만, 한 번씩 경멸하는 눈으로 혹은 한심한 눈으로 바라보곤 했다. 그랬던 형은 몇 달 만나지도 않고 결혼을 결심했다. 만난 여자는 순한 얼굴에 순한 눈동자를 가진 이혼가정의 평범하디평범한 여자.

"우리 사장님은 언제 연애를 하시려나."

"왜? 나 헤어진 지 얼마 안 됐어. 휴식기를 갖고 있는 거뿐이야. 내가 언제 연애 안 한 적 있었나."

"그거 말고요. 진짜 연애."

"진짜 연애가 뭐 별거 있나. 그냥 사귀다가 맞으면 결혼하는 거고 아니면 아닌 거지."

비윤이 현율의 앞에 있던 위스키 병을 끌어와 자신의 잔에 부었다. 가득히 부어진 술잔을 바라보던 비윤이 한참의 망설임 끝에 그 독한 것을 단번에 입안으로 털어 넣었다. 클럽의 시끄러운 소음이 가득 차 있는 공간에서도 비윤의 목소리가 선명하게 다온의 귓가로 꽂혀 들어갔다.

"너를 그대로 봐 주는 사람을 만났으면 좋겠다."

그대로라……. 다온이 실없이 피식 웃었다. 그나마 다온을 좀 오래 봤다고 다온의 그의 마음속 깊은 곳에 자리 잡은 어둠을 조금이지만 알아챈 모양이었다. 그러니 그만둔다는 소리를 이렇게 분위기 잡아 가면서 하지.

똑똑한 여자다. 그래서 더 탐이 나기도 했다. 하지만⋯⋯.

다온의 시선이 현율을 향했다.

"뭐."

"아냐. 잘 마시라고."

아마도 그가 없었다면 돌려서 이야기했을지도 모른다. 그만두게 되면 발생할 수 있는 일들을. 직접적으로 압력을 가할 수는 없지만, 간접적으로 혹은 심리적으로 일을 계속하게 할 수 있게 만들 방법은 무궁무진했다. 그리고 다온은 그런 방법들을 줄줄이 떠올리는 자신이 끔찍하게 싫었다.

"안녕하세요!"

성균이 다온을 보는 시선이 달라지기 시작했다. 군대도 안 다녀온 스물두 살 재벌 3세 이미지라 처음부터 겁을 확 주면 도망칠 거라고 생각했었는데 벌써 사흘째 꼬박꼬박 늦지도 않고 사무실에 출근하고 있었다.

"어서 와요."

"어서 와요, 다온 쌤."

그래도 그날 일에 앙금은 좀 남았는지 다온은 성균과 거리를 두는 눈치였다. 그리고 계속 연아의 이유 있는 적개심에 신경을 쓰는 듯했다. 따닥, 연아의 손톱이 테이블 위를 두드렸다. 무언가를 고민하는 듯 미간을 찌푸렸다가 한 번 더 따닥 소리를 내고서야 몸을 일으켰다. 그래도 사수는 사수였다. 어쩔 수 없었다.

"신 팀장님. 112병동 프로그램 저랑 도쌤이 맡을게요."

아직도 기본 사항이 적힌 매뉴얼만 들여다보고 있던 다온이 고개를 벌떡 치켜들었다. 어떻게 보면 건방져 보일 수도 있는 자세로 신 팀장 앞에서 서서 통보하듯 이야기하는 연아의 모습에 다온은 당황스러웠다. 하지만 다른 사람들은 모두 신경 쓰지 않는 모습이었다.

"112병동? 거기 좀 까다롭지 않나? 어떤 것부터 하려고?"

"처음부터요. 대상자부터 해서……. 어차피 가르쳐야 한다면, 직접 경험하게 하는 게 가장 좋을 거 같아서요."

"그렇긴 하지. 그래도 이론교육도 빼놓지 말고."

"네, 알겠습니다."

다온으로서는 도저히 감도 잡을 수 없는 이야기들이 오고갔다. 알 수 없는 이야기들이었지만, 정신을 바짝 차리지 않으면 안 될 것 같았다. 신 팀장과 대화를 마친 연아가 가까이 다가오자 다온은 긴장되어 온몸이 딱딱하게 굳었다. 자신에게 적개심을 보이는 연아가 무슨 일을 꾸미고 있을지 어떻게 아는가.

"들었죠?"

"네? 네."

"이건 다 읽어 봤어요?"

"아, 몇 번 읽어 보긴 했는데 아직 모르는 게 많아서……."

말이 매뉴얼이지. 지난 회기에 해 먹었던 프로그램이나 결과 보고서, 결산계획 같은 것들이 콜라주하듯 순서 없이 묶는 문서에 불과했다. 나름대로 정리를 한 모양인지 파일에 포스트잇과 인덱스가 덕지덕지 붙어 있는 걸 보고 연아는 제법이다 생각했다.

"그럼 우선 따라와요. 제대로 일 한번은 해 봐야죠."

출근시간 딱딱 맞춰서 출근하고 사람들 눈치 보는 게 어쩐지 안쓰러워 보여 조금씩 연아의 마음이 풀리고 있다는 생각은 들었었다. 그 마음이 반영되었는지, 연아는 다온을 바라보며 무의식중에 입꼬리를 살짝 끌어올렸다.

"네, 네."

연아가 다온을 데리고 들어간 곳은 상담실이었다. 연아는 두리번두리번 상담실 내부를 둘러보는 다온의 앞에 딱 봐도 꽤나 두꺼워 보이는 서류 파일 하나를 꺼내 그 앞에 내밀었다.

"이게 뭐예요?"

"환자 개인정보예요. 어디 가서 이야기하면 안 된다는 건 내가 굳이 이야기 안 해도 되죠?"

"네. 그럼요."

그리고 다온에게 주었던 파일과 똑같이 생긴 것을 꺼내 자신의 앞에 펼쳤다. 파일 속에는 이력서와 비슷하게 생긴 문서가 여러 장 들어 있었다.

"사진이 없네요?"

다온이 눈을 동그랗게 떴다. 이력서와 비슷하다고 생각했는데, 자세히 보니 이름 옆 사진 칸이 비어 있었다. 다른 페이지들도 마찬가지였다.

"사진이 아니라 얼굴로 익혀야죠. 지금부터 다온 씨가 할 것은 프로그램을 짜는 거예요."

"어떤 프로그램요?"

"먼저, 어떤 사람을 대상으로 할지 정하고, 그 사람에게 도움이 될 것 같은 프로그램. 그걸 만드는 거예요."

종이 넘어가는 소리가 작은 상담실 안을 채웠다. 다온이 대충

한 장, 한 장을 훑어보며 파일을 넘겼다. 언뜻 봐도 30여 명이 넘는 인원이었다.

"예를 좀 들어 주시면 안 돼요?"

"음, 세 번째 장에 있는 환자분은 우울증이 심각해요. 다섯 번째 장의 환자분은 자살중독이 심각하고……."

연아는 아무렇지 않은 일이라는 듯 툭툭 내뱉었지만, 그것들은 모두 다온에게 너무나 큰 것들이었다.

난처하고 당혹스럽다는 표정이 가득한 그의 얼굴을 보고서 연아는 픽 웃음을 지었다. 차라리 저 태도가 나았다.

"무서워요?"

"아니, 무서운 건 아닌데. 어…… 조금."

"정신병자라 가까이하기 싫다고?"

"아니, 그건 또 아닌데……."

사수한테 잘은 보이고 싶은데 그렇다고 마냥 다 좋다고 할 수는 없는 다온이 난처하게 말을 흐렸다. 이상하게도 다온이 말을 더듬을수록 연아의 입가에 걸린 미소가 짙어졌다.

"다섯 번째 장 펴 볼래요? 자살 중독. 이 애는 열여덟 살이에요. 어머니는 변호사, 아버지는 의사. 세 자매 중에 막내."

연아의 말이 시작되기가 무섭게 페이지를 넘긴 다온이 손가락으로 표를 짚어 가족 관계를 확인했다. 양친 모두 생존했고 직업란도 깔끔하게 채워져 있었다. 3번째 장의 환자와는 달리 특징이 확 눈에 들어왔다.

"잘사는 집이네요."

"돈이 많다고 해서 잘사는 집은 아니라고 생각해요. 물질적으로 아무리 풍족해도 심리적으로 빈곤하면 그 집은 잘사는 집이 아니죠."

다온은 무의식적으로 고개를 끄덕이다가 그런 자신의 모습에 흠칫 놀랐다. 물질적으로는 그 누구도 흠 잡을 수 없는 곳이 바로 다온의 집안이었다. 하지만 그것은 겉에서 봤을 때의 이야기였다. 정략 결혼한 부모님, 후계자로 점 찍힌 후 냉정하고 반듯하게 키워진 큰형. 그리고 실없어 보이지만 실리에 밝고 갖고 싶은 건 모두 손에 쥐어야 직성이 풀리는 둘째 형.

그 안에서 다온은 가장 먼저 눈치 보는 법부터 배웠다. 그래야 조금이라도 손에 무언가를 쥘 수 있었고, 어리광도 부릴 수 있었다. 잘사는 집이라고 할 수 있을까. 파도처럼 밀려오는 생각에 고개를 흔들어 털어 낸 다온이 바짝 마른 입가를 축이며 입을 열었다.

"상담 이력이 없네요?"

"부끄러워하는 거죠. 딸을."

"그럼……."

다온은 차마 말을 잇지 못했다. 대충 짐작이 갔기 때문이었다. 그걸 아는지 모르는지 연아가 가운 주머니에서 볼펜을 하나 꺼냈다.

"그럼 이 사람들에게 가장 중요한 게 뭐일 거 같아요?"

"어, 돈요?"

"자비로 치료비를 대기 힘든 경우에는 그런 쪽도 필요하죠. 다른 쪽으로는요?"

"글쎄요. 우울증이면 우울증 약 처방하고, 자살중독이면 자살을 안 하게 해 줘야 하지 않을까요."

다온의 시선이 허공을 떠돌았다. 연아가 원하는 답이 무엇인지도 모르겠고, 이러한 것에 대해 한 번도 생각해 본 적이 없었기 때문에 난감했다.

잘사는 집안. 아마 금전적인 지원은 필요 없으리라. 다온은 전공자는 아니지만, 차근차근 생각을 정리해 보았다. 하지만 돈이면 다 된다는 생각으로 자라 온 다온의 머릿속에 다른 답은 떠오르지 않았다.

"사회복지에서 중요한 게 몇 가지가 있어요. 그중 하나는 지지집단."

"지지집단."

다온이 표 옆에 그대로 받아 적었다. 어쩐지 정신 똑바로 차리고 배워야 할 것 같은 느낌에서였다. 평생 안 하던 필기를 자진해서 할 일이 생길 줄이야.

"그 사람 주변에 얼마나 많은 지지자가 있느냐에 따라 프로그램의 효과가 달라지죠."

"어, 그럼 간단히 말해 이 아이의 경우, 부모님의 지지가 있으면 지금보다 나아질 거라는 건가요?"

"어떤 일이든 확신할 수는 없지만, 그쪽이 더 효과적인 치료가될 수 있다고 생각해요. 자살하면 병원에 넣고, 나아지면 나갔다가다시 돌아오고, 이런 악순환의 고리는 치료자 자신도 변해야 하지만 주변 환경도 변하지 않으면 절대 깨질 수 없어요."

강현주. 이름과 생년월일 그리고 병실 호수를 머릿속에 새겨 넣으며 다온이 입술을 달싹였다. 어떤 일인지는 모르겠지만 시작도 전에 머리가 아픈 기분이었다.

"우선 당장 다음 주에 들어가야 하니까 대상자는 제가 지정해줄게요. 어떤 프로그램을 할지는 다온 씨가 구상해 봐요. 먼저 23

호 현주 양이랑 33호……."

느긋하게 페이지를 넘기며 연아는 속사포처럼 내뱉었다. 그것을 받아 적고 체크하느라 다온의 손과 눈이 바쁘게 움직였다. 그러든지 말든지 연아는 다섯 명의 환자를 불러 주고 미련 없이 자리에서 일어섰다.

"만나 보고 와요. 오늘은 환자…… 아니, 클라이언트 만나서 파악하고, 내일까지 구두로라도 어떤 프로그램 하고 싶은지 이야기해 줘요. 아차, 환자를 클라이언트라고 부르기도 해요. 물어보고 싶은 거 있으면 언제든지 질문하구요."

"아, 그럼……."

질문이야 가득했다. 대체 어디서부터 어떻게 접근해야 하는지. 만난다면 어떻게 대화를 시작해야 하는지조차 감을 잡을 수 없었다. 다온이 울상인 얼굴로 입을 떼려는 순간 연아의 호출기가 울렸다.

지잉지잉. 다온은 반쯤 열었던 입을 닫을 수밖에 없었다. 연아는 다온의 말을 기다려 주려 했지만, 계속 울리는 진동소리에 돌아보지도 않고 사무실과 연결된 문으로 사라졌다.

"헐. 미치겠네."

열여덟 여고생부터 마흔둘의 아저씨까지. 연아가 불러 준 사람들은 유사점이 있다고는 생각하기 어려울 정도로 나이대도 다양했고 직업군도 다양했다.

이런 사람들한테 무슨 프로그램을 하라는 거야. 프로그램이 뭔지도 제대로 모르겠구먼. 아침부터 드라이로 말아 올리느라 신경썼던 머리를 벅벅 쓸어 올리며 다온이 테이블 위로 늘어졌다.

◇　◇　◇

"보수교육요?"

신 팀장의 태평스러운 물음에 화들짝 놀란 연아가 목소리 끝을 올리며 대답했다. 황급히 고개를 돌린 채 넘어가지 않은 데일리 달력에 '짐싸기'라고 적혀 있는 부분을 보고 하얗게 질린 얼굴의 연아를 보고 놀란 다온과 달리 다른 사람들은 평소와 다름없는 표정이었다.

"내가 연아 쌤 한 번쯤 그럴 줄 알았다니까."

"어쩐지 오늘 출근했더라니."

"아, 윤서 쌤 말 좀 해 주지. 내가 정신이 없어서……."

"우리 정신없는 게 어디 하루 이틀인가? 일 많아서 출근했다가 가는 줄 알았지."

연아가 울상을 지었다. 아무리 깜박깜박 실수를 해도 주변 동료들은 그저 한번 웃고 넘어가 주었다. 한번 호되게 혼나야 다신 이러질 않을 텐데. 짧게 한숨을 내쉬는 연아의 뒤로 성균이 어깨를 툭툭 치고 지나쳤다. 지나치는 성균의 얼굴에도 웃음기가 가득했다.

"와, 진짜 나 실수하길 기다리는 사람들 같아요."

"연아 쌤이 너무 완벽하려고만 하니까 그렇지. 세상에 완벽한 사람이 어디 있어?"

웃으며 이야기를 주고받는 사이, 호호호 웃는 희순에게 신 팀장이 제출받은 보고서를 흔들어 보였다. 슬그머니 연아가 시선을 돌리는 사이, 달칵 소리가 나며 상담실에서 다온이 걸어 나왔다. 쓸데없는 생각을 하던 연아가 자신의 볼을 짝 때리고 자리에 앉았다.

뭐부터 해야 하나. 머리가 복잡했다.

"완벽하지 않은 희순 선생님. 평가지표 다시 짜 주세요. 이유는 아시죠?"

"네네, 알겠습니다. 팀장님."

신 팀장의 지적 역시 장난 섞인 말투라, 희순은 기분 좋은 얼굴로 보고서를 돌려받았다. 다온이 자기 자리로 돌아오다가 거리 머리를 쥐어뜯다시피 하고 있는 연아를 발견했다.

"무슨 일 있으세요?"

잠깐 사이에 머리를 쥐어뜯을 만한 일이 생겼나? 혹시 내가 또 누굴 거부했나? 마음속에 떠오르는 불안은 몇 달치 기억을 통째로 헤집고 있었다. 어디 귀찮아서 도장 안 찍은 게 한두 번이여야지. 사람은 죄짓고는 못 산다는데 이실직고를 할까. 다온은 고민하고 있었다.

"아, 교육 가야 하는 걸 까먹어서."

"교육요?"

"현장에 있는 사회복지사는 의무적으로 보수교육을 들어야 하거든요. 이번이 제 차례인데. 음……."

"언제 가시는데요?"

생각했던 것처럼 심각한 일은 아닌 모양이다. 친절한 태도로 설명하려고 하는 연아를 바라보며 불안을 지운 다온이 평이한 어조로 물었다. 연아가 입술을 달싹이다가 슬쩍 아랫입술을 깨물었다. 다온의 시선이 눌려진 입술로 향했다.

진달래색보다는 좀 더 진하고, 장미 꽃잎 색보다는 연했다. 한 가지 색의 립스틱으로 만든 색상처럼 보이지는 않았는데, 그렇다고 립스틱을 칠한 것처럼도 보이지 않는 자연스러운 색. 평소 여자들의 입술 색을 이렇게 자세히 본 적은 없어 다온은 생각을 정리하기 바빴다. 원래 저런 입술 색일 수도 있지 않을까. 그렇게 빤히 바라보고 있는데, 그 예쁜 입술이 살짝 벌어지며 한숨이 새어 나왔다.

"오늘요."

"네? 오늘요? 오늘 저녁요?"

"아뇨, 1시간 뒤에 바로 출발해야 해요. 근데 아직 짐도 안 쌈."

말하면서도 어이가 없는지 연아가 허탈하게 웃어 보였다.

"다온 쌤은 처음 보죠? 우리 연아 쌤이 좀 완벽주의자긴 한데, 허당이야."

성균이 호탕하게 웃으며 그들의 곁을 지나쳐 갔다. 허당이라는 소리에 반박도 하지 못하고 얼굴을 발갛게 물들인 연아가 성균의 이름을 외쳤으나 그는 이미 사무실을 빠져나간 뒤였다. 윤서가 타이핑을 하다가 깔깔깔 소리 내어 웃었다.

"아, 다온 쌤. 출장 한번 안 가 볼래요?"

"제가요?"

지금 당장 자신이 알고 할 수 있는 일도 적은데 출장이라니. 여전히 장난기 섞인 목소리에 진담인지 농담인지 구분하는 것이 쉽지 않았다. 다온은 나름 진지했다.

"연아 쌤 따라서 보수교육이나 갔다 오지?"

"예?"

"팀장님?"

다온과 연아 모두 두 눈을 동그랗게 떴다. 지금 바로 짐을 싸 출발해도 늦을 것 같은데, 누굴 어떻게 챙기라고 그런 소리를 하는 건지. 연아의 의구심 어린 시선에도 신 팀장은 빙그레 웃었다.

어차피 다온에게 배당된 일은 거의 없다시피 했고, 프로그램 준비 역시 연아가 없으면 할 수 없었기 때문에 다온에게는 별다른 선택지가 없었다.

"어디로 가야 해요?"

"강원도요."

강원도 1박2일 보수교육 프로그램. 사회복지사는 의무적으로 몇 년에 한번 주기적으로 보수교육을 받아야만 한다. 다온에게는 이 모든 것이 생소하고 신기했다. 이왕 가게 된 거 일정이 궁금해진 다온이 질문을 던졌지만, 돌아오는 대답은 단답형이었다.

짐을 싸지 않았다니, 연아의 속도 꽤 복잡하리라. 말이 없던 연아는 결정을 내렸는지 가운을 정리하고 자리에서 일어섰다. 다온도 다급히 팀장을 바라보며 꾸벅 성급하게 인사를 한 뒤 그 뒤를 빠르게 따라갔다.

"집이 어디세요? 제 차로 같이 가요."

"바로 앞이에요. 걸어서 5분 거리라서. 전 걸어갈게요."

"그냥 타고 가요. 병원으로 돌아와서 만나고 갈 거 아니면, 연아 쌤 데려다 드리고 집 들렀다가 그쪽으로 가면 더 편할 거 같은데요."

연아가 대답 없이 눈동자를 굴렸다. 그러다가 고개를 끄덕였다. 그쪽이 좀 더 효율적이라고 생각되었기 때문이었다. 연아가 잠시 생각에 푹 빠져 있을 때, 다온은 핸드폰 문자를 기다리고 있는 중이었다. 아침에 약한 다온은 병원으로 가는 내내 잠을 잤기에, 김실장이 어디에다 차를 주차했는지 영 기억이 나지 않았기 때문이었다.

"집이 어느 쪽이에요?"

"아, 삼성동 쪽요."

"그렇구나."

가벼운 대화들이 오가는 가운데 다행스럽게 엘리베이터 문이 열리자마자 문자가 도착했다. A—7. 잠시 고민하던 다온이 그 자리가 병원장 차량의 바로 옆자리라는 것을 알아챘다. 그리고 괜히 연아의 눈치를 보았다.

"어디로 가요?"

"아, 이쪽이에요."

연아가 눈치채지 못했으면 좋겠다고 생각하며, 다온은 차가 주차된 곳으로 빠르게 성큼성큼 걸어갔다. 병원 주차장은 항상 만차에 가까운 상태이지만, 이곳은 듬성듬성 차가 주차되어 한산했다. 자신의 차를 발견한 다온은 재빠르게 다가가 매너 있게 조수석 문을 열어 주었다.

"괜찮아요. 빨리 출발하죠."

문을 닫아 주려는 다온을 거절하고 조수석에 올라탄 연아가 가방에서 핸드폰을 꺼냈다. 룸메이트인 리연의 스케줄을 확인해 보기 위해서였다.

"여기서 어느 쪽으로 가야 해요?"

"음, 차로 가 본 적은 없어서 좀 그렇긴 한데. 이 근처 우체국 바로 옆이에요."

다온 역시 이 근처 지리는 모르는 통에 결국 내비게이션을 켰다. 차가 미끄러지듯 흘러나갔고 연아는 시트에 등을 파묻었다.

"근무하신 지는 오래되셨어요?"

"아뇨, 얼마 안 됐어요. 이제 2년 차니까요."

"저한테 뭐 궁금하신 건 없으세요?"

"글쎄요. 딱히 없는데……."

핸드폰을 만지작거려 리연의 스케줄을 확인한 연아가 짧게 한숨을 내쉬었다. 리연은 오늘 이브닝이었다. 지금쯤 출발했을까. 확답할 수가 없었다. 일찍 나가는 날도 있고, 딱 맞춰서 출근하는 날도 있었으니까. 간단하게 세면도구랑 옷만 집어넣고…… 짐 챙길 것들을 생각하느라 다온의 질문에 성의 없이 대답하던 연아는 순간 아차 싶어 한숨을 내쉬고 다온에게 질문했다.

"좋아하는 음식이 뭐예요?"

"저요?"

다온이 반색했다. 설렁설렁 대답하는 통에 영 흥이 안 나던 터였다. 뭐라고 대답해야 할까. 평소 좋아하는 음식은 딱히 없어서 끌리는 대로 먹는다고 하면 대화가 제대로 이어지지 않을 터였다.

"연아 쌤은요?"

"저는 그냥 있으면 잘 먹는 편인데……. 굳이 꼽자면 매운 거 좋아해요."

"매운 거……. 저도 매운 거 좋아해요."

매운 거라. 연아의 말에 다온의 머릿속이 재빠르게 회전했다. 생각에 집중하던 다온은 하마터면 좌회전 신호를 놓칠 뻔했다. 급하게 핸들을 돌리면서도 최대한 연아가 알아채지 못하도록 하려 노력했다. 부드럽게 나아가는 차 때문인지 급하게 핸들을 돌린 것을 알아채지 못한 연아가 핸드폰을 가방에 집어넣었다.

"강원도 정선이면 밥은 먹고 출발하는 게 좋지 않을까요?"

"음, 그러는 게 좋겠네요. 대충 짐 챙겨서 가는 길에 사 먹어요."

다온의 음색이 기대감으로 짙어졌다. 그런 다온을 알아채지 못

했는지 연아는 흔쾌히 그러자고 답하며 차문을 열고 내렸다.

"어, 삼성동이면 얼마나 걸리죠? 제가 짐 챙겨서 그쪽으로 갈까요?"

"아니에요. 전 차에 1박 2일 정도는 버틸 수 있는 짐이 있어요."

"아……."

"캠핑을 좋아해서. 형들이랑도 잘 다니거든요."

200% 거짓말이다. 다온은 입에 침도 안 바르고 잘도 거짓을 토해 냈다. 연아는 아무런 의심 없이 그럼 빨리 준비할 테니 30분만 기다려 달라며 자리를 떴다. 그녀가 건물로 들어가고 나서야 다온이 차에서 내렸다. 연아가 들어간 건물 입구를 바라보며 김 실장에게 전화를 걸었다.

"나예요. 큰형 출장 갈 때처럼 해서 대충 짐 좀 보내 줄래요?"

— 출장이십니까, 도련님?

"출장이라고 하기엔 애매하긴 한데. 1박 2일 일정이에요. 장소는 강원도 정선."

— 저녁이면 좀 쌀쌀할 것 같으니 겉옷 위주로 챙기겠습니다. 병원으로 보내 드리면 될까요?

"아뇨. 병원 옆 우체국 아시죠? 거기로 오세요. 얼마나 걸릴 거 같아요?"

— 자택 들렀다가 오면 최소 30분 정도 소요될 것 같습니다만.

"그럼 그냥 사 오세요. 1박 2일만 있으면 되니까."

통화는 간결하게 끝났다. 연아가 들어간 건물 입구를 주시하던 다온은 자동차의 문을 잠그고 우체국 방향으로 걸어갔다. 천천히, 건물을 빙 돌아 걸어가며 생각을 정리해 보았다.

혼란스러웠다. 이 감정이 뭔지 모르겠다. 그냥 사수에게 잘 보이고 싶다는 걸로는 조금 부족했다. 뭐가 부족한 걸까. 고민하던 다온의 눈앞에 유명 메이커 백팩이 불쑥 내밀어졌다. 뛰어왔는지 턱까지 숨이 차 있는 김 실장이었다.

"안 뛰어오셔도 되는데……."

"도련님께서는 사회생활이 처음이시니까 아직 모르시겠지만, 원래 직급이 낮은 사람이 먼저 준비하고 기다려야 합니다. 윗분들 기다리게 하면 찍혀요."

너스레를 떠는 진철의 재촉에 다온도 서둘러 발걸음을 옮겼다. 어디서 달려왔는지 모르지만 꽤나 지쳐 있는 모습이었다.

"실장님! 오늘은 이만 퇴근하세요."

다온은 뒤돌아보지 않고 곧장 연아의 집 쪽으로 걸음을 돌렸다. 김 실장은 따지고 보면 형의 사람이었다. 본사 소속으로 일하던 사람이었는데, 자기 관리를 제대로 하지 못하는 다온을 보다 못한 재준이 다온에게 붙여 준 것이었다.

처음엔 부당한 인사이동이라 생각했는지 일을 잘 하는 것 같지 않아 보였는데, 어느 순간부터 다온을 위해 궂은일도 마다 않고 일해 준 고마운 사람이다. 다온은 갔다 와서 보너스라도 줘야겠다는 생각을 했다.

"어디 갔다 오세요?"

"아, 잠깐 아는 사람을 만나서."

학생 가방 같은 백팩을 매고, 자신의 차 주변에 서 있던 연아가 정신을 어딘가에 빼놓고 있던 다온을 먼저 알아봤다. 급히 달려가 차문을 열고 수선을 떠는 사이 진철에 대한 생각은 저 멀리 날아가 버렸다.

"가방은."

"아, 세면도구를 챙기지 못해서 사 왔어요."

"그렇구나."

연아는 가방 뒤편 고리에 붙어 있던 택을 모른 척했다. 사람들의 이야기를 많이 듣다 보면 의심이 가득할 때가 있었다. 하지만 항상 의심하고 싶진 않았다. 굳이 이 사람을 의심해야 할 필요도 없고⋯⋯. 운전대를 잡은 옆모습이 생각보다 의젓해 보여서 연아는 안전벨트를 매며 살며시 미소 지었다.

"점심은 어떻게 할까요?"

"간단하게 먹는 게 좋을 거 같은데. 어디 아는 데 있어요?"

"음, 그럼 연아 쌤 매운 거 좋아하신다고 했으니까⋯⋯."

다온은 머릿속으로 가 볼 만한 곳을 생각해 보았다. 예약을 해야 하는 곳은 우선 패스. 간단하게 먹는다는 범주 밖의 장소였다. 자신이 자주 다니는 가격이 비싼 곳 역시 제외 대상이었다. 음, 그렇다면⋯⋯.

"저희 형이 음식점을 하는데, 쭈꾸미 좋아하세요?"

"매운 쭈꾸미요?"

"네, 저번에 먹어 봤는데 맛있었어요."

다온이 초조하게 대답을 기다렸다. 쭈꾸미 정도면 그렇게 비싸다고 생각하지 않을 거고 형네 음식점이라고 하면 그렇게 부담감을 갖지 않을 거라는 계산을 깔고 건넨 제안이었다. 제발. 제발. 다온은 자신도 모르게 침을 꼴깍 삼켰다.

"좋아요. 여기서 머나요?"

"아뇨. 별로 안 걸려요."

형이 하는 음식점은 맞았다. 둘째 형이 건물주로서 투자한 식당

이니 틀린 말은 아니었다. 그저 주인은 그가 아니라는 게 함정이
지. 다온이 만족스럽게 운전대를 돌렸다.

◇　◇　◇

음식은 만족스러웠다. 연아는 화끈화끈해져 오는 입술에 물을
축이며 방긋 웃었다. 맛있는 걸 먹을 때는 어쩔 수 없이 나타나는
반응이었다. 자신도 모르게 좋아지는 기분을 주체할 수 없었다.
"맛있죠?"
"네. 맛있어요."
맛있는 집이라길래 한 번쯤 이름을 들어봤을 음식점이라고 생각
했는데 연아로서는 처음 듣는 곳이었다. 외관은 허름하지도 그렇
다고 고급스럽지도 않았다. 그냥 빌딩 아래에 위치한 흔한 음식점
이었다. 단지 인테리어에 좀 신경 쓴 듯 산토리니 풍 가구들과 회
색의 짙은 테이블이 이상하게 어울리는 곳이었다.
"그렇게 맵지도 않고 좋은데요."
연아가 종업원에게서 김 가루를 받아 밥 위에 올리며 덧붙였다.
집 주변에 있다면 자주 들르고 싶을 정도로 상당히 마음에 드는
집이었다.
"저도 좋아하는 집이에요. 여기 치즈 좀 더 주세요."
점심시간이 지난 시간이라 한적했다. 다온이 치즈를 추가하고
다시 숟가락을 들었다.
오물오물 움직이는 연아의 입술에 정신이 팔려 있다가 황급히
자신의 밥그릇으로 시선을 내렸다. 잘 먹는 여자를 만나 보지 못한
것도 아닌데 어쩐지 이상하게 시선이 갔다.

"맛있어요."

물어보지도 않았는데 연신 맛있다고 말하며 그녀는 밥 한 공기를 뚝딱 비웠다. 저도 여기 좋아해요. 연신 듣기 좋은 소리만 늘어놓는 다온에게 호감까지 생길 지경이었다.

"음, 계산은."

자연스럽게 옆 의자에 내려놓았던 백팩에서 지갑을 꺼내려는 연아를 다온이 만류했다.

"아뇨. 계산은 안 하셔도 되는데……."

"아, 이거 법인카드예요. 출장 처리해 주신다고 하셨으니 밥 계산하고 이따가 기름……."

"아니 그게 아니라. 여긴 계산 안 해도 된다구요. 그냥 가면 돼요."

"에?"

연아는 도저히 이해할 수 없었다. 형 가게면 형 가게지. 왜 계산을 안 하고 그냥 가? 이쪽 형제관계는 그런 관계인가? 형이 그냥 먹고 가라고 했나?

"제가 집안 막내거든요. 아시죠?"

전혀 이해가 안 된다는 태도로 일어나지도 않고 가만히 있으니 다온이 머리를 벅벅 긁으며 덧붙였다. 네가 성심그룹 막내인 걸 모를 리가 있나. 연아가 고개를 끄덕였다.

"큰형이랑은 11살 차이나요."

"아, 그렇게 차이가 많이 나요?"

"그러다 보니까 형이 챙겨 주려고 하는 편이라서 이렇게 형들 가게에서 계산하고 가면 오히려 서운해해요."

거짓말이다. 다른 사람은 몰라도 둘째 형은 꽤나 이를 갈고 있을 터다. 다온은 여자 꼬실 때도 안 해 본 거짓말을 술술 뱉으면서 입에 침을 발랐다. 입에 침이나 바르고 거짓말하라니 그렇게 해 줘야지.

"어, 그래도……."

"그럼 다음에 저한테 커피 한잔 사 주세요."

망설이던 연아가 마침내 고개를 끄덕이자 다온이 속으로 환호성을 질렀다. 왜지? 연아가 평소 자신을 무시하던 것은 아닌데. 왜 이상하게 인정받았다는 느낌이 들까. 그것도 거짓말로. 다온은 이상한 감정이 들었지만 무시하고 앞장서 걸었다.

"안녕히 가세요."

"수고하세요."

먼저 유리문을 열고 나가는 다온의 뒤를 따라나가면서 연아가 종업원의 인사에 대꾸했다. 계산하라는 요구도 없었고 당연하다는 표정으로 배웅까지 한다. 무언가 이상한 곳에 발을 들였던 것 같아서 팔뚝에 소름이 돋았다. 이상한 경험이었다.

보수교육 장소까지는 차로 두 시간여 정도였다. 이미 휴게소에 들르지 않기로 합의된 상태에서 다온은 눈치를 보며 규정 속도를 지켰다. 평소 액셀을 팍팍 밟던 태도와는 영 반대였다. 게다가 추월도 안 하고 2차선에서 종종거리며 달렸다.

"졸리면 음악이라도 틀어 줄까요?"

"아뇨. 원래 차에 음악 안 틀고 다녀요."

"그렇구나."

다온은 새삼 술술 거짓을 내뱉는 자신에 놀랐다. 이렇게 이 여자에게 잘 보이려 하는 건가 싶었다. 평소 자주 듣는 음악은 록, 헤비메탈. 게다가 창문 쫙 내리고 시끄럽게 다니곤 했지만, 여자들이 싫어하는 짓이라는 것을 깨닫고는 급하게 지어낸 말이었다.

혹시라도 그녀가 음악 재생버튼을 누를까 봐 조마조마했다. 바로 어제 헤비메탈을 틀고 클럽에 갔었는데…….

"아, 연아 쌤은 형제관계가 어떻게 되세요?"

"아……. 갑자기 왜요?"

"그냥 궁금해서요. 장녀 같다고 할까. 저희 큰형처럼 일 잘하셔서……."

마구잡이로 내뱉으면서 다온은 자신의 입을 쥐어박고 싶었다. 왜 이렇게 말을 못 하지. 좀 유려하게 대화를 시작하고 싶었는데 영 서툴렀다.

"둘째예요. 위에 오빠가 한 명 있고, 아래 남동생이 하나 있어요."

"아, 혼자 여자네요. 사랑 많이 받았겠다."

"사랑은 무슨. 그냥 원수죠. 다온 쌤은 형들이랑 안 싸웠어요? 아 나이 차이가 많이 난다고 했지."

"음, 싸울 수 있는 깜냥이 안 되죠."

"깜냥요?"

연아가 까르르 웃음을 터뜨렸다. 다온이 머리를 긁적이며 입을 달싹였다.

"큰형이랑은 나이 차이도 많이 나고, 늘 어려웠어요. 형은 다 잘했거든요. 공부도 잘했고, 운동도 잘하고, 다 잘해서 큰형이랑 대화하기가 무서웠어요."

"큰형님이 다온 쌤한테 무섭게 대했어요?"

"음, 좋은 동생은 아니었죠."

"사고 좀 쳤나 봐요?"

"연아 쌤이 생각하는 것보다 더 많이 쳤을걸요?"

태연하게 대꾸하는 다온 덕에 대화는 끊어지지 않고 이어졌다. 다소 사소한 대화들과 가족 이야기. 그리고 내용 없는 대화들이 오가다가 어느 순간 툭 끊어졌다.

"어……. 그냥 궁금한 건데요."

"네, 말하세요."

"제가 잘 하고 있나요?"

"잘 하고 있어요. 솔직히 기대 안 했는데, 기대보다 더 잘하고 계세요."

"그거 칭찬 맞죠?"

"그럼요. 제가 얼마나 칭찬에 박한 여자인데."

조심스럽게 꺼낸 다온의 질문에 연아는 태연하게 대꾸했다. 어떻게 보면 질문을 진지하게 받아들인 것 같지 않아 불안했지만 다온은 자신을 다독였다. 이 정도면 괜찮지 않은가.

운전하는 내내 연아는 침묵을 지켰다. 교육장에 도착하고 나서 다온은 오리새끼처럼 그녀의 주위를 맴돌았다. 대부분 아는 사람들인지 만나는 사람마다 인사하는 연아가 다 끝났다는 듯 한숨을 돌리자 기다렸다는 듯이 그녀의 옆에 가 붙었다.

보수교육은 연아에게 늘 지루한 것이었다. 이미 4년 학부를 다니면서 봉사활동을 하고 실습을 받아 온 그녀에게 또다시 복습하는 것이나 다름없어서 그렇게 흥미롭지는 않았다. 하지만 이런 것이 처음인 다온은 상당히 흥미로운 듯했다.

프로그램 중에 자신을 무언가에 빗대어 소개하는 시간이 있었다. 그는 자신을 아슬아슬한 외나무다리에 서 있는 사람으로 표현하고 싶어 했다. 그 어떤 사람도 그의 이야기를 잘 들으려 하지 않았다고 했다. 어떤 방면에서 비교하던 그는 강자의 위치에 서 있었으니까. 그래서 그녀는 들어 주고 싶었다.

"불행하지 않은 사람은 없어요."

연아가 딱 잘라 말했다. 다른 사회복지사도 비슷한 태도였다. 프로그램이 종료된 후 연아는 말을 덧붙였다.

"그 외나무다리를, 다온 쌤이 만든 건지, 만들어져 있는 그곳에 다온 씨가 그곳에 올려진 건지. 아니면 다온 쌤이 거기까지 직접 올라간 건지 생각해 봐요."

"그게 중요해요?"

"거기서 벗어나고 싶으면 중요한 문제죠."

연아가 어깨를 으쓱했다. 어느새 밤이 내려앉아 별이 총총히 떴다. 다온은 영 알아듣지 못한 눈치였다.

"외나무다리가 어떤 외나무다리인지 생각해 봐요. 그 외나무다리를 누가 만들었는지도요. 부모님이 만들어 주셨나요. 형님이 만들어 주셨나요. 아니면 다온 쌤이 직접 만들었나요."

"잘 모르겠어요."

"당연한 거예요. 저도 학부시절에 잘 몰랐거든요."

연아가 숙소 앞에 만들어진 작은 정원 난간에 기대섰다. 그리고 다온이 가만히 그 옆에 자리 잡았다.

"둘째라고 했잖아요. 우리 오빠는 철이 좀 늦게 든 편이라 뒷바라지는 엄마랑 내 몫이었어요. 막내는 기대도 안 했고. 대학도 비싼 사립대 진학에, 아르바이트도 안 하려고 했고, 집 안에서는 손 하나 까딱 안 했죠. 그래서 저는 환경이 만든 외나무다리 위에 서 있다고 생각했어요."

다온은 가만히 듣고만 있었다. 말이 계속될수록 연아의 목소리가 축축하게 젖어 들고 있었다.

"근데 돌이켜 보면 그 외나무다리를 만든 건 저였어요. 엄마가 힘드니까라는 이유로 아르바이트를 해서 오빠 등록금을 보탰고, 퇴근하면 집에서 밀린 집안일을 도왔죠. 생각해 보면 제가 안 하면 될 일이었어요. 엄마가 할 수 있는 일은 한계가 있고, 몇 번 갈등을 빚고 나면 오빠도 조금씩 할 수 있었을 텐데. 어떻게 보면 제가 오빠한테서 기회를 뺏은 거예요."

"그건 좀 아닌 거 같은데……."

다온이 정색하고 말했다. 무언가를 말을 더 이어 가려 했으나 단호하게 끊어 내는 연아의 말에 입을 다물 수밖에 없었다.

"아뇨. 그게 맞아요. 제가 그렇게 했기 때문에 오빠는 집에서 손 하나 까딱 안 하는 인간이 된 거예요. 아마 평생 그 이미지를 벗기 힘들 거예요. 엄마랑 동생 힘들게 한 장남. 이미지가 딱 박힌 거죠. 오빠가 그걸 생각하든 생각하지 않든 오빠는 그 시간으로 돌아갈 수 없는 거고, 엄마랑 저한테 빚을 졌다고 생각해야 하죠. 그러지 않을 수 있는 기회를 제가 뺏었어요."

"연아 쌤은 너무 착하게만 생각하는 거 같아요. 왜 모든 일에 연아 쌤 탓을 해요? 그건 그 형님이 철이 덜 드셔서 그런 거 아니에요? 연아 쌤 잘못은 아닌 거 같은데요. 그 형님도 생각이 있었다면 연아 쌤한테 부담을 덜 줬을 거 아닌가요?"

"그렇게 생각할 수도 있지요."

연아가 고개를 끄덕였다.

"그럼, 오빠는 저랑 엄마한테 부담을 주기 위해 의도적으로 사립대에 갔을까요? 의도적으로 아르바이트를 안 했을까요?"

"그건……. 대학은 어쩔 수 없었다고 해도, 돈 벌 수는 있었을 텐데……."

"저희 오빠 운동해요. 축구. 아실지 모르겠지만 새벽부터 훈련
이라서 컨디션 조절하면서 돈 벌기 쉽지 않아요. 아르바이트할 수
는 있겠죠. 아마 오빠도 많은 생각을 했을 거예요. 집 사정 안 좋
은 거 뻔히 아는 사람이니까."

"아……."

"그때는 그런 생각 못 했어요. 그냥 오빠가 원망스러웠죠. 대학
도 학비 비싼 데 가고, 집안 형편 안 좋은데 운동한다고 하고, 제
생각은 하나도 안 해 준다고 생각했죠. 근데 좀 나이 드니까 생각
이 바뀌더라구요. 오빠 입장을 생각 안 해 봤죠. 그러면서 저 스스
로 저를 외나무다리에 세웠어요."

연아가 쌀쌀해지는 바람에 팔을 쓸어내렸다. 다온은 무언가 생
각에 잠긴 눈치였다. 연아는 말을 뱉어 놓고 잠시 후회했다. 사회
복지 일을 할 사람도 아니고, 쉽게 생각하는 구조가 바뀌지도 않는
데 너무 머리 아픈 말만 한 건 아닐까 싶었다.

"큰형은 태어나자마자 후계자였대요. 둘째 형이 태어나서도 마
찬가지였어요. 큰형은 가업을 이어 기업의 후계자가 될 사람. 둘째
형은 부동산에도 밝았고, 할머니의 사랑을 듬뿍 받아서 우리 할머
니 유언장에서 부동산은 둘째 형 거예요. 그런 구도였어요. 그러다
가 덜컥 제가 생겼죠. 이미 나눠 줄 건 다 나눠 줬는데……."

다온의 시선이 바닥을 향해 있었다. 누구에게도 꺼내 놓지 않았
던 말들이었다. 어머니 앞에서도 아버지 앞에서도 꺼내지 못했던
진심. 재벌가 막내로 태어나 아무것도 기대받지 않고 살아왔던 날
들.

"기대가 없었어요. 전교 1등을 해도 그만, 꼴찌를 해도 그만. 예

140

쁘다 예쁘다. 운동을 해도 잘한다 잘한다. 아무것도 안 해도 잘한
다 잘한다. 다 재미가 없었어요. 아무것도 안 해도 되는 사람 같았
어요. 그냥 집안에서 막내. 평생 막내."

그녀로서는 처음 들어보는 유형의 고민이었다. 어둠속에서 떨리
는 속눈썹이 눈에 들어왔다. 그의 표정이 처연했다. 재벌 3세. 편
견으로 사람 판단하지 말자고 생각했었는데 정말 생각뿐이었구나.
연아가 흘러내리는 머리카락을 쓸어내렸다.

"처음부터 큰형을 무서워했던 건 아니에요. 아마 고등학교 들어
갔을 때였을 거예요. 아버지는 너무 젊었고, 큰형은 능력이 있었
죠. 후계자로 키웠지만 바로 물려주기엔 아버지가 너무 젊은 거예
요. 의도하신 건지 아닌지 모르겠지만, 어느 날 아버지가 제 학교
에 와서 성적을 물었대요. 큰형이랑 둘째 형이 학교 다닐 때는 한
번도 그런 적 없었고, 그전까지 아버지는 제 학교가 어딘지도 몰랐
어요. 그때부터 큰형 눈빛이 달라졌어요."

"그래서 어떻게 했어요?"

"그냥 아무것도 안 하고 살았는데……. 그래서 큰형이 더 불안
해하는 거 같아서. 뭐라도 해 보자고 했어요. 근데 하고 싶은 것도
없었고, 해야 할 것도 없었고……. 그러다 보니까 노는 것밖에 할
수 있는 게 없더라구요."

그는 지쳐 보였다. 그를 알고 처음 보는 얼굴이었다. 불안해 보
이기도 했다. 괜히 안쓰러워져 그의 얼굴에 손을 올리다가 멈칫했
다. 혹시 기분 나빠하지 않을까 싶어 내리려던 찰나 다온이 그녀의
손을 감싸 자신의 볼에 갖다 대었다. 쌀쌀한 바람을 맞아 차가웠
다.

"역효과였죠. 집안 어른들이 어차피 놀기만 할 거 회사에라도

갖다 놓으라고 하더라구요. 그러다가 큰형이 불렀어요. 그래서 온 거예요, 여기. 그래서 전 지금 외나무다리 위예요. 무서워요. 내려 갈 수도 없고, 건너갈 수도 없고, 여기서 죽을 수도 없고……."

"그럼 다온 쌤은 어떻게 하고 싶은데요? 내려가고 싶어요? 아니 면 그냥 서 있고 싶어요?"

"연아 쌤은 어떻게 했어요?"

다온은 반문했고, 연아는 침묵했다. 겨우 몇 번 본 사이에 마음 을 전부 털어 놓는다는 건 쉽지 않은 일이었다.

모든 사람이 항상 도움을 청할 때 진실만을 원하지 않는다. 환 자들을 대할 때 항상 마음에 새겼던 말이었는데……. 자기 개방은 너무 이르지 않나 생각하던 연아가 퍼뜩 드는 생각에 머리를 흔들 었다. 도다온이란 사람은 클라이언트도 환자도 아니었다. 동료? 동 료 슈퍼비전쯤이라고 생각하면 되지 않을까. 비록 한 달짜리 카운 트가 필요한 동료지만.

"그냥 서 있기로 했어요."

"왜요? 연아 쌤 인생은요?"

"이것도 내 인생이고, 저는 다른 건 몰라도 착한 딸이 되고 싶 거든요. 이기적으로 굴었을 때 지금보다 행복할 수는 있겠지만 착 한 딸이 되긴 힘들 거 같고……. 잔뜩 불평하면서 생색내듯 착한 딸이 되는 게 괜찮을 거 같아서요. 다온 쌤은요?"

"전, 아직 잘 모르겠어요."

연아는 충고도 위로도 해 주지 않았다. 그냥 그의 볼을 감싼 손 을 내리지 않았다. 쌀쌀했던 바람이 그칠 때까지. 저녁을 먹으라고 부르는 소리가 들려올 때까지 가만히 옆에 서 있어 주었다. 그러면 서도 연아의 시선은 허공을 헤매었다. 마냥 행복한 사람인 줄로만 알았는데…….

◇　◇　◇

다시 일상.

지각 직전에 아슬아슬하게 출근한 다온은 팀원들에게 박수를 받았다. 딱 1분 남겨 놓고 세이프였다. 다온이 병원장 무리를 피하려고 30분 일찍 출근하거나 혹은 딱 아슬아슬하게 들어오는 덕에 윗선의 호출이 줄어든 신 팀장의 얼굴이 활짝 개었다.

"오늘도 세이프네. 어서 와요, 다온 쌤."

날이 갈수록 그는 이 사무실이 편해지고 있었다. 대충 출근도장이나 찍고 병원장실 주변에서 노닥거리려고 했었는데 생각보다 사람들이 좋았다.

어쩜 이렇게 좋은 사람들만 모였을까 싶을 정도로 편안했다. 성균에게 오늘 직원 식당 점심 메뉴를 묻는 것부터 윤서에게 프로그램의 종류와 어떻게 만드는 게 좋은지를 배우는 것까지 이제는 꽤나 자연스러웠다.

연아에게서 넘겨받은 개인정보가 가득한 파일을 틈틈이 읽으며 다온은 어린이 병동에도 왔다 갔다 해야 했다. 시온이와 은채뿐만 아니라 다른 아이들을 포함해서 마음 문을 꽉 닫은 부모들과도 씨름해야 했다.

"끝이 없네요."

"소아과 병동 같은 경우에는 환자 한 명에 보호자 4명은 있다고 생각하는 게 편해요."

"4명요?"

"엄마, 아빠, 할머니, 할아버지. 이 4명이 한 세트나 다름없어
요."

"다 따로 노는 세트요……."

"그렇죠."

착 가라앉은 목소리에 대답하는 연아의 목소리는 웃음기를 가득
담고 있었다. 지칠 만도 했다.

장기 입원환자들과 그 부모들이 사회공헌팀의 도움을 받지 않겠
다고 보이콧 아닌 보이콧을 선언한 터라 마음의 문을 여는 과정이
쉽지 않았기 때문이었다. 연아는 이 과정을 라포 형성이라고 불렀
다.

"어제 어머니를 설득했다고 생각했더니, 오늘 가니 보호자는 아
버지고……."

"흔히 있는 일이에요. 처음부터 다시 설득해야 하죠. 그나마 어
머니 설득했으니 아버지 쪽은 더 수월할 거예요. 어머님도 아버님
을 설득해 주실 테니까."

"정말…… 일이 끝이 없네요."

지친 듯한 다온의 목소리에도 일거리를 넘겨 주는 연아의 손은
가차 없었다.

"오늘은 은채 보호자 면담하고 퇴근하죠."

"아직, 그 112병동 손을 못 대서……."

"그럼 야근해야겠네."

콰광. 다온은 머리 위에 돌덩이 하나가 떨어진 듯한 착각이 들
었다. 가볍게 말하는 것과 달리 야근이라는 말의 여파는 생각보다
컸다.

살면서 야근이라는 것을 해 본 적이 없었던 터라 다온은 어이가

없다 못해 혼란스러울 지경이었다. 수습한테 야근을 시킬 줄이야. 그것도 슈퍼수습인 이 도다온을.

"저 수습인데요?"

"수습이면 더 열심히 해야죠. 이따가 봐요. 팀장님이나 나나 퇴근하고 다 남아 있을 거 같거든요."

멍한 표정으로 다온이 걸음을 재촉했다. 연아의 걸음이 점점 빨라지고 있던 탓이었다. 보수교육 이후로 확실히 분위기가 풀렸다. 연아의 입가에 걸린 미소를 확인하자 다온의 얼굴도 밝아졌다.

"선생님 오셨어요?"

은채가 아직 6인실에 자리가 안 나서 여전히 2인실에 머무르고 있는 덕에 상담은 비교적 조용한 환경에서 진행될 수 있었다. 병동마다 상담실이 있긴 했지만, 소아과 병동 특성상 보호자 면담은 아이가 있는 곳에서 진행되는 경우가 많았다.

연아를 아기 새처럼 졸졸 따라다니며 눈치가 발달된 덕에 은채기록지를 들고 연아의 뒤편에 섰다.

"안녕하세요. 은채 어머님."

"오랜만에 뵙는 거 같아요."

아무리 보호자들이 사회공헌팀의 도움을 거절하겠다고 보이콧하고 있는 상태라고 해도 공통적으로 연아에게는 약해지는 성향을 보였다. 다들 오랫동안 연아의 얼굴을 알아 왔고, 긴 병원 생활에서 자신들의 이야기를 들어 주고 세세하게 배려해 주는 그녀를 잘 알기에 차마 연아에게 불편하게 대할 수는 없어 보였다.

"그러니까요. 이야기 들어 보니까 은채 많이 좋아졌다고 하던데."

·

"간 수치가 많이 떨어졌대요. 이대로 계속 안정된다면 수술 안 들어가도 된대요."

"좋네요."

오늘 처음 보는 은채 어머님은 차가운 인상이었다. 턱 밑으로 딱 떨어지는 단발머리에 청바지를 입은 캐주얼한 차림으로 꽤나 젊어 보였다. 아이의 건강 이야기가 나오자마자 얼굴 가득 웃음을 짓는 게 다온에게는 인상적으로 다가왔다.

"이쪽 선생님은……."

"아 저희 새로 오신 선생님이에요. 도다온 선생님."

"안녕하세요. 도다온입니다."

"네, 안녕하세요. 은채 엄마예요."

보호자들은 하나같이 본인을 소개할 때 자신의 이름이 아닌 아이의 이름을 이야기했다. 아무개 엄마, 아무개 아빠, 혹은 아무개 할머니 되는 사람입니다 등 본인의 이름을 이야기하지 않았다.

밖에서 자신을 소개할 때에는 늘 본인의 이름 석 자를 당당하게 밝히던 아버지를 떠올린 다온으로서는 이런 상황이 조금 낯설었다.

"은채 6인실로 옮겨야죠. 오늘 간호사실에 물어보니 2순위라던데."

"네, 두 명만 빠지면 들어갈 수 있대요. 좀만 더 기다리면 될 거 같아요."

대화는 그렇게 시작되었다. 다온은 은채 어머니가 건넨 보호자 의자에 걸터앉았다. 삐걱거리고 병동 숫자가 크게 박혀 있는 단출한 의자였지만 서 있는 것보단 나았다.

"어머님, 요즘 몸은 어떠세요. 허리는 괜찮으세요?"

"제가 문젠가요. 은채가 먼저지."

아이에게 닿는 시선엔 걱정이 가득했다. 다온은 어머니의 특징란에 '허리가 아픔'을 적어 놓고 가만히 귀를 기울였다. 아이는 침대 난간을 꾹 쥐고 자고 있었다. 작은 손등에는 덕지덕지 의료용 테이프가 붙어 있었고, 긴 링거 줄이 가늘게 이어져 있었다.

"우선 동사무소랑 연계해서 긴급지원 신청을 했어요. 하지만 아시다시피 그렇게 큰 기대는 안 하시는 게 좋을 거고……."

"알아요. 주로 집 안에서 일을 하는 사람이 다칠 때나 지원된다면서요? 아이가 소득이 있을 수가 없으니까 뭐."

어머니들의 소식통은 재빨랐다. 더군다나 자식이 걸리면 더욱 필사적이 되는 법이었다. 이제 겨우 병원 생활 나흘째. 다온은 병원에서 새로운 갑과 을을 마주하고 있었다.

"저번에 어머님 종교가 가톨릭이라고 하셨었지요?"

"네. 근데 냉담한 지 꽤 오래됐네요. 그래서 우리 은채가 계속 이러는지……."

그렇다고 하기에는 환자 물건을 놓는 수납공간에 십자가와 매일 미사 책이 몇 권 쌓여 있었다. 잠시 그곳에 시선을 준 다온이 종교란에 가톨릭을 채워 넣었다. 대화를 통해 정보를 찾아 집어넣는 것에 꽤나 재미를 붙이고 있던 와중이었다.

"오늘 원목실 한 번 방문해 보세요."

"예?"

갑작스럽게 튀어나가는 대화에 다온이 눈을 동그랗게 떴다. 은채 어머니 역시 마찬가지였다. 대학병원 급의 큰 병원의 경우 재단이 종교 재단이 아닐 시 3개 정도의 종교로 원목실을 두고는 했다.

주로 기독교, 천주교, 불교 등이었는데 이는 환자와 보호자의 심리적 안정을 두는 데 목적이 있다고 매뉴얼에서 읽은 기억이 났다. 요 며칠 눈대중으로 배운 게 있다는 생각에 다온은 은근히 뿌듯했다.

"저도 이쪽은 처음인데, 대전 쪽에 위치한 수녀회에서 이번에 새로 시작하는 복지사업이 있더라구요. 저번에 성심재단에서 지원이 기각되고 나서 대안으로 찾았던 곳인데 은채 이야기 들으시더니 담당 수녀님께서 흔쾌히 그러겠다고 해 주셨어요. 운이 좋았어요. 이번에 새로 시작하는 프로그램이라 대상자 선정에 대해 아직 정해진 게 없다고 그러셨었거든요."

"그럼……."

"수술비까지는 아니어도 밀린 병원비 정도는 아마 다 해결이 될 거예요."

"감사합니다. 감사합니다, 선생님."

차가운 인상에 간간히 머무르는 웃음도 인상적이었지만, 순식간에 터져 나오는 울음 역시 인상적이었다. 다온은 자신도 모르게 가슴에 손을 가져갔다.

무언가 위로를 해야 할 거 같은데 어떻게 해야 할지 혼란스러웠다. 그리고 조금 놀랐다. 며칠 만에 병원비를 해결할 수 있는 방안을 구해 올 줄은 상상조차 하지 못했다. 다온이 놀란 사이 연아는 어느새 은채 어머니의 곁에 한 발 더 다가서 있었다.

"기도 많이 하셨나 봐요. 은채 이야기 듣자마자 지원해 주시겠다고 하던데."

"아니에요, 선생님. 정말 감사합니다."

"운이 좋았다니까요. 제가 한 건 없어요. 우리 은채 빨리 건강해지라고 사람들이 돕네요."

다온은 최근의 모습을 떠올렸다. 말끔하게 출근하는 그와 다르게 이른 아침의 팀원들은 어딘가 모르게 피폐해 보였다.

윤서는 떡진 머리에 드라이 샴푸를 치덕치덕 바르는 모양이었고, 성균 역시 칫솔을 아작아작 깨물며 눈에서 레이저를 쏘아 내듯 모니터를 쳐다보고는 했다.

그리고 연아는 업무를 보는 도중에도 원내 전화를 손에서 놓지 않았다. 하루에 통화를 스무 번은 넘게 하는 듯했다.

"수술비 같은 경우는 우선 되든 안 되든 다시 안건으로 올려 볼 거예요. 너무 큰 기대는 하지 마시고, 기다려 보세요."

"감사합니다, 선생님."

연아보다 훨씬 연배가 높은데도 그녀는 연신 아픈 허리를 숙이며 연아에게 감사를 전했다. 연아의 손을 잡고 한참을 놓아주지 않던 그녀가 다온에게로 다가왔다. 어쩔 줄 몰라 하는 다온의 손 역시 덥썩 잡았다.

"아……."

"감사합니다, 선생님. 정말 감사합니다."

"……."

대답할 말을 찾지 못한 다온의 시선이 허공을 헤매었다. 나는 감사를 받을 사람이 아닌데……. 순간적으로 스쳐 간 생각이 다온의 가슴을 짓눌렀다.

"아니에요. 저는……."

욱 하고 터져 나올 것 같은 감정은 겪어 보지 못한 것이었다. 연아가 다가와 은채 어머니의 등을 도닥여 준 덕에 겨우 한 발짝 물러난 다온이 붙잡혔던 손을 내려다보았다.

그럴 리가 없는데 손이 화끈거리는 것 같았다. 뜨거웠다. 눈가
도 붙잡혔던 손도 용암 속에 담가 두었다 꺼낸 것처럼 뜨겁고 화
끈거렸다.

3

궁금함 그 자체

연아는 앞장서는 다온의 뒤를 천천히 따랐다. 바로 붙은 것도 아니고 몇 발자국 거리를, 그렇게 따라가며 가만히 그가 어떤 마음일지 생각해 보았다. 처음 다온을 봤을 때 솔직히 말해 철없는 재벌 3세를 생각했다. 따뜻한 온실에서만 자라고 부족한 것 없이 자라 세상 물정 하나 모르고 자신만 생각하는 못된 사람. 그날 이후 그런 그에게도 아픔이 있다는 것을 깨닫고 그를 보는 눈이 변했다.

"네, 내려가겠습니다."

삐빅, 소리를 내며 울린 호출기를 받아 대구하면서도 연아의 시선은 다온의 등을 향해 있었다. 작다. 오빠나 남동생을 보면서도 느껴 보지 못한 감정이었다. 첫 출근 때 은채의 이야기를 듣던 다온의 얼굴이 하얗게 질려 가는 것을 보고 이상한 쾌감까지 갖게 되었었다. 네가 아무 생각 없이 내던졌을 그 서류에 있던 아이의 얼굴을 직접 볼 일은 없을 거라 생각했겠지. 연아는 그렇게 생각했다.

"내려갈까요?"

뒤따라오는 연아를 기다려 준 듯 대리석 복도 가운데에서 걸음을 멈춘 다온이 그렇게 말했다. 연아는 말없이 고개를 끄덕였다. 처음 그를 보던 시선은 잔뜩 삐뚤어져 있었다. 연아 역시 스스로 느끼고 있었다.

"저…… 하나만 여쭤 봐도 될까요?"

연아가 대답 없이 다온을 바라보았다. 거절의 말이 없는지라 망설이던 다온의 시선이 창가로 향했다. 통유리로 만들어진 병원 건물 덕에 바깥의 풍경이 그대로 한눈에 들어왔다. 꽉 찬 주차장에 쉼 없이 출입하는 사람들.

"제가 알기로 저희 쪽에서 자르는 인원들이 많은데, 그런 인원들 전부 이렇게…… 음, 다른 지원처를 찾을 수 있나요?"

조심스러운 질문에 연아가 대답을 망설였다. 그러자 그냥 그대로 이야기해 주셔도 된다며 다온이 다급히 덧붙였다.

"퍼센트로 나타내면 거의 98%는 못 찾아요."

"그럼 은채는……."

"정말 운이 좋은 케이스죠. 원래 여기 원목실에 계시던 수녀님이 그쪽으로 옮겨 가셨다고 해요. 저도 잘 몰랐는데 여기저기 전화하다가 어떻게 일이 잘 되풀린 셈이에요. 그 수녀님이 은채랑 은채 어머님을 기억하고 계셨고, 새로운 사업이라 대상자 선정기준이 아직 명확하지 않은 상태이기 때문에 들어갈 수 있었던 거예요."

연아는 스스로의 목소리를 자조적이라고 생각했다. 며칠 동안 여기저기 전화를 돌리면서 될까 싶었던 일이 현실로 일어났다. 마치 신이 도우신 것처럼 기적적이었다. 그것을 이 사람이 알까 싶었다.

"쉽진 않아요. 그러니까 우리는 더 열심히 해야 하는 거죠."

그리고 연아는 말을 덧붙이려는 듯 입을 떼었다가 한참을 망설였다. 이 말을 해도 되나 싶었다. 동료 슈퍼비전을 할 때는 망설임 없이 뱉었지만, 지금 그녀 앞에 서 있는 이 사람을 동료라고 해도 될까. 아주 잠깐 머물다 갈 사람인데. 연아가 손을 들어 머리를 벅벅 긁었다. 동료든 사람이든 꼭 해 주고 싶은 말이었다.

"그리고 다온 씨, 눈치챘겠지만 저 다온 씨 별로 안 좋아해요."

다온이 고개를 치켜들었다. 이미 서로 눈치챈 일이고 언급하지 않아 유야무야 흐지부지될 줄 알았는데, 굳이 감정을 짚고 넘어가려는 사람은 처음이었다.

"이 일 하면서 많이 가진 사람이 뭐라고 구걸하듯 돈 타 오는 것도 싫은데, 그 돈을 쥐고 줄까 말까 재는 인간들 정말 싫어해요. 다온 씨는 여기서 후자구요."

쌀쌀하게 느껴질 만큼 가라앉은 목소리였다. 다온이 바짝 마른 입술을 혀로 축였다. 그렇게 보일 수 있었다. 1년에 얼마씩 흔쾌히 기탁해 왔던 복지기금은 기부자인 다온의 승인 없이는 쓸 수 없는 돈이었고…… 그녀는 그 돈을 쓰기 위해 몇 번이고 그에게 손을 벌렸다.

처음에는 서류로 그다음에는 회의 자리까지 만들려고 했지만……. 그는 사례관리 회의가 뭐냐며 그냥 거절하고 기각시켰다. 은채의 작은 눈망울이 떠오르고, 그녀의 어머니가 몇 번이고 허리를 숙이는 모습을 떠올렸다.

다온은 무언가 깊이 생각하는 눈치였다. 그러자 연아가 조용히 한숨을 쉬고는 앞서 걸어가기 시작했다.

"주연아!"

몇 발자국 갔을까. 그녀의 이름을 부른 목소리는 그렇게 높은 소리는 아니었지만 주변에 있는 사람들이 돌아볼 정도였다.

"어? 네가 여기 웬일이야?"

"점심 먹고 심부름."

연아의 입가에 진한 미소가 내려앉았다. 몇 걸음 뒤에서 그녀를 바라보고 있던 다온에게는 그 웃음이 선명하게 보였다. 간호사복을 단정하게 차려입은 친구에게서 무거운 차트를 받아 든 연아가 얼마 지나지 않아 까르르 소리 내어 웃었다. 언뜻언뜻 들리는 대화는 집중하면 제대로 들을 수 있는 정도였다.

"어머님께 전화 좀 드려. 요즘 전화할 때마다 통화 중이라고 뭔가 이상하다고 하시더라."

"내가 요즘 바빠서……."

"언제 우리가 안 바쁜 적 있었니. 집에 좀 내려오래."

"한 번 내려가는 게 어디 보통일이어야 말이지."

더 이상 듣는다면 사생활 침해가 될 거 같기도 하고 연아가 알아챘다면 기분 나빠할 것 같아 다온은 그대로 발걸음을 돌렸다. 짧은 대화로 유추해 보건데 그녀는 아마도 집을 떠나 직장 때문에 타지 생활을 하는 듯했다.

이 타지 생활을 함께 하는 친구가 바로 저 사람. 저번에 한번 사무실을 찾아왔던 간호사의 얼굴을 떠올렸다. 힐끗 본 얼굴이 그때 그 사람과 같은 사람인 것 같았다. 주고받는 말이 친근해 보여

친구라고 유추해 낸 다온이 별생각 없이 고개를 돌렸다.

연아가 해낸 일, 그리고 은채 어머님의 감사…… 조금 전 상황을 떠올린 다온은 곰곰이 생각했다. 아무리 일이라고 해도 다른 사람을 위해서 저렇게까지 할 수 있을까. 병원비 조달에는 정해진 매뉴얼이 있었다. 다온이 가장 먼저 읽었던 것도 그것이었다.

병원 내 사회복지기금 신청이 가능한지 확인하고 불가능할 시에는 지역 주민 센터나 구청과 연계해서 긴급지원 신청. 그 정도가 끝이었다. 타 기관에서 지원이 가능한지는 굳이 확인하지 않았다. 왜냐하면 첫째로 성심재단 산하의 병원이라는 이유였고, 모든 환자 한 명, 한 명 그런 수고로움을 감내하기엔 일이 너무 많았다.

병동에 안 올라간다는 성균은 병원의 사회공헌활동이라는 해외의료봉사와 오지봉사를 계획 중이었고, 희순이 이리저리 불려 다니는 신 팀장 대신 대부분의 행정업무를 처리하는 것은 물론이고 직원 복지까지 책임지고 있었다. 각자 맡은 일이 많아도 너무 많았다.

그런데…… 주연아라는 사람은. 왜 굳이 여기서, 이렇게 열심히 일하는 거지? 다온이 고개를 천천히 기울였다.

"은채 어머니. 많이 좋아하시죠?"

덜컥, 사무실 문을 열고 들어가자마자 들려오는 목소리는 윤서의 것이었다. 다온은 마지못해 고개를 끄덕였다.

"어유, 이런 일만 계속이라면 이틀이 아니라 이 주도 야근하겠다."

"그 마음 잊지 마요, 윤서 쌤."

"아! 팀장님. 언제 오셨어요?"

"윤서 씨가 매니큐어 수정할 때요."

"이런, 그런 건 좀 모른 척해 주세요."

"매니큐어 손 댈 시간에 잠이나 좀 더 자요."

"제가 낮잠은 좀 못 자는 스타일이라."

무서운 눈으로 자신을 내려다보는 팀장이 두렵지도 않은지 윤서는 능청스럽게 대꾸했다. 그 뻔뻔하다 못해 당당한 태도에 허탈한 듯 신 팀장이 웃음을 뱉어 내고 나서야 성균과 희순이 소리 내어 웃었다. 다온이 소리 없이 자신의 자리에 앉았다.

"간만에 좋은 일 한번 있었네요. 이번 일도 어그러졌다면 우리 연아 쌤 번아웃 왔을 수도 있었는데……."

"운이 좋았죠 뭐."

"운도 실력이지. 난 연아 쌤이 그렇게 집착하는 거 처음 봤어."

좋은 일이었다. 그런데 다온은 이상하게 자신이 붕 떠 있다는 생각이 들었다. 이제 사무실에 적응한 것 같았는데, 이상하게 이질감이 들었다. 일이 많다고 불평하면서도 야근을 밥 먹듯이 하는 사람들. 섞이지 못할 것 같은 예감이 밀물처럼 쓸려 들어왔다.

"저 왔습니다."

"어서 와. 고생했어."

사무실 문을 열고 들어온 연아는 대수롭지 않게 자신의 등장을 알렸고, 희순만이 고개를 잠깐 들어 인자하게 웃어 보임으로 환대했다. 다른 사람들은 손을 살짝 들어 보이거나 자신의 일에만 집중하기 바빴다. 멀뚱하게 앉아 있던 다온이 쓴웃음을 지었다. 견고한 틀 안에 끼어들어 갈 쥐구멍 하나 보이지 않았다. 하기야 한 달짜리를 끼워 줄 리가 없지.

"다온 쌤, 이리 와서 이것 좀 같이할래요?"

그래서 더 당혹스럽게 느껴졌다. 붕 떠 있던 이질감 속에서 손이 뻗어 나왔다. 머뭇거렸지만, 재촉은 없었다. 다온이 느릿하게 연아의 곁으로 다가갔다. 컴퓨터 화면을 좀 더 들여다보기 위해 허리를 숙여야 했다. 그녀의 시선과 그의 시선이 평행을 이루었다. 샴푸 냄새가 훅하고 콧속으로 흘러들어 왔다.

"내일은 저랑 이 환자 보러 갈 거예요. 바로 보는 것보다는 먼저 서류 보고 가는 게 좋을 테니까……."

"네, 네."

다온이 뭐에 쫓기기라도 하는 듯 다급한 어투로 대답했다.

그리고 출근 이 주째, 다온은 사무실에 있는 것보다 연아를 따라나서는 게 더 편해졌다. 그녀의 뒤꽁무니를 강아지처럼 졸졸 따라다니면서 그녀의 목소리를 듣고 기록지에 옮겨 담으며 그녀의 얼굴을 살폈다. 방긋방긋 웃는 얼굴이 경직될 때, 소리 없이 한숨을 내쉴 때. 그 순간순간을 눈에 담으며 다온은 연아를 살폈다.

야근을 안 할 수도 있었다. 수습 핑계를 댈 수도 있었으며 간절하게 자신의 전화만을 기다리고 있는 병원장실에 연락을 넣어 저녁 먹자는 말만 하면 야근 따위는 쉽게 캔슬 될 일이었다. 하지만 다온은 말없이 사무실에 남는 것을 택했다. 여덟 시, 윤서가 떠나고, 아홉 시 성균마저 떠난 상황에 사무실에는 다온과 연아만이 남았다.

째깍째깍, 벽에 걸린 동그란 시계가 내는 소리만이 가득한 적막한 공간. 다온이 다문 입술을 천천히 열었다.

"저희 퇴근해야 하지 않나요?"

대충 일이 마무리된 상황이었기 때문에 꺼낸 말이었다. 다온의 일은 아까 성균이 퇴근할 때 끝났지만, 일부러 시간을 끌었다.

"아, 그러네요. 다온 쌤도 퇴근하셔야죠."

"네, 시간 늦었는데 데려다 드릴게요."

"그래 줄래요? 다행이다. 요즘 병원 정원 건너서 가면 좀 무서워서. 아무리 병원 앞이라고 해도 그쪽은 인적이 드물거든요."

능청스럽게 대꾸한 연아가 작성하던 서류를 가방에 넣었다. 집에서도 업무를 계속하려는 모양이었다. 다온이 가운을 벗고 재킷을 걸쳤다. 주머니에 차 키와 지갑이 있는 것을 확인하고 사무실 문을 열었다. 그녀가 종종걸음으로 그의 뒤를 따라 나왔다.

여태 날카롭게 곤두서 있던 그녀의 눈빛이 퇴근과 동시에 부드럽게 변했다. 그 눈빛에 다온은 쿵쾅쿵쾅 뛰는 심장을 다독거렸다. 죄책감인지 아니면 다른 감정 때문인지 그녀의 앞에만 서면 작아졌다. 늦었지만 뭐라도 해 주고 싶은데…… 그녀는 그의 생각을 꿰뚫어 보기라도 한 듯 고개를 내저었다.

"다온 씨가 우리 사무실에서 일하면서 예산 승인해 주면 다른 팀원들은 어떻게 생각할 거 같아요? 수습직원이 아니라 재벌 3세로 보겠죠. 그러길 원해요?"

병원 내에서 그가 성심호텔 전무 도재준의 막내 동생 도다온이라는 걸 아는 사람은 그렇게 많지 않았다. 끽해야 사회공헌 팀 사람들과 병원장, 그리고 부병원장과 이사회 몇몇 사람 정도였다.

그래. 그런 것은 원치 않았다. 자신의 생각을 어떻게 알아챈 걸까. 다온은 연아가 마음을 써 준 것에 감사하며 마주 웃어 보였다.

차에 올라타고, 그녀의 집 근처에 가까이 갈 때까지 그는 바짝바짝 마르는 침을 삼켰다. 처음 있는 일도 아닌데 왜 이렇게 긴장될까. 그의 분위기가 전염이라도 된 건지 연아 역시 침묵을 지키고 있었다.

"고마워요. 내일 봐요, 다온 쌤."

그녀가 방긋 웃으며 조수석 문을 열고 내렸다. 다온이 눈을 질 끈 감고 차에서 내렸다. 마주한 동그랗게 뜬 눈이 의아함으로 가득했다.

"나랑 만나 보지 않을래요?"

속삭이는 다온의 입술이 바짝 말라 있었다. 눈높이에 그대로 들어맞는 입술의 위치를 가만히 들여다보다가 연아가 고개를 살짝 들었다.

"싫은데요."

그녀가 무심하게 입술을 달싹였다.

"왜요? 제가 싫어요?"

"그건 아닌데……."

"그럼요?"

"저 연하 싫어해요."

꾸르릉, 쿵쾅. 그의 얼굴에 천둥이 치는 듯한 착각이 들었다. 잔뜩 망가진 얼굴에 연아가 쿡쿡 솟아오르는 웃음을 내리눌렀다. 강아지처럼 쫓아다닐 때부터 설마 했다. 따라오지 않아도 된다고 해도 졸졸 따라올 때 윤서가 눈치를 준 덕분이었다.

처음에는 그녀의 기분을 살피는 것 같았지만, 슬그머니 먼저 말을 거는 다온 덕분에 연아는 마음에 여유가 없었다. 저를 보고 하는 행동들 하나하나에 의도가 느껴지는 것 같아 계속 신경 쓰였기 때문이었다.

"장난이에요."

"연아 쌤!"

다온이 정색했다. 잠시 다온이 희망을 가지려던 찰나 연아는 단호하게 그를 잘라 냈다. 방긋 웃고 있었지만 전달하려는 말은 명료했다.

"근데 내가 아직 여유가 없어서, 남자 만날 생각이 없어요."

"여유 없어도 다들 연애해요."

"마음이 안 열렸어요."

"그럼, 연아 쌤 마음 열린 곳에 제가 있었으면 좋겠어요."

"안 들려요."

그녀가 장난스럽게 귀를 막고 돌아섰다. 그 모습에 일그러진 표정의 다온이 웅얼거렸다.

"아, 연아 쌤!"

"내일 봐요, 다온 쌤."

연아가 몸을 돌려 건물로 들어가려 했다. 그 뒤에 잔뜩 빨갛게 익은 다온의 얼굴이 어둠 속에 둥둥 떠 있었다.

"연아 쌤 마음 활짝 열린 곳에 제가 있었으면 좋겠어요!"

안 들린다고 장난스럽게 말한 것 때문일까. 몇 걸음 떨어지지도 않았는데 부러 소리치듯 말하는 다온에 그녀의 걸음이 점점 빨라지다가 뜀박질로 변했다.

"아, 미쳤지. 이것도 콩깍지인가."

다온이 사라져 버린 연아의 뒷모습을 바라보다 머리를 박박 긁었다. 저런 모습도 귀여워 보이니 이를 어쩌나. 둘째 형이 알면 뒷목을 잡고 쓰러질 터였다. 어떤 감정인지 모르지만, 그냥 가볍게 만나 보자는 제의를 하려고 했던 건데 이상하게 입안은 바짝 마르고, 식은땀이 흐르는 것 같았다.

들어갈 데 들어가고 나올 데 나온 쭉쭉빵빵 미인도 아니고, 장난스럽게 외쳤던 34—26—34도 아니다. 자신이 늘 입버릇처럼 말하던 이상형과 전혀 가깝지 않은 사람이었다. 종종거리는 발걸음에 그의 어깨 아래로 내려오는 작은 키의 귀여운 여자. 다온이 한숨을 내뱉고는 돌아섰다.

그날 밤. 연아는 집에서 서류 한 장 펴지 못하고 이불 속으로 들어갔다. 꾸물꾸물 애벌레처럼 이불을 돌돌 만 채로 귓가로 박히던 목소리를 떠올렸다.

'연아 쌤 마음이 활짝 열린 곳에 내가 있었으면 좋겠어요.'

갑자기 열기가 훅 올라오는 느낌에 연아는 두 손으로 볼을 꾹 눌렀다. 그가 느릿한 어조로 귓가에 속삭인 목소리가 다시 한 번 들리는 것 같았다. 마치 귀 안에 가득 찬 듯했다. 여고생 시절에도 제대로 느껴 보지 못했던 설렘이 솟아오르는 것 같았다.

"아오, 주책이지 진짜."

"뭐야…… 뭐가 주책인데."

"아냐, 자자. 자라 자."

이불 속에 있는 줄도 몰랐던 리연의 목소리가 갑자기 들려와 놀란 연아는 재빨리 토닥거리며 리연을 다시 꿈결 속으로 빠져들길 기도했다.

연하인데, 남자는 나이 먹어도 애라는데, 연하라니. 오빠와 남동생을 키워 왔고 거기다 남자친구까지 키우라고 하면 사절, 사절! 절대 사절인데 그 연하가 갑작스럽게 가슴을 두드렸다.

"게다가……."

연아는 대강 그런 감정을 알고 있었다. 처음 하는 사회생활에서 1대 1로 붙어서 일을 알려 주고 시간을 오래 보내다 보면 착각하게 되는 그 감정. 성균은 경험이 많은 사람이라 그 감정을 일깨워 주는 데 오래 걸리지 않았지만, 자신은 어설프다.

서로 헷갈리고 있을 감정을 굳이 키워서 일을 만들고 싶지는 않았다. 날을 잡아서 천천히 이해시키자, 혹시나 자존심이 상하지 않게 유의해서…….

그녀의 가슴에 찬물이 오래도록 쏟아졌다.

"오늘 회식 한번 합시다!"

"어? 진짜요?"

아침부터 무언가 이야기를 하려는 듯 뜸을 들이던 신 팀장이 호 기롭게 내뱉은 말에 윤서가 반색했다.

"이제 다온 쌤 기간도 얼마 안 남았고, 환영회도 못 했는데 다 같이 저녁이라도 먹어야죠."

"팀장님 개인카드?"

"나 그럼 내무부 장관님께 잘려요, 잘려. 우리 와이프한테 죽는 다고."

손날을 목에 갖다 대 긋는 시늉을 하는 신 팀장의 행동에 사무 실 전체가 소리 내어 웃었다. 다온이 새삼 책상 앞에 있는 달력을 살펴보았다. 2주도 안 남았다.

"좋네요. 자 그럼 다온 쌤은 저 따라오세요."

"예? 병동 가나요?"

"아뇨. 프로그램 대상자, 그거 정했어요?"

아, 맞다. 까맣게 잊었던 사실을 떠올린 다온이 입을 다물지 못

했다. 그럴 줄 알았다는 듯 고개를 끄덕인 연아가 몇 개의 서류철을 챙겨 먼저 상담실로 향했다.

"아, 어떡해. 잊어버리고 있었다."

"잊어버릴 게 따로 있지. 오늘 당장 병동부터 가세요."

다온의 표정이 심각했는지 성균이 픽픽 웃으며 그의 등을 치고 지나갔다. 웃으면서 하는 말에 가시가 박힌 것 같아 다온이 얼굴을 감싸 쥐었다. 머리 아프다고 좀 쉬었다가 해야지 하는 게 계속 밀려 버렸다. 급하게 캘린더를 확인해 보니 프로그램 실행일이 이번 주 목요일이었다. 겨우 3일. 다온이 다급하게 상담실 문을 열고 연아를 쫓아 들어섰다.

"어…… 저기."

"됐어요. 괜찮아요."

다온은 저 표정을 알고 있었다. 그의 어머니를 닮은 표정이었다. 자상하고, 다정하지만 처음부터 기대도 안 했다는 듯한 표정. 그가 입술을 악물었다.

"혹시 생각해 놓은 대상자 있어요?"

하지만 연아는 어머니와는 조금 달랐다. 어머니는 저 표정을 지은 이후 모든 일을 혼자서 했다. 그의 의사를 묻거나 동의를 구하는 일 따위는 하지 않았다. 막내는 원래 그래도 된다며. 연아는 책상 위를 가득 채운 서류 더미에서 그에게 주었던 프로그램 대상자 파일을 챙겨 내밀었다. 그것을 받아 들며 다온이 말없이 페이지를 넘겼다.

"강현주 씨는 어때요?"

"어디 봅시다."

연아가 가만히 서류를 넘겨받아 보았다. 아무리 자기가 감독한다고 해도 전공자도 아닌 사람에게 프로그램 진행은 무리였다. 프로그램 기획의 이론도 모르는데 제대로 할 수 있을 리가. 그렇다고 상담을 맡기기에도 리스크가 컸다.

그냥 수습이니까, 아무것도 안 맡기고 그냥 흘러 흘러가듯 내버려 두면 좋겠지만 그에게도 그녀에게도 경험이 될 순간이었다. 연아는 아무것도 시도하지 않고 흘려보내기 싫었다. 뭐라도 그의 삶에 새로운 것을 부여해 주고 싶었다.

"다온 쌤 지금 얼마나 남으셨죠?"

"수습 기간요?"

"네."

"음, 주말 빼면 9일이오."

주 5일 출근이니 그런 계산이 나왔다. 연아의 시선이 허공을 떠돌았다. 어떻게 할까. 그냥 뒤만 졸졸졸 따라다니게 하면서 기간을 채울 수도 있었다. 굳이 리스크를 감당하지 않아도 되지만…….

"쉽게 가는 건 역시 제 성격이랑 안 맞나 봐요."

"예?"

연아의 말을 이해할 수 없어 다온이 눈을 동그랗게 떴다. 연아가 그를 응시하더니 빙그레 웃었다. 지금 다온이 갖고 있는 그 감정에 대해 생각하는 시간을 주는 것과 동시에 다른 사람의 감정을 접해 보는 것도 좋겠지. 연아가 강현주 씨를 제외한 다른 환자들의 서류를 전부 빼냈다.

"112병동 23호예요. 준비해 봐요. 어떻게 초기 상담지 채울 건지. 이번에는 다온 쌤이 하고, 제가 채우는 거예요."

"아……. 제가 해도 돼요? 안 될 거 같은데."

"병동에 연락해 둘게요. 점심 먹고 한두 시쯤 갑시다. 팀장님께 보고할게요."

그의 개입을 허락한 것은 대상자가 현주였기 때문이었다. 열여덟 살. 세 자매 중 막내. 부모님은 사회에서 인정받는 상류층임에도 관심 한번 받지 못했던 막내딸. 어차피 모 아니면 도였다. 같은 상류층이니 서로의 관계의 공감할 수도 있지 않을까. 조금 위험하다 싶으면 바로 빼내면 된다. 연아가 자리를 떴다. 무엇이 그리 고달픈지 머리를 부여잡은 다온이 깨끗하게 비워진 초기 상담지를 꺼낸 순간이었다.

"뭐야, 연아 쌤?"

상담실 문을 닫고 나오자마자 윤서가 입가에 미소를 매단 채 다가왔다.

"뭐긴요. 수습 쌤 지도지."

"그러니까 들어가서 일 이야기만 한 거야?"

"그럼 뭔 이야기를 해요?"

"쳇."

윤서가 토라진 아이처럼 고개를 휙 돌리고 자리로 돌아가 앉았을 때 텅 비어 있던 것처럼 보였던 사무실 한쪽에서 희순이 호호 웃으며 나왔다.

"텄네 텄어. 윤서 쌤은 우리 사무실 내에서 로맨스를 기대한 거 같더라고."

"로맨스요? 어머, 사회복지사끼리 결혼하면 기초생활 수급자 된다면서 사무실 내 연애는 절대 안 된다며?"

연아가 능청스럽게 희순의 말을 받아쳤다. 삐죽 나오는 듯한 윤서의 입을 무시한 채로 두 여자가 농담을 할수록 그녀의 미간이 좁아지고 있었다.

"에이, 내 말은 상대가 사회복지사일 때지! 우리 수습 쌤은 아니잖아?"

"수습 쌤이 수습 쌤이지 뭐예요."

평소 사회복지사는 사회복지사끼리 사귀거나 결혼해서는 안 된다는 말이 있어 던진 말이었는데 윤서는 무엇이 그리 마음에 들지 않았는지 영 토라진 눈치였다. 연아는 깊게 생각하지 않기로 했다. 아마 성균 역시 이런 단계를 밟았을 테고, 그는 좀 더 지혜롭게 처신했을 테니까.

"그래서 무슨 일을 시켰는데? 얼마 안 남았는데 개입 들어가긴 힘들 거고……."

"들어갈 건데요?"

"뭐?"

희순이 놀라 되물었다. 개입을 시도하겠다는 말은 특별한 일이 없다면 그 대상자를 끝까지 책임지겠다는 말과도 같았다. 그런데 그걸 전공자도 아닌 사람에게 시키겠다고? 아무리 감독이 있어도 어려운 일이었다.

"초기 기록지만 채울 거예요. 112병동 23호. 현주요."

"아……. 하긴 현주면 괜찮겠다."

연아가 태연하게 대꾸했다. 가만히 듣고 있던 윤서 역시 고개를 끄덕였다. 단지 112병동을 한 번도 맡아 보지 못했던 희순만 걱정스러운 표정이었다.

"거기, 정신과 병동 아니었나? 아무래도 좀 그렇지 않아?"

정신과 쪽은 우리도 좀 조심스럽잖아. 희순이 걱정스레 덧붙이는 말에도 연아는 꿈쩍도 안 하는 표정이었다. 하기야 저 고집 어디 가겠느냐마는 그래도 걱정스러운 마음을 감출 수 없는지 희순의 얼굴에 근심이 서렸다.

"괜찮아요. 환자 정보만 채우는 거예요."

"윤서 쌤도 아는 환자예요?"

"내가 장담하건데 현주가 다온 쌤보다 더 잘할걸요?"

서당 개 삼 년이면 풍월도 읊는데, 사회복지상담 당하는 것만 4년인데 초짜 정도는 쉽게 다루지. 윤서가 덧붙인 말에 연아가 깔깔 웃었다.

"근데, 현주하고는 미리 이야기된 거예요?"

"이제 가서 하려구요."

"간만에 강현주 인생에 재미있는 일 좀 생기겠네. 잘생긴 초짜 상담자가 졸졸 쫓아다닐 테니 얼마나 재미있을까. 연아 쌤 천재네."

윤서의 장난기 가득한 말에 연아는 대꾸하지 않았다. 윤서와 희순은 그녀가 현주를 지정해서 다온이 가게 된 거라고 생각하는 듯했다.

틀린 말은 아니었다. 자신은 단지 다온의 시선이 현주의 파일에서 떠나지 않았기에, 떠밀어 준 것뿐이다. 또한, 현주는 저항이 심한 클라이언트도 아니고, 상태가 심각한 것도 아니기에 흔쾌히 받아 줄 거라는 확신도 있었다.

"다온 쌤 가계도랑 생태도 그리느라 진땀 좀 빼겠네."

상담지 샘플을 들고 나온 다온에게 윤서가 장난을 걸었다. 겨우 한 장짜리 초기 상담지에 들어가야 할 정보가 어찌나 많던지. 초짜에겐 아무래도 복잡해 보일 수 있었다.

오전 시간.

다온은 어느새 정적만 가득 찬 사무실 분위기에 숨을 길게 내쉬었다. 연하란 점을 이용해서 생떼 아닌 생떼를 써 볼 생각이었는데 아침부터 그의 손 위에 미사일이 투하되었다.

그냥 미사일도 아니라 지대공 미사일 급이다. 연아는 부담을 가지지 말라고 했지만, 그녀의 뒤를 졸졸 따라다니며 경험한 결과 상담은 쉬운 일이 아니었다. 친근하게 다가가는 일도 어려웠고, 칸칸이 채워 나가는 것도 쉽지 않았다.

게다가 칸은 왜 이리 많은지. 가계도는 대충 알겠는데 샘플에 쓰인 기호를 보니 복잡했다. 차라리 한글로 쓰면 될 걸, 뭘 이렇게 상징화를 시켜 뒀는지. 처음 듣는 이름인 생태도는 더 만만치 않았다.

"가계도 같은 건……."

"우선 예시 프린트 해 줄게요. 이거랑 이거 보고 한번 연습해 봐요."

벼락치기도 이런 벼락치기가 없지. 성균은 그가 고생하는 꼴이 영 고소한 눈치였다.

흐뭇한 얼굴로 질문하는 것마다 상세하고 다정하게 설명해 주는 것이 사회복지사보다는 선생님을 했어야 하는 게 아닌지 의문스러울 지경이었다.

반면 연아는.

"네, 그럼 급여 부분은……. 네, 네. 선택 진료비 제외하고 지원해 주시는 게 좋을 거 같습니다. 네. 검사 내역도 보내 드릴까요?"

"연아 쌤, 전화 끝나면 이것도 좀."

오늘도 그녀는 정신없이 바빴다. 희순과 윤서도 마찬가지였지만, 여기저기서 걸려오는 전화와 내선 콜을 받아 응대하고 뛰어다니고, 보는 사람이 더 정신이 없을 지경이었다. 전화를 받으면서 희순에게 파일을 받아 펼치는 게 하루 이틀에 만들어진 집중력은 아니었다.

"성균 쌤, 로비에서 누가 기다리는데?"

어디에 다녀왔는지도 모를 신 팀장이 가운 위에 덧입었던 재킷을 벗어 내리며 언급한 말에 성균이 다온에게 다급히 한마디를 남기고 총알같이 뛰쳐나갔다. 다온에게 줄 샘플들이 프린트되길 기다리며 복사기 앞에 서 있던 차였다.

"다온 쌤, 나오는 대로 갖다 보면 돼요. 저 나갔다 오겠습니다."

숨소리까지 정신이 없는 듯했다. 무엇이 그리 다급한지 가운 뒤가 마구 구겨진 것도 모르고 사무실 밖으로 뛰쳐나가는 통에 신 팀장이 황망한 표정으로 열린 사무실 문을 응시했다.

"뭐래요 이건?"

"팀장님이 누가 기다린다고 그러셔 놓고?"

"아니, 이런 반응일 줄은 몰랐죠. 진짜 무슨 일이래."

"누가 기다리는데 그래요?"

멍하니 서 있던 신 팀장이 열린 사무실 문을 꼭 닫고 돌아섰다. 얼굴에 황당함이 가득했다. 윤서가 파일함을 열어 무언가를 찾으면서 대꾸했다.

"여자던데. 머리가 한 여기까지 오고, 좀 화나 보였어."

"성균 쌤 언제 소개팅하셨나?"

신 팀장이 묘사하는 여자는 머리카락이 허리 주변까지 내려왔다고 했다. 연아가 타이핑하던 손을 딱 멈췄다.

"내 기억에 그런 적 없는데. 누나 아냐? 결혼한 누나 있다고 했잖아."

"그런가."

아무렇지도 않게 희순이 하는 소리에 곧 윤서가 수긍했고, 대화는 거기서 끝이었다. 잠시 망설이던 연아는 그대로 입을 닫아 버렸다. 최악의 상황만 아니었으면 좋겠는데.

"저, 연아 쌤 이거 가계도랑 생태도요⋯⋯."

"보기만 한다고 이해는 안 될 텐데. 그냥 한번 해 봐요. 대상은⋯⋯."

"뭘 굳이 그거 그리려고 병동까지 가? 연아 쌤이 한번 해 줘요."

"내가?"

머뭇거리다 연아에게 말을 붙이자, 그녀가 단호하게 선을 그으려 했다. 곧바로 뒤로 물러서서 환자 기록부 몇 개를 뒤적이는 연아의 손에서 윤서가 그것들을 빼냈다. 윤서가 눈치를 준 탓에 망설이던 연아가 한숨을 푹 내쉬었다. 그러고는 느릿한 어조로 입술을 떼었다.

"사례 하나 줄 테니까, 그거 해 보고 가져와요."

"⋯⋯네."

다온이 순순히 연아가 건네는 서류를 받아들었다. 한줄만 읽었는데 가족관계가 복잡했다. 뭘, 이혼을 두 번씩이나 하셔. 혼잣말을 중얼거리고는 샤프 한 자루를 꺼내 들었다. 힐끗 바라본 연아의 입술이 일자로 딱딱하게 굳어 있었다. 다온이 소리 없이 긴 숨을 내뱉었다.

◇　◇　◇

　무려 다섯 번의 재검토 끝에 벼락치기로 가계도와 생태도 그리기를 마스터한 다온은 자신 있게 병동으로 올라갔다. 하지만 눈앞에 펼쳐진 쇠창살에 잠시 얼어붙었다. 그리고 자신을 먼저 들여보내는 연아의 이해할 수 없는 행동에 다온이 그녀를 돌아봤다.

　"자신 없어요?"

　"에이, 상담하라는 것도 아니고, 초기 상담지만 채우는 건데요, 뭐."

　겨우 한쪽짜리 표 하나였다. 온통 빈칸이었지만, 예전에 잘 작성된 현주의 인적사항을 읽어 본 적도 있었고, 자신만큼은 아니겠지만 부모님도 꽤나 부유하고 똑똑했으니……. 다온은 떠오르는 걱정을 미소로 털어 냈다. 그리고 병실에 입장했다.

　그리고 들어가서 현주의 얼굴을 보자마자 연아가 자신에게 그녀와의 상담을 허락한 이유를 곧바로 이해했다. 요즘 열여덟 여고생답지 않게 맑디맑은 미소를 지닌 아이였다. 손바닥만 한 핸드폰에서 재생되는 아이돌 가수의 무대영상을 보다가 그와 시선을 마주한 현주가 눈꼬리를 접으며 웃었다.

　"안녕하세요."

　"아, 안녕하세요."

　그럼 그렇지. 다온이 진한 미소를 그렸다. 입을 꾹 다물고 있는 사람도 아니고, 험악한 분위기를 자아내는 아이도 아니었다. 활기에 찬 얼굴에 화장기 하나 없는 아이는 다온을 위아래로 훑어보았다.

　"뭐야. 연아 언니가 초짜라고 하더니, 왜 초짜티 풀풀 내요? 편

171

하게 말하셔도 돼요. 내가 더 어린데 뭐."

"어, 어."

대담하고 직설적인 아이의 성격에 다온이 잠시 당황했다. 귀를 막고 있던 이어폰을 빼낸 그녀가 대강 핸드폰을 정리해 베개 옆에 두었다. 그러고는 비어 있는 의자를 가리켰다. 잠시 머뭇거리던 다온은 자리에 앉고 나서야 겨우 진정할 수 있었다. 아닌 척하려 해도 긴장했다.

"쌤, 여기 처음이시구나."

"어, 처음이야."

자신의 할아버지가 지은 병원 안에 쇠창살이 가득한 공간이 있을 줄은 상상도 못하고 있었다. 여러 병실을 지나면서 다른 병동의 병실과 비슷하다는 생각은 했지만, 처음 마주한 쇠창살의 이미지가 너무 커서 더 이상의 생각은 할 수 없었다. 그렇게 멍하니 걸어가 처음으로 환자와 1대1로 대면했다.

"전 강현주예요. 아시죠? 근데 나는 선생님 이름 모르는데."

"아, 도다온이야. 도다온."

"와, 도씨. 처음 들어본다. 아, 아니구나. 여기 병원 처음 만든 사람도 도씨라는 거 같은데. 1층 로비에서 동상 봤어요."

"어, 어 그래."

현주의 검은 머리칼은 턱 밑에서 동강 잘려 있었고, 아무렇게나 흐트러져있었다. 왼쪽 손목에 감긴 환자 팔찌. 그가 소아과에서 봤던 환자들과 다르지 않은 듯했다. 단지 다른 점은 그녀가 있는 병실의 위치였다.

성심그룹이 소유하고 있는 이 병원에는 전망 좋은 18층에 레스토랑이 하나 있었다. VIP 접대를 위해 만들었는지 혹은 학회 개최를 위해 만들었는지는 확실하진 않지만, 직원들은 그곳을 스카이라운지라고 불렀다. 그 스카이라운지가 위치한 18층에서도 좀 더 올라와야 하는 21층. 고립되어 있다고 느낄 만큼 높은 층수였다. 힐끗 바라본 창문은 촘촘하게 막혀 있었다.

"몇 살이에요? 젊어 보이는데?"

"그게 중요한가?"

"음, 그건 아니긴 한데. 다온 쌤. 다온 쌤이라고 불러도 되죠?"

다온이 고개를 끄덕였다. 1인실. 침대와 냉장고 그리고 작은 옷장 하나가 있는 게 다인 공간에 여고생 특유의 아기자기한 물건들이 눈에 띄었다. 연분홍색 젤리 핸드폰 케이스. 파스텔 색의 노트. 그리고 컬러링 북 한 권. 그리고 한쪽엔 만화책이 가득 쌓여 있었다.

표만 채워 가면 끝날 일이었지만, 자신감이 가득했던 다온은 전혀 다른 화제로 그녀의 시선을 붙잡았다. 그냥 대화하는 일인데, 왜 이렇게 긴장이 되는지…….

"만화책 좋아하나 봐?"

"원래 좋아한 건 아니었는데, 병원에 있으니까 할 게 별로 없어서요. 인터넷 사용 시간도 정해져 있어서…….""

"그렇다고 해도 좀 많은데?"

"제가 책 읽는 속도가 빨라요. 그거 한 열세 번 읽었나? 우리 엄마가 그러는데 사법고시 준비할 때 책을 10독 정도 한다는데 저는 만화책 열세 번 읽었으니 더 잘할 수 있을 거래요."

"어머님이 법조인이시지?"

앞에 앉은 다온을 두고 현주는 침대에서 내려와 만화책이 쌓인 곳으로 걸어갔다.

"말도 안 되는 소리를 말같이 하는 게 우리 엄마 일이죠."

다온은 그녀의 말에서 처음으로 날카로운 가시를 찾아냈다. 연아에게 말하지 말라며 성균이 전달해 준 그녀의 개입지에는 연아의 글씨로 촘촘하게 그녀의 특성이 서술되어 있었다. 글 안에서는 저런 감정을 느낄 수 없었는데……. 그 감정이 그의 손안에 잡힐 듯이 선연했다.

"아버지는 의사시고……."

"뭐야, 알면서 왜 물어요? 큰언니는 지금 연수원 들어가 있어요. 엄마 싫다고 해 놓고 엄마가 하라는 대로 다 하고 살아요."

"어머님이 현주한테 하라는 것도 있었어?"

조심스럽게 물었다. 연아는 편안한 분위기를 자아내면서도 돌려서 묻는 편이었고, 그 덕에 대답하는 사람들 역시 부담 없이 털어 놓았는데 다온은 그 흉내도 내지 못했다.

다행인 것은 현주가 별로 자신을 숨기려 하지 않았다는 점이었다. 다리를 꼬아 앉은 채 몸을 나른하게 이완시키고 있던 다온이 순식간에 몸을 긴장시켰다.

"아무것도 하지 말고 쥐 죽은 듯이 살아라."

턱하니 숨이 막혔다. 아무것도 쥐지 않은 손이 잘게 떨려 왔다. 당혹스러웠다. 갑작스럽게 툭 던져진 말이 다온의 마음에 큰 파동을 낳았다. 다온이 힘겹게 고개를 돌려 그녀와 시선을 마주했다. 아이는 웃고 있었다.

"어머니께서 그렇게 말했어?"

"아뇨. 그럴 리가. 엄마는 나중에 법정에 섰을 때 꼬투리 잡힐 만할 말들은 꺼내지도 않아요. 대신 행동으로 보여 주죠. 아무것도 하지 말고, 조용히. 아주 조용히 살아."

"혹시 어떻게 했는지 기억나는 거 있니?"

연아가 아이들에게 사건에 대해 물을 때 쓰던 말들이었다. 의도하지 않았지만, 모방해 낸 말이 다온의 입에서 툭 튀어나갔다. 현주가 잠시 고민하는 듯했다. 적합한 사례를 찾으려는지 혹은 이야기하기 싫어 입을 다문 것인지 다온으로서는 판단이 되지 않았다. 그래서 그냥 기다렸다. 기다리는 내내 손이 떨렸다. 그 말은 그가 눈치 없이 조금이라도 욕심을 드러냈을 때 듣던 말이었다.

"둘째 언니는 아빠를 닮았어요. 타고난 이과생. 큰언니가 태교부터 법전 들고 했다면 둘째언니 같은 경우는 아빠가 낳았나 싶을 정도로 아빠랑 이야기가 통했어요. 정확히는 잘 모르겠는데 둘째 언니가 중학생 될 때 아빠가 얘는 의사를 해야 한다고 이야기했대요."

큰 아이는 엄마와 같은 법조인으로, 둘째 아이는 아빠와 같은 의료계 인사로. 그럼 셋째 아이는? 다온은 빳빳하게 마르는 입술을 축였다. 대강 짐작할 수 있는 집안 환경. 아이는 아무렇지 않은 듯했다.

"나는 화가가 되고 싶었어요."

현주의 시선이 컬러링 북을 향했다. 다온이 그 시선을 따라가 침대 오른편 손이 닿는 곳에 존재한 컬러링 북을 향했다. 색색의 그림들이 그를 반길 거라 생각하고 펼친 책 속에 존재하는 것은 회색빛의 손때뿐이었다. 그림은 텅 비어 있었다. 어떠한 색도 지니지 못한 채로 시름시름 말라 가고 있었다.

"왜 안 했어?"

"선생님은 왜 못 했냐고 말 안 하네요."

"고집부릴 수 있었잖아."

"와, 진짜 초짜다. 신 팀장님도 보고, 성균 쌤도 보고, 윤서 쌤이랑 연아 쌤 처음 일할 때도 봤는데. 이런 반응 처음이야."

현주가 깔깔 웃었다. 질질 끌고 간 의자에 몸을 기대 앞뒤로 흔들며 웃었다.

"쌤 그거 알아요? 다른 선생님들은 다 절대 내 탓이라고 안 해요. 내 잘못 아니라고. 그게 선생님들 방식인데……."

그러다 소름 끼칠 만큼 재빠르게 표정을 전환했다. 딱딱하게 굳은 얼굴로 그녀가 말없이 다온을 바라보았다.

"미치기 싫었으니까."

"현주야."

"미치기 싫었으니까 안 했어요. 가장 무서운 말이 뭔지 아세요? 나는 우리 애들한테 하고 싶은 거 하라고 말해요. 그거였어요. 우리 엄마 말버릇. 결과가 어떤지 알아요? 큰언니는 자신을 욕하면서 서울대 법대를 갔고, 사법고시를 패스했고, 토하면서 공부해요. 둘째 언니는 여기 있어야 해요. 내가 아니라 언니가. 아니다. 둘 다 여기 있어야 한다."

다온은 태연한 척했지만 현기증이 날 것 같았다. 무어라 말을 해 줘야 하지? 머릿속에 가득한 압박감이 그에게 말을 하라 강요하고 있었지만, 쉽사리 입을 뗄 수 없었다.

"어……. 그게 왜, 음, 화가가 되지 못하는 이유니?"

현주는 대답을 망설였다. 가만히 자신의 손을 만지작거리다가 내려다보았다. 다온은 가만히 망설이는 그녀를 기다렸다. 정확히 말하자면, 재촉할 말을 찾지도 못했고, 어떤 말을 해야 할지도 몰랐기 때문이었다.

그러면서도 이해가 안 되었다. 그와 현주가 비슷한 처지라면 집에서 무엇을 해도 뭐라 하지 않을 텐데. 그는 꿈이 없었지만, 그녀는 있었다. 내세우기만 했다면 지원을 받을 수 있을 터였다. 감정적인 지원이 아니라 물질적인 지원을. 그런데 현주는 지금 이곳에 있었다.

"선생님은 하고 싶은 게 뭐였어요?"

"나는, 딱히 없었는데……."

"나도 없어요."

"화가가 되고 싶다면서?"

"선생님은 그걸 믿어요?"

엉덩이만 살짝 의자에 걸친 채로 그녀는 웃지도 않았다. 동강 잘린 단발이 반듯하지 않고 어지러이 흩어져 있다는 점을 다온은 뒤늦게 눈치챘다. 누가 쥐어뜯은 것처럼, 어린아이가 장난치듯 잘라 놓은 것처럼 길이가 들쭉날쭉이었다. 그것을 알아챈 순간 팔에서 소름이 돋았다. 똑같다.

"그래야 엄마 아빠를 원망할 수 있잖아요. 하고 싶은 것이 없는 애한테 공부해라, 의대에 갈래? 법대에 갈래? 아니면 유학을 갈래? 하고 말할 수는 있어요. 근데, 하고 싶은 게 있다고 하면 다른 걸 강요하면 엄마 아빠가 잘못하는 거처럼 보이니까 그렇게 하는 거뿐이에요. 와, 나 이런 이야기 처음 한다."

"부모님이 강요할까 봐 하고 싶은 게 있다고 말한 거야?"

"아니죠. 강요하니까 지어낸 거지. 선생님 눈치 빠르네요. 다른 선생님들은 이런 거 눈치챈 적 없었는데."

결국 그는 팔뚝을 쓸어내렸다. 가운 아래로 손바닥의 따뜻한 기운이 스며드는 데도 불구하고 등골까지 선연한 한기는 가시지 않았다. 언젠가 들었던 말이 떠올랐다.

동족혐오. 같은 상황, 같은 감정. 그러면서도 서 있는 자리는 다르다. 뭐가 어떻게 된 거지. 다온은 애써 아무렇지 않은 척 입을 열었다.

"부모님이 강요하셨니? 뭐 하라고?"

"아뇨? 상황을 만들긴 했지만 강요한 건 아니에요. 큰언니 방에는 어릴 적부터 법에 관련된 책이 가득했고, 둘째 언니 방에는 의학도서가 가득했죠. 드라마도 그런 것만 봤어요, 둘 다."

"그럼 넌?"

"아무것도."

아무것도 없었어요. 아이는 웃었다. 둥글게 호선을 그리는 입술이 다온의 눈동자에 선명하게 박혀 들었다. 그래, 아무것도 없었다. 너도 나도. 손에 쥐어지는 것은 많았지만 실제로 나의 것이라고는 없었다. 주어지리란 기대마저 없었다.

"우리 아빠는 내가 자살할 거 같다고 여기다 넣었는데, 난 안 죽어요. 우리 부모님은 내가 아니라 언니들 중 한 명이 죽어야 불행해질걸요. 처음부터 말썽 많은 막내는 죽어도 그렇게 충격 안 받을 거예요. 원래 그럴 애였으니까."

다온은 팔뚝을 쓸어내리고 싶은 느낌이 들었다. 쌀쌀했다. 온몸을 감싼 한기는 가실 생각을 않고 더욱더 심해졌다.

발을 까딱이며 다온의 반응을 기다리던 현주가 그가 아무 말도 건네지 않자 다른 이야기를 하자며 화제를 돌렸다. 연아는 어떻게 했더라. 아니 그녀는 이런 상황을 만들지 않았다. 단 한 번도 이런 적 없었는데.

"음, 무슨 이야기를 할까. 우리 엄마는 인천지법 검사였다가 변호사로 나왔어요. 맞선으로 아빠를 만났고……. 우리 아빠는 의사.

어디더라 저기 대구 쪽에서 의대 나왔고, 우리 친가의 기둥. 장남 이에요. 그리고 또⋯⋯."

"부모님 이야기 말고, 나는 현주 네 이야기를 듣고 싶은데."

고민하던 다온이 용기를 냈다. 주먹을 쥐었다 폈다. 현주는 당황한 눈치였다. 동그랗게 뜬 눈이 놀랐다는 눈치라 다온은 그저 가만히 그녀를 바라보았다. 다섯 걸음 정도의 거리를 둔 채 마주 보고 앉아 있는 그녀는 망설이는 눈치였다.

"이번 입원은 한 달 정도 됐어요. 저번에는 3개월 정도였으니까 이번은 좀 더 길 거예요. 그때랑 지금이랑 달라진 건 없는데. 이번에 나가면 유학 가겠다고 하려구요."

"유학? 부모님이 유학을 권하셨어?"

"엄마가요. 나갔다 오면 세상을 바라보는 시야가 바뀔 거래요. 개소리지. 말도 안 되는 소리예요."

"왜 말도 안 된다고 생각해?"

그는 오전 시간 내내 생각하고 상상했던 그녀에 대한 이미지와 그녀의 상황을 전부 머릿속 쓰레기통에 처박았다. 자신과 유사한 환경일 거라고 생각했던 것 자체가 잘못이었다. 겨우 자신의 경험에 그녀를 집어넣을 게 아니었다.

"날 여기다 갖다 넣은 이유가 자살 시도할 가능성이 있다, 그건데. 그런 애를 유학 보내겠다구요? 가서 죽으면 어쩔 건데? 상식적으로 여기서 자살 시도할 가능성이 있는 애가 유학 간다고 안 할 거 같아요?"

다온의 입안이 바짝 말랐다. 물이 간절했지만, 대화를 끊어 내지 못해 그저 소리 없이 심호흡을 했다. 이미 표정은 딱딱하게 굳은 지 오래였다. 빨리 연아가 들어왔으면 했다.

이건 자신이 나설 수 있는 문제가 아니었다. 자신이 어떻게 해 줄 수 있는 것이 아니었다. 더 이상 듣고 싶지 않았다. 도망치고 싶었다.

"나는, 나는 안 되겠다."

그가 비틀거리며 자리에서 일어섰다.

"뭐가요?"

"난 너한테 도움이 안 될 거 같아."

"기대도 안 했어요. 어차피 도움 받으려고 여기 있는 것도 아니고."

도망치려는 그를 잡은 것은 현주의 시선이 아니었다. 뒤에 덧붙여진, 툭 던지듯 뱉어 낸 동강나 버린 현주의 말 한마디였다.

"아무도 보러 안 와요."

"뭐?"

잘못 들은 것 같아 되물은 말에 그녀는 입을 다물었다. 묵비권을 행사하듯 한마디도 꺼내지 않는 모습은 아까와 달랐다. 겨우 몇 십 분 만난 것뿐인데. 그는 이 상황이 두렵고 무서웠다.

그리고 다온은 망설이던 끝에 병실에서 벗어났다. 자신이 오만했다는 것을 느끼면서 발걸음을 재촉했다. 다급하게 쇠창살이 막아선 병동 입구에 도달하고 나서야 숨을 몰아쉬었다.

생전 처음 느껴 보는 감정이 그의 뇌리로 해일처럼 쏟아졌다. 대체 무슨 감정인지 짐작할 수 없는 압박감이 흘러가고 나서야 다온은 숨을 쉴 수 있었다.

병실에서 뛰쳐나오는 다온을 스테이션에 기대어 서 있던 연아가 발견하는 것은 그리 어려운 일이 아니었다. 몇 번을 불렀지만 다온은 돌아보지 않았다. 다급해진 연아가 간호사에게 양해를 구하고 다온에게 다가갔다.

"괜찮아요?"

그가 허리를 숙인 채 쇠창살을 잡고 있는 것을 발견한 연아가 발걸음을 빨리해 급히 다가왔다. 토닥이는 그녀의 손길에 두어 번 헛구역질을 한 그가 아무것도 뱉어 내지 않은 입을 쓸어 닦았다.

"못 하겠어요."

"다온 쌤?"

"진짜 못 하겠어요."

연아가 눈을 동그랗게 떴다. 일부러 친해지라고 십여 분간 둘만 놔둔 거뿐인데, 그 잠깐 사이에 대체 무슨 일이 일어났다는 것인가. 연아는 짐작할 수도 없었다.

"잠깐만 여기 있어요."

그녀의 발걸음이 점점 빨라져 뜀박질이 되었다. 21호, 22호, 23호. 그 문 앞에서 잠시 숨을 고른 그녀가 노크를 하고 그 방에 들어가는 것까지 다온은 눈에 담았다.

아아…….

무섭다. 외나무다리에서 한발 잘못 디뎠을 때의 아슬아슬함이 느껴졌다. 정신없이 가운주머니를 뒤져 그가 손에 쥔 것은 손바닥만 한 핸드폰.

"형……."

여러 번의 신호 끝에 닿은 목소리는 무뚝뚝하면서도 온전히 그를 봐주는 것이라 믿었기에, 그는 끝내 철창에 몸을 기대고 무너졌다.

◇　◇　◇

나비의 날갯짓이 태풍이 되고 허리케인이 되기까지 오랜 시간이 걸릴지는 모르겠지만, 병원 내에서 일어난 작은 자극이 팀 전체를 흔들어 놓기까지는 그리 오랜 시간이 걸리진 않았다.

가장 먼저 윗선으로 불려 갔다 온 신 팀장이 사무실에 들어오자마자 한바탕 고함을 내질렀다. 그들이 한 사무실에서 근무하게 된 이후로 처음 있는 일이었다. 가만히 듣고만 있는 연아의 앞을 성균이 가로막았다.

"리스크가 될지 신선한 공기가 될지는 두고 봐야 하지 않겠습니까?"

옹호해 주는 성균의 목소리를 뒤로하면서 연아는 망부석이 된 것처럼 서 있었다. 몇 년째 알아 왔던 아이의 말을 전부 믿지는 않았지만, 그렇게 완벽하게 자신을 숨길 거라고는 예상하지 못했는데…… 신 팀장은 쉽게 화를 내는 만큼 빠르게 자신의 감정을 제어했다.

"연아 쌤."

"네. 팀장님."

"솔직히 말해서, 연아 쌤을 병동 담당에서 빼고 싶어. 그렇지만 현재 인력상 그건 안 되겠지. 사유서 제출해요. 그거 보고 이야기합시다."

"네."

심각해진 분위기에 윤서마저 입을 다물었다. 어떤 일인지 정확하게 전달받진 못했지만, 쉽게 해결될 일 같지는 않았다. 성균이 긴 한숨을 내쉬었다.

"제 잘못입니다. 정신보건 사회복지사 자격을 가진 사람은 저뿐
인데. 제가 병동 담당을 못 해서……."

"그렇게 따지면 그건 내 잘못이라고 지적하는 건가, 성균 쌤?"

"아닙니다."

덥수룩한 머리를 쓸어 올린 성균이 한숨처럼 대답했다. 그의 작
은 실수로 비롯된 보호자들의 항의로 병동 관련 업무에서 전부 빠
지게 된 지 이제 두 달째. 성균은 이 일이 자신의 잘못이라며 연아
에게 연이어 사과했지만, 그녀의 귀에는 잘 들리지 않는 듯했다.

"다온 쌤은……."

"무슨 일이 있었는진 모르겠지만, 충격이 좀 컸나 봐. 큰형이
데려갔어."

"큰형요?"

윤서가 조심스레 다온의 빈자리를 지적했다. 신 팀장이 딱딱한
표정으로 대꾸했다. 성심그룹의 차기 지배자. 현 성심그룹 전무.
그 무뚝뚝한 얼굴을 섬마 병원 로비에서 보게 될 줄은 짐작도 못
했던 그였다.

바쁜 일정을 쪼갰다는 것은 수행원들의 하얗게 질린 표정과 끝
없는 전화 통화로 쉽게 알 수 있었다. 그러면서도 비틀거리는 막내
동생을 챙기는 그의 무뚝뚝한 얼굴에는 전례를 찾아 볼 수 없을
정도로 걱정스러움이 가득했다.

"주연아 쌤. 현주 보호자 면담 잡아요."

"하지만 신 팀장님!"

"잡아요."

명령이었다. 연아가 참담한 표정으로 자리에 주저앉았다. 그러
거나 말거나 신 팀장은 쉴 새 없이 울리는 원장실 호출로 자리를

떴다. 사무실 전화 역시 쉽사리 끊어지지 않고 계속 벨이 울리고 있었다. 사무실 사람들 모두 마치 짠 듯이 전화기에는 손도 대지 않았다.

"연아 쌤, 괜찮아. 다 그럴 수 있어. 알잖아?"

성균이 허리를 굽혀 그녀를 도닥였다. 윤서 역시 혼란스러운 표정 그대로 정수기에서 차가운 냉수를 받아 그녀에게 내밀었다.

"정신 차려 봐. 상황 파악은 해야 할 거 아니야? 현주는 뭐라고 하는데?"

"몰라요."

연아가 고개를 절레절레 저었다. 현주 역시 입을 꾹 다물고 있었다. 방긋 웃는 표정은 그녀가 아는 그대로였지만, 꾹 닫힌 입술은 보지 못하던 얼굴이었다. 한참을 기다려 얻은 대답은 그 선생님을 불러 달라는 것이었다. 상황도 모르는 이 상황에서 어떻게 보호자 면담을 준비한단 말인가. 그녀가 참담한 표정으로 고개를 숙였다.

"미치겠네, 이거."

성균 역시 답답했는지 가슴을 치다 담배가 당긴다며 사무실을 나섰다. 윤서만이 남아 한숨을 푹푹 쉴 뿐이었다.

"나도 몰랐잖아. 성균 쌤도 몰랐을걸? 다온 쌤이랑 현주 프로그램 들어가는 거 성균 쌤한테 보고는 했지? 그때는 별말 안 하셨잖아. 성균 쌤도 일이 이렇게 될 줄은 몰랐던 거야."

"현주가 말을 안 해."

"말을 안 한다고?"

윤서의 얼굴에도 놀라움이 서렸다. 처음 입원할 때부터 지금까지 단 한 번도 입을 닫은 적이 없는 그녀였다. 거짓을 말할망정 입을 닫았던 적은 없었는데⋯⋯. 윤서가 머리를 벅벅 긁었다.

"대체 어디를 건드린 거지?"

"짐작도 안 가."

연아도 한숨을 푹푹 내쉬었다. 유사한 환경이기도 하고, 현주도 다온도 가슴에 어둠은 있을망정 구김살 없는 사람들이라 큰 걱정 없이 시도해 보았던 것인데. 게다가 둘만 있으라고 만들어 준 시간은 십여 분 정도였다. 그 안에 대체 무슨 일이 있었던 것일까.

"넌 현주 맡아."

"뭐 하려고?"

"현주는 신 팀장님이랑 성균 쌤, 그리고 나 다 거쳤어. 기록들 좀 비교해 보려고. 어디가 문제인지 알아 낼 수 있을 거야. 그러니까 넌 현주 맡아."

"바빠 죽겠는데 괜히 일 하나 더 낸 거 같다."

얼굴을 감싸 쥐는 연아에게 윤서는 더 이상의 위로는 하지 않았다. 컴퓨터에 접속해서 현주의 기록문서를 열어 출력 버튼을 눌렀다. 그리고 기록실에 간다며 자리를 비웠다. 사무실에는 그녀 혼자 남았다.

연아는 비틀거리며 일어서 자신의 의자에 앉았다. 언제나 그랬듯이 혼자 일어나 혼자 섰다.

시간만이 속절없이 지나갔다. 그녀의 속이 천천히 곪아 가고 있었다.

"퇴근 안 해?"

저녁을 같이 먹자며 친구 리연이 사무실 문을 두드렸을 때도 연아는 대답 없이 고개만 절레절레 저었다. 대충 퇴근 준비를 하고 나갈 시간이었다. 뒷타임 간호사가 늦게 들어와 인수인계까지 늦어졌다며, 저녁을 좀 늦게 먹게 된 리연이 텅 빈 사무실 안으로 들어섰다.

"나 혼자 먹기 싫은데? 무슨 일 있어?"

잠잘 때 빼고 항상 붙어 지낸 고등학교 친구인 탓에 리연은 연아의 어긋난 부분을 금방 알아냈다. 우연치 않게 그녀가 빼서 앉은 의자는 다온의 것이었다. 하기야 바로 옆자리가 다온의 자리이니 그럴 수밖에. 연아는 그제야 손에 붙들고 있던 일거리를 놓았다.

"나 그냥 일 그만둘까 봐."

"무슨 일인데 그래?"

리연의 표정이 심각하게 굳어졌다. 쉽게 그런 말을 내뱉는 친구가 아니었기 때문이었다. 그러고는 입을 꾹 다물어 버린 친구의 팔을 잡아채 질질 끌고 나섰다. 저녁이 문제가 아니었다.

"대체 무슨 일인데?"

병원에서 한참 벗어나 둘이 사는 집 주변까지 걸어가고 나서야 리연이 그녀를 돌아보았다. 처연하게 내려앉은 속눈썹은 한동안 들리지 않았지만, 깜박거리는 주황색 가로등 아래에서 리연은 참을성 있게 가만히 기다렸다. 이윽고 한숨과 함께 연아의 입술이 열렸다.

"나 사고 쳤어."

"내가 지금 그 말 하나 듣자고 저녁을 포기한 거야?"

"생각이 없었어. 사람에 대한 배려도 없었고, 오만에 가득 차서는 이리저리 판단하는 꼴이라니."

"야, 주연아."

자괴감에 가득 차 있는 말들이었지만, 그녀의 입에 걸린 것은 아슬아슬한 미소였다. 기가 찬 듯 숨을 뱉어 낸 리연이 팔짱을 끼고 그녀를 노려봤지만, 연아는 단호해 보였다.

"난 이 일하고는 안 맞는 거 같다."

"대체 무슨 일인데? 왜 그러는데."

리연은 답답했다. 공무원을 하겠다며 부모님을 속여 사회복지학과에 가더니 졸업할 때 되니까 공무원은 재미가 없을 거 같다며 현장에서 뛰겠다고 했다. 그때 그녀와 그녀 부모님의 사이에서 얼마나 많은 설전이 오갔는지는 건너 건너 소식을 들은 리연조차 셀수 없을 지경이었다.

대학 생활 중에 평생 안 하던 봉사활동을 시작한 친구였다. 무엇이 그녀를 자극했는지, 말만 안 했지 꽤나 자신의 일에 자부심을 갖고 있는 듯 했는데 이게 무슨 일인지. 그녀로서는 짐작도 할 수 없었다.

#4
직면 위 외나무다리

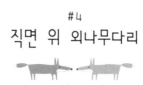

굳이 다온을 병원에 입원시킬 필요는 없었다. 말 한마디로 집까지 달려오는 의사가 수두룩했다. 성심그룹의 차기 후계자이자 도회장의 장남 재준은 말 한마디로 모든 걸 가질 수 있는 사람이었다. 딱 하나. 사람의 마음만 빼고.

"오빠."

재준은 근심으로 가득한 얼굴로 총총 다가온 여자의 허리를 휘어 감았다. 환자 아닌 환자가 생긴 덕분에 평소보다 올라간 집 안 온도로 인해 발갛게 달아오른 그녀의 두 뺨에 얼굴을 기대었다.

"아름아……."

"막내 도련님 너무 무리하신 거 아니에요?"

"음……."

자신도 그런 생각이 든 차였다. 아름이 걱정스레 묻는 말에 앓는 소리를 흘린 그가 다온이 누워 있는 방문을 잠시 주시했다.

"너무 오냐오냐 커서 그래."

"그래두요. 어머님이 걱정 많이 하시던데."

"어머니께 말씀드렸어?"

아름은 고개를 도리도리 저었다. 눈앞에서 흔들거리는 그녀의 머리칼을 쓸어내린 재준이 째깍 소리를 내는 시계를 바라보다 그녀의 어깨에 얼굴을 묻었다. 막내 동생 녀석 때문에 전부 캔슬되어 버린 일정이 그에게 흔치 않은 여유를 만들어 주고 있었다.

"근데 정말로 막내 도련님한테 일을 맡긴 거예요?"

아름이 눈을 동그랗게 뜨고 물었다. 재준의 입가에 의도하지 않은 미소가 걸렸다. 이 여자는 어찌나 이름같이 아름다운지.

"벌써 막내 도련님이라고 부르는 거야?"

"그렇지만 어머님이······."

"그럼 오빠 말고 남편은 어때?"

"이이가 진짜. 말 돌리지 말구요."

말 한마디 한마디 모두 사랑스럽다.

짐짓 화난 표정으로 그를 몰아세우는 아름의 얼굴을 바라보다 그녀의 얼굴을 한 손으로 쓸어내린 재준이 고개를 끄덕였다.

"진짜 업무를 맡길 줄은 몰랐어요."

아름이 기억을 더듬었다. 재준이 다온에 대해 내리는 평가는 친동생에게 하는 것이라고 생각하기엔 과하게 냉정했다. 책임감도 없으며 능력도 없다. 어떤 일에 대해 기획할 능력도 없으며 이를 끌고 갈 능력 역시 없다. 게다가 사람 보는 눈도 꽝이라며 면전에서 동생을 평가하던 사람이지 않는가. 아름은 그가 다온에게 진짜짜로 일을 맡겼다는 것이 놀라웠다.

"평생 혼자 살 것도 아니고, 좋아하는 사람도 생길 텐데. 미래의 제수씨한테 면목이 없을 거 같아서……."

"근데 왜 그런 결정을 한 거예요?"

"나도 결혼해서 안정을 찾았고, 서원이도 곧 할 건데. 생각해 보니까 그 녀석. 나중에 여자를 만나면 좋은 남자로는 안 보일 거 같아서. 뭐라도 하면 좀 나아 보이지 않을까 해서 그랬지."

그랬구나. 단 한 번도 일에 사적인 감정을 섞어 넣어 본 적 없다는 사람이었다. 아름이 재준의 일그러진 이마에 입을 맞췄다. 촉, 작은 소리를 내며 떨어진 입술이 다른 입술과 겹쳐지는 데에는 오랜 시간이 걸리지 않았다.

다온은 거실에서 이루어지는 그 대화를 문 뒤에서 듣고 있었다. 기력이 없어 기대선 문짝은 차가웠지만, 등에서는 식은땀이 줄줄 흐를 정도로 상태는 좋지 못했다. 문을 짚은 손바닥도 땀이 배어나올 정도로 뜨거웠다. 무슨 정신에서 큰형의 핸드폰 번호를 눌렀는지. 무어라 하면서 큰형에게 전화를 걸었는지는 모르겠지만, 정신이 들고 나니 그의 부축을 받아 차에 오른 상태였다.

바쁘다는 핑계로 집안 행사에도 얼굴 비치지 않는 사람이었고, 만나려면 일주일 전에 약속을 잡으라는 둥하며 시간을 내지 않던 사람이 전화 한 통으로 달려왔다는 건 처음 듣는 일이었다. 가까이서 부축을 받아 본 기억도, 어릴 적 이후로 안겨 본 적도 없는 품이었다.

"아……."

발을 움직여 화장실로 향하려던 다온이 그제서야 불편한 팔을 눈치챘다. 언제 다녀갔는지 모를 의사의 솜씨였다. 투명한 관으로 길게 늘어진 링거줄에서 시선을 위로 올리니 두 개의 수액 팩이 보였다. 영양제까지 놓은 모양이었다. 길게 늘어진 줄을 보고 다온이 한숨처럼 입을 달싹였다.

"미치겠네, 진짜."

고등학교 졸업과 함께 집안을 뛰쳐나오면서 이런 과잉보호에서 졸업했다고 생각했는데, 자기 스스로 큰형에게 보호해 달라 손을 내민 꼴이었다. 생각해 보면 그리 어려운 것도, 무서운 것도 아니었는데 왜 이렇게 충격이 컸던 걸까. 초등학교 다닐 때도 이런 적이 없었던 거 같은데, 스스로가 한심했다.

대충 머리를 흐트러뜨린 후 침대에 풀썩 누운 등 뒤에서 느껴지는 보송보송한 촉감에 다온이 얼굴을 부볐다. 그럼에도 방 안에 가득한 온기와 귓가에 맴도는 따뜻함이 사랑스러웠다. 손을 내밀면 곧바로 잡아채 줄 사람이 있다는 거. 쓰러질 때 믿고 기댈 구석이 있다는 것이 다행스러웠다.

다온은 외나무다리를 만든 것은 자신이라는 것을 깨달았다. 부모님이 만든 것도 아니었고, 형들이 만들어 준 것도 아니었다. 스스로 만들어서 스스로를 세웠다. 큰형에 대해 자신이 잘못 알고 있었던 것 같다.

보송한 이불을 둘러쓰며 다온은 생각했다. 그녀는 아직도 외나무다리에 서 있을까.

그리고 다음 날, 화요일의 이른 아침 시간, 재준의 아름은 하얀 토끼가 통통 뛰어다니듯 분주하게 부엌을 오가며 이른 새벽 죽 한 사발과 단정한 한식 차림을 식탁에 선사하고 소리 없이 출근했다. 대리석 식탁 위에서 그것을 발견한 재준이 작게 미소 지었다.

"밥 먹어. 병원엔 내가 연락 넣으마. 오늘은 쉬어라."

두 번의 노크와 함께 열린 문 사이로 들어서며 재준이 말했다. 평소 밥을 먹으라고 나오면 능청스레 아름의 요리솜씨를 평하며 기대감을 나타내던 녀석이 묵묵부답이었다. 정말 아픈 건가 싶어 걱정스러운 마음에 침대가로 다가간 재준이 또랑또랑하게 천장을 바라보고 있는 다온을 발견했다.

"형. 만약에 내가……."

"뭐. 말해 봐."

망설이는 다온에게 무뚝뚝한 어조로 재준이 재촉했다. 그러다가 그가 끝내 입을 떼지 않자 재준이 손가락으로 미간을 문지르며 입을 떼었다.

"그럼 내가 먼저 말한다. 한 번만 더 이러면 네 앞으로 있는 클럽들 전부 아름이 줄 거다."

"내가 뭘 했다고?"

다온은 억울했다. 저 태도는 이미 한번 겪은 바가 있었다. 말없이 외박했을 때 다온에게 가장 두려웠던 것은 어머니의 눈물도 아버지의 고함도 아니었다.

'한 번 더 외박을 할 바에는 호적에서 나가 버려.'

진중한 태도로 그를 내려다보던 딱딱하게 굳은 바로 저 얼굴. 다온이 그 얼굴을 올려다보았다.

"하기 싫으면 하지 말라는 거다. 무리하지 마."

"무리하지 말라고?"

곧바로 이어지는 재준의 당부에 다온 역시 표정을 굳혔다. 처음 보는 듯한 동생의 표정에 재준이 짐짓 당황한 얼굴을 곧바로 감췄다.

"무리할 필요 없다는 거다. 네가 굳이……."

"아무것도 하지 말라고?"

다온이 침대에서 벌떡 일어나 앉았다. 밤새 한번 링거를 갈았는지 반도 들어가지 않은 링거 줄이 그 행동에 찰랑이며 요동쳤다.

"그런 말이 아니잖아."

서툴게라도 달래려는 재준의 목소리는 오히려 역효과를 불러냈다.

"그거잖아. 아무것도 하지 말라고. 큰형 회사도 욕심내지 말고, 둘째 형 지분이랑 건물도 욕심내지 말고, 아버지 유언장도 욕심내……."

"도다온!"

다온이 이를 악물었다. 큰형의 고함은 이미 짐작한 바였다. 목구멍으로 바로바로 올라오는 말을 뱉었는데 이쯤이야. 다온이 이불을 걷고 일어섰다. 갑자기 일어난 충격으로 현기증이 일어나 비틀거렸지만, 바로 부축해 오려는 그의 손을 쳐 냈다.

"아무것도 하지 말라는 거잖아. 아무것도 욕심내지 말고, 주어진 것에 감사하면서 살으라고. 그게 형 말 아니야?"

"도다온! 그 말이 아니잖아! 무리하지 말라고 하는 말인데 너 그딴 식으로!"

"그 말이 그 말이야 형."

다온이 차분하게 그를 응시하고 섰다. 찍, 소리를 내며 그의 팔에 붙어 있던 종이테이프가 떨어졌다. 그와 함께 링거 바늘이 툭 튀어나와 바닥에 내용물을 툭툭 흘리며 내려앉았다. 송송히 솟아

나는 핏물을 티슈 몇 장으로 꾹 눌러 막은 다온이 성큼성큼 발걸음을 옮겼다.

"도다온. 제대로 말 안 할래?"

"늘 무리하지 말라고 하지. 아버지도, 어머니도. 이제는 형까지 그러네. 그렇게 무서워? 내가 욕심낼까 봐?"

"도다온!"

"아버지가 내 성적 궁금해할 때 형이 뭐라고 했는지 기억나?"

재준이 입을 다물었다.

"무리하지 말라고 했지."

"다온아 그건……."

재준이 목구멍까지 올라온 말을 삼켜 냈다. 그가 군대에 다녀온 지 얼마 안 돼서였다. 아버지는 그때까지 관심도 두지 않던 다온의 교육 상황에 대해 알고 싶어 했고, 그는 그때 제대 후 회사에 적응하기 위해 발버둥 치던 때였다. 그 와중에 아버지가 다온에게 가진 관심은 곧 그에 대한 위협이나 다름없었다.

"지금도 그러네. 무리하지 말라고."

"다온아. 그때랑 지금이랑은 상황이 다르잖아."

재준이 애써 그를 진정시키려고 했다. 평소의 페이스를 찾아 다온을 붙잡았지만 이미 싸늘하게 굳어 버린 막내 동생의 표정은 지금까지 보지 못했던 것이었다.

"뭐가 달라? 내가 형을 내 자산관리인으로 지정한 이유는 하나야. 같잖은 나한테 경쟁의식 같은 거 갖지 말라고. 눈앞에 갖다 바쳐도 안 가져 나. 형이 다 가져. 주식이든 지분이든, 내 명의로 되어 있는 땅이든 건물이든 형 다 가져."

"도다온!"

"그리고 나랑 연 끊자 형."

재준이 한걸음 물러섰다. 생전 처음 보는 표정이었다. 아니, 한 번 본 것도 같았다. 다온이 고등학교 졸업 전 사고를 쳐서 부모님 대신 간 학교에서 본 것도 같았다. 곧바로 교장 선생님을 만나고 해결한 일이었는데, 무엇이 마음에 들지 않았는지 교문 앞까지 쫓아왔을 때 바로 저 표정이었다.

"연락하지 마."

"도다온! 형 이야기 좀 들어!"

"듣기 싫어. 내가 그렇게 무서워? 대학도 안 가고 아는 거 하나 없는 막내가 그렇게 무서워? 그러니까 집안 어른들 성화에 경영과는 전혀 관계없는 부서에 갖다 놓은 거 아니야? 그냥 좀 내버려 둬. 놀게. 내가 어떻게 살던 그냥 좀 놔두라고."

답답하다는 듯 소리를 내지른 다온은 그의 이야기를 듣지 않았다. 재킷 하나 걸치지 않고 반쯤 풀어 헤친 와이셔츠 차림 그대로 성큼성큼 현관문을 열고 나가 버렸다. 재준 홀로 남겨진 공간에 아름이 쫑쫑거리며 챙겨 두었던 아침 식사만 덩그러니 남았다. 그는 지끈거리는 머리를 꾹꾹 눌러 지압했다. 그 지압은 한동안 계속되었다.

화요일 오전 열 시.

연아는 끝내 퇴근하지 못했고 신 팀장은 결국 시말서를 썼다. 사유서를 제출하는 선에서 끝난 연아와 달리 윗선에서 꽤나 시달리는 눈치였다. 오전에만 벌써 세 번째 위층과 사무실을 오르내리는 덕에 사무실엔 정적이 내려앉았다.

"재벌가 입김이 세긴 세네."

호호 웃고 다니던 희순마저 냉소적인 태도로 다온의 빈자리를 내려다볼 정도였다. 평소라면 무어라 입을 열어 분위기를 끌어올리던 성균마저도 입을 꾹 닫은 터라 사무실은 조용하다 못해 수면 아래로 가라앉은 배처럼 아무 소리도 담지 않았다.

"병동 다녀오겠습니다."

연아가 밤을 새는 사이 새벽까지 함께 있어 주던 윤서는 집에 가서 겨우 세 시간 눈을 붙이고 온 참이었다. 출근하고 가운도 입지 않고 일하던 윤서가 가운을 대충 걸치고 사무실을 비웠다. 키보드가 도각거리는 소리마저 신경질적으로 느껴지는 것 같아 연아가 손을 내리고 얼굴을 감싸 쥐었다.

째깍째깍. 시간은 계속 지나갔다. 연락을 달라고 남겨 놓은 메시지에도 현주의 부모님은 감감무소식이었고, 그 누구도 출근하지 않는 다온에게 연락하지 않았다. 그것은 사수인 연아 역시 마찬가지였다.

"징계 위원회 열릴까요."

자신의 업무에 집중하는 것처럼 보이던 희순이 툭 뱉은 말에 성균이 고개를 쳐들었다. 연아 역시 어깨를 떨었다.

"아뇨. 그거 열리면 다온 쌤도 같이 들어가야 하는데, 병원장님이 그런데 막내 도련님을 세울 리가요."

"안 열고 그냥 자르면 되는 거 아니에요?"

징계 위원회에 대해 예민하게 반응하는 성균과 달리 연아는 씁쓸하게 말했다. 현주가 입을 다물고 상담을 거부하고, 보호자 상담역시 연락부터 난항을 겪고 있었다. 게다가 쉽게 다룰 수 있는 환자도 아니었고, 모든 상담을 거부한 덕에 병동 측에서 항의까지 들어온 상황이었다.

"차라리 징계 위원회가 나을지도 몰라요."

차분하다 못해 태연한 연아의 대꾸에 희순이 말을 잃었다. 성균 역시 말없이 볼펜만 꾹 붙들었다. 한숨도 자지 못해 하얗게 질린 얼굴로 세수하러 다녀온다며 연아가 자리를 비운 사이 성균이 긴 한숨을 토해 냈다.

"하아—"

"어쩜 좋대요. 성균 쌤도 112병동에서 거절한 상황에서, 연아 쌤까지……."

"그쪽 병동엔 한동안 접근도 못 하는 거죠."

차라리 그렇게만 끝나면 다행인데. 성균이 걱정스레 닫힌 문을 응시했다. 최악의 상황에는 다온의 사수였던 연아가 잘린다.

"다온 쌤 연락해 봐야 하지 않을까요."

"글쎄요. 무슨 일이 있었는지 모르는 이상 괜히 건드려서 좋을 건 없을……."

성균의 대답은 끝을 맺지 못했다. 풀어 헤친 와이셔츠에 청바지 차림으로 다온이 들어섰다. 머리는 부스스하게 반쯤 떠 있는 상태였다.

"늦어서 죄송합니다."

"아……."

성균이 말을 잇지 못하는 사이 희순이 신음을 흘려 냈다. 이 상황을 어떻게 수습해야 하지. 고민하던 찰나 성균이 벌떡 일어났다.

"잠깐만요, 성균 쌤."

"네?"

"내가 이야기할게요. 다온 쌤, 이리로 좀 올래요? 아침은 먹었어요?"

오전 열 시. 그에게 다가가는 성균의 어깨를 끌어당겨 말린 뒤, 희순이 다온을 상담실로 이끌었다. 얼떨떨한 표정으로 그녀의 손에 끌려가던 다온이 성균과 눈을 마주쳤다. 처음 보는 표정. 다온이 무어라 말을 하려는 순간 그녀의 손에 떠밀려 상담실로 들어갔다.

황망하게 눈앞에서 다온을 뺏긴(?) 성균이 허탈하게 웃으며 자리에 앉은 순간 상담실 문이 왈칵 열렸다.

"희순……."

그가 말을 꺼내기도 전에 열린 문에서 하얀 덩어리가 총알처럼 튀어나갔다. 이게 무슨 일인가 싶어 눈을 동그랗게 뜬 성균이 뒤따라 나오는 희순을 돌아보았다. 희순 역시 당황한 표정이었다.

"이게 대체 무슨 일이에요?"

"아무래도 병원장실로 올라간 거 같은데……."

"네?"

성균이 급박하게 진행되는 상황에 입을 벌렸다. 이게 대체 무슨 일이래.

다온은 지끈거리는 머리와 집중되는 시선을 뒤로 한 채 달렸다. 평소 사용하지도 않던 임원 전용 엘리베이터 버튼을 초조하게 눌렀고, 열린 엘리베이터에서 여직원이 예의바르게 임원용이라고 안내하자마자 화를 벌컥 냈다.

"도다온이에요. 성심 막내아들. 몰라요? 우리 아버지가 여기 회장이라고."

어떤 미친놈이 여기서 행패인가 싶었던 여직원은 속아 주는 척
하는 얼굴로 그를 엘리베이터에 태웠다.

"몇 층 가시……."

망설임 없이 그가 누른 층은 원장실이 있는 곳이었다. 잠시 망
설이던 여직원은 입을 다물었고 엘리베이터는 빠른 속도로 목적지
를 향했다.

"안녕히 가십시오."

그녀의 인사를 듣는 둥 마는 둥 다온이 발걸음을 재촉했다. 희
순은 앞뒤 잘라먹고 현재 상황부터 그에게 전달했다. 현주는 입을
다물었고, 연아는 사유서를 썼으며 신 팀장은 시말서를 썼다. 그리
고 현재 병원장실로 불려 올라갔다. 그 말을 듣자마자 그는 생각할
것 없이 몸을 곤두세우고는 바로 뛰쳐나갔다.

"병원장님 안에 계시죠?"

이미 한 번 본 얼굴이라 비서실에서 그를 알아보는 것은 어렵지
않았다. 단정한 슈트를 입은 사내가 다온의 얼굴을 보자마자 원장
실 명패가 달린 문을 노크했다. 비서가 당황해서 벌떡 일어난 순
간, 안쪽에서 낮은 목소리가 새어 나왔다. 비서가 황급히 대꾸했
다.

"무슨 일인가."

"막내 도련님 오셨습니다."

문 뒤에서 스며 나온 음성은 단정했다. 얼마 지나지 않아 문이
안쪽에서 열렸다. 열어 준 사람은 신 팀장이었다. 다온이 아랫입술
을 꾹 짓눌렀다.

"그럼 가 보겠습니다, 원장님."

신 팀장은 다온의 얼굴을 보고도 표정 변화 없이 자리를 떴다.

그의 뒷모습을 바라보다가 활짝 열린 원장실 안을 바라보았다. 이럴 때면 모든 게 하찮다. 아무것도 하지 않아도 태어난 것만으로 이들은 자신의 발아래에 있다.

"몸은 괜찮으십니까?"

"네. 심려 끼쳐 드려 죄송합니다."

"차라도 한잔하시는 게 어떠신지요?"

나이로 치면 아버지보다 한참은 더 먹었을 사람이 자신의 앞에서 상석을 양보한다. 이게 권력. 다온은 새삼 자신의 손아귀에 든 것에 대해 자각했다. 외나무다리는 무슨. 이 배부른 투정을 들으면서 그녀는 무슨 생각을 했을까. 착하디착한 그 여자는 권력을 갖고 있든 말든 모든 사람을 다정하게 보살필 사람이다. 그러면서 자기는 손해란 손해는 다 끌어안고 가겠지.

눌린 입술 사이로 가늘게 피가 새어 나왔다. 내어진 찻물과 함께 목구멍으로 밀어 넘기며 비릿한 맛에 입술을 훔쳤다.

연아는 사무실로 돌아오자마자 윤서의 손에 손목이 잡혀 밖으로 끌려 나갔다. 밤을 새느라 잔뜩 구겨진 가운이 신경 쓰인 연아의 발걸음이 계속 늦어졌지만 윤서는 꿋꿋하게 그녀의 팔을 잡고 끌고 나갔다. 로비를 지나 현관을 나가서 한적하게 꾸며진 정원에 당도해서야 그녀의 손목을 놓아주었다.

"왜 그러는데?"

"도다온 씨, 지금 병원장실에 있어."

"뭐?"

"무슨 일인지는 모르겠지만, 오자마자 바로 그리로 갔대."

연아가 입술을 일자로 꾹 다물었다. 엄지손가락으로 초조하게 아랫입술을 짓눌렀다.

"네가 가장 많이 대화했잖아. 그 사람. 너 자를 거 같아?"

"아니."

단호하게 잘라 내는 대답에 흔들림은 없었다. 다온의 생각이 진행되는 도식을 지켜보고, 그의 행동과 대화방식을 지켜본 결과 다른 사람을 일부러 괴롭히거나 불안하게 만들 사람은 아니었다.

"근데 왜 이렇게 불안해해?"

"나 그 사람 얼굴 못 볼 거 같아."

"왜?"

연아의 불안한 목소리에 윤서는 단도직입적으로 물었다. 싸늘한 바람이 그 둘 사이를 파고들었다. 동갑내기이기도 하고, 둘 다 타지에서 혼자 자리를 잡고 있다는 점이 같아 관심사도 같던 친구. 그렇지만 이런 직접적인 질문은 연아가 제일 싫어하는 종류의 것이었다.

"쉽게 판단했어. 너무 쉽게. 그래서는 안 되는데……."

"제대로 말 안 할래 너?"

"말 못 해. 그건 그 사람 프라이버시니까."

"프라이버시고 나발이고, 너 잘리면 어쩔 건데?"

"잘리면 잘리는 거지. 설마 그렇게 융통성이 없겠어?"

"유전무죄 무전유죄. 너도 나도 아무것도 없는 인생이야. 이래서 없는 것들이 사회복지하면 안 된다는 건데. 좋은 일 하는 것들은 제일 먼저 휩쓸려 나가지."

윤서는 화난 얼굴이었다. 힘없이 대꾸하는 연아의 목소리에 어떠한 의욕도 없는 것을 발견해 냈기 때문이었다. 과대해석일 수도 있었다. 그럼에도 가능성이 존재한다는 것이 연아는 두려웠다. 피

말리는 시간이 그녀의 피부 아래에서 관을 따라 흘러가고 있었다. 피가 바싹바싹 말라 오는 느낌이었다.

"나 내일 쉴게. 하루 좀 쉬고 싶다."

"그래. 머리 좀 비우고 와. 푹 자다 오면 나을 거야."

그리고 나 사직서 낼 거야. 목구멍까지 솟아오른 말은 소리가 되어 밖으로 나오지 못하고 가슴속으로 다시 무너져 내렸다. 윤서가 호출 연락을 받는 사이, 연아는 꼬르륵거리는 배를 감싸 쥐었다. 그래도 본능이라고 이런 상황에서도 배가 고프고 목이 말랐다.

그녀는 터벅터벅 사무실로 돌아갔다. 어떠한 일을 맞이하든지 당당히 서서 맞이할 것이라던 태도는 전부 어디 갔을까. 돌아온 신 팀장은 그녀에게 어떠한 말도 건네지 않았고, 그녀 역시 입 한 번 달싹이지 않았다. 출근하자마자 병원장실로 올라갔다던 다온은 퇴근 시간까지 사무실에 얼굴 한 번 비추지 않았다.

— 전화기가 꺼져 있어 소리샘으로…….

현주 어머님과의 여섯 번째 통화 역시 음성사서함으로 연결되었고, 세 번째 문자메시지를 보내면서 연아는 예감했다. 사례 하나를 망쳤구나. 그것도 팀장님부터 차례로 문제없이 내려오던 장기 개입 사례였다. 그것을 그녀의 손으로 망쳤다. 처음부터 쉽고 어렵고를 판단해서는 안 되었는데. 사람을 그렇게 판단해서는 안 되었는데…….

"하…….."

그녀는 뼛속 깊이 후회했다. 희순의 호들갑에 밀려 터덜터덜 퇴근길에 접어들면서 그녀는 핸드폰에 찍히는 엄마의 번호를 확인했다. 연아는 망설임 없이 거절 버튼을 눌렀다.

방은 텅 비어 있었다. 오늘 리연의 근무는 아무래도 이브닝인 듯했다. 옷도 갈아입지 않고 자리에 누운 그녀는 이불 안으로 소리 죽여 울음을 토해 냈다.

수요일 새벽 여섯 시 반. 다온은 출근을 준비했다. 출근 첫날과 같은 맞춤 정장에 에메랄드빛의 넥타이 핀, 푸른 줄무늬 넥타이. 그리고 그의 발에 꼭 맞춰진 가죽 구두. 다온은 신발장 앞에 마련 된 전신 거울을 보며 자신의 옷차림을 확인했다.

밤새 고민해 본 결과 현주와 이야기해 보기 전에 연아와 상담하 고 꼬여 버린 실타래를 풀어야겠다는 생각이 들었다. 자신이 꼬아 버린 상황을 해결해야 했다.

혼자서는 자신도 없고 용기도 없었기에 툭 터놓고 도움을 받아 볼 생각이었다. 주말을 제외하면 남은 날은 겨우 7일. 그 안에 해 결이 된다는 건 무리일지 모르겠지만, 다온은 그 무리라는 걸 해 볼 생각이었다.

가벼운 지갑을 챙기던 다온이 그 속에서 쿠폰 한 장을 발견하고 발걸음을 멈추었다. 형수님의 가게. 카페 아르몽. 가로수길, 일명 도서원길 2호점. 그가 출근할 때 자주 배달하던 샌드위치와 커피. 그러나 큰형과 관련된 어디에도 얼굴을 비추고 싶지 않아, 그는 그 쿠폰을 쓰레기통에 흘려 넣었다.

"안녕하세요."

"일찍 왔네요."

아침 일곱 시. 굉장히 이른 출근이었으나, 사무실에는 저보다 먼저 온, 아니 계속 있던 것으로 보이는 성균이 늘어지는 눈꺼풀을 비비며 그를 반겼다. 꼭 한 사람은 철야를 하는 듯한 구조. 새삼 이들이 야근 수당은 챙기는지 의문이 들었다.

"아침 식사는 하셨어요?"

"아뇨, 아직. 다온 쌤은요?"

이어지는 대화가 너무 일상적이라 다온은 당황스러울 지경이었다. 병원장에게 팀장이 불려 가고 시말서를 쓰고 사유서를 쓰는 상황. 게다가 귀띔받기엔 자신 때문에 112병동에서 항의를 받아 그 병동에는 전혀 개입할 수 없는 상황이라고 했다. 그럼에도 그 누구도 그를 탓하지 않고 있었다.

"저는 별생각이 없어서……."

"음, 그래도 뭐라도 먹고 가야죠. 병원 식당으로 갈래요? 거기 아침도 돼요. 꽃게찌개 좋아해요? 아침에는 꽃게랑 순두부밖에 안 되거든……."

잠에 취한 목소리의 성균이 그를 이끌었다. 가방만 겨우 내려놓은 다온이 그에게 이끌려 지하 식당으로 내려갔다. 반쯤 이끌려가면서도 그는 얼떨떨했다.

"뭐가 좋아요? 난 순두부로 할 건데."

"그럼 저도 그걸로 할게요."

주로 환자와 보호자를 상대로 하는 식당임에도 이른 오전 시간이기 때문인지 한산했다. 성균과 마주 앉게 된 다온은 손에 땀이 차오르는 것 같아 바지에 문질러 닦았다.

가방만 놓고 그대로 따라온 터라 가운도 입지 않은 상태였다. 손목 선에 딱 떨어지는 정장 소매를 만지작거렸다. 완벽하게 차려입은 그와 달리 성균은 광대 위까지 내려온 다크서클에 목 늘어진 티셔츠와 가운차림이었다.

"사람이 잠은 못 자도 밥은 먹고 일해야지."

"네, 네."

영혼 없이 대꾸하며 다온이 보글보글 끓는 뚝배기가 든 쟁반을 받아 들었다. 밥공기가 따끈따끈했다. 망설임 없이 찌개에 밥을 말아 퍼먹기 시작하는 성균을 앞에 두고 다온이 밥공기를 열었다.

"체하지 않게 천천히 먹어요. 참, 오늘 연아 쌤 출근 안 해요."

"네?"

"병가 냈어요. 어제."

"아……."

다온은 별생각 없었다. 감기라도 걸렸나. 아님 무리하더니 몸살이라도 났나 하는 생각뿐이었다. 성균은 짧은 간격으로 울린 호출기를 확인하더니 그대로 주머니에 집어넣었다.

"아마 내일쯤 사표 낼 거예요."

"네?"

대수롭지 않게 대답하던 다온이 숟가락을 툭 내려놓았다. 성균은 그의 말에 놀라 크게 뜬 다온의 눈동자도 아랑곳 않고 순두부찌개를 먹기 바빴다.

"아닐 수도 있지만, 내가 연아 쌤 사수였거든. 대충 짐작이 가지."

"대체, 갑자기 왜요?"

"별일 아니에요. 원래 신입이 일하다가 뛰쳐나가는 일은 병원에서 흔하거든."

다온이 입을 다물었다. 온갖 감정이 휘몰아쳐 뒤섞이고 있었다. 신입이 일하다가 뛰쳐나가는 일. 사무실의 신입은 그 하나뿐이었다.

"신입 간호사도 태우는 거 못 버티고 나가는 사람도 많고, 의사도 인턴 때 잠수 안 타 본 사람을 세는 게 더 빠를걸요. 별일 아니에요. 병원에서는."

"어제 제가 사무실에 나오지 못한 이유는 병원장실에서……."

"그게 별일이에요? 우리 병원에 들어오는 신입 간호사들 100명은 넘을 거예요. 그중에 몇이나 남을 거 같아요? 반? 삼 분의 일?"

성균은 다온의 말이 채 끝나기도 전에 잘라 냈다. 멍한 표정으로 밥 한 번 삼키지 못하는 다온과 달리 성균은 꿋꿋하게 밥 한 공기를 비워 냈다.

"신입 간호사도 그렇고, 인턴도 그렇고, 모두 선임이 있고, 담당이 있죠. 신입이 나갈 때 기존에 일하던 사람이 사표 낼 가능성이 얼마나 된다고 생각해요?"

다온이 대답 없이 입술을 짓눌렀다. 아무리 눈치 없는 사람이라도 이 정도로 이야기 했으면 어떤 것이 별일인지 깨달았을 터였다.

"저라서 문제군요."

"성심병원 사회사업 팀 수습직원 도다온 씨가 아니라 성심그룹 막내 도련님 도다온 씨가 별일인 거죠."

"제가 어떻게 해 드리면 될까요?"

다온의 가슴 안에서 적개심이 솟아올랐다. 그리 친절하게 대할 때는 언제고 결국 자신을 잘라 낸다. 사고를 친 건 자신이니 이해는 한다. 머리는 아는데, 감정은 이해하지 못한다.

"그건 다온 쌤이 결정하는 거죠. 무언가를 할 수도 있고, 아무것도 안 할 수도 있어요."

"제가 아무것도 안 하면요?"

"아무것도 안 하는 거죠."

"그다음에 다른 사람은……."

성균이 숟가락을 놓았다. 물방울이 송글송글 맺힌 찬 물통을 집어다 벌컥벌컥 마셨다. 다른 사람이라고 말하지만 그 지칭어가 지칭하는 사람이 누구인지 정확하게 알고 있기에 성균은 굳이 이어지는 말을 기다리지 않았다.

"그건 그 사람이 감당해야 할 몫이죠."

"그건 좀 불공평한 거 아닌가요? 연아 쌤은 아무 잘못도 안 했는데……. 심각한 일도 아니잖아요!"

자신이 보기엔 그리 심각한 일도 아니었다. 스스로가 부족해서 가족 관계란도 채우지 못했고, 스스로의 감정도 감당하지 못해서 자신보다 어린 아이를 몰아세웠다. 그것은 자신의 능력 부족이고, 자신의 잘못인데 어째서 이런 일이 벌어진 걸까.

"전공자도 아니고, 제대로 배운 사람도 아닌데 그 상황까지 몰아간 게 잘못. 그 상황에서 제대로 대처하지 않은 것도 잘못. 마음대로 사람을 재고 판단한 것도 잘못. 의심하지 않은 것도 잘못이죠."

뚝배기 바닥까지 찌개를 바득바득 긁어 마시며 성균이 대꾸했다. 다온이 이를 악물었다.

"만약에 뛰쳐나간 게 제가 아니었다면요?"

"연아 쌤도 한번 그런 적 있었어요. 112병동이었죠. 대상자가 양극성 장애였는데, 내가 실수했어요. 대충 행동 패턴을 꿰고 있다고 생각했고, 한 다섯 걸음 뒤에서 연아 쌤이 상담하는 거 기록하고 있었는데, 일이 벌어졌죠."

반항심 가득한 질문에 뜻밖의 답이 돌아왔다.

"원래 욕설을 뱉을망정, 공격적인 행동은 보이지 않는 사람이었는데 그날은 어딜 건드렸는지 공격적인 성향을 내보였죠. 그날 응급실에 실려 갈 정도는 아니었지만, 연아 쌤이 충격을 많이 받았고, 나중에 알게 된 팀장님한테 사이좋게 징계를 받았던 일이 있어요."

"징계요?"

"112병동에서 그다지 제가 좋은 이미지가 아니거든요. 환자도 귀찮죠. 의사랑 상담하고 임상 심리사하고 이야기했는데, 저랑도 또 이야기를 해야 하니 귀찮고 짜증 나고……. 병동도 외부인이 들락거리면 예민해지곤 하고, 협조가 잘 안 되는 상황에서 사건이 나니. 이때다 싶은 거죠. 그 이후로 제가 병동일은 좀 피하고 있어요. 원래 바쁘기도 하고."

"그럼 연아 쌤도 징계를 받고……."

"연아 쌤은 나랑 달라요."

성균이 다온에게 어서 더 먹으라고 손짓했다. 거의 다 비워진 그의 그릇과 달리 손도 대지 않은 듯 수북한 그의 밥그릇을 본 탓이었다. 잠시 대화에 텀을 만들어 둔 성균은 다온이 몇 숟가락 뜨는 것을 기다렸다가 입술을 뗐다.

"연아 쌤은 병동 못 올라가느니 차라리 그만둘 거예요. 사람을 만나려고 하는 일인데 사람을 못 만난다고 하면 이 일을 하는 의미가 없죠."

"징계가 다른 쪽으로 내려질 수도 있잖아요. 아예 안 내려질 수도 있고, 병원장님 같은 경우에는 제 이미지 신경 쓰느라 굳이 이 일을 크게 만들지 않으실 거예요."

"그럴 수도 있죠. 근데, 징계가 문제가 아닐걸요. 연아 쌤한테는."

"그럼 대체 뭐가 문제인데요?"

성균은 대답하지 않았다. 갑갑해진 다온이 숟가락을 놓고 냉수를 단번에 마시며 그를 재촉했지만, 끝내 대답이 돌아오진 않았다. 뭔가 불길했다. 알 수 없는 불길한 그런 예감이 밀물처럼 그를 덮쳐 오는 듯했다.

"개인적으로 사회복지는 재벌 2세나 3세가 하는 게 제일 좋다고 생각해요."

성균이 툭 던지며 대화를 환기시켰다.

"돈 많이 드니까요?"

"음, 그런 면도 간과할 수는 없고……. 돈 많은 사람은 이 시대의 주류층이잖아요. 주류층이 하는 복지. 돈 없는 사람들이 우리다 같이 살자고 말하는 거랑, 돈 많은 사람이 우리 다 같이 살자하고 말하는 거는 좀 다르잖아요."

"결국 돈 내라는 거죠. 있는 사람들 거 뺏어서."

"틀린 말은 아닌데. 나는 개인적으로 인간으로서의 권리는 챙겨줘야 한다고 생각해요. 우리나라는 OECD 선진국인데 아직도 굶어 죽는 사람이 있어요. 자원은 한정되어 있고, 이미 가진 자는 더 부유해지죠. 많은 것을 바라지 않아요. 인간으로서의 권리는 복지로 보장이 되어야 한다고 생각하는 거죠. 그것도 문제인가요?"

성균이 주름진 눈가를 접어 웃었다. 다온이 미간을 문질렀다. 두통이 오는 것 같았다.

"결국 가진 자한테서 뺏겠다는 거잖아요. 창업주이신 우리 할아버지는 가난한 환경에서 죽을 듯이 노력해서 그 자리까지 올라서신 분이에요. 막말로 노력하지도 않는 사람들한테 노력한 사람들의 몫을 빼앗아서 입에 떠먹여 주는 게 맞나요? 노력한 사람의 권리는요?"

다온이 또다시 성균과 대립했다. 출근 첫날 성균의 말을 가만히 듣던 이가 아니었다. 그날처럼 다온은 뾰족하게 날을 세웠다.

"그렇다면, 왜 성심그룹은 다른 사람들이 노력할 수 없게 만드나요?"

"네?"

"성심그룹을 여기까지 성장시킨 힘이 어디 있다고 생각하세요? 그건 바로 독과점이에요. 다른 기업은 그 물건을 팔 수도 없게 하고, 필요한 사람에게 마음대로 값을 불러 팔게 하는 독과점."

"그건 처음에 수출입 문제로……."

"성심그룹의 능력은 대단해요. 인정해요. 큰형님 되시는 분도 사업적 수완이 대단하시기로 유명하고요. 성심그룹 하청업체가 얼마나 된다고 생각해요? 작은 중소기업들이 머리를 맞대고 물건을 개발하고 회사를 키워요. 그럼 성심그룹을 포함한 대기업에서 그 노력을 꿀꺽 삼켜 버리죠."

다온이 입술을 달싹였다. 자신은 회사일이라고는 전혀 모른다고 전부 부인하고 싶었다. 그가 알지 못하는 내용이기도 했다. 하지만 모른다고 외면해 버리기엔 그의 피에 흐르는 사업가 기질이 충분히 그럴 수 있다고 이야기하고 있었다. 그 역시 성심의 사람이었다.

"노력해서 회사를 키워 온 사람들은 어떻게 될까요? 대기업 정규직으로 편입될까요? 다온 쌤 같으면 그렇게 할 것 같나요?"

다온은 침묵했다. 경영에 대한 그 무엇도 정식으로 배운 적 없었지만, 성심 집안에서 늘 오가는 대화를 듣고 눈치로 배운 것들이 있었다. 그 정도는 다온도 쉽게 생각해 볼 수 있는 부분이었다.

"다른 길을 찾아갈 수도 있겠죠. 그렇지만 대부분은 그 자리에서 좌절해요. 그 사람들한테서 빼앗아 가는 것은 약육강식이고, 사회에서 도태된 사람들을 챙기겠다는 것은 가진 자에 대한 약탈인가요?"

성균은 자신이 흥분했다고 갑자기 사과했다. 다온이 꾹 입을 다물어 버린 순간부터 이런 이야기를 꺼낸 것을 후회하고 있었다.

"결국, 제가 연아 쌤을 아낀다는 거죠."

"그게 왜 그렇게 이어지는 데요?"

"사실, 다온 쌤 처음 왔을 때 연아 쌤이 정말 싫어했거든요."

"알아요. 처음부터 티 팍팍 났어요."

다온이 퉁명스레 대꾸했다. 성균의 가운 주머니에서 끊어졌다 싶었던 호출기가 다시 울리기 시작했다.

"그거 일부러 낸 걸 걸요? 연아 쌤 생각보다 표정 바꾸기 잘하는데……."

짓궂게 웃은 성균이 끊어진 진동소리에 한 번 더 화면을 확인했다. 그리고 짧게 한숨을 내쉬었다.

"그럼 일하러 갑시다. 돈 벌어야죠."

"그렇죠. 돈. 근데 전부터 궁금했던 건데, 이렇게 일하고 얼마나 벌어요?"

"그게 중요해요? 돈은 인간을 위해서 있는 거지. 인간이 돈을 위해서 있는 건 아니잖아요."

"철학적이네요."

대답하는 다온의 목소리는 뾰족했다. 성균이 빙긋 웃으며 자리에서 일어섰다. 그가 벗어 두었던 정장 재킷을 챙기는 사이 성균이 먼저 결제를 끝내고 식당 밖으로 나서고 있었다. 다온이 황망한 표정으로 그를 응시했다.

"왜요. 선배가 사 주는 밥 처음 먹어 봐요?"

"어……."

말을 흐리는 다온의 얼굴에 당황이 가득해 성균은 만족스럽게 웃었다.

"나중에 자랑해야겠네. 재벌한테 밥 사 준 남자라고. 여자 꼬실 때 써먹어야겠어요."

선배라고 부를 사람이 생긴 것도 처음이고, 법인카드나 가족이 사는 식사 외에 얻어먹어 본 것도 처음이었다. 항상 계산은 그가. 누가 정해 준 것도 아닌데 어느 순간 자연스럽게 하던 행동이 처음으로 깨진 날이었다. 성균은 들를 곳이 있다며 먼저 사람들 사이로 사라졌고, 다온은 꺼냈던 지갑을 주머니에 집어넣었다.

"어……."

"안녕하세요."

"어, 어……."

사무실로 돌아가자, 저를 보고 놀라 눈을 크게 뜨는 희순과 마주했다. 그녀는 무언가를 먹고 있던 도중이었는지 볼 한쪽이 음식물로 가득했다. 그가 출근할 것이라고는 예상하지 못한 눈치였다. 윤서는 출근이 아직인지 늘 핸드백을 두는 자리가 비어 있었고, 신 팀장은 언제나처럼 출근을 했는지 안 했는지 구별이 안 되는 책상을 가지고 있었다.

그리고 연아는…….

"책상 정리가 안 되는 건 우리 사무실 공통인가요?"

"뭐? 그건 맞네."

다온이 툭 하고 내뱉은 말에 희순이 깔깔 웃었다. 어떤 사무실 책상이 이렇게 질서가 없단 말인가. 희순이 새삼 고개를 끄덕였다. 형형색색의 포스트잇이 사방에 붙어 있어 정신없게 느껴지는 윤서의 책상부터 누가 보면 서류장사라도 하는 듯 시야를 꽉 막도록 서류를 쌓아 놓은 성균의 책상. 가장 멀쩡한 축에 속하는 것이 희순과 다온의 책상이었는데 역시 만만치 않았다.

"그러고 보니, 책상 좀 치워야겠네. 외부 사람 들어오면 기겁을 하겠네. 아주."

희순이 깔깔 웃으며 자신의 키보드 밑에 깔린 서류 파일들을 발굴해 냈다. 다온도 자신의 책상 위에 쌓여 있는 물건들을 치워 냈다.

"다온 쌤도 우리 식구 다 됐네. 난리야 아주 난리."

희순이 자신의 자리에 있던 쓰레기를 갖다 버리며 다온의 책상을 보고는 그렇게 말을 했다. 다온이 쑥스러운 듯 머리를 벅벅 긁었다. 집 안에 있는 책상의 반도 안 되는 크기의 책상 위에 매뉴얼이며 서류 샘플들이 필기도구들과 함께 어지럽게 흩어져 있었다.

"치워야죠."

"치워도 얼마 안 갈걸? 대강 쓰레기만 좀 치워요."

아무 일 없었다는 듯 금방 감정을 정리하고 대꾸하는 희순을 바라보다 다온이 고개를 주억거렸다. 그녀의 책상에서 까먹은 초콜릿 껍질들이 굴러다니다가 그의 자리까지 넘어오곤 했다. 그런 종이들을 전부 주워 쓰레기통에 넣고, 매뉴얼을 정리했다.

"책상 정리한다는 건…… 그만둔다는 거 아니죠?"

"에? 아니에요. 처음부터 기간 꽉 채워서 나갈 생각이었어요."

"그랬어요?"

희순이 다정하게 웃었다. 대화가 더 이어질 줄 알았는데 그게 끝이었다. 뚝 그친 대화 뒤로 희순은 금방 일에 집중했지만, 다온은 가만히 앉아 책상만 내려다보았다. 그에게 주어진 일은 없는 거나 다름없었다. 연아가 자신의 일을 나누어 주고 가르쳐 주고는 했는데, 그녀가 없으니 그가 할 수 있는 일이라고는 핸드폰을 바라보거나 인터넷 서핑을 하고 그러면서 시간을 죽이는 일밖에 없었다.

다온의 머릿속이 복잡한 생각들로 뒤엉켰다. 뭘 어떻게 해야 할까.

무심코 큰형이라고 쓰인 번호에 손을 올렸던 다온이 핸드폰을 뒤집어 책상 위로 내려놨다. 그에게 기대고 싶은 생각은 없었다. 그냥 계속 연아가 마음에 걸릴 뿐이었다. 힐끗힐끗 바로 옆 연아의 책상을 들여다보던 다온은 손에 들고 있던 펜을 내려 두었다.

연아는 늘어지게 늦잠을 즐겼다. 해가 중천에 뜰 때까지 숙면을 취하고 눈을 뜨고 나서도 굳이 이불에서 벗어나려 하지 않았다. 주말에도 누리지 못했던 여유였다. 새벽까지 뒤척이다가 사표를 내자고 생각해 버리니 마음이 가벼웠다. 곧 통장도 가벼워지고 부담도 생기겠지만, 우선 현재라도 가벼우니 이를 즐기자는 마음이 들었다.

"일어났어?"

이브닝 근무가 끝나고 밤 12시가 넘어서 들어온 리연은 아침 준비 중이었다. 그녀의 어머니가 이것도 부엌이냐고 타박하는 주방은 두 사람이 쓰기엔 적당했다.

"뭐 만들어?"

"간만에 둘이 먹는데, 김치찌개라도 끓이려고."

"김치 안 상했냐?"

"쉬었어. 찌개 끓이기 딱임."

연아가 리연의 뒷모습을 보며 낄낄 웃었다. 대꾸하면서도 웃긴지 리연의 어깨도 잘게 떨리고 있었다. 웃음은 전염된다더니 작은 웃음은 곧 커다랗게 퍼져 나갔다.

"뭐야 진짜. 웃겨 정말."

"우리 밥 얼마 만에 해 먹는 줄 알아? 좀만 더 있었으면 밥통에 곰팡이 필 뻔."

"너 곰팡이한테 왜 그러냐. 그것도 생명이야."

"그 생명이 우리 배 속에 들어가면 우리 입원이거든? 병가 낸 김에 입원도 해 볼래?"

웃음기 가득한 물음에 연아가 이불 안으로 다시 기어 들어가며 고개를 절레절레 저었다. 이불과의 물아일체를 꿈꾸며 밥상도 이불 안에서 받을 태세였다.

"오늘 데이 아니야?"

"데이였으면 내가 욕하면서 들어왔지."

"너 이브닝—데이를 제일 싫어하잖아."

"오늘은 나이트다! 오늘부터 투 나이트야. 그리고 오프!"

"밤낮 바뀌겠네."

리연이 하얀 앉은뱅이 상을 밀어 주자 연아가 그것을 잡아채 이불 바로 옆에 폈다. 이불을 둘둘 감싼 채 엉금엉금 수저통을 가져와 상에 놓고, 밥통에서 밥을 퍼내 내려놓자 리연이 보글보글 끓는 찌개를 상 가운데에 놓았다.

"나이트는 그래도 수당이라도 빵빵하잖아. 그나마 좋아."

"맛있겠다. 이게 얼마 만에 집에서 먹는 아침이야?"

"그러니까 시리얼이라도 먹고 출근하래도."

"일이 많잖아."

"그놈의 일. 나도 많거든?"

나란히 입사한 친구는 하는 일만 다를 뿐 고생한다는 점에서는 공통점이 짙었다. 투닥거리며 늦은 아침을 뚝딱 해치웠고, 그제야 리연은 씻는다며 화장실로 들어갔다.

"으아아, 일어나기 싫다."

"설거지 해 놔! 나 씻고 나올 때까지!"

굼벵이처럼 먹자마자 드러누운 채 뒹굴거리며 읊조린 말에 리연이 씻다 말고 화장실 문을 벌컥 열어 소리쳤다. 대강 고개만 끄덕이고 엎드린 연아가 풀어 헤친 머리를 아무렇게나 잡아 묶었다.

한 사람이 밥상을 차리면, 한 사람이 뒷정리를 하는 구조. 아침도 잘 챙겨 먹지 않고 야근을 밥 먹듯이 하는 연아는 아예 집에서 밥을 먹지 않거나, 흔하지 않게 밥을 먹을 때는 뒷정리를 하곤 했다. 요리에는 전혀 소질이 없기 때문이었다.

"나, 나나나나……."

귓가에 들리는 물소리를 멜로디 삼아 콧노래를 흥얼거리며 설거지를 마친 연아가 고무장갑을 벗어 던지고 다시 이불 안으로 꾸물꾸물 기어가려 했다. 그러다 시선 가운데 그녀의 노트북이 눈에 들어왔다.

"밀린 미드나 볼까."

혼잣말을 하며 노트북을 열자마자, 종료하지 않고 대충 덮어만 놨는지 꺼지지 않은 화면이 그녀를 반겼다. 그리고 그 화면에 떠 있는 한글 파일 한 개. 사직서. 취업도 처음이고, 사회생활도 처음이었던 그녀가 처음으로 작성해 본 사직서. 프린트만 해서 제출하면 끝이었다. 취업 시 작성했던 몇 개의 서류와 첨부했던 확인 서류. 그리고 두 번에 걸친 면접 과정에 비하면 간단한 과정.

"뭐 해?"

리연이 머리를 탈탈 털고 나왔다. 데이 출근도 아니고 바쁘지 않은 시간이니 물기만 털어내고 자연건조 시킬 생각인 듯했다.

"사직서 써."

"뭐? 너 그거 진심이야?"

반쯤 젖은 수건으로 대충 머리를 감아 올린 리연이 다급히 그녀의 곁으로 다가와 앉았다. 이전과는 달리 단정한 얼굴이고, 차분한 태도라 무어라 한마디 해 주고 싶었던 리연이 포기한 듯 한숨을 내쉬었다.

"뭐야. 주연아 책임감 다 어디 갔어?"

"국 끓여 먹었다."

"국 네가 끓였냐? 내가 끓였거든?"

시답지도 않은 농담으로 가볍게 넘기려고 했건만, 리연이 붙잡는 통에 사실을 말할 수밖에 없었다.

"너 진심이야? 어머님 아시면 어쩌려고 그래?"

"돈 모은 거 좀 있어. 그거 엄마 주고, 실업급여 받아서 여행이나 다녀올까."

"야, 주연아!"

리연으로서는 기가 찰 노릇이었다. 하고 싶은 일 하면서 대기업 복지 누려 가면서 사는 게 어디 쉬운 일이냐는 말이다. 들어오기도 힘들었고, 들어오겠다는 사람 줄을 섰는데 그걸 제 발로 차고 나가는 것도 답답했고, 그녀의 저런 태도도 낯설었다.

"번아웃 왔나 봐. 나 좀 쉬게 둬라."

"미치겠네. 너 진짜 어쩌려고 그래?"

연아는 대꾸하지 않았다. 사직서 파일을 대충 저장해서 하드디스크 한구석에 던져 둔 뒤 밀린 드라마를 보겠다며 인터넷을 켰다.

논리적으로 생각해 보면 미친 사람이었다. 정규직에 탄탄대로까지는 아니어도 꽤나 안정된 직장. 영업이나 기획 등 주류 산업이 아닌 터라 경쟁도 치열하지 않고 부담스럽지 않은 직장. 마음에 맞는 직장 동료들. 사회복지사의 야근수당 챙겨 주는 곳이 어디 흔하냔 말이다. 그걸 갖겠다고 아등바등한 것이 불과 2년 전인데 그걸 걷어차겠다고 하니 갑갑해 보일 만도 했다.

"잘릴 만한 실수를 한 거야, 너?"

"몰라. 잘 하면 잘리겠지. 징계일 수도 있고."

"너 혹시 횡령했나?"

"뭐래."

그녀가 다루는 돈이 어디로 흘러가는지 알면서도 그냥 해 본 말이었다. 연아의 반응에 리연은 찔끔해서 웅얼거렸다. 나는, 그냥. 그냥 해 본 말이지. 기가 죽어 웅얼거리는 친구를 보자 화를 내려던 생각이 쏙 사라졌다. 연아가 노트북을 든 채 이불 속으로 다시 몸을 파묻었다.

"난 사회복지사 하기엔 글러 먹은 거 같다. 내 감정 하나 제대로 감당 못 하는데 무슨 일을 하겠다고."

"왜, 뭐 때문에 그러는데. 주연아. 알고나 좀 이야기하자."

리연이 갑갑함에 가슴을 쳤다. 클라이언트 비밀보장의무가 어디 사회복지사한테만 있겠는가. 같은 직장에서 근무하고, 몇몇 클라이언트는 겹치기까지 하는데 왜 자신한테까지 저리 입을 꾹 닫고 있는지. 저러다 곯아 가는 게 아닌가 걱정까지 들었다.

"너 그거 아냐? 우리 사무실에 우리 그룹 막내 도련님 계신다."

"뭐? 성균 쌤은 아닐 거고…… 설마 그, 도…….."

"그래, 우리 수습 쌤. 도다온 씨."

헐, 대박. 리연이 벌어진 입을 주체하지 못했다. 재벌 이야기는 뉴스에서나 듣는 거라 생각했는데 이렇게 가까이에 있을 줄이야. 새삼 사무실이나 병원 복도에서 마주했던 그 얼굴을 떠올리며 리연이 혼자 납득했다.

"어쩐지 좀 반반한 얼굴이더라."

"재벌이면 반반한 거야?"

"돈 많으면 어디다 쓰겠니? 얼굴에도 좀 투자하고 그러겠지."

나도 피부 관리하고 싶다. 리연이 덧붙인 말에 연아가 허탈하다는 듯 웃었다. 이미 인터넷에 집중하긴 무리였다. 화면을 덮고 이불 아래에서 한 바퀴 빙글 돌아 몸을 돌돌 감싼 그녀가 턱을 괴었다.

"내가 그 사람 사수였다."

"근데."

"지도를 좀 못 했어. 사람 만나게 해 보고 싶었거든. 그럴 거면 내가 계속 붙어서 코치했어야 했는데 안일했어. 잠깐 눈을 뗀 사이에 일이 벌어졌다."

"몇 병동."

리연의 표정이 굳어졌다. 그녀가 맡고 있는 병동을 대강 알고 있었기 때문이었다. 소아병동과 소아암병동, 그리고 성균이 손을 떼면서 천천히 확장해 가고 있던 정신과병동.

"112."

"미친."

그녀는 숫자를 듣자마자 욕설을 토해 냈다. 소아과 환자라고 생각하고 상상의 나래를 펴고 있던 리연의 생각보다 더 최악의 상황이었다. 소아과 환자라면 죽을 각오를 하고 환자 보호자들에게 싹싹 빌면 어떻게든 징계는 모면하지 않겠는가 싶은 마음에서였다. 실수한 당사자가 수습이고, 또 리연이 소아과에서 해 온 일들이 있으니 정상참작이 되어 그녀에겐 큰 영향이 없을 거라고 예상했는데…… 정신과라면 상황이 완전히 달랐다.

"거기서 눈을 떼면 어떻게 해? 너 제정신이야? 어떤 환자였는데?"

"우울증. 열여덟 살. 우리 부서에서 4년인가 본 환자야. 이미 라포형성도 잘 되어 있고, 안정된 환자라서……."

"그 안정되었다는 건 누가 판단한 건데? 의사가? 아님 네 슈퍼바이저가?"

"내가. 내가 그랬지."

리연이 얼굴을 감싸 쥐었다. 연아는 더 이상 감추는 걸 포기한 듯 상황을 술술 불어 내고 있었다. 리연은 한순간의 감정에 휩싸여 연아를 몰아세운 것을 후회했다.

"그래서 사표 내려는 거야?"

"응. 내가 너무 오만했어. 자신감에 넘쳐서는, 언젠가 사고 칠 줄 알았지."

"너 그럼 그 수습 쌤은 어쩌려고? 적어도 네가 사수인 이상 수습 3개월은 제대로 지도해 줘야지. 너희 팀 인력도 부족하잖아."

"한 달이야. 말했잖아. 우리 그룹 막내 도련님이라고. 한 달만 채우기로 하고 온 거였어."

베개에 얼굴을 비비며 하는 말치고는 정말 총체적 난국이었다. 머리를 감쌌던 젖은 수건을 빨랫 바구니로 대충 던져 넣으며 리연이 긴 한숨을 내쉬었다.

"미치고 환장하겠네. 그냥 가서 욕이나 좀 먹어! 실수 안 하면 그게 사람이냐? 기계지? 그냥 욕이나 좀 먹고, 계속 다녀. 누가 사회생활하면서 욕 안 먹고 사니?"

"내가, 나 자신이 용납이 안 돼."

"미친년이 진짜. 그냥 다니라고. 용납이 안 되면 어쩔 건데. 너 막말로 그만둔다고 쳐? 그럼 집에 돈 몇십만 원씩 보내던 건 어떻게 할 건데? 어머님 아시면 너 죽어 진짜."

"뒤늦은 사춘기 핑계라도 대지 뭐."

설설 고개를 저으며 연아가 편하게 드러누웠다. 다시 노트북을 여는 것이 더 이상의 대화를 원하지 않는 듯했다. 얼마 지나지 않아 씩씩거리던 리연도 마르지 않은 머리로 그녀의 옆에 자리를 잡았고, 전날 이브닝 근무가 피곤했는지 씻은 보람도 없이 몇 분 지나지 않아 꿈속으로 빠져들었다.

"자?"

인터넷 서핑을 하는 척, 이리저리 사이트를 뒤적이던 연아가 새근새근 규칙적인 숨소리로 변한 친구의 호흡을 느끼고 물었다. 자는 사람은 대답이 없었고, 연아가 돌돌 말았던 자신의 이불을 벗어 리연의 위에 덮어 주었다. 그리고 옷장에 얌전하게 개어진 리연의 이불을 끌어내렸다.

리연의 지적에 건성인 태도로 대꾸한 이유는 그 말이 전부 맞기 때문이었다. 취업하기 힘든 세상에 버티기만 하면 황금길인 직장을 포기하는 멍청이가 어디 있는가. 그것도 실수 때문에 스스로가 포기하는 사람은 멍청이 중에서도 멍청이 오브 멍청이였다. 그녀의 일이 아니었다면 아마 연아도 그렇게 표현할 터였다.

"모르겠다 진짜."

노트북 바탕화면 한구석에 파일 이름도 없이 처박힌 사직서 파일을 쳐다보다가 연아가 마른세수를 했다. 씻지도 않아 수분기 없는 손바닥이 따뜻하기만 했다. 그런 그녀의 뇌리 속에는 다온이 수줍게 건네었던 고백 따위는 안중에도 없었다.

퇴근을 어떻게 했는지. 밥을 어떻게 먹고 나왔는지도 모르겠다. 정말 시간만 떼우다가 정시에 퇴근한 다온이 시끄럽게 울리는 핸드폰을 무시하고 침대 위에 드러누웠다.

오피스텔 인테리어는 전문가가 설계한 그대로였다. 처음 계약할 때 아무것도 없는 밋밋함에 질려 인테리어 사무실에 꽤나 많은 돈을 준 결과 어떤 누가 오던 콧대를 세울 만했다. 그럼에도 가족들을 포함해서 단 한 명도 들어온 이는 없었다. 어쩌다가 청소업체나 다달이 어머니가 보내는 가정부만 들를 뿐. 그런 걸 보면 본가에서 살던 때랑 독립한 지금이나 뭐가 달라졌나 싶었다. 인테리어나 신경 써 볼까.

— 띠링.

방해금지모드로 설정되어 모든 통화를 튕겨 내던 핸드폰이 내내 침묵을 지키다 뱉어 낸 소리였다. 다온이 누워 있는 자세 그대로 손만 뻗어 핸드폰 위치를 더듬거렸다. 머리맡에서 그의 손에 잡힌 것은 연신 반짝이며 불을 뿜어 내고 있었다.

[연락 부탁드립니다.]

원인은 메시지함에 가득한 문자들이었다. 다온이 건성으로 확인

버튼을 눌렀다. 흔하고 의례적인 메시지였지만, 그가 핸드폰을 귀에 갖다 댄 이유는 발신자가 진철이기 때문이었다.

"무슨 일이세요?"

— 아, 도련님 통화 괜찮으십니까?

"괜찮아요. 말씀하세요."

— 큰도련님께서 내일 오전 본사에 들르라고 전하라 하셨습니다.

"출근해야 하니까 못 간다고 좀 전해 줄래요?"

그가 중간에서 난처해질 것을 뻔히 알지만 그것까지 생각해 주고 싶지 않았다. 다온의 분위기가 싸늘하게 가라앉았다. 연락하지 말라고 했더니 아랫사람을 통해서 한다. 지긋지긋했다. 저런 태도들.

— 도련님……

"수고 좀 더 해 주세요. 내일은 홍대 쪽이랑 강남 쪽 좀 관리해 주시고요. 수습 기간 끝날 때까지는 여기에 집중하고 싶어요."

— 알겠습니다.

딱 잘라 말하는 덕에 통화는 간결하게 끝을 맺었다. 끊어진 핸드폰을 들고 있다가 이불 위로 툭 내던진 다온이 몸을 일으켰다. 창밖은 어느새 어두캄캄해져 있었다.

"하아……"

큰형을 보고 싶지 않았다. 괜히 오전부터 성질을 내고 나왔다는 후회도 존재했지만, 하고 싶었던 이야기를 쏟아 냈다는 시원함이 더 컸다. 다음에 형을 만날 때 어떻게 대해야 할지 모르겠지만, 그건 그거고 지금은 보고 싶지 않았다.

보고 싶은 건.

걷어 낸 블라인드 뒤로 한강 경치와 함께 반짝이는 대교 하나가 눈에 들어왔다. 하루에도 수백 대의 차량과 사람들이 지나다니는 다리. 몇 년인지 모르겠지만 꽤나 긴 시간을 홀로 굳건히 버텨 온 그런 사람.

언뜻 그 풍경 위로 덧그려지는 사람이 있었다.

"주연아."

외나무다리에 서 있다고 자신을 표현한 사람. 그 말을 듣고 곰 곰이 생각해 보니 그녀의 생각이 궁금했다. 아직까지도 그녀는 그 다리 위에 서 있을까. 어째서 내려오지 않는 걸까. 다온은 이해할 수 없었다. 설마 착한 딸이 되려고?

다온은 아무 생각이 없었다. 태어날 때부터 오냐오냐, 둥기둥기 우리 막내. 자아가 형성될 쯤에는 집안에서 자신의 역할이 뭔지 인 지한 상태였다. 항상 할아버지와 아버지를 따라다니던 큰형, 할머 니의 품에서 지도를 펼쳐 보던 둘째 형, 그리고 자신의 앞에 펼쳐 진 것은 마음껏 놀라고 집 안에 만들어 준 놀이터.

혼자 미끄럼틀을 타고, 그네를 타면서 선글라스에 검은 정장을 차려입은 경호원들만 약 올리고 살았다. 그게 자신의 역할이었다.

주연아. 자신 때문에 난처한 상황에 처한 사람. 초반에는 원망 도 했던 것 같다. 평생 모르고 살 수 있었는데 질척이며 발목을 잡 는 것 같았던 기부, 후원. 아이들의 눈망울에 기대서, 누가 누가 더 불행한가 순위를 매겨 그의 앞에 올라오던 두툼한 서류들. 그리 고 그 서류뭉치들 뒤에 실제로 존재하던 사람들.

'문제는 처음부터 끝까지 돈이죠.'

출근 첫날, 적개심에 가득 차 있던 연아로 인해 혼란스러웠던 그에게 던져진 성균의 말 한마디. 그에게는 태어나면서 주어진 것

224

이었고, 제대로 신경 써 본 적 없던 물질적 존재.

그 뒤로 쉽게 생각한 것도 사실이었다. 어떻게든 돈만 투자하면
살 수 있고, 돈을 주면 다른 아이들과 똑같이 자랄 수 있었기 때문
에 그로 인해 보람 비슷한 것까지 갖게 되었던 다온이었다. 그렇지
만, 이번엔 달랐다.

강현주.

그녀는 그만큼은 아니어도 물질적으로 모자람이 없이 자라 온
사람이었다. 손에 쥐어지는 것에 있어 모자람은 없었을 것이다. 그
도 그랬으니까. 그러나 속은 곪아 있는 사람.

다온의 입술이 바짝 말라 있었다. 성큼 냉장고 정수기로 걸어가
얼음을 가득 내린 물을 들이켰다. 속이 이상하게 계속 갑갑했다.
이상하게도 그녀와 자신을 계속해서 동일시하고 있었다. 다르다는
걸 머리로 알고 있는데, 왜 계속 자신과 겹쳐 보고 있는 건지.

한 번도 이렇게 자신이나 타인의 감정에 대해 깊이 생각해 본
적 없었는데. 지끈거리는 머리를 부여잡고도 그는 밤새 생각에서
헤어 나오지 못했다.

"안녕하세요."

새벽이 돼서야 겨우 눈만 붙인 다온이 비몽사몽인 얼굴로 출근
했다. 사회공헌 팀, 병원 내에서는 사회사업 팀이라고 불리는 작은
사무실이 아니었다. 엘리베이터에서 내려 몇 걸음 걸어 들어가니
쇠창살로 막혀진 공간이 펼쳐졌다. 반대편 역시 정신과 병동이었
지만, 개방되어 있는 곳. 잠시 그곳에 시선을 준 다온이 보안요원

의 제지 없이 병동으로 들어섰다. 짝짝 소리 나게 볼을 내리친 다온이 눈을 빛냈다.

112병동.

사건이 시작된 바로 그곳이었다. 한참의 실랑이가 이어졌지만, 다온은 쉽게 병실로 들어설 수 없었다. 간호사들의 따가운 눈총에 나오는 건 한숨뿐이었다.

"현, 현주의 선생님의 판단으로 주연아 선생님과의 면담은 금지되어……."

"저는 도다온이구요. 현주한테 한번 물어봐 주세요. 만나겠냐고."

"현주 의사가 문제가 아니구요. 이건 주치의 선생님 결정으로……."

"그럼 그 주치의 선생님께 연락 좀 해 주시겠어요?"

"이보세요. 선생님. 병동에는 병동 내의 규칙이……."

"그러니까 그 절차를 따르겠다는 거잖아요. 주치의 선생님께 연락을 해 주세요."

꽉 막힌 벽과 대화하는 기분이었다. 처음에는 좋은 말로 거절하던 간호사는 다온이 끈질기게 들러붙자 영 짜증스러운 듯했다. 마치 보란듯이 한숨을 내쉰 그녀가 쉴 새 없이 울리는 콜과 쌓여 있는 차트를 가리켰다.

"바쁜 거 안 보이세요? 주치의 선생님께서 면회 금지하셨기 때문에 어떻게 해 드릴 수 있는 방법이 없어요."

"그러니까 주치의 선생님께 연락을 넣어 주시라는 거죠."

"9시부터 외래 진료서서요. 오후에 회진 도실 때 면회 요청이 있었다고 전달해 드리겠습니다."

"저기요. 저는 지금 연락을 넣어 달라는 건데요."

"의사 선생님들은 다 바쁘셔서 응급상황 아니면 답변을 못 하세요."

다온이 입술을 엄지로 매만졌다. 이러고 싶진 않았는데, 정말. 대화가 통하지 않았다. 대충 돌아가는 상황은 알겠다. 그러니까 의사가 면회를 금지했고, 그래서 그 의사에게 요청을 넣겠다는 건데 왜 오후까지 기다려야 한단 말인가. 자신이 당장 병동으로 뛰어 올라오라 지시한 것도 아니고, 왜 면회금지인지 알고 싶었던 것뿐인데, 그거 하나 알자고 언제 올지도 모르는 답을 기다려야 한다는 말인가.

다온은 기다림과 친숙하지 않은 남자였다.

"현주 주치의 선생님 성함이 어떻게 되시죠?"

"김한결 교수님입니다."

그녀는 퉁명스러운 표정이었지만 답변을 내놓았다. 다온이 간호 사실에서 나와 뒤로 돌아서며 쇠창살을 열려고 기다리는 보안요원과 눈을 마주쳤다. 철컥 소리를 내며, 요원이 잠금장치를 푸는 사이 다온은 핸드폰을 들어 예전에 연아가 알려 주었던 번호를 눌렀다.

"도다온입니다. 원장님 출근하셨나요?"

세상 쉽게 사는데, 철없는 재벌 3세 이미지는 득이 되면 되었지, 실이 된 적은 거의 없었다. 오전 여덟 시 사십 분. 당연히 출근 안 했겠지 하고 한 전화였는데 비서실에서 곧바로 원장에게로 돌려졌다.

― 무슨 일 있으십니까?

"네, 원장님. 제가 좀 만나 뵙고 싶은 분이 있는데……. 면회금지라고 해서 주치의 교수님을 좀 뵙고 싶었는데 연결이 좀 힘드네요."

— 그래요? 어느 과 어떤 선생님이신가요?

그의 이름은 성심그룹 내의 프리패스나 다름없었다. 주머니에 그 무엇도 없어도 그의 머리에 든 것이 없어도, 그에게 능력이 있건 말건. 이것은 그가 성심그룹 창업주의 막내손자이며, 현 회장의 막내아들이기 때문이었다.

"정신과 김한결 교수님요. 강현주 환자와 면회를 한번 하고 싶은데…… 제가 이전에 그 환자에게 실수를 해서 사과를 하고 싶어요."

— 네, 그럼요. 기다려 보세요. 제가 다시 연락을 드리겠습니다.

"네, 알겠습니다."

보안요원이 의아하다는 눈으로 그를 응시했다. 창살문이 열렸음에도 다온이 나가지 않고 팔짱을 끼고 벽에 기대섰기 때문이었다. 다온이 고개를 절레절레 젓자 요원이 날카로운 소리를 내며 문을 닫았다. 폐쇄병동과 개방병동의 차이였다.

드럼 비트가 채 두 마디도 울려 퍼지기 전에 다온이 전화를 받았다. 발신자는 예상했던 대로 그가 원하는 답과 함께였다.

왜 이 병실에 들어서면서 이상한 괴리감을 느꼈는지 이제야 이해가 되었다. 다온이 씁쓸하게 웃었다. 정해진 가구, 정해진 위치. 그리고 그 안에 남겨진 나.

"부모님이 아무것도 기대 안 한다고 해서 그게 네가 아무것도 안 할 이유는 못 돼."

다온의 결론이었다. 마주 본 현주는 겨우 하루 만에 얼굴이 변해 있었다. 생글생글 웃고 있던 얼굴 위에 드리워진 어둠. 그림자와 닿아 있는 듯한 그녀의 피부 상태를 살피고는 다온이 망설임 없이 뱉어 냈다.

그 안에 머무르는 것도 밖으로 벗어나는 것도 자신의 선택이었다. 안에서 꼭두각시처럼 이리저리 흔들리는 것도, 밖에서 세상의 온갖 풍파와 맞서는 것도 힘들기는 마찬가지. 어떤 게 더 좋을까 하는 생각은 모든 사람이 수도 없이 할 고민들이었다.

"선생님, 어떻게 들어왔어요?"

한참을 기다려 들은 현주의 답은 또 다른 질문이었다. 그때와 같은 병실인데 어째서 더 어두워 보이는지 다온은 알 수 없었다. 창을 통해 들어오는 햇빛, 머리 위에서 불을 밝히고 있는 조명에도 어째서 방 안이 어둡기만 했는지 알 수 없었던 시간.

"어떻게 들어오긴, 의사 선생님께 요청해서……."

"나 담당하시는 분, 우리 아빠 친구예요. 괜히 일 만들지 말라고 하시던데요. 못 들어오게 하셨을 텐데."

"누가. 김한결 교수님이?"

"아빠가요. 괜히 이러다 강 교수 막내딸이 정신병원 입원했다더라하고 말 돌아서 좋을 게 없으니까."

"아버님이 여기서 근무하시니?"

현주가 고개를 주억거렸다. 다온은 숨이 턱 막히는 기분이었다. 아마도 그가 가진 것을 휘둘러 들어오지 않았다면 이 아이는 면회 한번 못 받고 처박혀 있었을 터였다.

'주변 사람들의 태도에 따라서 많이 변하죠.'

우울증에 대해 제대로 아는 것도 없고, 현주가 진단받은 정신병이 어떤 것인지 솔직히 이해도 잘 안 되지만, 무언가 잘못되었다고 느꼈다.

"언제까지 면회금지인지는 알고? 친구들은?"

"친구들은 못 오죠. 병원에 입원한 건 아는데, 정신병동인 건 모르거든요."

"우울증인거 친구들이 몰라?"

"알아요."

다온은 자신이 현주의 나이 대에 어땠는지 떠올렸다. 내야 하는 돈이 정확히 얼마였는지는 몰랐지만, 대학교 버금가는 크기의 학교재단은 그가 성적이나 행실에 신경 쓰지 않아도 졸업장을 주었다.

사람은 끼리끼리 논다고 공부에는 관심 없는 있는 집 자식들이 모여 펑펑 놀기 바빴다. 다온의 친구들은 그랬다. 그때 그 시기에는 집에 있었던 시간보다 학교에 있었던 시간이 많았고, 바쁜 부모님이나 형들보다는 친구들이랑 보내는 시간이 더 많았다. 그리고 그게 더 좋기도 했다. 저 나이 때에는.

"친구들 안 보고 싶어?"

"저 왕따면 어쩌려고 그런 걸 물어봐요?"

"너 왕따 아니잖아."

"선생님 솔직히 말해 봐요. 선생님 맞아요? 나 진짜 이런 질문 처음이야."

현주가 어이가 없다는 듯 웃었다. 팔짱 낀 채로 서서 대화하는 태도나 반말로 찍찍 물으면서 대화 내용을 적거나 녹음하지도 않는다. 게다가 신기한 것은 초짜 선생님들이 상담할 때는 뒤에 꼭

지도자가 있는데 다온이 현주를 만나러 올 때는 그런 것도 없었다.

"나 고졸이야."

"헐. 대박."

"뭐."

"나 이거 신고할 거야. 어떻게 고졸인데 상담을 해요? 자격증은 있어요? 대박이다, 대박."

다온이 헛웃음을 지었다. 반쯤 침대 난간에 기대어 있다가 바른 자세로 앉은 현주가 나름 심각한 어조로 말을 했지만, 입가에는 웃음이 가득했다.

"빽이지, **빽**."

"와, 대박. 병원장 아들이에요?"

"아니, 병원장보다 더 높은 사람."

"이사장?"

어느새 분위기는 스무고개를 하는 양 퀴즈처럼 흘러갔다. 다온이 서 있는 쪽으로 바짝 몸을 당겨 앉은 현주가 침대 난간을 잡았다. 그리고 고개를 절레절레 젓는 다온의 대답에 더욱 흥미진진해진 듯 몸을 기울였다.

"너 그러다 떨어진다."

"뭔데요. 진짜 뭔데. 나 완전 궁금해. 오빠 빽이 누구예요?"

어느새 호칭마저 선생님에서 오빠로 격하되었다. 다온이 허탈하게 웃음을 토하고는 현주 침대 에 털썩 소리를 내며 앉았다.

"큰형이 이쪽 재단 이사장. 성심그룹 전무님."

"헐……."

"아버지가 성심그룹 총회장님이시지."

"……미쳤다."

상상도 못 했던 스케일에 현주가 입을 멍하니 벌렸다. 의사 아버지에 변호사 어머니. 누가 봐도 상류층 가정에 금수저 소리를 듣고 살았지만, 이쪽은 정말 상상도 못 할 스케일이었다. 성심그룹이라니.

"너랑 똑같아. 내가 태어나면서 해야 할 일은 욕심 없고 착한 막내 정도. 철이 없으면 더 좋고, 눈치가 빠르면 더 좋⋯⋯."

"뭐가 똑같아요! 성심그룹이라면서? 오빠 재벌이었어요? 재벌이 왜 여기 있어요?"

"그럼 내가 어디 있어야 되는데?"

"재벌이면⋯⋯ 유학도 가고, 돈도 많고, 높은 위치⋯⋯."

가만히 생각나는 대로 읊어 대던 현주가 입을 다물었다.

"사업엔 관심 없다. 나는 천성이 백수야. 사업이야 머리 좋은 큰형이 할 거고 나는 그냥 놀 거야."

"오빠 그러다 사기당해서 굶어 죽어요."

"이게. 내가 사기당할 사람으로 보여?"

현주가 영 의심스럽다는 눈으로 다온을 응시했다. 몇 번이나 봤다고 자길 호구같이 바라보는지. 다온이 어이없다는 듯 혀를 찼다.

"여자 잘못 만나서 패가망신할 거 같아요."

"너 패가망신이라는 단어도 알아?"

"지금 저 병원에만 있다고 무시하는 거예요? 저 공부 잘했거든요?"

다온이 바람 빠지듯이 피식 웃었다. 픽, 소리를 내며 웃는 모습에 현주가 인상을 찡그렸다. 자기는 진지하게 말한 건데 다온의 태도는 전혀 믿는 사람의 그것이 아니었다.

"진짜거든요? 그래서 엄마가 유학도 보내려고 하는 건데⋯⋯."

빽 소리를 내지르며 크게 시작했던 말소리가 점점 작아지며 흐려졌다. 그와 동시에 표정과 눈빛마저 흐려지자 다온이 현주의 머리에 손을 얹었다. 뭐냐는 듯 눈썹을 치켜세우는 현주에게 다온이 입꼬리를 끌어올려 보였다.

"자주 올게."

"헐."

"내가 이제부터 너 지지집단 하려고."

"오빠 진짜 공부 안 했구나? 집단은 단체를 말하는 거지, 오빠 혼자가 아니거든요? 그냥 지지자라고 해요, 지지자."

병원 생활이 현주를 반(半)의사로, 반(半)상담사로, 그리고 반(半)사회복지사로 만들었다. 타박하는 현주의 말을 들으면서 다온은 현주의 머리를 쓰다듬었다.

어쩌면 모순일지 모른다. 다온은 항상 자신이 제일 불행한 사람이 아닐까 고민하곤 했다. 가족 구성원 중 누구도 기대를 걸지 않는 막내. 그냥 귀여움이나 받으면서 떨어지는 콩고물이나 받아먹으며 다른 사람의 시선에 뻔뻔해지기만 했던 자신. 도다온.

"나는 지지해 주는 사람도 없었지만, 기대해 주는 사람도 없었거든."

다온의 간단했지만, 많은 것을 담은 말 한마디에 현주가 얼굴에서 표정을 지웠다. 일자로 꾹 다문 입술이 무언가를 억누르는 듯했다. 뭐라 한마디 더 덧붙이려던 다온은 손을 떼어 냈다. 불과 몇 년 전의 자신과 똑같은 나이였다. 비슷한 상황을 겪었다고 좀 더 나이 먹은 사람이 잔소리하는 것만 같겠지.

"지금, 선생님이 더 불행했다고 하는 거예요? 나는 부모님이 기대는 했으니까?"

"아니."

한 걸음, 현주의 침대에서 떨어져 병실 벽에 기댄 다온이 단호하게 대답했다. 처음으로 보는 단호한 모습이라 잠시 놀란 듯했던 현주가 다시 얼굴을 굳혔다.

"차라리 기대도 안 하면 편하다? 내가 어떻게 살던 막내니까. 재벌가 막내니까 망나니여도 돼."

"그게 뭐요?"

"애 하나를 이유 없이 패 놔도 쟤는 그럴 수 있어. 형들은 명문으로 이름난 학교에, 등수는 전교에서 놀아도 항상 더 열심히 해라, 더 열심히 해라 그랬는데 내가 전교 꼴등을 찍든, 전국 꼴등을 찍든 막내인데 뭐, 라고 하며 그냥 넘어가셨어. 다른 말로 하면 내가 뭘 하든 신경도 안 쓰고 기대도 안 했다는 거야."

내가 네 나이 때는 어디 가서 소리 없이 죽어도 저런 반응일지 궁금하기도 했어. 덧붙이는 말에 현주의 얼굴이 하얗게 질렸다. 반면 하고 싶은 이야기를 줄줄 늘어놓는 다온의 표정은 평온했다.

"남이 살라는 대로 살지 마. 망해도 내 인생이고 잘해도 내 인생이다."

"그래서 선생님은 하고 싶은 거 하고 살아요? 지금 이게 하고 싶은 거예요?"

짐짓 고민하는 듯 진지한 표정을 지은 다온이 음…… 하고 말을 골랐다.

"아니?"

"하고 싶은 게 있긴 해요?"

"있어."

"뭔데요?"

"연애."

"와, 오빠 완전 미쳤다. 회사를 물려받겠다는 것도 아니고 고작 연애요?"

"난 진심인데."

질린 표정으로 학을 떼는 현주에게 다가가 다온이 침대 난간에 턱을 괴었다. 진심이라는 말에 더 의심이 가는지 현주는 절레절레 고개를 젓고 있었다.

"여친은 있어요? 연애는 뭐 혼자서 하나?"

"만들 거다."

"참나. 그렇게 놀고 싶어 하는데 어떤 여자가 잘도 사귀어 주겠다. 설마 고딩 꼬시려는 건 아니죠? 설마 나?"

"야, 내가 미쳤냐? 고딩을 왜 꼬셔! 미성년자는 손 안 대거든?"

누가 시킨 것도 아닌데, 현주와 다온이 마주한 채로 깔깔대며 웃었다.

"독립전쟁이 왜 일어난 줄 알아? 자유야 자유. 식민지 탈출을 왜 하는데. 자유라고. 내 맘대로 살겠다는 자유."

"그럼 오빠는 싸웠어요? 자유 얻으려고?"

"아니 멍청하게 왜 싸우냐? 나 막내잖아. 싸울 필요가 있나."

다온이 뻔뻔하게 웃었다. 어이없다는 표정을 지은 현주마저 픽 웃고 말았다.

병실에서 나와 걷던 다온이 연아를 마주하는 건 그리 오래 걸리지 않았다. 몇 걸음 남기지 않고 마주 보는 그들의 표정은 누가 먼저라 할 것 없이 딱딱하게 굳어 있었다.

"출근……하셨네요."

"현주한테 갔다 왔어요?"

왠지 모르지만 망설이다 한 말에는 힘겨움이 섞여 있는 듯했다. 다온이 초조하게 입술을 적시는 사이 연아는 다온이 걸어오는 방향을 보고 상황을 인지하는 중이었다.

"네. 방금……."

"괜찮던가요?"

"네."

생각이 많은 얼굴로 연아가 한숨을 내쉬었다. 그러고는 다온에게 손짓했다. 같이 나가자는 투라 다온이 빠른 걸음으로 그녀의 곁에 따라붙었다. 무슨 소리를 들었는지 스테이션 옆에 서 있던 의사 가운들이 그들을 돌아보는 듯했다.

"원장님께서 도와주셨나 봐요? 다온 쌤 들어가시고 나서 병동에서 콜을 주더라구요. 곧바로 뛰어왔는데……."

"죄송합니다."

"네?"

연아는 당황스러웠다. 정중하게 고개를 숙여 오는 다온의 진지함은 3주 동안 처음 보는 얼굴이었다. 뭐가 죄송하다는 걸까. 현주랑 이야기하다 뛰쳐나갔던 것? 아니면 지금 허락 없이 현주를 만나러 들어간 것? 전자는 자신의 실수였고, 후자는 원장님이 승인하신 일이었다. 원장님이 승인하신 일에 연아는 쉽사리 반대할 수 있는 사람도 아니었다.

"감사해요. 선생님."

"네? 대체 뭐가요?"

되묻는 연아의 물음에도 다온은 대답 없이 빙그레 웃었다.

삐빅하고 울리는 호출기에 연아가 반사적으로 주머니를 뒤적였다. 콜이었다.

"사무실이에요. 내려가야 할 거 같은데."

"같이 가요."

출근하자마자 소식 듣고 달려온 연아나, 출근 시간 전에 병동으로 올라왔던 다온이나 사무실 사람들에게 제대로 이야기도 못 하고 왔었다. 흘끗 다온의 얼굴을 훑어보는 연아의 모습에도 다온은 대수롭지 않은 듯 연아의 옆에 붙어 있었다.

현주의 일이 정말 궁금해 미칠 지경이었지만, 이미 병동에서 접근 금지 비슷한 걸 받은 연아가 현주의 정보에 접근할 수는 없었다. 다온이 먼저 말해 주면 좋을 텐데. 자신을 힐끗거리는 연아를 알아챈 다온의 입꼬리가 슬그머니 올라갔다.

"저기요. 연아 쌤."

"네? 왜요?"

"아직도 마음 안 열렸어요?"

그 순간 연아가 딱 발걸음을 멈춰 세웠다. 며칠 전 집에 데려다주며 했던 말이 머릿속에 선명했다. 현주 사건 이후로 정신이 없어 잊어버렸던 일이었는데, 다온이 갑작스럽게 치고 들어올 줄은 몰라 당황스러웠다. 그럼에도 연아는 자신의 가슴을 내리누르고 입꼬리를 끌어올렸다. 파들거리는 입꼬리로 자신을 돌아보는 연아의 모습에 다온은 이상하게 만족스러운 기분을 느꼈다.

연아는 본능적으로 위험함을 직감했다. 생명에 대한 위협은 아니었다. 자기 자신에 대한 위협이었다. 이 상황이, 이 일이 지속된다면 나타날 일에 대한 경고나 다름없었다.

"다온 쌤. 그 감정, 연애감정 아니에요."

"주연아 선생님."

"나도 그 감정 겪어 봐서 알아요. 나도 그랬지만, 다온 쌤도 사회생활 처음이고, 사수랑 붙어 다니면서 일하게 되면, 그 사람이 멋있어 보이고 존경스러워 보일 수 있어요. 그런 감정이에요, 그건."

드라마가 문제였다. 살면서 한 번쯤 재벌가 신데렐라를 꿈꾸지 않은 여자가 몇이나 있을까. 아무리 삶에 찌들어 있다고 해도 연아역시 어린 시절 한 번은 상상해 본 적이 있었다. 잘생긴 왕자님, 돈 걱정 없는 삶. 근데 그건 드라마고, 지금 이건 현실이었다.

사람을 만나고, 사람을 돕는 일을 하면 그 사람을 내가 원하는 방향으로 유도할 수 있는 설득의 기술 비슷한 것이 생긴다. 저 세상 물정 하나 모르는 남자를 꼬드겨 그 어린 시절의 꿈을 이뤄 볼수도 있었다. 근데, 그럼 지금까지 진득하게 살아온 주연아가 없어진다. 굳이 이 길을 선택해서 이 악물고 버텨 왔던 날들이 그대로 산산이 부서지리라.

"그런 감정 아니에요."

"정말 아니에요? 다시, 아주 깊이 생각해 봐요."

부정하는 다온의 목소리에는 힘이 없었다. 쓸쓸한 미소를 입에건 연아가 그 어깨를 도닥이며 당부했다. 그냥, 모르는 척 받아 주고 싶다고 하면 속물같겠지. 취업하면서 다달이 갚아 나가는 학자금 대출금도 떠오르고, 집에 묶여 있는 담보금 대출, 오빠의 대출금액을 떠올렸다.

다온에게 느꼈던 두근거림이 연하에게 고백받는 여자로서의 마음에서 비롯된 것일까. 아니면, 저 남자와 만나게 되면, 더 나아가 결혼하게 되면 지금까지 지긋지긋하게 엮여 왔던 돈 걱정과 안녕하게 될 것 같다는 설렘일까. 연아 역시 구분할 수 없는 감정이었다. 그럼에도 두려웠다.

◇　◇　◇

시간은 빠르게 지나갔다. 다온의 수습기간이 바로 오늘부로 종료였다. 다 함께 칼퇴근을 해 고깃집을 향했다. 드물게도 신 팀장이 법인카드를 꺼내 들며 송별회를 하자고 먼저 제안했기 때문이다.

첫 잔은 수습 기간을 마친 다온에게 바치는 찬사였다. 그 후로는 이 자리에 없는 희순의 고생을 치하하는 건배, 다음은 성균의 해외봉사 기획 업무 종결에 대한 축하 건배. 근무 연수대로 죽죽 내려가는 건배사에 술병이 비는 것은 순식간이었다.

"여기 사이다 두 병 주세요!"

"소주도 두 병요!"

"우와, 우리 팀장님 오늘 달리시려나 보네."

"기분 좋은데, 뭐."

복잡스러운 자리에서 다온이 씁쓸하게 웃었다. 말을 많이 섞어 보지도 않았고, 회의나 업무를 함께해 본 기억은 없지만, 다온이 이 팀에 들어오면서 연아와 함께 가장 고생한 사람이 신 팀장이 아닐까 싶었다. 다른 건 몰라도 윗분들 눈치에 깨나 고생했으리라. 처음으로 신 팀장의 환하게 웃는 모습을 보면서 다온이 소주 한 병을 까 그대로 그의 잔에 채워 주었다.

"이야, 우리 다온 씨. 사회생활할 줄 아네?"

"고생하셨습니다."

"뭘, 무얼. 좋았어. 좋아……."

반쯤 가라앉은 목소리로 건네는 위로에 신 팀장은 그 잔을 비우면서 그의 어깨를 도닥였다. 살판나서 맥주잔에 소주와 맥주를 황금 비율로 섞어 위에 집어넣기 바쁜 성균에게 잠시 시선을 준 다온이 대각선으로 앉아 있는 연아에게 시선을 고정했다.

"연아야아~ 나 소주 조금만 더?"

테이블에 앉자마자 맥주를 홀짝홀짝 마시던 윤서가 취했는지 연아의 어깨에 기댄 채 잔을 내밀고 있었다.

"안 돼. 맥주만 먹어도 취하면서."

"히이잉."

"어디서 되도 않는 앙탈이야?"

평소 사무실에서 서로 선생님, 선생님 존칭에 존댓말을 쓰던 윤서지만 술자리에서는 단짝 친구처럼 장난치기 바빴다. 술에 약한 듯 맥주 몇 잔에 비틀거리는 윤서와 달리 연아는 소주를 사이다에 섞어 홀짝홀짝 잘도 마셨다.

"다온 쌤 술 좀 하나 봐?"

"예? 그럼요. 제가 좀 합니다."

"놀았어?"

"당연하죠."

정재계에서 암암리에 통하는 다온의 별명이 자유로운 영혼이었다. 아무리 미성년자라도 술, 담배를 손에 쥘 수 있는 통로는 존재했다. 아마도 다온이 다니던 학교에서 가장 먼저 술을 마셔 본 건 그가 아닐까. 성균이 제조해 주는 소맥 한 잔을 받아 마시며 다온이 배시시 웃었다.

"아이고, 못산다 내가 못살아. 윤서 쌤? 윤서 쌤 일어나 봐."

마무리할 일이 있다며 뒤늦게 도착한 희순이 널브러져 있는 윤서를 발견하고 한숨을 푹 내쉬었다. 세월아 네월아. 깔려 있는 안주는 눈에 보이지도 않는지 성균과 잔을 부딪치기 바쁜 신 팀장을 보고 고개를 절레절레 저었다.

"윤서 쌤? 내가 불안불안하다 했지. 연아 쌤은 좀 괜찮아요?"

"……아, 네 저는 괜찮아요."

"괜찮기는. 더 먹지 마요. 알았지? 팀장님! 윤서 쌤 제가 데려갑니다아?"

독실한 기독교 신자인 희순은 술 한 모금도 입에 대지 않기로 유명했다. 그래도 분위기 맞춰 준다고 회식자리에는 종종 얼굴을 비쳤으나 그 덕에 항상 윤서의 뒷마무리를 담당하고 있었다. 맥주 몇 잔에 훅 가 버린 윤서가 휘청이며 희순에게 기대고 신 팀장이 팔을 들어 휘저으며 인사를 건넸다.

"조심히 들어가. 근데 다온 쌤이랑 인사는 제대로 했나?"

"예에……."

다온이 떨떠름하게 대답했다. 전혀 인사는 안 되었지만, 저렇게 고주망태가 된 상태에서 어떻게 송별인사를 할 수가 있겠는가. 희순이 혀를 쯧쯧 차면서 윤서를 부축하고 나가자 반대편에 앉은 사람은 연아 혼자였다.

"연아 쌤 한잔할 거야?"

"주세요. 간만에 쏘오맥 한번 얻어먹지."

"그래그래. 징계위원회 안 열리는 게 어디야. 마셔, 마셔."

결국 징계위원회는 열리지 않을 모양이었다. 징계를 내리려면 이유가 필요하고, 그에 대한 타협이 필요한데 그 상황에서 필요 충분 조건이 도다온이라는 수습이었다.

한데, 그 수습이 좀 덩치가 커야 말이지. 굳이 건드려서 좋을 사람이 아니었다. 그럼 좀 안심할 만도 한데, 다온이 걱정스러운 눈치로 살핀 연아의 얼굴에는 수심이 가득했다.

"그래도 다온 씨라 다행이야. 걱정했는데, 병동에서도 계속 올라와 달라 하더라고. 현주 상태가 좋아졌나 봐."

신 팀장이 다온의 등을 두드리며 만족스레 웃었다. 그에 웃으면서도 다온의 시선은 반쯤 고개를 숙인 채 잔을 만지작거리는 연아에게 향해 있었다. 사수에 대한 존경의 감정. 남자로서 여자에게 갖는 애정의 감정. 어떤 차이일까. 생각하는 다온에게 또다시 잔이 쥐여졌다.

이게 바로 내 세상이오. 안주에는 관심도 없이 신 팀장과 다온이 잔을 받아 주든 말든 성균이 연거푸 입에 술을 부어 넣었다. 다온이 운영하는 클럽이나 술집에서는 찾아볼 수 없는 유형이었다. 저렇게 마셔도 되나 싶을 때쯤 연아가 툭 소리를 내며 물 컵을 엎었다.

"아이고, 우리 연아 쌤 취했나 보네. 집에 가요. 가."

"아이, 아이에여. 좀 더 마시고오……."

제안하는 신 팀장이나 대꾸하는 주연아나 혀가 꼬일 만큼 꼬여 있는 상태였다. 그러나 좀 더 심각한 건 연아 쪽이었다. 다온이 깊은 숨을 내쉬고 테이블을 돌아 연아의 옆에 앉았다.

"연아 쌤, 괜찮아요?"

"네. 괜찮아요, 괜차나. 다온 쌤도 한잔할래요? 우리 마지막인데."

마지막. 너무 쉽게 건네는 단어였다. 다온이 입매를 딱딱하게 굳혔다. 성균에게 받아먹은 술이 머리를 어질거리게 하고 있었는데 순식간에 술이 확 깨는 기분이었다. 새 잔을 건네려는 듯 테이블을 가로질러 가는 연아의 손이 툭 하고 다시 떨어졌다. 아무래도 힘이 빠지는 모양이었다. 어, 하고 다온이 손을 내밀었을 때는 이미 흥건한 물에 소매를 전부 적신 후였다.

"취했네, 취했어. 다온 쌤, 연아 쌤 집 알아요? 아이다. 그냥 냅두는 게 낫겠다. 내가 가면서 데려다줄게요. 여기서 가까워, 가까워."

"아, 팀장님. 이따가 대리 불러서 한꺼번에 돌죠 뭐. 다 거기서 거긴데. 한 잔 더 하시고……."

"좋지. 좋아"

성균과 신 팀장은 함께 있지만 이미 딴 세계였다. 둘이 죽이 잘 맞는다고 들었던 거 같은데 그게 술자리인 줄은 몰랐다. 다온이 질린 듯한 눈으로 두 사람을 바라보았다. 두 사람 앞에 소주, 맥주 구별할 것 없이 술병들이 쌓이고 있었다. 저래도 괜찮을까. 염려스러운 눈으로 바라보다 자신의 옆에서 티슈 몇 장으로 소매를 닦고 있는 연아를 보자니 결심이 섰다.

"아니에요. 제가 데려다줄게요. 저번에 보수교육 갈 때 한 번 갔었어요."

"아 그래, 보수교육 그래, 그게 있었지. 그럼 다온 쌤이 좀 데려다줘요. 데려다주고 다시 올 거야? 아냐아냐 안 와도 돼. 짐 뺄 때는 사람 보내지 말고 다온 씨가 직접 와서 가져가……. 사람이 정 주고 그랬는데 달랑 가도 안 좋아……."

"내가 보기에 다온 씨는 안 그래요. 팀장님 저 잔 비었습니다."

"그려. 그래."

다온이 휘청이는 연아의 팔을 잡아 일으켰다. 일으키는 사람이 누군지 분간이 되지 않는지 순순히 따라오는 연아의 모습에 다온은 한숨을 내쉬었다. 이 여자는 대체 위험의식이 있는 건지 없는 건지. 카운터에 대리를 불러 달라고 요청하고, 주머니를 뒤적이는데 연아가 또다시 휘청거렸다.

"어? 어? 연아 씨, 연아 쌤? 정신 좀 차려 봐요. 집에 가야죠."

"손님. 대리기사 3분이면 도착한답니다."

운이 좋았다. 불금인 것도 불금이었지만 사람 많은 시내라서 걱정했는데, 초저녁이라 대리가 빨리 오는 모양이었다. 대기석에 연아를 앉히고 짧게 한숨을 내쉰 다온이 안주머니에서 지갑을 꺼내 계산했다.

"우선 지금까지 나온 거 계산해 주시고요. 저분들한테 돈 받지 마세요."

"아, 네 알겠습니다. 영수증 드릴까요?"

"아뇨, 괜찮아요."

대충 금액을 확인하고 사인을 휘갈긴 다온이 신음 소리에 놀라 연아를 돌아보았다. 머리가 지끈거리는 듯 손가락으로 관자놀이를 꾹꾹 누르는 게 숙취가 올라오는 모양이었다.

"정말…… 존경은 무슨."

아무리 같이 일하는 사람들이고 믿을만하다고 해도 어떻게 남자들 있는 데에서 술을 이렇게 홀짝홀짝 다 받아 마시는지. 허리에 손을 얹고 갑갑함에 가슴을 치던 다온이 대리기사의 출현에 당황했다. 업을까 아니면 안을까. 부축하기엔 키 차이가 너무 많이 나고, 꽤나 많은 금액을 지불한 회식손님에게 친절한 술집 종업원이 문까지 열어 주었다.

"다온째……앰."

"연아 씨, 정신 차리면 봅시다."

목 뒤, 다리 아래로 손을 넣어 연아를 안아 든 다온이 웃음기 가득한 목소리로 그녀를 내려다보았다. 아마 이걸 기억한다면 맨 정신에 얼굴을 안 보려고 하지 않을까.

"저 차예요. 주소는 정확히 몰라서 그런데 말로 설명할게요."

"예, 그러세요."

대리기사는 다온의 차에 당황한 눈치였다. 그 얼굴에 다온이 아차 싶었다. 출퇴근용으로 쓰던 차량이 아니라 국내에 단 세 대 있다는 스포츠 카. 대리기사가 당황할 만도 싶었다. 혹시나 사고가 나면 어떻게 하나 걱정인 눈치였다. 한 번도 그런 사람들 시각에서 생각해 본 적이 없는데……. 다온이 반쯤 감긴 눈으로 그의 목에 손을 두르는 연아를 내려다보다 픽 웃었다.

"사고 내셔도 보상하라고 안 합니다. 그냥 운전 한번 해 보시는 셈 치세요."

"……감사합니다."

새우처럼 등이 굽은 저 사람도 어떤 가정의 가장이고, 아이들의 아버지겠지. 소아병동의 다른 아버지처럼 조금이나마 더 벌어 보려고, 우리 아이 병원비를 대려고, 혹은 학원비를 대려고 있는 잠 없는 잠 줄여 가며 나왔겠지.

그런 생각을 하며 다온이 뒷좌석에 앉아 연아를 편히 눕혔다. 이 차 뽑으면서 뒷좌석에 한 번도 앉아 본 적 없는데, 이 여자 때문에 진짜 별 경험을 다 한다. 다온이 헛웃음을 지었다.

"그럼, 출발하겠습니다."

"마음 편히 가세요. 괜찮으니까."

천천히 갔으면 좋겠다. 허벅지를 베고 누운 연아의 긴 머리카락을 정리해 주며 다온이 입가에 미소를 걸었다. 그래. 틀린 말은 아니다. 대학도 안 가 보고 사회생활이 처음이니, 자신보다 더 많이 알고 잘 알려 주는 사수에게 어떤 감정을 가지게 되는 건 당연한 일일 것이다. 그런데 직감적으로 지금 이 여자에게 가지고 있는 자신의 감정은 그것보다 조금, 아주 조금 깊은 것 같았다.

"연아 쌤."

"……으으응……."

"마지막 아니에요. 마지막 아닙니다."

스물둘 도다온 인생에 처음으로 갖고 싶은 게 생겼다. 불같은 사춘기를 지내면서 첫사랑에도 이런 감정 느낀 적 없었는데, 이 사람이 옆에 있다면 누구보다 안정되지 않을까.

이 사람 앞에서라면 나도 모르는 도다온으로 살 수 있지 않을까. 도다온이 어떤 사람인지. 이 사람 옆에서라면 나답게 살 수 있지 않을까. 다온의 마음에서 한 줄기 꽃이 피어오르는 건 순식간이었다. 이게 아직 사랑인지 혹은 또 다른 감정인지는 모르겠지만.

띠리링— 띠링.

대리기사에게 돈을 쥐여 주고 자취방 위치를 물어보고 있는데 연아의 가방에서 시끄럽게 벨소리가 울렸다. 허공을 헤메는 연아의 손 대신 다온이 핸드폰을 찾아 건네주었다. 지나치듯 바라본 핸드폰 화면에는 엄마라는 이름이 선명했다.

"으응…… 엄마."

정신은 못 차리면서 반사적으로 전화를 받는다. 착한 딸. 착한 딸이 되고 싶다는 연아의 말이 다온의 머릿속을 스쳐 지나갔다.

"아니이, 오늘 회식 있었지이. 오늘 한 명 나가거든⋯⋯."

다온이 열어 준 차문을 잡고 비틀거리며 나온 연아가 휘청이는
건 그리 오래 걸리지 않았다. 그럼에도 전화통을 붙들고 늘어지는
목소리로 대꾸하는 게 용할 지경이었다. 뒤에서 연아를 부축한 다
온이 어이가 없다는 듯 머리를 쓸어 올렸다.

"돈? 돈은⋯⋯ 갑자기 왜? 무슨 일 있어? 아니아니, 괜찮아 지
금 이야기 해."

연아가 자신의 뺨을 후려치며 몸을 바로 세웠다. 그럼에도 여전
히 반쯤 감긴 눈동자가 잠에서 헤어 나오지 못한 듯했다. 다온이
걱정스레 바라보았으나 연아는 단호했다. 반대편에서 상대가 망설
이는지 한참을 기다리다 못한 연아가 발을 굴렀다.

"엄마. 말해."

핸드폰을 쥔 손 대신, 다른 손으로 눈을 비빈 덕에 눈가가 전부
빨갰다. 술 마셔서 얼굴도 빨갛지, 거기다 눈까지 충혈되서 빨갛
지. 딸기 닮았다. 쪼고만 것도 그렇고, 이렇게 발갛게 달아오른 얼
굴을 한 것도 그렇고.

다온이 저도 모르게 손을 올려 연아의 머리를 쓰다듬었다. 연아
가 맨 정신이었다면 절대로 허락하지 않을 행동이었지만, 이미 정
신이라는 정신은 핸드폰에 집중하고 있던 연아로서는 다온의 존재
조차 인지하고 있지 못했다.

"그럼, 내가 보증금 뺄게. 리연이랑 이야기해서 빼면 돼. 나, 어
차피 이번에 그만둘 거야. 퇴직금 나오는 대로 거기다 넣으면 되겠
다."

뭐지? 갑자기 순식간에 진행된 대화에 다온이 멍하니 입을 벌렸
다. 갑작스럽게 이어지는 말들은 당황스러울 만큼 빠른 대답이었

다. 어떻게 하면 갑자기 이런 대화로 진행되는 거지? 혹시, 집안이 파산이라도 한 건가. 다온이 비틀거리는 연아의 어깨를 부여잡았지만, 연아는 그조차 인지하지 못한 듯 그대로 주저앉았다.

"내려갈게 엄마. 나 내려갈게."

"연아 쌤, 연아 쌤?"

— 연아야, 연아야?

다온이 다급하게 불러도, 핸드폰에서 엄마가 불러도 대답 없는 연아는 그대로 고꾸라진 듯했다. 다온이 한숨을 푹 내쉬었다. 이게 대체 무슨 일이래. 자취하는 건물이 여긴 줄은 알아도 몇 층인지 몇 호인지는 모른다. 대체 어떻게 이 여자를 방에 갖다 놓는단 말인가. 정말이지 경계심이 없다. 다온이 아직 초록색으로 반짝이는 핸드폰을 집어 들었다.

"안녕하세요. 주연아 선생님과 함께 일하는 도다온이라고 합니다."

— 아, 미안합니다. 우리 연아 술 많이 마셨나요?

"예에, 회식 때문에……. 그래서 그런데 연아 쌤 혹시 몇 호에 사시나요? 데려다 드리려고 오긴 했는데, 몇 층인지를 몰라서……."

— 4층이에요. 4층, 4층 402호.

"감사합니다."

감사를 전하면서도 다온은 갑갑했다. 모녀가 사이좋게 세상 무서운 줄을 모른다. 혹시 자신이 나쁜 마음을 가지고 있었으면 어쩌려고 집까지 알려 주는가. 차마 전화상으로 초면인 연아의 어머님께 뭐라 하기도 그렇고, 다온은 갑갑함에 가슴을 쳤다.

— 비밀번호는 0515, 우리 애 생일이에요.

맙소사, 어머님은 한 술 더 뜨신다. 주저앉아 있는 연아의 팔을 앞으로 끌어당겨 업으면서 다온이 끊어진 핸드폰을 바지 뒷주머니에 집어넣었다. 미치고 환장하겠다. 보증금을 빼고, 그만두고 내려간다는 건 다 무슨 말인지. 술김에 하는 말인지 혹은 정말 그러겠다는 건지. 게다가 아무리 회식자리라도 여자가 자기 몸도 못 가눌 만큼 술을 마시고.

다온은 계단을 한 칸, 한 칸 오를 때마다 숨을 폭폭 내쉬었다.

"존경은 무슨."

있는 존경 다 날아가겠다. 묵직하게 업혀 있는 연아가 몸을 뒤척일 때마다 다온은 새어 나오는 웃음을 참을 수 없었다. 마지막도, 존경도 전부 어울리지 않는 단어였다.

다른 건 몰라도 보안만은 철저해서 마음에 들었던 건물이었다. 건물은 몰라도 토지는 둘째 형 명의로 되어 있었던 기억이 있다. 그런데 엘리베이터에서 내리자마자 본 것은 토지의 주인인 서원도 아닌 재준이었다. 저 비싼 얼굴이 왜 여기 와 있나. 다온의 얼굴이 순식간에 일그러졌다.

"다온아."

"가. 얼굴 보기 싫어."

흘러내리는 머리카락을 쓸어 올린 재준이 깊은 한숨을 내쉬었다. 성심그룹 도 회장의 장남. 태어날 때부터 기대를 한 몸에 받은 성심그룹의 미래. 줄줄이 태어난 남동생의 존재는 일찍 철 든 그를 불안하게 했다. 그리고 항상 불공평하다고 생각해 왔다.

어릴 적부터 받아온 기대와 그를 충족시켜야 한다는 압박감. 다른 동생들과 달리 과하다 싶을 정도의 통제와 훈계. 가지고 싶은 것도 없고, 보고 싶은 것도 없이 그렇게 만들어지듯 살아와서, 그래서 신경 쓰지 못했다. 아니, 아마 신경 쓰지 않았다고 하는 편이 옳을 것이다. 다른 건 모르겠지만 자신과 다르게 다온에게는 자유가 있지 않는가. 자유. 그가 어릴 적 가장 절실하게 원했던 그것.

그런데 눈을 마주한 막내 동생의 얼굴에 자신의 것이 비쳤다. 명목뿐인 자유. 저렇게 딱딱한 표정이었나. 저렇게 답이 없는 것이었나 하고 자문해 볼 정도였다.

"비켜."

"이야기 좀 하자."

"할 이야기 없어."

굳건하게 닫은 입술과 딱딱하게 굳은 표정. 엘리베이터에서 내릴 때는 콧노래를 부르고 얼굴에 웃음이 만연했는데 자신과 마주한 다온의 얼굴에는 딱딱함만이 가득했다.

"뭘, 뭘 하고 싶은데."

"내가 그걸 형한테 말해야 해?"

"도다온. 나 지금 장난하자는 거 아니야."

909호 오피스텔 철문 앞에서 뭐하자는 건지. 다온이 인상을 찡그렸다. 앞을 가로막고 선 재준의 태도가 답답했다. 독립한 뒤로 단 한 번도 오지 않았으면서 정말 쉽게 찾아오고, 정말 쉽게 자신의 길을 가로막는다.

다온이 그대로 몸을 돌렸다. 버튼을 누르자 내려가지 않은 엘리베이터가 활짝 문을 열었다. 갑작스레 비치는 환한 빛에 재준이 눈을 찡그리는 사이 엘리베이터에 탄 다온이 닫힘 버튼을 꾹 눌렀다.

"도다온!"

"나 형이랑 할 말 없어."

엘리베이터 앞까지 다가온 재준이 망설이는 찰나 문이 닫히고, 다온이 팔을 들어 눈을 가렸다. 집에도 못 들어가고 진짜. 집을 나온 다온이 갈 곳은 딱히 없었다.

고등학교 친구들은 대부분 유복한 집안의 자녀들로 기대를 한 몸에 받고 유학을 가거나 대학생활을 하기 바빴다. 만나도 공통화제가 없는데 어디 대화가 되기나 하겠는가. 이제는 철들고 공부나 하라는 충고질이나 들을 뿐이었다.

지하에 주차해 둔 차에 올라탄 것까진 좋았는데, 막막했다. 어딜 갈까. 결국 가게 되는 곳은 술 옆이다. 알코올 옆. 회식자리에서 술을 받아 마셔 운전을 하면 안 되는 걸 알고 있지만, 알고만 있었다. 언제부터 도다온이 사회 규칙 지켜가면서 살았다고. 버튼을 눌러 차량에 시동을 건 다온이 곧바로 핸들을 돌리려다 고개를 떨구었다.

둘째 형이 그에게 자주 하는 말이 있었다. 책임지지 못할 자유는 방종에 불과하다고. 그럼 처음부터 그렇게 알려 주던가. 모든 걸 다 보고 받고 있으면서 꼭 저지르고 나서야 그게 잘못되었다고 알려주곤 했다.

주변 친구들은 부러워하곤 했다. 가진 것에 대한 책임을 전혀지지 않을 수 있는 그 이름. 막내. 어화둥둥 내새끼. 얼마나 집에서 아끼면 애한테 저렇게까지 해 주나. 혀를 쯧쯧 차는 사람들도 다온에 대한 부러움은 감추지 못했다. 그럴수록 다온은 가슴 한쪽이 허하게 비어 가는 걸 느꼈다. 아무리 큰 사고를 쳐도 혼내는 사람 없이, 사고처리는 성심그룹 법무팀이 전담했다. 건수가 많아지고, 크기가 커지면 조금이라도 관심을 줄 줄 알았는데, 오히려 전담팀만 생기고 끝이었다.

허탈하기만 한 인생. 주어진 틀 안에서는 누구보다 자유로울 수 있는데, 이게 과연 자유가 맞는 건지. 금수저 다운 고민이다. 부족한 거 하나 없이 자라와 놓고……. 다온이 씁쓸하게 입꼬리를 삐죽하게 틀어 올렸다.

지하주차장에서 터덜터덜 걸어나와 보니 갈 곳은 몇 군데 없었다. 운영하고 있는 술집이나 클럽은 가 봤자 마음 편할 일 하나 없을 터고…….

그렇게 고민하던 중 그나마 마음 붙일 곳을 찾았다. 택시는 밤늦게 큰 손 고객을 태웠고, 시간이 늦어 마감하고 있던 가게의 불이 활짝 켜지는 것은 순식간이었다. 마감 손님 하나만 보내면 퇴근이었는데, 불청객을 맞는 현오의 표정이 종잇장처럼 구깃구깃해졌으나 다온은 만족스러운 미소를 머금었다.

"야, 평범한 사람이랑 연애하고 싶은데 어떡해야 해?"

"이건 또 무슨 개 같은 소리야?"

남의 사업장에 와서 하는 짓 좀 보게. 현오가 눈살을 찌푸렸다. 그나마 사장 형이 제주도 내려가서 눈치 볼 일이나 없어서 다행이었다.

"내가 하던 대로 하면 헤어지자고 할 사람이니까 그렇지."

"사귀긴 하고?"

"그것도 좀 애매하긴 해. 고백은 했는데 싫어하는 거 같아."

"애매? 뭐야. 돈으로 꼬셔. 너 그런 거 잘하잖아."

"야! 넌 날 뭘로 보고!"

책상에 꼬아 올렸던 다리를 내리고 울컥 해서 소리를 지른 다온이 말로 하지 않아도 표정으로 전달하는 현오의 대답에 짜증스레 머리를 헤집었다. 잔뜩 신경 쓴 머리임에도 전혀 상관하지 않고 헤집는 모습에 현오가 옆에 있던 보조 의자를 끌어다 앉았다.

"그래서 어쩌자고?"

"너, 혜윤이랑 연애할 때 어떻게 하냐고."

"어떻게 하긴 다 똑같지. 영화 보고 커피 먹고. 더 필요해?"

"그런가? 어렵다."

다온이 머리를 싸매고 끙끙거렸다. 이번은 좀 다른데. 자신이 진지하다는 걸 알려 주고 싶은데 도대체 어떻게 해야 할지 감조차 잡히지 않았다. 존경의 감정은 진짜 아닌 거 같은데, 그걸 연아에게 어떻게 이해를 시켜야 할지도 모르겠다.

"뭘 어떻게 하고 싶은데?"

"내가 널 진지하게 생각하고 있다. 이런 걸 알려 주는 연애를 하고 싶어."

"자."

"뭐?"

다온이 턱을 괴고 진지하게 물었다. 그 얼굴을 표정 없이 바라보던 현오가 적선하듯 툭 내뱉었다.

"자라고. 그리고 책임져 준다고 하면 되지. 그게 제일 진지하네, 너한텐."

"야!"

이게 지금 저걸 충고라고 하나. 기가 찬 다온이 소리를 내질렀지만 현오는 그러나 말거나 태연한 표정으로 대꾸했다.

"피임하지 마. 그럼 되겠네. 재벌가 며느리. 나중에 너한테 질리더라도 이혼은 안 할 거야. 그럼 진지해 보이지 않을까?"

"야 이 미친 새끼야. 누굴 개새끼로 보냐? 그리고 그런 여자 아
니거든?"

"개새끼 맞지. 니가 개새끼가 아니면 누가 개새끼냐. 아니다 개
새끼도 아깝…… 야! 야! 그만 때려!"

더 이상 듣고 있을 수가 없었다. 친구라는 새끼가 할 말이 따로
있지. 다온이 바로 옆에 올려져 있던 책 한 권 들어 현오를 후려치
기 시작했다. 처음 직격한 위치는 머리였으나 현오의 회피능력으
로 인해 의도치 않게 등짝을 후려치고 말았다.

"야! 니가 계집애냐? 혜윤이랑 똑같이 때리고 있네."

"뭐야. 너 맞고 살아?"

"여자한테는 져 줘야 하는 거야."

"뭐야? 너 그런 남자였어?"

당혹스러운 표정으로 대구하는 현오가 머리를 긁적였다. 다온이
의심스러운 눈으로 현오를 위아래로 훑어봤다. 현오의 성질에 두
툼한 책은 테이블에 내려놓은 뒤였다.

"다들 그렇게 연애하면서 맞춰 가는 거지."

현오가 머리를 긁적였다. 남자가 여자한테 맞춰 가는 게 연애라
고? 다온이 눈을 가느다랗게 떴다.

지금까지 그가 해 왔던 연애 중 몇 번은 그랬던 거 같은데. 여
섯 살 연상이던 직장인을 만날 때는 그가 재벌임에도 불구하고 그
가 돈을 쓰는 것을 좋아하지 않아서 칼같이 더치페이를 하거나 한
번씩은 그녀가 무엇을 사기도 했다. 밥이라든지 커피라든지. 아,
넥타이 핀 같은 것도 사 줬다. 그건 직장인이었기에 가능했고,
연애가 오래 지속되면서 이것저것 재 봤던 것 같다. 그도, 그녀도.
그러다가 깨졌는데. 음.

"난 그나마 나한테 맞추면 좀 오래 가던데."

"너를 봉으로 보는 거겠지 여자가."

"나 그 정도도 못 알아채는 거 아니거든? 내가 한 눈치 하거든?"

"자랑이다."

다온에게 맞추는 연애는 대체적으로 오래간 편이었다. 학생일 때도 그랬고, 고등학교 졸업 후 펑펑 놀고 다닐 때에도. 빽이건 옷이건 여자한테 전부 사다 안기는 스타일도 아니었고, 여자가 몸을 대주면 그에 대한 대가로 무엇을 들어주는 연애도 아니었다. 아니 그건 연애는 아닌가. 그냥 여자의 시간을 사는 거니까. 다온이 고심했다. 그냥 그렇게 잘 만난 거 같은데. 근데 재미는 없었다. 그다지 기억에 남는 임팩트도 없었던 것 같다. 그냥 커피 마시고 영화 보고 근데, 재미가 없었다.

"내가 돈이 많잖아. 부담스러울까?"

내심 진지하게 다온이 물었다. 티끌 하나 없이 코팅된 원목테이블을 두드리고는 털썩 엎어졌다.

"그걸 말이라고 하냐, 새끼야. 안 재 볼 수가 없겠지. 뭐 하는 여잔데?"

"일."

"직장인? 그럼 너보다 안정적이고……. 연상?"

"응. 스물여섯."

"그럼 둘 중 하나네."

"둘 중 하나?"

다온이 턱을 괴었다. 손가락 장난을 하는 현오가 냉큼 대답을 내놓지 않자 답답해졌다. 아는지 모르는지 현오는 한참 시간을 끌다가 입술을 달싹였다.

"완전 널 키운다고 생각하거나."

"생각하거나 뭐. 그다음은 뭔데."

"글쎄. 야. 손님 가신다."

"야! 뭐! 뭐 어쩌자고! 말만 던져 놓고 가면 어쩔 건데!"

진지한 표정에 당황했는지 잠시 머뭇거리던 현오가 서둘러 자리를 떴다. 다온이 그의 앞치마를 잡아당기려 했지만 잽싸게 빠져나간 터라 실패하고 짜증스럽게 책상을 내리쳤다.

"야!"

이미 돌아선 뒷모습에 외쳐 봤자 무엇하겠는가. 커플로 보이는 손님을 웃는 얼굴로 배웅하는 현오의 모습이 눈에 들어왔다. 다온이 한숨을 내쉬었다. 아무리 편한 친구라고 해도 집안 이야기를 꺼내기 힘든 건 현오도 처음부터 다온이 성심그룹 사람이라는 걸 알고 만났기 때문이었다.

그냥 형제가 말다툼한 걸로 볼 수 있지만, 새어 나간다면 주식 가격을 떨어뜨릴 수도 있다. 말 한마디 쉽게 할 수 없는 가족사. 어릴 적에 한 번 덴 적이 있었다. 그냥, 둘째 형이랑 뭐 때문인지는 몰라도 말싸움을 하다가 몸싸움으로 커져 치고 박은 후, 우리 형 왜 이러냐 하고 불평 한번 해 봤던 건데. 그게 인터넷에 돌더니 주식이 소폭 하락했다. 그대로 아버지 앞으로 끌려가 벌을 섰다.

어떤 일이어도 그게 집안에서 일어난 일이라면, 가족끼리 일어난 일이라면 누구에게 말 한마디 못 하고 꾹 눌러 참을 수밖에 없는 답답함. 다온이 자리에서 일어섰다.

"왜. 술 한잔하자. 그러려고 온 거 아냐?"

"아냐, 갑자기 생각 없어졌어."

"야, 갑자기 왜 그래. 그 사람 진짜 진지하게 생각하는 거야? 어떤 여잔데."

"어떤 여자냐고? 도다온한테는 죽어도 안 어울릴 여자."

아마 사람들이 예상할 도다온의 여자란 집안에서 소개해 준 단아하고 참한 아가씨가 아닐까. 놀 만큼 놀다가 결혼할 때쯤 되면 집안에서 붙여 줄 사람. 만만치 않은 명문가에 오로지 재벌가 와이프가 되기 위해서 신부수업을 받아 왔을 사람. 그리고 결혼한 도다온이 밖으로 돌고 돌아도 끝까지 웃으면서 속부터 썩어 들어갈 사람. 주연아. 그녀는 그런 조건들에 하나도 부합하지 않는 여자였다.

여리지만 당당하고, 강하고. 그러면서 누구보다 유약하고 굳센 사람. 다른 건 몰라도 의지 하나는 따라갈 사람이 없을 거다. 다온은 살면서 그렇게 노력하는 사람을 보지 못했다. 그것도 가진 것 하나 없이 자기가 아니라 다른 사람을 위해서 밤을 새는 사람. 그냥 매뉴얼대로만 한다고 해서 뭐라 할 사람 하나 없는데 끝까지 자기 몸 상하면서도 그렇게, 그렇게, 온 힘을 다하는 사람. 도다온 이랑은 전혀 어울리지 않는 여자. 그래서 탐이 났다.

"말 돌리지 말고. 뭐.

"몰라 새끼야. 나 간다."

"저 저저, 실없는 새끼."

기껏 퇴근까지 포기하고 같이 술친구나 해 주려니까 저런다. 현오가 허탈한 웃음을 토해 냈다. 그래, 잘 되었지. 유니폼에 포함된 넥타이를 끌어내리며 다온의 뒷모습을 바라보았다. 아까 잠시 말을 섞어 보니 벌써 술을 마시고 온 거 같았는데 운전대를 잡을까 봐 급히 튀어나갔다.

"야 도다온! 대리 불러 줄게. 돈도 많은 새끼가 뭘 운전을 하려고 해."

　벗어놓은 유니폼을 뒤적여 핸드폰을 꺼내 대리기사 전화번호를
눌렀다. 다온과 같은 고등학교 출신. 그 속에 속해 있는 아이들은
대부분 부모의 계급으로 인해 영향을 받고 있었다. 그중 가장 최상
층에 도다온이 존재했다. 아이들 사이에서는 암암리에 건드리지
말아야 될 존재로 인식되고 있었고, 그 이유에는 성심그룹이 가장
크게 존재했다. 게다가 거대한 영향력 아래 제약 없는 삶. 그럼에
도 현오가 슬그머니 그에게 다가가 친구로서 자리한 이유는 단 하
나. 다치고 싶어서 안달하는, 혹은 일을 크게 키우고 싶어서 안달
하는 새끼가 그 누구보다 불안해 보여서. 다 가졌으면서도 어째서
불안해할까. 그 호기심이 문제였다.

　"기다려. 대리 곧 온다."

　"뭘 대리를 불러. 나 택시 타고 왔어."

　"……뭐? 택시?"

　다온이 순하게 고개를 끄덕였다. 어벙벙하게 벌어진 현오의 입
에서 작은 탄성이 새어 나왔다. 불안하긴 개뿔. 역시 쓸데없는 고
민이었다. 어이가 없어 민망해진 손을 뒤로 감추고는 허탈한 웃음
을 토해 냈다.

5

열린 마음 앞에 네가 있었다

　점차 맑아지는 의식과 귓가로 무언가가 보글보글 끓는 소리와 인기척, 그리고 소음이 들려왔다. 연아가 끔벅끔벅 눈을 깜박이다가 머릿속을 스쳐 가는 장면들에 비명을 내질렀다.

　"아아아악, 내가 미친년이지."

　"뭐야, 이건."

　무슨 일인지 안 하던 술을 마신다 했다. 새벽 나절 화장실을 들락거리던 연아가 정신을 차렸는지 머리를 부여잡았다. 팔자에도 없는 친구 해장국을 끓이던 리연이 황당한 눈으로 내려다보았지만, 연아는 마치 살기 위해 파닥거리는 생선처럼 이불 안에서 몸부림을 치고 있었다.

　"나 망했어."

　"뭐가. 뭐가 망했는데. 너 어제 내가 처음 보는 사람한테 업혀서 들어온 건 알아?"

"어. 알아."

차라리 필름이 끊겼으면 뻔뻔해질 수라도 있지. 추잡한 꼴은 다 보여 준 게 생생하게 기억났다. 자괴감에 얼굴을 쥐어짜다시피 하는 연아의 모습을 리연이 한심하게 내려다보았다.

"밥 먹어. 계란국 끓였어."

"나 얼큰한 거 먹고 싶은데."

"시끄러, 기집애야. 나 어제 나이트였거든? 끓여 주면 감사하다고 해야지."

열두 시 다 되어서야 집에 들어왔고, 겨우 신발 한 짝 벗고 있는데 비밀번호 누르는 소리가 들렸다. 야근하고 돌아왔나 해서 맞이한 친구는 떡이 되어 있었고, 그 옆엔 떨떠름한 표정으로 서 있던 젊은 남자 하나.

남자친구는 아니고, 아무래도 부서 전체 회식이 있었나 보다 추측했던 리연이었다. 다행스럽게도 오프를 받았지만, 그 황금 같은 오프를 친구 해장국을 끓이는 데 쓰고 있는 리연으로서는 황당하다 못해 어이가 없을 지경이었다. 게다가 어딜 반찬투정까지.

"응. 감사합니다."

연아가 순순히 고개를 주억거렸다. 새벽에 한바탕 비워 냈는데도 머리가 어질거리는 기분이었다. 방 하나를 함께 쓰는지라 부엌은 쪽문으로 막아져 있었다. 연아가 몸을 일으켜 상을 받았다.

"웬일로 술을 다 드셨대?"

"아, 회식이었어."

간단한 상차림이었다. 각자 집에서 보내 온 마른반찬 몇 가지에 소박하게 끓인 계란국 하나. 계란과 멸치, 그리고 파 몇 개가 헤엄

치는 국물을 떠 호호 불어 마시며 연아가 대꾸했다. 흘끗 바라본 시계는 벌써 열한 시를 가리키고 있었다. 새벽 네 시쯤 한번 일어나 비워 냈던 건 생각이 나는데 아무래도 그 후에 시체처럼 잔 모양이었다.

"그니까 너희 부서가 웬일로 회식을 했냐구. 너네 술 먹는 사람 팀장님이랑 네 사수밖에 없잖아."

"수습 직원 임기 끝났거든."

"수습 직원한테 임기까지야. 뭐……뭐? 그 수습? 우리 회사 막내아들?"

"응. 그 사람."

도다온. 머릿속을 스치는 이름에 연아가 눈살을 찌푸렸다. 처음부터 싫어한다는 거 팍팍 티내서 좋은 이미지는 아니었을 거고, 좀 프로페셔널 한 이미지를 구축할 만할 때 실수해서 징계 직전까지 가고, 거기다가 마지막엔 술 취한 사수로 이미지를 굳혔다. 망했다. 그래도 자기 좋다고 만나 보자고까지 한 남자인데, 마지막 마무리가 영 마음에 들지 않았다. 업혀서 구역질이나 안 했나 모르겠다.

밥상 앞에서 한숨을 푹푹 쉬는 연아의 모습에 리연이 의심스러운 눈초리를 보냈다.

"왜, 무슨 일인데. 설마……."

"설마, 뭐."

당황한 연아가 숟가락을 내려놓았다. 원래 좀 눈치가 빠른 친구긴 했지만, 설마. 어제 업고 들어온 애가 다온이라는 걸 눈치챘나? 아니면, 그 사람이 나한테 만나 보자고 했던 걸?

"너 사직서 진짜 냈냐?"

"……아니거든."

"아 그럼 뭔데!"

입을 달싹이던 연아가 밥 한술을 입에 밀어 넣었다. 입안이 껄끄러워 밥알이 따로 노는 느낌이었다. 정신을 차리지 못하는 와중에도 머릿속에 꽂히던 엄마의 목소리가 머릿속을 맴돌았다.

"나 사직서 낼 거야."

"진짜 내게? 사직권고 내려왔어?"

"아니, 엄마가 내려오래."

리연이 툭 하고 숟가락을 떨구었다. 그리고는 곧바로 손을 들어 미간을 문질렀다. 예전에도 한 번씩 나왔던 이야기였다. 내려오라고. 연아의 부모님은 딸 혼자 달랑 서울로 올라가서 일한다는 걸 영 못마땅하게 여겼다. 지방에 일자리가 없는 것도 아닌데 왜 굳이 거기까지 올라가서 고생을 해야 하나. 돈도 많이 버는 직업도 아닌데. 그럼에도 꾸준히 고집을 피우고 있었는데 아무래도, 이번 일로 마음이 많이 상한 모양이었다.

"야, 사회생활 힘든 거 알지? 나도 태움 장난 아니야. 솔직히 말해서 난 환자한테 치이고 선임한테 치이고, 의사한테도 치여. 근데 왜 버티는지 알잖아, 너."

대기업 복지. 같은 계열에서 일하는 사람들보다 많은 월급. 그리고 그에 걸맞은 대우까지. 쉽게 들어올 수 있는 직장이 아니었다. 연아도 그렇고 리연도 그렇고, 대학 입학 후 뭣 모를 때부터 준비해 왔다.

합격자 스펙과 최대한 유사하게 자신을 만들어 왔고, 다듬어 왔고 많으면 몇백 대 일. 적으면 수십 대 일의 경쟁률을 뚫고 들어온 자리였다. 이런 일로 흔들릴 거라면 처음부터 시작을 하지 말았어야지.

"알아. 근데 내려가야 해."

"왜. 누가 또 사고쳤대? 그럼 돈 보내겠다고 해. 어느 정도는 내가 빌려줄 수 있어."

"오빠가 다쳤대."

"뭐?"

"무릎. 인대가 아예 나갔나 봐."

미안하다는 말투로, 조심스럽게 이야기를 건네는 엄마의 목소리는 내려오라고 고함을 지르던 아빠의 것보다 더 깊이 가슴에 박혔다. 연아의 나이 스물여섯, 그녀의 오라비는 이제 서른을 앞두고 있었다. 그의 노력에 값어치를 매길 수는 없지만, 노력에 비해 성과는 나지 않았고, 국가대표 선발에서 번번이 고배를 마셨다. 늦은 나이에 군대에 다녀오고 중학교에 자리 잡아 축구팀 코치로 겨우 임명된 게 재작년이었는데…….

"그래서?"

"우선, 수술해야 하니까 보증금 빼서 넣고……. 나야 내려가서 다시 취업하면 되잖아. 우선 2년 좀 넘게 채웠으니까 경력은 되고……."

"너 언제까지 그러고 살래? 어?"

기어코 리연의 입에서 큰 소리가 났다. 같이 취업하게 돼서 얼마나 좋아했던가. 집안에서 지원해 주기로 한 리연이 보증금의 대부분을 댔다. 대신 월세는 연아가 내고, 공과금은 반반 부담했다. 집에서 대 준 보증금 그거 얼마나 한다고, 그걸 달라고 애를 내려오라고 하는지. 화가 치밀었다.

"너 니네 집 종이야, 머슴이야? 왜 너희 부모님은 돈 필요하면

다 너한테 달라고 해? 니 오빠랑 동생은 자식 아니냐?"

"오빠 수술비래. 그리고 막내는 대학생인데 걔가 무슨 돈이 있어."

"아, 돈이 없어서 유럽 여행을 가냐? 배낭여행? 비행기 값만 털었어도 수술비는 댔겠다. 왜 너는 호구짓을 못 해서 안달이야? 어?"

연아가 입을 꾹 다물었다. 하기야 모르기를 바라는 것이 잘못이었다. 막내 그놈이 군대 가기 전에 꼭 가야겠다며 워낙 시끄럽게 돈을 모아서 다녀왔지 않는가.

"좀 진지하게 생각을 해 봐. 야, 우리 대기업 다녀. 병원이라고 해도 대기업은 대기업이다? 근데, 대기업 다니고 있는 애를 돈 필요하다고 그만두고 내려오라고 하냐? 오히려 돈 더 벌어서 보내라고 하지?"

항상 듣는 이야기라 연아가 한 귀로 흘려들으며 밥을 떠먹었다. 끝까지 말릴 친구는 아니었다. 꾹 다물고 침묵하다가 요구하면 어쩔 수 없다는 듯 자신을 보내 줄 아이였다.

"언제까지 그렇게 살 건데? 너 내기할래? 너 내려가면 분명히 선봐서 결혼하라고 하실걸? 언제까지 호구로 살 건데!"

기어코 큰 소리가 났다. 꾸역꾸역 음식물을 삼켜 낸 연아가 수저를 내려놓고 먹은 밥그릇을 정리해서 일어났다.

"설거지는 내가 할게."

"아오! 답답해. 답답하다고! 이야기 좀 해 봐!"

"나……."

일어선 상태로 허공을 응시한 연아가 힘겹게 입을 떼었다. 그 상태로 한참을 망설이던 연아는 참담한 표정으로 고개를 수그렸다. 걸음을 떼어 개수대에 그릇들을 담아 넣으며 입술을 달싹였다.

"솔직히 연애할 자신도 없고, 하고 싶은 일 하게 두셨으니 그 정도는 맞춰 드릴 수 있어. 니가 어떻게 생각할지 아는데…… 어차피 결혼 생각도 없었고, 해 봐서 안 맞으면 이혼하면 되고……."

"이혼? 이혼이 쉽냐? 넌 결혼이 무슨 계약이라고 생각해? 집 계약처럼, 어머 이 집 괜찮네요. 그럼 여기서 살게요. 그리고 마음에 안 들면, 다른 집이 좋겠어요. 여긴 아닌 거 같아요, 하고 훌쩍 떠날 수 있을 거 같아?"

연아가 수도꼭지를 돌렸다. 쏴아— 하고 터져 나오는 물소리조차 리연의 목소리를 완전히 가리지는 못했다. 집 안에 숟가락이 몇 개 있는지, 부모님이 싸움을 하셨는지 안 하셨는지 알 정도로 오래 봐 온 친구였다.

연아의 얼굴만 봐도 짐작하던 친구였다. 내려가게 된다면 무엇보다 아쉬운 게 리연의 존재가 아닐까. 갑자기 시려 오는 듯한 발가락을 꼼지락거리며 연아가 완전히 물에 손을 담갔다.

"답답아! 말 좀 해 봐, 말 좀."

"솔직히?"

"어, 솔직히."

"별생각 없어."

미친년. 입 밖으로 뱉지는 않았지만, 연아를 바라보는 리연의 얼굴에 그대로 쓰여 있었다. 툭 치기만 하면 자판기처럼 욕설을 쏟아 낼 친구를 알기에 연아는 그저 빙그레 입가에 미소를 그렸다.

얼마 지나지 않아 혼자 씩씩거리던 리연은 바람을 쐬고 온다며 문소리와 함께 자리를 비웠다. 목욕 바구니를 들고 간 걸 보니 찜

질방에서 기분 전환을 할 생각인 듯했다. 꼼지락 억지로 발걸음을 떼 좌식 화장대 앞으로 간 연아가 향초를 꺼냈다. 언젠가 선물로 받은 기억이 났다. 졸업 선물로 받았던 건데, 마음을 안정시키는 효능이 있다고 들었다. 라이터가 없어 가스불을 켜서 겨우겨우 향초에 불을 붙인 연아가 무릎을 끌어안았다.

향초가 제 몸을 태워 가며 주륵주륵 울었다. 연아 대신 펑펑 울었다. 뚝뚝 떨어지는 촛농에 속상한 마음을 함께 보내며 가슴에 짙은 향만을 새겼다. 그래야 했다. 한번 울고 털어 내야 했다. 그 흔적이 가슴 깊이 남을지라도. 결국 스스로의 선택이니까.

남들이 보기에는 답답할 수밖에 없는 선택일지 모르지만 그녀에게 우선순위는 자신보다 가족이었다. 그렇게 키워졌고, 그렇게 살아온 인생이었다.

향기에 위로를 받으며, 연아는 노트북을 켜서 프린터에 연결했다. 그리고 준비해 두었던 사직서를 인쇄했다. 처음 써 보는 사직서였지만, 기본 양식이 정해져 있어 작성은 어렵지 않았다. 자기소개서를 쓰고 지원동기를 쓸 때는 어렵기만 했는데, 나갈 때는 쉽다. 씁쓸하게 웃으며 연아가 무릎에 얼굴을 묻었다.

그날로 방 하나짜리 자취방은 냉전 체재로 돌입했다. 리연은 연아를 볼 때마다 속에서 열불이 나는지 한바탕 쏟아 내고 싶다는 얼굴이었고, 연아는 애써 시선을 피했다. 그러던 두 사람이 이야기를 섞게 된 시간은 월요일 출근 시간이었다. 마침 데이 스케줄이라 출근 시간이 겹쳤음에도 불구하고 두 사람은 각자 조용히 아침을 먹고 함께 문을 나섰다. 병원에 도착할 때까지 한 마디도 섞지 않다가 연아의 한숨으로 대화가 시작되었다.

"나도 답답한 거 알아."

"아는데 왜 그렇게 살아."

"우선순위지. 난 가족이 더⋯⋯."

"그니까! 가족이 네 인생 책임져 주냐? 하라는 대로 다 하고 살면? 나중에 아이고 잘했다~ 할 거 같아? 서로 100퍼센트 만족하는 삶이 어딨어? 타협하고 사는 거지! 근데 넌⋯⋯."

연아를 쳐다보지 않은 채, 리연이 고함치듯 참았던 말을 쏟아 냈다. 점점 커지는 그녀의 목소리에 연아가 한숨을 삼켰다.

"넌⋯⋯ 계속 져 주면서 살 거잖아. 싸우려고도 안 할 거잖아."

"리연아⋯⋯."

억척스러울 만큼 격해졌던 목소리에 물기가 섞였다. 공들여 한 화장인데 축축해지는 눈이 신경 쓰이는지 리연이 아예 연아를 등지고 섰다.

"멍청한 년! 평생 그러고 살아! 평생!"

저주를 퍼붓는 마녀처럼 잔뜩 뾰족해진 눈매로 연아를 흘겨본 리연이 발걸음을 빨리 해 병원으로 뛰어 들어갔다. 남겨진 연아는 괜히 구두 앞코를 아스팔트에 찍어 내렸다. 그러면서 가방에 손을 넣어 하얀 봉투를 꺼내 들었다. 혹여 리연이 발견해서 서로 큰 소리라도 오갈까 봐 몰래 준비한 사직서였다.

월요일 아침 여덟 시 반.

신 팀장의 책상에 그것이 올라간 시간이었다.

◇　◇　◇

그럼 그렇지. 재준은 빈집에서 언제 올지 모르는 막내 동생을 기다릴 사람이 아니었다. 사람을 심어 두면 모를까. 다온이 택시에서 내리자마자 뒤에 따라붙는 그림자가 있었다. 그런 그가 조금은 안타깝다는 생각이 들었다. 이런 일을 하려고 성심에 입사한 것은 아닐 텐데, 형의 명령이 뭐라고.

한 번도 이런 생각 안 해 봤는데……. 수습으로 지낸 것이 다온에게 꽤 영향을 준 모양이었다. 다른 사람 입장에서 생각해 보기. 성균이 말했던 것을 떠올린 다온은 쓴웃음을 지었다.

"가세요."

"저, 도련님. 도 전무님께서 들어오시면 꼭 연락을 달라고 하셔서……."

"하세요. 제가 할 생각은 없으니까. 늦었는데 어서 들어가세요."

난처한 표정으로 바라보는 남자의 얼굴에 다온이 한숨지었다. 습관적으로 훑어본 남자의 양복은 바지 밑단이 헐거웠다.

"시간 늦었는데, 들어가세요. 내일 출근하셔야 하잖아요."

이전에는 몰랐다. 항상 일어나고 싶을 때 일어나고 자고 싶을 때 자는 생활을 했던 다온이 시간에 맞춰 출퇴근을 시작하면서 새벽까지 클럽에 있을 수 없다는 것을 깨닫기도 했고, 그래서는 제대로 된 생활을 할 수 없다는 걸 알기도 했다.

현재 시각 밤 12시가 조금 지난 상황이었다. 버스나 지하철은 진작 끊겼을 거고, 추운데 떨며 밖에서 기다렸을 걸 생각하니 한숨이 나올 지경이었다. 다온이 안주머니에서 지갑을 꺼내 하얀 수표한 장을 내밀었다.

"네?"

"택시비 쓰세요. 할증 붙어서 좀 나올 텐데."

많은 금액이라고 생각할 수도 있겠지만, 어디에 사는지도 모르는데 이 시간에 집에 가려면 돈 꽤나 써야 할 터였다. 당황해서 손을 내젓는 그에게 수표 한 장 꾸깃꾸깃하게 쥐여 주고 나서야 다온이 졸린 눈을 비비며 오피스텔로 들어왔다. 텅 빈 복도가 그를 맞이했지만 아무런 생각도 들지 않았다. 대강 옷만 갈아입고 침대에 꿈틀꿈틀 기어 들어간 다온은 그대로 잠 속으로 빠져들었다.

그리고 그대로 하루를 잠으로 채워 넣었다. 중간중간 잠에서 깨긴 했어도 제대로 정신을 차리니 날짜가 바뀌어 있는 경험은 처음이었다. 주말이어도 짐이 되긴 싫어서 인수인계 매뉴얼과 연아가 작성했던 서류들을 읽곤 해서 신경이 날카로워서 잠도 제대로 못 잤었는데, 이젠 편안했다. 늘어지게 기지개를 편 다온이 햇빛에 눈살을 찌푸렸다. 손으로 장식장을 더듬자 블라인드 스위치가 손안으로 꾹 들어왔다.

"어 형아. 나 집으로 먹을 만한 것 좀 보내 주라."

— 다온아 대체 어떻게 된 거야.

서원에게 또다시 걱정을 끼치고 말았다. 무서워하는 큰형과는 달리 걱정을 담아 따뜻한 목소리로 물어보는 서원의 목소리에 다온은 설핏 웃었다. 한두 번 있는 일도 아니니, 서원은 자신을 이해해 주리라. 짧은 통화 후, 블라인드를 내리고 침대 위에서 한참을 더 뒹군 다온은 침대에서 일어나 폭신한 실내화를 신고 거실로 움직였다.

이 실내화는 다온의 큰형수 되는 아름이 챙겨 준 것이었다. 그녀는 무섭고 냉정한 큰형과는 달리 여러모로 꽤나 세심한 성격이었다. 집안에서 자신을 이렇게 챙겨 준 사람은 처음이었기에 그녀에겐 항상 고마운 마음을 가지고 있었다. 거실을 지나 부엌으로 간

다온은 정수기에서 시원한 물을 받아 꿀꺽꿀꺽 한 번에 마셔 버렸다. 그렇게 냉수로 속을 가라앉혔다.

"형수님 손톱만큼이라도 좀 닮지."

어디선가 사람은 결핍된 부분을 채우기 위해서 배우자를 만난다는 말을 들었던 것 같았다. 그걸 생각해 보면 도재준은 와이프 하나는 잘 만났다 싶었다. 다정다감하고 세심하게 사람 잘 챙기는 사람.

그리고 다온의 입장에서 볼 때 영악하기만 한 서원은 순수하면서도 현실적인 여자를 만났다. 그럼 나는? 다온은 죽어도 집안에서 정해 준 대로 하는 결혼은 싫었다. 주어진 틀이었지만 유일하게 거부하고 싶은 그것.

띠링, 띠링.

잠결에 들었던 것 같은 알림음이 그의 귓가에 들어왔다. 빈 물컵을 개수대에 내려놓고 이불을 들춘 다온이 핸드폰을 손에 쥐었다. 발신인은 도재준이었다. 망설이던 다온은 그대로 핸드폰을 내려놓았다. 보고 싶지 않았다. 무어라 써서 보냈는지는 모르겠지만 그저 지금 이 순간, 도다온, 스스로에게 집중하고 싶었다.

하지만 스물둘 인생에 처음으로 겪는 혼란, 자신을 깊이 탐구한다는 것을 몰랐던 그에게 그것은 그리 쉬운 일이 아니었다. 일이라도 해야겠다. 다온은 방에서 노트북을 들고 나와 클럽 상황에 대한 보고서가 첨부된 이메일을 열어 확인했다. 그러던 중 인터폰이 울렸다. 여기 올 사람은 없을 텐데. 누굴까.

"네, 누구세요."

— 아, 저기 그, 예비 형수님이라고 그러는데 어떻게 해야 할까요? 아까부터 이 앞에서 들어가시려고 하는데…….

"예비 형수님요?"

황당한 얼굴로 대꾸한 다온에게는 짚이는 것이 있었다. 근데 그게 둘이라는 게 문제였다. 하나는 바로 몇 주 전 결혼식을 올린 재준, 아름 커플. 하지만 그들은 이미 결혼식을 올렸기 때문에 예비 형수는 아니었다. 그렇다면 서원의 예비 와이프 되실 루미일텐데. 전자는 머리가 아플 것이고, 후자는 이곳에 올 일이 없었다. 정말 루미가 오기라도 한 걸까? 다온이 망설이는 사이 인터폰 너머의 경비원이 말을 이었다.

— 혹시 해장국 주문하셨어요?

"아, 맞다. 네 들여보내 주세요. 9층이라고 안내해 주시구요."

걱정 끝에 직접 움직이기에 바쁜 서원이 루미를 대신 보낸 모양이었다. 남보다는 그래도 루미의 눈을 통해 확인하고, 이야기를 직접 전해 들으면 안심할 수 있다는 걸까.

황송한 마음이 들어 웃음을 터뜨린 다온은 현관문을 활짝 열었다. 활짝 열어 둔 문 덕에 엘리베이터가 도착하는 소리가 선명하게 들렸다. 카디건 한 장만 달랑 걸치고 마중을 나갔는데, 엘리베이터 앞에서 두리번거리고 있는 루미가 눈에 들어왔다.

"형수님?"

"아, 도련님. 안녕하세요."

"네, 안녕하세요."

루미는 편해 보이는 차림이었다. 다온은 빠른 걸음으로 다가가 루미의 양손에 들린 쇼핑백을 받아 들었다. 이렇게 순수해 보이는 사람이 계산적이고 눈치 빠르고, 투기에 소질 있는 둘째 형과 결혼이라니. 그녀의 나이 겨우 스물한 살. 도서원, 이 도둑놈. 심지어 자신보다도 한 살이나 어렸다.

"사장님이, 도련님 식사 못 하고 계신다고 해서……. 혹시 뼈해 장국 좋아하세요? 아니면 그냥……. 혹시 몰라서 콩나물도 사 왔어요. 뼈해장국 별로면 콩나물국 끓여 드리려고……."

"혹시, 우리 형이 형수 착취해요?"

"예?"

화들짝 놀라 쇼핑백을 툭 떨어뜨린 루미의 모습에 다온이 웃음을 머금었다. 언제 봐도 순진한 사람이었다. 찰랑 소리를 내며 떨어진 쇼핑백을 주워 식탁에 올리며 다온이 고개를 절레절레 저었다.

"농담이에요. 이거면 충분해요. 점심도 먹고 저녁도 먹겠네."

"콩나물국…… 싫어하세요?"

"아뇨. 싫어하는 건 아닌데."

시무룩하게 변한 얼굴로 자신을 바라보는 루미의 눈동자에 다온이 한 걸음 물러섰다. 아무래도 자신을 먹이겠다 단단히 결심을 하고 온 모양이었다. 해장국도 꽤 많은 양을 가져왔으면서, 그걸로도 모자라 콩나물까지 사 왔단다. 냉장고에 제대로 된 재료도 없을 텐데. 다온이 고민하는 사이, 신발을 벗고 성큼성큼 들어간 루미가 부엌으로 걸어갔다.

아무리 자기보다 어리다지만, 형수님이 부엌에 들어가는데 그대로 두고 침대로 돌아갈 수도 없는 노릇이었다. 다온은 식탁으로 노트북을 가지고 와 앉아 루미를 쳐다보았다. 이렇게 어린 나이에 재벌집 며느리로 들어오다니. 원하는 것 앞에서는 성격이 급해지는 서원을 알기에, 어쩔 수 없다 싶었지만. 새삼 안쓰러운 마음이 들어 아련한 눈빛으로 바라보았다.

"뭐, 하고 싶은 말씀 있으세요?"

"아뇨. 그냥요."

시선이 따가웠는지 다온을 돌아본 루미가 어색한 표정으로 물었다. 저렇게 순진해 보이기만 하는데, 사람들은 다들 루미가 재산을 노리고 서원에게 접근한 여우인 양 떠들어 댔다. 그들의 말에 따르면 불여우도 그런 불여우가 따로 없었다. 겨우 스물한 살짜리 여자아이를 두고 쑥덕이는 소리들은 너무 더러워서, 다온은 루미가 그런 소문을 하나도 듣지 않았으면, 몰랐으면 했다.

"사장님이, 도련님 걱정 많이 하세요……."

"제 걱정이요?"

둘째 형이? 그럴 리가 없었다. 말도 안 된다는 얼굴로 대꾸하자 루미가 머뭇거렸다. 찬 물에 손을 담가 콩나물을 씻던 도중이었는데, 고무장갑도 안 낀 맨손이 시릴 것만 같았다.

"분명히 하기 싫어하셨을 텐데. 큰도련님이 억지로 시키셨을 거라고……."

"그건 맞아요. 그래도 할 만했어요."

그다지 어려운 일도 아니었고, 수습직원에게 큰일을 맡길 리도 없었고 대부분의 일은 연아의 뒤꽁무니나 졸졸 따라다니면 되는 일이었다. 사무실에서 멍 때리는 일도 잦았고, 그나마 잘 한 일이라고는 야근하는 직원들에게 커피나 몇 잔 사다 나른 것뿐이었다. 다온이 자조적으로 대꾸했다.

"도련님이 혹시 거기 마음 못 붙이시는 거 아닐까. 걱정 많이 하셨어요."

"둘째 형이요?"

다온이 코웃음을 쳤다. 거기다 마음 붙이면 어쩌려고 그런 말을 하나. 아무리 자신한테 잘해도 서원의 계산속에서 다온은 두 번째였다. 당연한 일일지도 몰랐다. 비즈니스에서 도움 될 인맥이 어디 겠는가. 당연히 재준이었다. 훨씬 한쪽으로 기운 지렛대에서 다온은 아쉽지 않았다. 자신은 첫 번째가 될 요소들을 갖추지 못했다. 갖출 생각도 없었다.

"한 번도 다른 사람이랑 어울려 보지 못했다고……."

"다른 사람? 어떤 사람이요?"

타이핑하던 다온의 손이 멈췄다. 그런 다온의 반응을 눈치채지 못한 루미가 다듬은 콩나물을 그릇에 담아 놓고 냄비에 물을 받으며 말을 술술 흘려 냈다.

"평범한 사람들이요. 막내 도련님 세계가 너무 좁은 거 같다고, 그래서 큰도련님이 그러신 거라고 그랬었어요."

평범한 사람들. 자신의 세계가 좁다라. 그러면 그렇지. 둘째 형이나 큰형이나 사람을 재단하는 데는 도가 튼 사람들이었다. 자신보다 나이가 많다고, 경험이 많다고 멀찌감치 위에서 내려다보기 바쁜 사람들. 다온이 탁 소리를 내며 노트북을 닫았다.

"……큰형이나 저나 똑같죠, 뭐. 둘째 형이야 사람들 많이 만나지만 저나 큰형은 아니잖아요."

"그래도 큰도련님은 회사 일도 하시고, 여기저기 다니시니까……."

나름 콩나물국 기분은 냈다. 붉은 고추와 파를 송송 썰어 담아 낸 루미가 배시시 웃었다. 포장해 온 육개장과 뼈해장국은 뚜껑을 잘 닫아 냉장고에 넣어 놓고 전기밥솥에서 밥 한 공기를 뚝딱 담아냈다.

항상 가정부가 차려 준 식탁을 혼자 받곤 했는데……. 다온이 미묘한 표정으로 노트북을 치웠다. 갓 지은 따뜻한 밥에 콩나물국

한 사발에서 온정이 느껴졌다.

"맛 괜찮아요?"

하지만 콩나물국은 차마 빈말이라도 맛있다고 해 줄 수 없는 맛이었다. 다온이 혀를 쭉 내밀어 국물을 내보내고 싶은 마음과 함께 국물을 꿀꺽 삼켰다.

"형수."

"네?"

"결혼하면 꼭 가정부 돼요."

저희 형 그렇게 안 보여도 돈 버는 재주는 타고났어요. 다온이 밥 한 술을 크게 떠서 입안에 밀어 넣으며 덧붙였다. 어떻게 하면 콩나물국에서 바다의 맛을 뽑아 낼 수 있을까. 그것도 짜지도 않은데 바다의 맛이 났다. 이건 새로운 기술이었다.

"그 정도예요?"

"형은 뭐라고 안 해요?"

"그냥, 해도 맛있다고……."

순진하기 그지없는 이 예비형수가 마냥 잡혀 살 줄 알았는데 그 반대인 모양이었다. 다온의 입가에 악동의 미소가 떠올랐다.

"형수, 혹시 저 더덕무침 먹어 봤어요? 이 장조림은요?"

"아, 저도 먹을까요?"

"네."

다온이 벌떡 일어나 그릇에 밥 한 공기를 담아 내왔다. 머뭇거리던 루미가 다온의 맞은편에 앉아 수저를 들었다. 국으로 가는 손길을 막고 반찬을 건넸다.

"맛있죠?"

"네, 진짜 맛있어요! 어머님이 하신 건가요?"

"아뇨. 가정부가."

"아, 그렇구나."

시무룩하게 처지는 눈꼬리와 어깨에서 큰형수인 아름의 모습이
보였다. 두 사람의 취향은 은근 비슷한 것 같았다. 의외의 발견에
다온이 눈을 반짝이다가 이내 고개를 흔들어 생각을 떨쳐 버렸다.

"비법 알려 드릴까요? 둘째 형이 정말, 아주 정말 좋아할 텐데."

"……뭔데요?"

순진한 어린양을 제대로 낚았다. 다온이 흐뭇하게 미소 지으며
찬장에 손을 뻗었다. 화학조미료 MSG. 미원과 다시다라고 쓰여
있는 봉투를 꺼내 흔들어 보였다. 적당량 넣으면 음식의 맛을 증가
시키지만 그 이상 넣는다면 아마 죽을 맛일 거다.

"이거 딱 숟가락으로 한 스푼만 넣어요."

"한 스푼이요?"

"어떤 음식이든 한 스푼만 넣으면 이렇게 맛있어진다니까요."

"어, 몸에 안 좋지 않을까요?"

"에이, 라면에는 한 트럭 들어간다고 하던데요 뭐."

그런가. 순식간에 말려든 루미가 눈을 빛냈다. 뭣도 모르고 꾸
역꾸역 먹으면서 웃을 둘째 형이 상상돼서 흐뭇했다. 만족스러운
다온이 국그릇을 들어 벌컥벌컥 마셨다. 꼭 둘째 형이 만들 음식에
그것을 쏟아붓길 바라는 마음이었다.

"우와 진짜 맛있어요."

반찬 하나 음식 하나하나를 찬찬히 맛보며 찬사를 하는 루미의
반응이 신선했다. 다온은 자조적으로 밥알을 씹었다. 다온에게 식
사시간은 항상 침묵의 공간이었다.

"설거지는 제가 할게요, 형수님."

이상하게 속이 뒤틀리고 불편해지는 기분이라 다온이 안 하던 짓을 자청했다. 앉아 있는 게 가시방석인지 뻣뻣하게 굳어 있던 루미는 반찬 통을 하나하나 닫으며 뒷정리를 시작했다.

"저, 도련님."

"네?"

목소리에서 왠지 모를 망설임이 느껴졌다. 무슨 말을 할지는 모르지만, 듣기 싫은 소리일 거라 예상한 다온이 쓴웃음을 지으며 선수를 쳤다.

"아, 둘째 형이 잘 해 줘요?"

"네?"

"혹시 형수님 빚졌어요? 우리 형한테?"

루미가 머뭇거렸다. 완전히 틀린 이야기는 아니었기 때문이었다. 일자리도 주고, 보살펴 주는 서원에게 빚을 안 졌다는 건 좀 틀린 이야기였지만, 다온의 어투는 어딘가가 이상하게 들렸다. 머뭇거리는 사이 다온이 혀를 쯧쯧 차는 소리를 냈다.

"그럼 그렇지. 대체 그 인간 어디가 좋다고 결혼을 하겠어요. 돈밖에 없지. 형수, 아직 안 늦었어요."

"네? 뭐가요?"

되묻는 루미의 목소리가 살짝 떨리고 있었다. 아예 남이라면 사장님 그런 사람 아니라고 나름 큰소리라도 내서 우기기라고 해 보겠는데, 상대는 바로 막내 도련님이 되실 분이었다.

"지금이라도 엎어요. 아직 안 늦었는데 도망치는 게 어때요? 결심만 하면 제가 비행기 표 끊어 줄게요. 아, 혹시 통역 비서도 필요하나? 어느 나라가 좋아요?"

어버버, 장난이라기엔 진지해 보이고, 진지하다고 보기엔 설거지를 하면서 너무 쉽게 내뱉는 것 같았다. 루미가 눈동자만 데굴데굴 굴렸다.

"아니, 나이 스물하나, 그 예쁜 나이에 왜 우리 형이랑 결혼해요? 약점이라도 잡히셨나?"

"아니에요! 사장님, 그런 분 아니에요……."

큰 소리 한번 못 낼 것 같은 여자가 기어코 큰 소리를 내게 만들었다. 타이밍 좋게 설거지를 끝낸 다온이 음흉한 표정으로 뒤돌아섰다. 어디 한 번 둘째 형은 어떻게 연애를 했나 캐 볼까. 재미있는 게 생기면 그때부터 십 년 놀림감 획득이었다. 이러나저러나 다온이 손해 보는 장사는 아니었다.

"사실은……."

처음에는 아르바이트생과 사장으로 만났다는 이야기. 그런데 알고 보니 거리 전체를 소유하고 있는 부자라는 걸 알고 꺼려져서 도망간 이야기. 근데 끝까지 진드기처럼 따라붙어 결국 결혼식 날짜까지 잡았다는 스토리였다.

물량공세는 안 했다고 끝까지 잡아떼긴 하는데, 어디 끝까지 따라붙는 이야기가 일반인에게 가능하기나 할까. 도서원 급 정보망에 자본이 있어야 가능한 일이었다. 토끼처럼 맑은 눈망울로 우리 사장님 그런 사람 아니에요를 외치는 예비형수에게 미운 틸 박히기 싫었던 다온이 순순히 수긍했다.

"형수님. 형한테는 비밀로 하구요."

"네, 네."

"저 좋아하는 여자 있는데."

"네에에?"

말을 시작하자마자 동공부터 확장하는 루미의 모습에 다온이 애

써 웃음을 참았다. 여자의 마음은 여자가 더 잘 안다고, 물량공세
에 안 넘어갔다고 주장하는 예비 형수가 형의 어떤 면에 반해서
이 어린 나이에 결혼까지 결심하게 되었는지 알고 싶었다.

"여자들은 어떤 남자를 좋아해요?"

1석 2조로 예비 형수의 이상형도 좀 알아보고, 나중에 형 놀리
는데 쓰게 킵도 해 놓고. 다온은 자신의 똑똑한 머리에 칭찬을 보
냈다.

다온이 재준을 면전에서 무시하고 나간 그날 부로 재준과 다온
의 신경전이 발발했다. 둘 다 살아오면서 처음 있는 일이었다. 처
음으로 겪는 재준의 집착 아닌 집착에 다온은 머리를 움켜쥐다가
결심했다. 뭘 걱정하는가. 도다온답게 돌파하면 되는 것을.

주말 내내 오는 전화를 피하지 않고 전부 받아 회의 중입니다,
바쁩니다 등의 드립 아닌 드립을 선보였다. 뻔히 집 안에 있는 걸
아는 재준이 할 말을 잃을 찰나 통화 종료 버튼을 누르고, 다음 통
화에는 받자마자 끊어 버리고…….

전화로 큰형을 놀리는 재미는 생각보다 쏠쏠했다. 아마 화가 머
리끝까지 올라와 있을 터였다. 뒷일 생각하지 않으니 이렇게 마음
이 편한 것을. 이미 엇나가기로 결심한 다온에게 가릴 일이란 없었
다.

"저, 도련님 이건…….”

가장 먼저 법정대리인 및 재산관리인 지정을 철회했다. 변호사
를 만나고, 회계사를 만나고, 전문가들이 줄줄이 다온의 오피스텔

앞에 줄을 서는 진풍경이 펼쳐졌다. 처음부터 경영에는 관심이라고는 눈곱만큼도 없었지만 불안해하는 형의 눈초리에 지레 겁먹어 굿고 지낸 선이었다. 당황스러운 눈으로 바라보는 그들은 비밀유지 서약서에 서명을 하고 나서야 건물 밖으로 나설 수 있었다.

자유는 무슨, 가장 무서운 게 남의 눈이고 떨어지는 주식 가격이고, 회사의 브랜드 가치였다. 아무리 입을 틀어막아도 사람들의 눈과 귀는 어디에나 있었다. 사람들을 돌려보낸 지 얼마나 되었다고 시끄럽게 울려 대는 핸드폰이 시야에 들어왔다. 발신자는 보나마나 큰형. 핸드폰이 아니면 사무실 전화일 터였다.

바쁜 사람이 직접 전화할 리는 없으니 아랫사람만 끝없이 재다이얼을 누르고 있겠지. 그러다가 연결이라도 되면 조금만 기다려 보라고 다급하게 속삭이고는 큰형에게 연결될 것이었다. 왜 모르겠는가. 자신이 그런 자리에서 자라 왔는데.

"혹시, 경영권에 관심 있으십니까."

주말임에도 다온의 요청에 그가 원하는 사람들을 한 명, 한 명 데려온 진철이 조심스럽게 입을 뗐다. 진철이 이런 것을 물어도 될 위치에 있는 사람은 아니었으나, 처음 보는 광경에 이상하다 여긴 것 같았다.

"그냥. 큰형한테 보여 주고 싶어서요. 나도 하면 하는 사람이라는 걸."

경영권에 도전한다는 걸 보여 주고 싶다는 걸까. 아니면, 큰형에게 맞설 수 있다는 걸 보여 준다는 걸까. 일반사람들에게는 둘다 같은 의미로 보이고, 들리겠지만 그에게는 아니었다. 도무지 종잡을 수 없는 다온의 행보에 그는 생각하길 포기했다.

그리고 대망의 월요일.

다온은 느지막이 일어나 기지개를 켜고, 가정부 아주머니가 각을 맞춰 잘 다려 둔 맞춤정장들 사이에서 마음에 드는 브라운 컬러를 골라 집어 들었다. 콧노래가 나왔다. 비행기모드로 설정한 핸드폰에서는 어떠한 알림음, 진동음도 없었고 덕분에 푹 잤다.

"실장님. 차량 대기시켜 주세요."

짐 뺄 것도 솔직히 거의 없었다. 그냥 얼굴이나 비추러 가면서 연아에게 말을 붙여 보고 싶은 마음뿐이었다. 이걸 바로 1석 2조라고 하던가.

이제 수습직원도 아니겠다 진철에게 차량 대기를 요청한 다온이 느긋하게 앉아 갓 뽑아 온 커피 한 모금을 입안에 머금었다. 큰형이랑 냉전 중인 이 마당에 아름의 카페에 갈 수도 없었기에 급하게 주문한 캡슐 커피 머신이었는데 꽤나 입맛에 맞았다.

"큰도련님한테 가시려구요?"

1층 로비에 나오자마자 기분을 망쳐 버렸다. 다온이 순식간에 얼굴을 굳혔다. 진철은 잔뜩 빼입은 정장과 코트, 거기다가 색까지 맞춤으로 신은 구두를 보고 본사에 가려는 것으로 추측한 모양이었다. 전혀 아니었던 다온이 얼굴을 구기자 아차한 표정이었다.

"병원이요."

"병원이요? 어디 아프십니까? 장 박사님 예약해 드릴까요?"

"아뇨. 병원이요 병원. 저 출근하던 곳 말이에요."

"저번 주로 끝난 일 아니셨습니까?"

진철이 의아한 표정으로 물었다. 다온은 고개를 내젓고는 차에 올라탔다. 벤틀리. 아무래도 진짜 본사에 가는 줄 알고 꺼내 왔나

보다. 아랫사람들 사이에 소문이 쫙 퍼졌으리라. 성심그룹 도 전 무님이랑 그 망나니 막내가 한판 붙었다더라. 혹시 경영권 승계 싸움 아니냐. 말이 되는 소리를 해라. 대학도 안가고 펑펑 놀기만 하는 막내랑 후계자 루트를 굴곡 없이 타고 올라온 장남이랑 상대 가 되기나 하겠냐. 주로 이런 대화들이 격하게 이루어지고 있을 터였다.

갖고 싶은 게 생겼다. 언제부터 도다온이 수단, 방법 가리고 살 았나. 통할지 통하지 않을진 모르겠지만 앞뒤 안 가리고 가져 보겠 다 이 말이다. 간단하게 생각하면 마음이 편한 것을. 다온이 들썩 거리는 마음을 애써 눌렀다.

"안녕하십니까."

세상 소식은 빠르다. 그 소식이 돈줄과 연결되어 있다면 더 빠 를 수밖에 없다. 차에서 다온이 내리기도 전에 1층 출입문을 장악 하다시피 한 하얀 가운 차림의 나이 지긋한 어르신들의 행차에 다 온이 입꼬리를 비틀어 올렸다.

수습직원으로 한 달 일하더니 트집을 잡으려고 나온 게 아닐까. 아니면 기부금이라도 좀 넣어 주지 않으려나. 직원들에게 성과금 이라도 주려나. 아니면, 원장이 바뀌려나. 긴급이사회라도 소집되 려나. 별생각을 다 하고 있을 터였다. 진철이 열어 주는 문을 잡고 차에서 내린 다온이 수천만 원을 호가하는 시계가 잘 보이도록 소 매를 살짝 내리며 머리를 쓸어 올렸다.

"바쁘신데 다 이렇게 나오시고……."

마음에도 없는 말로 번지르르 치하하자 몇 번 본 원장이 경호원 에게 눈치를 주더니 그대로 길을 열었다. 로비를 가로지르는 하얀 물결 사이로 툭 튀어 나온 브라운 컬러의 정장. 머리에 힘을 좀 준 다온이 자신에게 직선으로 꽂히는 시선들에 만족스럽게 웃었다. 머리가 비어 보이겠지. 봉처럼 보이겠지. 뭐, 그렇게 보여도 상관 없었다. 그 봉, 해 주러 온 거니까.

안내를 받고 원장실에 도착한 다온은 지갑을 꺼내 호기롭게 수표 뒷장에 사인을 휘갈겼다.

"이게 무엇인지……?"

조심스럽게 물어 오는 병원장의 얼굴 앞에서 다리를 한번 꼬아 주었다. 항상 하는 짓인데 어색할 리가 없었다. 다온이 비서 아가씨가 내오는 커피 한 잔을 받으며 대수롭지 않은 듯 툭 내뱉었다.

"기부금이요. 기부금."

"예에?"

"보니까 병원에 인력도 좀 부족한 거 같고, 돈도 없는 거 같은데. 좋은 일 하는 데가 어디 그럼 쓰나요?"

테이블 위에 놓인 수표를 뒤집어서 금액을 확인한 원장의 눈이 번쩍 뜨였다. 위치도 위치고, 꽤나 높은 사람들을 많이 만나서 웬만한 금액에는 놀란 적 없던 그에게도 큰 금액이었다.

"이걸 다……."

"네. 아 맞다. 사회사업 팀에 따로 기부하고 싶은데 괜찮을까요?"

"예? 에, 그럼요. 당연하죠."

얼떨떨하게 대답하는 원장에게 건방진 어조로 기부금 영수증은 필요 없어요라고 속삭이듯 말한 다온이 마시기 좋게 적당히 식은 커피 잔을 비웠다. 둘째 형수는 물량공세엔 넘어가지 않았다고 하지만 세세히 파 보면 그녀에게 따라붙은 형의 끈기는 돈에서 비롯

된 것이었다. 뭘 가져 보겠다고 제대로 마음먹은 적이 없었던 다온
이지만, 자신 있었다.

병원장의 배웅을 간신히 거절하고 나온 다온이 활기차게 사회사
업 팀 문을 열었다. 여전히 조막만 하게 작은 사무실이었다. 옹기
종기 머리 맞대고 모여 있는 듯 책상마저 붙어 있는 구조.

"안녕하세요!"

"어? 다온 쌤, 아니지. 이젠 다온 씨 오셨네."

윤서와 연아는 자리를 비운 모양이었다. 마주 보고 있어야 할
두 여자의 의자가 비어 있었다. 복사기 앞에 서 있던 희순이 가장
먼저 반갑게 인사를 건넸다. 이어폰을 끼고 있던 성균도 인기척에
고개를 들고는 입모양으로 통화중이라고 속삭였다. 핸즈프리를 사
용하고 있는 모양이었다.

끝까지 키보드에서 손을 안 떼는 걸 보면 업무에 관련된 일이겠
구나 하고 추측한 다온이 한 걸음 들어와 사무실 문을 닫았다.

"안녕하세요, 팀장님."

"다온 씨 왔네. 짐 가져가려고?"

어쩐 일로 사무실에 있는지는 몰라도 출근할 때 아니면 만나기
도 힘들었던 신 팀장이 다온의 어깨를 두드리며 다정스레 다가왔
다. 처음에 있던 거리감은 한 달간 이 좁은 공간에서 지지고 볶고
부딪친 탓인지 많이 줄어 있었다.

"네, 별거 없긴 하지만 그래도 챙겨 가야죠."

"서운하네. 그날 잘 들어갔고?"

"네."

"연아 씨가 안 그래도 다온 씨한테 고맙다고 해야 하는데 어떻

게 연락할지 고민하더라."

"제 번호 갖고 계실 텐데……."

의아함을 가득 담은 다온의 말에 신 팀장은 난처하다는 듯 웃어 보였다. 데굴데굴 눈동자를 굴리던 다온이 혼자서 답을 찾아냈다. 저 난처한 얼굴에서 이유를 유추해 내는 것은 그리 어려운 일이 아니었다. 이젠 직원도 아닌데 괜히 다른 맘먹고 연락한 걸로 비춰 질까 봐 꺼려졌을 것이었다.

"연락하셔도 되는데……."

"그게 쉽게 되나. 아, 나 회의가 있어서 먼저 가 볼게요. 좀 이 따 가기 전에 다시 이야기해요."

"네."

이렇게 말해 봤자 신 팀장을 다시 볼 수 없다는 것에 다온은 지 갑을 통째로 걸 수 있었다. 이 사무실에서 가장 얼굴 보기 어려웠 던 사람이 아니던가. 성균은 끊이지 않은 전화로 대화하긴 그렇고, 희순은 나이 차가 심해서 그런지 말을 걸기엔 부담스러웠다.

다온이 희순의 눈치를 살피다 연아의 옆자리에 위치한 자신의 자리에 앉았다. 며칠 전 앉았을 때랑은 달리 감회가 새로웠다. 이 곳에서 속해 있을 때의 마음가짐과 그렇지 않은 마음가짐인가.

"아, 가방 안 가져왔지? 여기다 챙겨 가."

희순이 자신의 서랍을 뒤적이더니 성심대학병원이라고 진하게 프린트된 쇼핑백을 내밀었다. 한 번도 쓰지 않았는지 접혀 있는 그 대로였다. 다온이 감사하다고 인사하며 그것을 받아 들었다. 챙길 거라고는 비싼 티 팍팍 내고 계시는 만년필이랑 펜 몇 자루. 그리 고 메모장 정도였다. 아, 핸드폰 충전기도 있구나. 얼마 되지 않는 다고 생각했는데 모아 보니 쇼핑백 한가득이었다.

"······네, 네. 그럼 확인 후 전화 드리겠습니다."

성균의 통화가 끝난 모양이었다. 바로 어제가 주말이었는데도 밤샌 것처럼 부스스하게 붕 뜬 머리하며, 건조하기 짝이 없는 입술까지.

"여전히 바쁘시네요."

"뭘. 우리 언제 안 바빴던 적이 있긴 했어?"

"하긴 뭐. 근데 연아 쌤이랑 윤서 쌤 어디 가셨어요?"

"아, 연아 쌤은 현주 만나러. 아마 팀장님 만나 뵙고 바로 그리로 갈 거 같아. 그리고 윤서 쌤은 커피 한 잔 사러 간다고 했는데, 아마 늦을 거야."

"예?"

"늦고 싶다고 했거든. 커피 한잔하고 간호사실마다 들러서 참견 좀 하고 올걸?"

장난스럽게 웃은 성균이 자리에서 일어섰다. 그래도 이제는 손님이니 대접을 좀 해야지. 능청스럽게 말하며 커피를 내리려 원두를 가는 통에 다온이 황당하다는 표정으로 일어섰다.

"아니, 언제부터 손님이라고······."

"오늘부터는 손님이지. 아냐? 우리 회사 막내 도련님."

"아이, 그러지 말라니까요."

"이젠 다온 쌤도 아닌데 뭐. 이제 와서 하는 이야기인데 우리 팀 들어오기 힘들다? 그거 알지?"

"네, 알죠. 알아요."

다른 건 몰라도 대학졸업장 한 장 없이 들어오기엔 성심그룹의 문턱은 히말라야같이 높았다. 기분 나쁘게 들릴 만도 한데, 성균의 말투에는 장난기가 가득 묻어 있어 악의라고는 전혀 없는 탓에 다온이 허탈하게 웃었다.

핸드드립으로 커피 두 잔을 뚝딱 만들어 낸 성균이 한 잔을 다온에게 건넸다. 살기 위해서 커피를 마신다는 성균답게 조금 식자마자 잔을 비워 냈다. 반면 다온은 한 모금 마시고 테이블에 내려두었다.

"다 만나고 가려고?"

"네, 그래야죠."

"잘 됐네. 근데 나 다온 씨…… 다온 씨라고 불러도 되지?"

"아, 그럼요. 당연하죠."

수습 기간 끝났다고 곧바로 선을 긋는 것 같아 조금 서운했는데 성균은 다온에게 그전보다 더 편하게 대했다. 딱딱한 존댓말에서 편하게 말투를 바꾼 것도 이제야 눈치챘지만 다온은 오히려 만족스러웠다. 그 모습이 기꺼워 고개를 주억거리는데 성균이 빈 잔을 다온의 것 앞에 탁 소리나게 내려 두었다.

"지금에서야 물어보는 건데. 현주랑 무슨 일이 있었는지 알려 줄 수 있을까."

잔뜩 뜸 들이다 하는 물음이 그것이었다. 다온은 망설였다. 어디서부터 어떻게 말을 해야 할까. 언어적으로나 외적으로 큰일이 있었던 건 아니었다. 둘 다 심리적인 면에서 충돌이 있었고, 그것을 감당하지 못한 다온이 뛰쳐나온 것뿐이었다. 이 심리적인 미묘한 면을 어떻게 납득시켜야 할지, 어떻게 말을 시작해야 할지 감이 잡히지 않았다.

"그게……."

"말하기 어려우면 말 안 해도 돼. 난 그냥, 내가 사과하고 싶어서."

"사과요?"

다온은 이 상황이 전혀 이해가 가질 않았다. 그냥 자신이 제대로 하지 못한 걸로 연아가 혼이 나질 않나, 그래 이건 슈퍼바이저가 감독을 못 했다는 이유로 그럴 수 있다고 하자. 그런데 성균이왜 갑자기 사과를 하겠다는 건지. 이해할 수 없는 상황에 다온이눈을 동그랗게 떴다.

"솔직히 이번 일은 팀장님은 보고 못 받으셨어. 연아 쌤이 우리한테 현주랑 다온 씨 같이 하게 한다는 말 했을 때 너무 쉽게 생각했어. 연아 쌤도 그랬지만 우리도 다 잘못한 거야."

"괜찮아요. 솔직히 그때는 생각이 너무 많아서, 그래서 좀 혼란스러웠는데 오히려 현주 만나고 정리가 된 거 같아요."

"그거 좋은 거야? 나쁜 거 같은데."

"좋은 거예요. 더 많아지면서 정리가 좀 되는 거 같거든요. 쓸데없는 건 좀 버리기도 했고."

다온이 어깨를 으쓱였다. 영 시원치 않다는 눈으로 바라보는 성균에게 다시 한 번 괜찮다고 이야기했다. 그럼에도 성균은 뭔가 마음에 걸리는 듯 찜찜함을 온몸으로 표현하고 있었다. 이 사람들은일 빼면 시체였다. 자신은 챙기지도 않으면서 다른 사람은 자기 몸보다 더 챙기는 사람. 다온이 커피 잔을 집어 들고 책상으로 가서노란 포스트잇 한 장을 챙겼다.

"뭐야?"

"김 실장님 전화번호예요."

정장 재킷 주머니에서 세련되게 군살 하나 없이 잘 빠진 만년필하나를 골라 꺼낸 다온이 적어 내민 건 전화번호였다. 일단 주니받았는데…… 성균은 이걸로 무엇을 하라는 건지 알 수 없어 멍한 표정으로 다온을 응시했다.

"저한테 바로 연락하는 거 어려워하실 거 같아서, 제 비서실장 님이에요. 보니까, 지원받지 못하는 환자들이 정말 많더라구요. 저도 하나하나 다 해 드리지는 못하고 성균 쌤이 정말 필요하다고 판단되면 연락 주세요."

"내가 필요하다고 판단하면? 너무 주관적인 거 아냐? 나 하나하나 다 연락하는 수가 있어."

도움이 필요한 사람은 정말 많았다. 기금은 한정되어 있는데 아픈 사람들은 왜 이리 많은지. 소아 병동만 돌아봐도 이렇게 많은데……. 사무실에서 귀동냥으로 들은 사연들이 다시 다온의 가슴을 쿡쿡 찌르는 것 같았다.

"그러지 않으실 거잖아요."

이 사람들은 다른 사람 입장에 서는 걸 그렇게 좋아했다. 그러다가 가장 손해 보는 사람은 자기 자신인 걸 알면서도 그렇게 열심히 일했다. 사회에서 다온이 강자라고 해도 그의 입장까지 헤아려 줄 것이다. 믿음이 가득 담긴 말에 성균이 헛웃음을 지었다.

"이거이거, 도다온 씨 만만하게 볼 사람 아니었네. 이렇게 좋은 사람, 아니 호구인데 소문이 왜 그렇게 났어?"

"어떻게 났는데요?"

"몰라?"

"알죠. 망나니, 양아치. 또 뭐 있어요?"

"있지. 있는데, 말 안 할래."

"아, 뭔데요!"

다온은 사무실에서 나와 병동으로 올라가려 본관으로 가는 구름다리를 걷고 있었다. 그러던 중 맞은편의 연아를 보고 우뚝 멈춰 섰다. 다온은 연아를 알아봤지만, 첫 출근 외에는 가운 차림이던 다온을 알아보지 못한 듯 연아는 그대로 옆을 지나치려 했다. 그가 팔을 붙잡지 않았더라면 분명 지나쳤을 것이다.

"누나!"

"예?"

"저예요. 다온이. 도다온."

"아, 다온 쌤……."

"에이, 일도 그만뒀는데 그냥 다온이라고 부르세요."

얼떨결에 다온의 페이스에 말려든 연아가 고개를 끄덕였을 때는 이미 늦었다. 아차한 연아가 한 걸음 물러서며 거리를 벌렸지만 원하는 호칭을 얻어 낸 다온은 싱글벙글이었다.

"저번에 내가 했던 말 생각해 봤어요? 아직 마음 안 열렸어요?"

"저기, 다온 쌤……."

"다온이요. 다온이. 누나."

맙소사. 연아가 이마를 짚었다. 이런 상황은 한 번도 예상하지 못한 것이었다. 오전 시간 내내 사직서 때문에 신 팀장과 함께 긴 상담을 하느라 진이 다 빠진 상황에서 갑작스레 달라붙어 오는 다온의 존재는 황당 그 자체였다. 게다가 누나라니? 남동생에게도 제대로 잘 듣지 못하는 호칭이었다.

"여긴 좀 그렇죠? 올라갈래요? 아까 보니까 원장실도 비었고, 그쪽 라인 다 비었던데."

그만한 기부금을 쾌척했으니 긴급으로 회의가 열리는 건 일도 아니었다. 아까 보니까 병원 임원진 대부분이 다온의 환영을 위해 로비까지 나왔으니 90퍼센트 정도는 인원도 달성되었겠다. 새롭게 떨어진 돈을 어디에 쓰는 것이 좋겠느냐며 활발한 회의가 진행되고 있을 터였다.

"병원장실이요?"

"누나 그쪽 정원 안 가 봤죠? 거기 공중정원이 진짜 멋있어요."

그런 돈 털어서 아픈 애들 수술비나 대 줄 것이지. 속으로 하는 생각과 다르게 다온이 능청스럽게 웃으며 연아의 소맷자락을 끌어당겼다. 이런 사람이 아닌 거 같았는데 생경했다. 낯선 느낌에 연아가 아연한 표정으로 한 걸음 앞서 가는 다온의 뒤통수를 응시했다.

이곳은 병원 내에서 VIP전용이 아니냐고 했던 바로 그 층이었다. 그곳에 위치한 정원은 모든 사람들이 이용할 수 있다고 표기되어 있지만, 쉽게 접근할 수 없었다. 장기 입원 환자들이나 그 위치를 알고 종종 이용하던 이곳. 솜씨 좋은 전문가에 의해 꾸려진 중간층에 위치한 옥상 정원은 연아로서도 처음 온 곳이었다.

"사과하세요."

"네?"

"저 일 그만두기 전에 그러셨잖아요. 제 감정, 존경이랑 헷갈리고 있는 거 아니냐고."

말은 돌려서 했지만 뜻은 그게 맞았다. 차트가 무슨 구원자라도 되는 양 꼭 쥔 연아가 혼란스러운 얼굴로 고개를 끄덕였다. 그런데 대체 왜 사과가 필요하냐는 말인가. 혹시 자신의 감정에 대해 섣부르게 명명하려고 해서 그런가. 연아의 눈동자가 불안하게 흔들렸다.

"그거 아니거든요. 연아 누나가 더 헷갈리게 했으니까 그거 사과해 주세요."

"더 헷갈리게 하다니요? 그건 누구든 겪을 수 있다고 생각해서……."

"결과적으로 아니었잖아요."

연아가 꿀 먹은 벙어리가 된 듯 입을 다물었다. 억울하긴 했지만 당사자가 아니라는데 어쩌겠는가. 당사자가 아니면 아닌 거지. 호칭이 바뀌자 비슷한 상황인데도 계속 말려 들어가는 기분이었다. 연아가 묘한 표정으로 다온을 응시했다.

"나 누나 좋아해요."

"저기요 다온 씨……."

"누나 마음이 좋아요. 다른 사람 챙기느라 자기는 못 챙기는 면도 좋고, 완벽하려고 계속 노력하는 면도 좋아요. 그러니까 나랑 만나 보지 않을래요? 나 장난으로 하는 말 아니에요."

연아는 도무지 감을 잡을 수가 없었다. 장난스럽게 말하는 거 같으면서도 틈틈이 내비치는 표정은 진중했다. 게다가 덧붙이는 말은 단호하기까지 했다. 마른 입술을 윗니로 누르는데 입안으로 흘러들어 오는 비릿한 핏물이 생생했다. 연아가 아무렇지도 않은 척 그것을 꿀꺽 삼켜 냈다. 선을 지키자. 욕심부리지 말자.

"저 자원봉사자 아니에요. 좋다는 사람마다 다 만나면 그게 연애예요? 그냥 봉사지."

"……그런 거 아닌데."

다온이 억울한 듯 웅얼거렸다. 하지만 딱딱하게 굳힌 표정과 단호한 목소리는 끼어 들어갈 틈이 없었다. 무심한 듯 달싹이는 입술이 붉었다.

"정말 미안해요. 근데, 다온 씨 다시 한 번 생각해 봐요. 그 감정 어떤 건지."

"나는, 생각할수록 존경은 아닌 거 같은데, 진짜 하나로 정의하자면 잘 모르겠는데 좋아요. 누나한테 호감이 있다구요. 내가."

어찌나 꼭 쥐었는지 손안의 서류가 구겨지고 있었다. 처음 고백을 했을 때보다는 진지하게 받아 주는 것 같기는 한데…… 그때나 지금이나 거절은 똑같았다. 다온은 왠지 처량하다는 생각이 들었다. 한 번도 이런 적 없었는데.

"누나."

"저, 누나라고 안 부르면……."

"나 지금 누나한테 키스하면 경찰에 신고할 거예요?"

"네?"

툭, 하고 바닥으로 차트가 흘러내렸다. 돈이 좋긴 좋지. 암암리에 병원 내에서 로얄층으로 불리는 곳이라 인적도 드물었다. 순식간에 한 발짝 다가와 연아의 허리를 휘어감은 다온이 곧바로 고개를 숙여 그녀의 입술을 찾아들었다. 입술에 맞닿는 끈적한 생명의 느낌. 비릿한 핏물이 생생했다. 힘든가. 자신의 마음을 거절하는 일이?

"……다, 온……."

잠시 틈을 줬다고 연아가 그대로 그의 가슴을 밀어 왔다. 그렇지만 쉽게 밀릴 거라면 시작도 안 했다. 다온이 입꼬리만 올려 서늘하게 웃었다. 그녀의 입술을 두드리며 앞으로 나아가려던 다온이 눈을 마주한 연아의 눈가에서 두려움을 읽었다.

"……미안해요. 내가 성급했어요."

곧바로 떨어져 나왔지만, 발개진 눈을 한 채 손을 들어 올리는 연아를 막을 수는 없었다. 막고 싶은 생각도 없었다. 있는 힘껏 힘을 줘서라도 때리지, 짝 하고 소리는 울려 퍼졌는데 다온의 얼굴은 돌아가지도 않았다. 아주 작은 충격이었다. 다온이 그녀에게 준 것과는 달리.

"후……."

연아는 천천히 심호흡을 했다. 차분하게 생각하자. 상대는 스물두 살이고, 가정환경으로는 막내에게 관심이 집중되지 못했…… 관심은 무슨. 차분은 무슨!

"너! 한 번만 더 이러면 진짜 가만 안 둔다. 경찰서 가고 싶지 않으면 1미터 내로 접근하지 마!"

다온이 배시시 웃었다. 화가 나 목까지 붉어진 연아를 두고 웃어선 안 된다는 걸 알지만 오히려 이 반응이 반가웠다. 나름 진지하게 마음을 고백했는데 그때처럼 존경이 어떠니, 그럴 수 있다느니 감정을 헷갈리지 말라는 둥 하면 자신도 자신이 어떻게 나갈지 짐작하지 못했을 텐데. 이렇게 나와 주니 더 좋았다.

"아이, 누나 1미터는 좀 너무했다. 여기서 여기까진데 그건 좀 심하지 않아요? 30센티 정도면 어때요?"

"야!"

"그리고 장래희망을 좀 수정해 보는 건 어때요? 신데렐라로. 나 복지재단도 차려 줄 수 있는데."

여자 꼬시겠다고 하는 말 치고는 스케일이 상상을 초월했다. 연아가 경악한 표정으로 다온을 돌아보았다. 다온이 기다렸다는 듯 빙긋 웃으며 연아의 손을 끌어당겨 잡았다.

"장난하지 말라니까!"

"장난 아니라니까요? 왜 못 믿지? 나 한 달 동안 봤잖아요. 우리 계속 일 같이 했잖아요. 내가 매사에 장난인 거 같아요?"

다온이 대수롭지 않은 듯이 물었지만, 연아는 손을 들어 자신의 미간을 문질렀다. 그런 사람이 아닌 거 같으니까 문제였다. 이제 곧 자연스럽게 멀어질 사이인데 굳이 감정 상하지 않는 게 좋겠지? 한숨을 삼켜 낸 연아가 다온을 흘끗 바라보았다.

"번지수 잘못 찾았어. 나 신데렐라 싫어해."

"왜요? 하긴, 누나는 능력 있으니까 그럴 만도 하겠다."

"능력?"

"솔직히 신데렐라 이미지는 그거잖아요. 남자 잘 만나서 인생 팔자 쭉 편."

틀린 말은 아니라 수긍하면서도 연아는 다온에게 잡힌 왼손이 신경 쓰였다. 떨어진 서류를 줍겠다고 쭈그려 앉았는데 손은 그대로 다온에게 잡혀 있는 상태였다.

"이것 좀 놔."

"같이 주워요."

"손잡고 있는데 어떻게 주워?"

연아의 타박에도 다온은 배시시 웃었다. 진격, 도다온. 이게 도다온다웠다. 앞뒤 안 가리고 직진하는 것.

"싫다고는 안 했잖아요. 나 이래 봬도 겉보기는 멀쩡해요. 어렸을 때부터 쭉 관리받았거든. 연예인처럼."

"나 연애할 생각 없어요."

주섬주섬 흩어진 서류들을 주워 차트에 대강 끼워 넣고 연아가 다급하게 일어섰다. 단호함이 필요했다. 짓눌러 터진 입술에 눈물로 눈까지 빨갰다. 다온이 한 걸음 물러섰다. 그 표정이 단호하기보다는 참담해 보여서…….

"만약에 내가 다온 씨하고 만나게 된다면, 그건 아마 내 생활이 너무 힘들어서 그래서 그럴 거예요. 진심일 것 같지 않아요. 그래서 난 이건 아닌 거 같아요."

천천히 뒤돌아 걸어가는 연아를 다온은 잡지 않았다. 이해가 될 것 같으면서도 안 되는 것 같은 연아의 생각. 자존심일까. 다온은 고개를 내저었다.

스스로가 생각해 봐도 돈 많은 것 빼고는 연아와 비교할 수 없었다. 자신은 그냥 돈이 많은 사람일 뿐, 그걸 제외하면 손에 쥔 것이 뭐가 있을까. 친구? 가족? 아니면, 명예? 권력? 명예와 권력은 돈에 따라온 부산물에 불과했다. 세상물정 모르고 편히 살게 만들더니, 절실하게 갖고 싶은 것은 그것 때문에 쥐기 힘들어졌다.

하지만 순순히 포기할 거라면 시도조차 하지 않았다. 다온이 울리기 시작하는 핸드폰을 내려다보곤 그대로 정원을 나섰다.

침착하자. 입술에 맞닿았던 그것 때문인 건지. 아니면, 너무 쉽게 만남을 원하는 다온의 태도에 화가 난 건지. 아니면, 꼴에 여자라고 재벌 3세의 고백에 흔들리는 건지. 쿵쿵 뛰는 가슴을 치며 연아가 멈춰 섰다.

기꺼운 감정이 들지 않는다면 거짓말이었다. 다른 사람의 마음에 자신이 존재한다는 상상만 해도 좋았으니까. 그런데 상대방이 영 아니었다. 그냥, 비슷한 수준의 평범한 사람으로 평범한 만남을 지속하다 미래를 꿈꿔 보는 것도 나쁜 게 아니었다.

거지 같은 속물근성. 고민거리 전부 던져 버리고 모른 척 눈을 감고 기대 버린다면 얼마나 속이 편할까. 세상만사 걱정 없이 그냥 눈 한 번 꾹 감아 버리는 게 어떨까. 결혼까지 가지 않는다고 해도 단 한 번도 실현된 적 없는 물질 걱정 없는 날들이 펼쳐질 텐데.

그런 생각을 하는 자신이 역겨울 지경이었다. 자기가 좋다는데, 자신조차 파악하지 못한 자신이 좋다는데 그런 마음을 생각해 주진 못할망정 그가 줄 물질적 안락함만 기대하고 있다. 연아는 토악질이 날 지경이었다.

"연아 쌤 왔네? 중간에 안 마주쳤어요? 다온 쌤 와서, 현주랑 있다고 했는데……."

클라이언트 병원비 정산 결제가 줄줄이 밀려서 출근하자마자 일 폭탄을 맞은 성균이 폭격맞은 머리로 연아를 반겼다. 연아는 아무 일 없다는 듯 입꼬리를 말아 올려 고개를 끄덕이고는 자리에 앉았다. 차트 안의 서류들은 순서가 뒤죽박죽이었다. 빠진 게 없는지가 걱정이었다. 페이지 수를 맞추는 단순노동을 하다 연아가 멈칫하고 손을 내려놓았다.

이제는 간호사실을 통할 필요조차 없었다. 요즘 유행하는 컬러링북에 색을 칠해 넣던 현주가 갑작스러운 인기척에 놀라 고개를 쳐들었다.

"안녕, 현주야?"

"대박, 오빠 웬일이에요? 오빠 퇴사했다고 들었는데……."

"어, 나 일 그만뒀어."

"잘린 게 아니라요?"

"야, 넌 날 뭘로 보고. 원래 딱 한 달만 일하기로 하고 들어온 거거든?"

"난 잘린 줄 알았는데……."

현주가 놀란 눈으로 올려다보더니 얼마 지나지 않아 꺼내 놓았던 색연필을 정리하기 시작했다.

"못 보던 거네? 샀어?"

"만화책도 이제 다 봐서 볼 게 없더라구요. 노트북은 안 된다고 하니 뭐…… 이런 거라도 해야죠."

말은 그렇게 해도 꽤나 재미를 붙인 모양이었다. 몇 페이지는 이미 채워 넣은 듯 펼쳐진 페이지는 중간이었다. 파스텔 색으로 알록달록하게 칠해진 장미 꽃다발을 다온이 내려다보았다.

"이런 색 좋아해? 역시 여자네. 여자."

"꽃이잖아요! 오빠는 꽃에 검은색 칠해요? 아, 오빠한테 딱 맞는 색이 있어요."

"뭔데?"

다온이 한걸음 다가왔다. 칠해 놓은 앞 페이지를 뒤적이다 현주가 내민 페이지에는 알 수 없는 복잡한 문양이 그려져 있었다. 하지만 그것보다 더 눈에 띄는 게 있었다.

"이거 뭐냐……."

"밀리터리색. 오빠 군대 안 갔다 왔죠? 갔다 왔으면 머리가 그럴 리가 없어."

스물둘, 고졸이라면 바로 군대에 다녀왔다고 추측할 나이었다. 그 증거로 연아와 병동 마다 돌며 인사를 나눌 때 대부분의 간호사들은 고졸이라는 대답에 군대에 다녀오고 바로 취업한 걸로 추측하곤 했다. 하기야 바로 전역했다면 이 정도 머리 길이가 나올 리가 없었다.

"근데 나 그만둔 건 어떻게 알았어? 나 금요일에 끝났는데? 아

오늘 옷이 이래서 그런가?"

"아뇨. 아빠 골탕먹이려고 오빠를 제 담당으로 지정해 달라 했거든요. 근데, 연아 쌤이 안 된다고 하길래 물어봤더니 그만뒀다잖아요. 도움이 안 돼, 진짜."

"뭐?"

다온이 어이가 없어 헛웃음을 토해 냈다.

"오빠 이거 좀 있잖아요. 강현주 인생 최초로 학부모 상담을 이뤄 낼 줄 알았는데, 아아 실패야 실패."

검지와 엄지로 동그라미를 만들어 흔드는 모습이 말괄량이 그 자체였다. 전혀 아쉽지 않다는 얼굴로 아쉬움을 토로하는 현주에게서 시선을 돌려 다온이 탁 트인 창가로 걸어갔다. 타박타박 발소리에 현주의 시선도 따라갔다.

"와 대박, 오빠 완전 비싸 보인다."

"뭐야. 내가 비싸 보인다는 거야? 아니면 내 옷이?"

"당연히 오빠 옷이랑 구두죠. 어디서 샀어요? 핏 죽인다."

"침 떨어지겠다, 침."

현주가 다온의 차림새에 눈을 떼지 못했다. 시답지 않게 타박을 건넨 다온도 별생각 없이 창가에 몸을 기댔다. 등 뒤로 싸늘하게 찬 기운이 흘러들어 왔다. 햇빛이 비춰지며 방 안에 먼지가 반짝였다. 말없이 주변을 훑어보는 다온을 힐끗 바라본 현주가 침대 테이블을 접고 조르르 내려와 슬리퍼를 신었다. 연분홍색 삼선 슬리퍼.

"나가고 싶어?"

"넹?"

서랍에서 수저 하나를 꺼내 입에 물고, 1인실에 안에 배치되어 있는 냉장고로 조르르 달려가던 현주가 우뚝 발을 멈춘 채 다온을 돌아보았다. 잘못 들은 건가 의아한 눈치였다.

"나가고 싶냐구. 내가 내보내 줄까?"

"음……."

나가고 싶다는 대답이 곧바로 돌아올 거라고 생각했는데, 현주는 뜸을 들이는 듯했다. 아니 깊게 생각해 보려 하는 것도 같았다. 다온이 대답을 기다리는 사이 현주는 냉장고를 열어 요거트 하나를 손에 쥐었다. 다온에게 하나 건넬 생각도 않고 곧바로 침대로 돌아가 걸터앉아 그것의 뚜껑을 벗겼다.

"안 나가고 싶어?"

기다리다 못한 다온이 대답을 재촉했다. 요거트를 바닥까지 싹싹 긁어 먹고 나서야 현주가 고개를 내저었다. 흔들었는지 혹은 끄덕였는지 쉽게 판단할 수 없는 움직임이었다.

"나 검정고시 볼 거예요."

"엥? 갑자기 왜?"

뜬금없는 소리였다. 하고 싶은 게 없다고 하던 게 엊그제인데, 어떤 심경의 변화가 있었는지 현주의 눈동자는 흔들림이 없었다.

"엄마 아빠 몰래. 그냥 좀 놀라게 만들고 싶어서요. 근데, 오빠 저한테 관심 있어요?"

"뭐?"

다온이 글자 그대로 경악했다. 어쩌다가 대화가 저리로 튀는 건지. 현주의 생각의 흐름을 따라갈 수가 없었다.

"일 그만뒀다면서 왜 찾아와요? 나한테 관심 있어서 그러는 건 아니죠?"

"미쳤냐? 나는 너 혼자 심심할까 봐 온 거거든?"

"아, 맞다. 오빠 백수였지."

"아니거든!"

"그럼 뭔데요?"

되묻는 현주에게 차마 술집과 클럽을 운영하고 있다고 대답할 수 없던 다온이 꿀 먹은 벙어리처럼 입을 다물었다. 사실이지만, 진실을 이야기하기엔 아이가 너무 어렸다. 십대 여고생한테 술집 운영하는 재벌 3세는 문화적인 충격이 될 것이었다. 그래, 차라리 백수를 하자. 다온이 침묵했다.

"백수 맞네."

침묵은 곧 긍정이라고 현주가 단정 지어 말했다. 다온은 머리 위에 쿵 하고 돌 하나가 떨어진 듯한 느낌을 받았다. 스스로의 일에 당당하지 못한데 다른 사람한테 어떻게 말하겠는가. 새삼 드는 생각에 다온은 씁쓸해진 입술을 손가락을 들어 쓸어내렸다.

맞닿았던 감촉은 아주 찰나. 그럼에도 아직 그 기분이 남아 있는 것 같은 이유는 닿자마자 느껴졌던 비릿한 피 맛 때문이었다. 왜 꾹 눌러 참았을까. 뭘 참았던 걸까. 입술이 터지도록 눌러 참았던 말은 무엇일까. 현주에게 묻지도 않고 냉장고에서 요거트 하나를 꺼내 당당하게 손을 내밀었다.

"뭐요?"

"수저 줘."

"와, 대박 뻔뻔해."

당당한 태도에 태클을 걸고 싶다는 얼굴로 현주가 순순히 일회용 수저 하나를 내밀었다. 이러나저러나 새로 생긴 뒷배가 든든했다.

"자주 올 거예요?"

"너 하는 거 봐서?"

"아, 왜요오— 나처럼 착하고 예쁜 애가 어딨다고!"

현주는 자기가 말해 놓고 슬며시 다온의 눈치를 살폈다. 다온이 황당한 얼굴로 현주를 바라보았다. 그러자 현주가 슬며시 고개를 돌렸다.

"죄송해여……."

다섯 시 사십 분 가량이나 되었을까. 연아는 바빴다. 자신이 담당했던 업무의 인수인계 서류도 작성해야 했고, 신 팀장이 돌아오면 2차 상담을 시작해야 했다. 갑작스럽게 사표를 내기도 했고, 집안 사정이라고 말했지만 다온의 일과 현주의 일 때문이라고 생각했는지 신 팀장은 연아의 마음을 돌리기 위해 안달이었다.

"팀장님, 안 오셨죠?"

대답을 알고서 묻는 말이었다. 전화 통화에 바쁜 윤서나 성균 대신 연아가 어색한 얼굴로 수긍했다. 어딜 다녀왔는지 다온은 퇴근시간에 딱 맞춰 들어왔다. 사내끼리 통하는 게 있는지 곧바로 들어와 성균과 시답지 않은 대화를 나누기 시작하는 그는 갈 생각이 없어 보였다.

"아니, 다온 씨 일 없어? 계속 있네?"

"아이, 그런 서운한 소리를……. 맞아요, 없어요. 저 한가해요. 뭐 일 시킬 거라도 있으세요?"

"그건 아닌데……."

주름이 자글자글한 눈을 접으며 희순이 푸근하게 말을 걸었다. 기분이 나쁠 수 있는 물음임에도 묻는 희순의 얼굴이 다정하기 그지없어 다온은 장난스럽게 대꾸했다.

"저번 주에 그렇게 헤어진 것도 좀 서운하고 해서, 오늘은 제가 저녁 대접 좀 해 드리려구요."

"저녁? 나 오늘 야근해야 돼. 이거 안 보이냐. 이게 다 정산 서류야. 숫자 때문에 멀미할 지경이라고."

성균이 가리키는 책상 한쪽에는 다온의 팔 길이만큼의 서류가 수북이 쌓여 있었다. 너무 높게 쌓여 있어 툭 치면 무너질 것만 같았다. 김성균이라는 사람을 어떻게 하면 데려갈 수 있을까 잠시 고민한 다온이 입가에 씩 미소를 내걸었다.

"술도 사 드릴게요."

"음, 그럼 먹고 하는 걸로……."

그럼 그렇지. 한 방에 넘어왔다. 다온이 만족스럽게 다음 타자에게로 시선을 돌렸다. 기다렸다는 듯 윤서가 입술을 삐죽이며 팔짱을 끼었다. 의자에 몸을 기댄 채 다리를 꼬는 본새가 쉽게 넘어가 주진 않겠다는 의지로 가득해 보였다. 아니나 다를까 너무 쉽게 넘어간 성균을 타박까지 한다.

"와, 성균 쌤 진짜 쉬운 남자네. 다온 씨 나는 쉽게 안 넘어간다?"

"비싼 거 사 드릴게요."

"비싼 거 뭐?"

"음, 전복? 해산물 좋아하세요?"

"……없어서 못 먹지. 쓥, 야근을 하긴 해야 하는데…… 그래! 기분이다 먹고 하지. 어때 연아야?"

아무래도 코스요리 일식집이 딱이다 싶었다. 예전에 큰형네가 상견례 한다고 해서 알아 둔 일식집이 있는데…… 다온이 그곳의 위치를 떠올리며 연아에게로 시선을 돌렸다. 가장 어려운 상대였다.

"난 팀장님이랑 선약이 있어서……."

"에이, 왜 이러시나 연아 쌤. 팀장님도 가실 텐데 뭐. 가자 응?"

윤서가 흔드는 대로 몸을 맡긴 연아가 무심코 다온과 시선을 마주했다. 아무것도 바르지 않아 색이 옅어진 입술부터 다온의 시야에 들어왔다. 그다음은 오뚝 솟은 코, 그 위로 혼란스러움이 가득한 눈동자. 다온이 입꼬리가 슬그머니 올라섰다.

"어? 어어."

다온에게서 시선을 떼지 못한 채 연아가 고개를 주억거렸다. 대답을 듣고 나서야 만족스러운지 윤서가 콧노래를 흥얼거렸다.

웅성거리는 소리가 나더니 사무실 문이 덜컥 열렸다. 노크 없이 들어오는 터라 팀장님이겠거니 하고 멀거니 바라만 보던 사람들 모두가 벌떡 일어났다. 난처한 표정으로 웃으며 들어오는 신 팀장 뒤에 머리가 희끗한 병원장이 따라 들어왔기 때문이었다.

"아냐아냐. 앉아 있게들. 근데, 퇴근도 안 하시고 뭐 하시나?"

나름 다정한 목소리로 물었지만, 갑작스러운 병원장의 등장에 얼어 버려 누구도 쉽게 대답하지 못하던 중이었다. 윤서가 간절한 시선으로 신 팀장을 바라보았지만, 믿었던 신 팀장마저 시선을 바닥으로 떨구었다. 이게 대체 무슨 일이란 말인가. 병원장이 직접 여기까지 행차한 일은 입사 이래 최초였다.

그 상황에서 다온이 능청스레 대꾸했다.

"팀장님 기다렸죠. 제가 오늘 팀에 저녁식사 대접하기로 했거든요."

"아이고, 늙은이가 너무 눈치 없게 신 팀장을 잡고 있었나 보네."

"아닙니다, 원장님."

"됐네 됐어. 그럼 관련 서류는 내일까지 내 방으로 보내 주게."

물론입죠. 이 얼어 버린 상황에서 원인을 없애 버릴 수만 있다면 못할 일이 없었다. 신 팀장이 원장의 말에 꼬박꼬박 대꾸하다 성균에게 눈짓을 보냈다. 아무래도 저 정산 관련 업무가 문제인 모양이었다. 연아가 한숨을 푹 내쉬었다. 아무래도 저녁 먹고 돌아와 성균을 도와야 할 듯했다.

"그럼 다들 저녁 맛있게 들게나. 아, 도련님. 사회사업 팀에 대한 기부금은 원하시는 대로 처리했습니다."

덧붙이는 말에 사람들 사이에서 잠시의 침묵이 흘렀다. 1분이 1년 같은 아주 잠시의 침묵, 그사이에 어색한 시선들이 돌고 돌아 다온에게 꽂혔다. 같이 일하던 동료에서 병원장마저 한 수 접어 주는 재벌 3세 도련님. 그 갭의 차이를 실감하게 된 탓이었다.

특히 팀 내에서 윗분들과의 소통이나 만남을 모두 신 팀장이 전담했기에 갑작스럽게 체감하게 된 온도 차는 모두의 표정을 당혹스러움과 혼란에 젖게 했다. 연아의 시선이 천천히 돌아 다온에게 돌아갔다. 아무렇지도 않은 양 그 침묵을 깨뜨린 것은, 시선을 받던 당사자였다.

"감사합니다. 그럼 저녁 드시러 가실까요? 예약해 뒀는데."

빙그레 웃으며 건네는 말에도 쉽사리 누가 먼저 입을 떼려 하지 않았다. 어색하게 가라앉은 분위기에 떠밀려 하나둘 가운을 벗었다. 갑작스럽게 병원에 주어진 많은 돈이 그의 마음을 풍요롭고 기껍게 하였는지 호탕한 웃음으로 사무실을 나서는 병원장을 아무도 잡지 않았다. 신 팀장마저 한숨을 쉬며 팀원들을 살피고는 가운을 벗었다. 퇴근을 준비하는 사람들의 얼굴에는 웃음기가 없었다.

"그럼…… 우리 어디로 가나?"

가장 먼저 정신을 차린 건 성균인 듯했다. 쌀쌀해진 날씨를 반증이라도 하듯 재킷에 지갑과 핸드폰만 넣어 걸쳐 입은 성균이 사무실을 나오자마자 다온의 어깨에 팔을 올렸다. 어깨동무가 어색할 만도 한데 다온은 피식 웃음을 흘렸다.

"제가 안내할 테니 걱정 마세요. 아, 그런데 이동을 어떻게 하죠?"

"음…… 내가 차가 있으니까 반반 나눠서 탈까. 다온 씨 차 가져왔죠?"

"그럼요."

퇴근 시간이라 차는 꽤 밀렸다. 반쯤 윤서에게 떠밀려 조수석에 앉은 연아가 안전벨트를 만지작거렸다. 운전대를 움켜쥔 다온은 룸미러에 힐끗 시선을 주었다. 나긋한 표정으로 앉아 있는 희순과 핸드폰에서 시선을 떼지 못하는 윤서가 눈에 보였다. 그리고 빨간 불에 차량이 멈춰 섰다. 그때였다. 살며시 고개를 돌린 연아와 다온의 시선이 맞닿은 것은.

"아……."

할 말이 있는 듯 작게 입을 떼었던 연아가 망설이다 고개를 돌렸다. 꿈일까. 한순간에 스쳐 간 착각일까. 그러기엔 쥐어뜯은 아랫입술의 상처가 선명했다.

아무것도 모르고 만났다면, 그냥 수습 직원과 교육하는 사수로서 만났다면 좀 달라졌을까. 아마 조금 설레었을지도 몰랐다. 훤칠하게 뻗은 키와 호감 가는 외모. 만약 모르고 만났다면 저 사람이 감정을 착각하고 손을 내밀 때, 모르는 척하고 손을 잡아 줬을지도 몰랐다.

만약을 가정한다는 말이 얼마나 한심한 일인지 알고 있지만, 연아는 계속 미련이 남았다. 분수를 알아라. 욕심내지 말자. 문득 다온에게 건넸던 말이 떠올랐다.

존경과 비슷한 감정이 이성에 대한 호감으로 착각될 수 있다. 그렇다면 자신도 그렇지 않은가? 이게 저 사람이 좋아서 만나 보고 싶다는 욕구인지, 혹은 저 사람과 만남으로써 손에 쥐게 되는 것들에 대한 욕망인지.

연아가 자조적인 미소를 지었다. 어차피 떠날 사람이니 단호하게 끊어 줘야 했다. 다온보다 조금이라도 오래 산 자신이.

"우와아 멋지네. 나중에 우리 아들 전문의 따면 와야겠어."

"이야, 희순 쌤 그날 돈 좀 쓰시겠는데요?"

"그때까지 돈 많이 모아 놔야겠는데? 하기야 뭐 이제 인턴이니 당장 내일부터 적금 들면 되지 않겠어?"

우스갯소리에 앞서 걷던 다온의 얼굴에도 미소가 걸렸다. 능글맞게 희순의 말을 받아 주던 성균이 날카로운 눈으로 건물을 훑었다. 차량이 뜸한 시외까지 빠져 나오길래 어디까지 가나 했더니, 도착한 곳은 무궁화 다섯 개짜리의 고풍스러운 건물이었다.

무궁화 다섯 개가 걸린 간판이 아니었다면 음식점이 아니라 저택으로 착각했을 정도였다. 그 뒤를 윤서와 연아가 사이좋게 팔짱을 낀 채 도란도란 이야기를 나누며 걸었다.

"어서 오십시오."

이게 한국이야 일본이야. 희순이 호들갑을 떨며 제일 먼저 자리를 잡았다. 그 맞은편에 신 팀장이 소매를 걷고 앉았다. 창문이 없는 대신 작은 장지문이 살짝 열려 있었는데, 그 옆으로 비치는 일본식 정원이 절경이었다. 마음에 드는지 희순의 시선이 그곳에서

307

떠나질 못했다.

"다온 씨 좀 무리하는 거 아냐?"

비싼 거 사 준다고 좋아라 하는 티를 내긴 했지만, 윤서 역시 소시민의 심장을 가지고 있었다. 직원들은 다온의 이름을 듣자마자 가장 깊숙한 방으로 안내받았다. 게다가 흔한 메뉴판조차 없는 집이었다. 이런 집 치고 가격 적당한 곳 없다.

"좋아하시는 걸 잘 몰라서 제가 그냥 알아서 시켰어요. 혹시 원하시는 거 있으면 말씀하세요."

말하는 다온이나 듣고 있는 사람들이나 절대로 뭘 요구할 리 없다는 걸 알고 있었다. 치맛자락을 매만지는 윤서가 연아에게 시선을 돌렸다. 고풍스러운 찻잔에 반쯤 차오른 차를 홀짝이다 눈을 마주한 연아가 배시시 웃어 보였다.

"왜?"

"아니다. 많이 먹자."

"그래."

이상했다. 둘 사이에 뭔가가 오가는 느낌이었는데……. 다온이 계속해서 연아를 힐끗거리는 걸 눈치채기란 어렵지 않았다. 하지만 아무렇지 않은 표정으로 웃어 보이는 연아의 얼굴에 윤서가 고개를 갸웃했다. 잘못 느꼈나. 하기야 현주 일도 있고 하니 서로 어색하긴 하겠지. 혼자 답을 내린 윤서가 내어져 오는 음식에 기가 질려 입을 떡 벌렸다.

반면 연아는 아무 생각이 없었다. 처음에 일식이라길래 비싼 회나 한 대접 주려나 했던 연아였지만, 시외로 차를 몰고 가는 걸 보고 대충 짐작한 일이었다. 한 상 가득 차려지는 음식들에 기가 질릴 지경이었다. 보통 횟집과는 곁들임 음식의 종류나 질이 차원이 달랐다.

"음, 전복? 전복 구이인가?"

"버터 발라서 구운 거예요. 저번에 먹어 봤는데 맛있더라구요."

게다가 그것으로도 모자랐는지 코스식으로 각 사람 앞에 음식이 놓여졌다. 가벼운 샐러드 같은 건 전혀 없고, 처음부터 본식이었다. 동시에 다른 직원이 사케의 뚜껑을 열었다. 잔마다 돌아다니면서 채우려는 모양인지 병을 들고 일어서는 직원을 다온이 만류했다.

"술은 알아서 먹을게요."

"네. 식사 맛있게 하십시오."

"음, 호강하네. 다온 씨 수습 한 달 더할 생각 없어?"

단정하게 물러서는 직원들에게 시선을 주던 다른 사람들과 달리 희순은 다정하게 웃으며 다온에게 말을 건넸다. 그 말에 학을 떼듯 다온이 고개를 절레절레 저었다.

"왜? 우리 쫌 괜찮았잖아?"

"어으, 저는 천성이 백수예요. 매일 똑같은 시간에 일어나고 출근하고…… 안 하던 짓 하려니까 죽겠더라구요."

희순의 말이 끝나자마자 성균이 한술 더 떴다. 능글맞게 물어오는 얼굴에 다온이 손을 절레절레 내저었다. 처음에는 충격으로 생각 없이 출근했지만, 시간이 지나면서 일찍 자는 것도 고역이었고, 일찍 일어나는 것은 더더욱 죽을 맛이었다. 잠자는 것이 얼마나 행복하고 소중한지 알았으면 되었다. 다온은 그렇게 생각하고 있었다.

"이야, 좋다."

"고생하셨습니다, 팀장님."

성균에게 사케 한 잔을 받아 마신 신 팀장의 얼굴이 발갛게 달 아올랐다. 그 틈을 놓치지 않고 다온이 병을 들었다. 신 팀장이 기 다렸다는 듯 빈 잔을 내밀었다.

"고생은 뭘."

"고생하셨죠. 저 때문에 윗분들이 많이 찾지 않으셨어요?"

"쓰읍, 찾긴 많이 찾았지. 그래도 뭐, 그 덕에 이렇게 예산도 많 이 따 오고 좋지. 우리 내년 기금 예산 30% 증액 됐다!"

환호가 터졌다. 술에는 관심도 주지 않고 음식을 공략하던 윤서 가 제일 먼저 환호성을 내질렀다. 연아가 쓴웃음을 지었다.

"내년에는 병동 담당들 다들 고생 좀 하겠어?"

"아아, 희순 쌤도 병동 하나 맡아 주세요. 저랑 연아 쌤 얼마나 고생하는지 알면서."

"왜? 자원봉사 관리랑 관련 기관 관리도 힘들다?"

"그건 알지만…… 병동이 이렇게 많은데 병동 담당이 나랑 연 아 쌤뿐이라니! 좀 너무 한 것 같습니다!"

불평이지만, 입술을 삐죽이며 방실방실 웃으며 말하는 통에 다 온마저 웃음을 터뜨렸다. 다온이 준 술 한 잔을 입에 털어넣던 신 팀장이 굳은 얼굴로 잔을 내려놨다. 병동 담당 중 하나가 사표를 낸 게 오늘 아침이었다. 윤서도 모르는 걸 보니 다른 팀원들에게는 한마디 입도 떼지 않은 모양이었다.

"다온 쌤."

"편하게 부르십시오."

"우리 연아 쌤, 일 잘하지 않았나? 자네가 보기엔 어땠는지 궁 금한데……."

신 팀장이 보기에 연아는 그저 지친 것 같았다. 윗사람들과 엮인 사회복지사의 끝이 얼마나 고통스러운지 알고 있기에 그런 연아가 안쓰러웠다. 게다가 이제 2년 차. 당연히 고되고 힘들 텐데. 일이 바쁘단 이유로 전혀 슈퍼비전도 못 주고 챙기질 못했다. 그것을 사표를 받고서야 알아챈 신 팀장의 속이 말이 아니었다.

"어, 갑작스럽게 이러시니 당황스러운데⋯⋯."

"그냥 편히 말하면 돼. 못 한 거 있으면 말해도 되고, 욕만 안 하면 돼. 우리는 이런 시간 자주 갖거든. 그래야 다음에 더 잘하니까."

성균이 당황한 다온의 등을 도닥였다. 말은 그렇게 하면서 이미 시선은 음식에 가 있었고, 그쪽으로 젓가락을 뻗어 가고 있었다. 누가 봐도 건성인 말이었다. 떨떠름하게 머리를 긁적이던 다온이 연아와 시선을 마주했다.

"⋯⋯존경스러운 사람이에요. 똑같은 말을 표정하나 안 바꾸고 다정하게, 수십 번도 더 하더라구요. 사실, 뒤에서 정말 지루한 적이 많았어요. 환자 어머니한테 설명하고, 아버지한테 설명하고, 할머니한테 설명하고, 또다시 물어 오면 처음부터 다시. 표정 하나 안 바꾸고 얼굴색도 안 바뀌고. 점심시간도 건너뛰어 가면서⋯⋯."

연아가 젓가락을 바로 세워 잡다가, 그 자세 그대로 손을 멈췄다. 신 팀장도 팀장 직위를 달기 전까지 했던 일이고, 희순과 성균도 거쳐 간 일들이었다. 그렇게 해야 하니까 몸에 익혀 왔던 일들이 다온의 입에서 나오니까 특별하게 느껴졌다.

"그렇지. 그거 쉽지 않아. 특히 졸업하고 바로 들어오는 사람들은 더해. 잘해야지, 잘해야지 하면서도 쉽지 않거든. 어쩔 때는 보호자한테 맞기도 하고, 욕도 듣고⋯⋯ 살인협박도 듣지."

"그건 맞아요. 내 잘못 아닌데도 지원 끊기면 내가 그런 줄 아는 사람들 많거든. 특히 나이 지긋하신 분들이 더 그러지. 이번에 우리 학교 후배애가 시골 면사무소인가 배치되었는데, 기초생활 수급 끊겼다고 퇴근하는 애 붙들고 두들겨 팼다고 하더라고."

"헐. 괜찮대요?"

신 팀장이 고개를 주억거리자마자 희순이 말을 보탰다. 별것 아닌 일에 칭찬을 받는다 생각한 연아가 무안함에 시선을 빈 접시에 고정했다. 같은 직종에 종사하는 사람의 부상 소식에 윤서가 물고 있던 젓가락을 내려놓고 물었다.

"그날로 그만뒀지. 다른 데 전입도 잘 안 된다는데 월급 그거 쥐꼬리만큼 받는 걸로 병원비나 나오겠냐. 교대 간다고 수능 본댄다. 수능."

"아⋯⋯."

"세상 참 잘 돌아가네."

다온은 큰 충격을 받았다. 아무렇지도 않게 이야기하는 희순 때문에 놀라기도 했지만, 궁금증을 표현하던 윤서나 가만히 듣고 있던 성균과 연아 모두 대수롭지 않은 표정이었기 때문이었다. 항상 있는 일처럼 고개를 끄덕이는 모습이 더 놀라웠다.

"마셔, 마셔. 왜 좋은 날 그런 이야기를 꺼내?"

"먼저 꺼내신 건 팀장님이면서!"

샐쭉하게 입술을 삐죽인 윤서가 무릎을 꿇고는 반쯤 몸을 일으켜 신 팀장의 잔을 채워 주었다. 따뜻하게 데워진 술에 얼굴이 발갛게 달아올랐으면서도 신 팀장의 입가에는 미소가 가득했다. 성균이 자신의 잔을 한 번에 털어 넣어 비우더니, 다온에게 술병을 내밀었다.

"한 잔 줘."

"아, 그래야죠."

젓가락을 내려놓고 두 손으로 성균의 잔을 채워 준 다온이 자신의 잔도 내밀었다. 남자들의 술 파티에 희순이 밉지 않게 혀를 찼다. 저래서 오늘 집엔 들어갈 수 있겠어? 묻는 그녀에게 연아가 대리 불러야겠는데요? 하며 웃음으로 답했다.

"근데, 제가 궁금한 게 있는데요……."

다들 몇 잔씩 나누다 보니 사이좋게 닮은꼴들이었다. 그나마 멀쩡한 게 다온이려나. 돌아가서 야근을 할 수 있을까 걱정이 될 만큼 빨갛게 얼굴을 물들인 성균이 잔을 든 채로 다온을 돌아보았다.

"왜 다들 이 일 하세요?"

"이 일?"

"다른 일도 많잖아요. 세상에 직업이 얼마나 많은데……."

생뚱맞은 다온의 질문에 짐짓 고민하는 체하는 성균과 다르게 희순은 빙그레 웃었다. 그러고는 그러네, 왜 할까? 하고 다온에게 되물었다. 당연스럽게도 다온은 대꾸하지 못했다.

"자기만족?"

"아, 윤서 쌤 너무 솔직했다!"

"맞다. 사명감으로 대답했어야 했어요? 실수, 실수. 다시 대답해도 되죠, 다온 씨?"

신 팀장의 타박에 윤서가 뻔뻔하게 덧붙였다. 다온이 헛웃음을 지었다. 자기만족이라니. 생각지도 못했던 답변이었다. 연아마저 입에 미소를 내걸었다.

"딱히 이유가 있을까요? 이것저것 섞였던 거 같은데. 팀장님은 어떠셨어요? 이건 솔직히 남자들이 대답해야 할 거 같은데……."

"와, 연아 쌤 그거 편견이야. 왜 그렇게 생각하는데?"

"여자들보다는 남자들이 월급 액수를 더 따지잖아요. 결혼할 생각도 하고, 집 부양할 생각도 해야 하고?"

"그건 그렇지. 난 음, 어릴 때부터 부모님 따라서 자원봉사하다 보니 어느 순간 이 길에 있더라고. 그다지 나쁜 일도 아니고, 할 만하니까 주욱 해 왔지."

출근 초에 연아에게 월급의 액수를 물어봤던 다온은 일에 비해 초라하기 그지없던 그 액수를 기억하고 있었다. 순순히 자신의 이야기를 토해 낸 신 팀장이 곧바로 다음 타깃을 찾았다.

"그래, 성규이. 너는 어쩌다가 사회복지사로 왔나?"

"취하셨네, 취하셨어."

누가 할 말을 하는지. 혀가 꼬여 실없이 웃고 있는 성균을 보고는 희순이 혀를 쯧쯧 찼다. 그러면서 머리를 긁적이는 폼이 이야기를 쏟아 낼 듯했다.

"그러게. 나 성균 쌤 이야기는 안 들어 본 거 같아. 연아 너는 들어 봤어?"

"어? 어어⋯⋯."

연아는 대충 알고 있는 바가 있었다. 하지만 자세한 이야기는 몰라 말을 얼버무렸다. 자신이 모르는 분야의 이야기라 지루하지 않은지 살펴본 다온의 얼굴에는 흥미로움이 가득 담겨 있었다. 아까 자신을 봤을 때 저런 얼굴이었나? 오후 시간을 회상해 보았던 연아가 고개를 내저었다. 아니다. 아니었다.

"아시죠? 저 이 분야 전공자는 아니었어요. 나중에 자격증 따긴 했는데, 좀 늦었죠. 희순 쌤보다 늦게 땄으니까. 경영학 전공이었어요. 장남이기도 했고, 사회봉사 학점 채우러 여자 친구 따라서 봉사 몇 번 갔었는데, 거기서 제 인생이 뽕!"

성균은 천천히 이야기를 시작했다. 스물두 살에 사귄 여자 친구와 아직도 만나고 있다고 말해 사람들을 놀라게 만들고는 만족스럽게 웃었다.

사회복지학과 전공인 여자애가 예쁘기에 슬그머니 복수전공을 신청했다는 이야기. 집안에서는 몰랐다는 이야기. 평범한 회사에 들어가 대리 직급까지 달았지만, 미래가 없이 똑같은 일만 반복하는 자신에게 질려서 사회복지사로서 한걸음 나아가게 되었다는 이야기. 이야기는 길었고, 듣는 사람들은 쉬지 않고 젓가락을 놀렸다.

이야기 순서는 돌고 돌아 연아한테까지 당도했다. 성균에게 몇 잔 받아 먹었다고, 발갛게 달아오른 볼을 내리누른 연아가 머뭇거렸다.

"전 진짜 별거 없어서……."

"에이, 별거 없는 건 나지. 정신 차려 보니까 이러고 있었다니까?"

신 팀장의 너스레에 한바탕 웃음이 터졌다. 연아가 난처한 미소를 내걸고 우물쭈물거리다 결국 입을 열었다.

"하고 싶었어요. 처음부터. 언제부터인진 몰랐는데, 그냥 하고 싶었어요. 사회복지사라는 직업이 되게 마음에 들었거든요."

"역시, 우리 연아는 준비되어 있다는 티가 팍팍 났지."

술 한 잔 입에도 안 댔는데 분위기에 취한 듯 윤서가 연아의 팔에 얼굴을 비볐다. 정전기로 붕 뜬 윤서의 머리카락을 정리해 준 연아가 빙그레 입매를 휘었다.

"다온 쌤도 잘 했어. 사실 처음에는 기대도 안 했는데, 하는 거 보고 나도 많이 배웠다."

"예? 선생님이요?"

뜻밖인 이야기에 다온이 집었던 젓가락을 내려놓았다. 트레이드 마크인 양 붕 뜬 머리를 한 번 쓸어 올린 성균이 피식 웃고는 그를 응시했다.

"나도 편견이 심하더라고. 다온 씨가 이해해. 내가 돈 많은 사람들보다는 돈 없는 사람을 더 많이 만나거든. 알지?"

다온이 고개를 주억거렸다. 한 달 일하면서 절실히 느낀 바였다. 이들은 가장 어려운 사람들을 가장 낮은 위치에서 만나려 애를 쓰고 있었다. 둘러본 사람들의 얼굴에는 공통적으로 피로가 가득했다.

"워낙 쉬쉬해서 제대로는 모르지만, 우리 회사 막내 도련님은 딱히 하는 것도 없고 그렇다고 해서 아, 얼마 안 되서 지각하고 결석하고 난리가 나겠구나. 우리 연아 쌤 고생 꽤나 하겠구나 했거든. 그래서 처음에 내가 세게 나가기도 했고. 기억나지?"

다온과 성균 사이에 무슨 일이 있었는지 모르는 연아가 눈을 동그랗게 떴다. 반면 짐작 가는 게 있는지 윤서는 성균 쌤이 그때 좀 너무하셨다는 둥, 우리 다온 쌤한테 그렇게까지 했어야 했냐는 둥 짐짓 화를 내는 투로 성균을 타박했다.

"근데, 정말 성실했어. 연아 쌤도 그거 인정하지?"

성균의 물음에 다온의 시선도 그대로 연아를 따라왔다. 인정할 건 인정해야 했다. 연아가 고개를 끄덕이며 수긍했다. 아슬아슬하게 들어올망정 지각 한 번 하지 않았고, 결근 역시 없었다. 오히려 칼퇴근을 하는 게 미안하다는 듯 팀원 전체가 야근할 때는 꼭 출근할 때 뭐라도 사다 날랐다.

그래서 어느 순간 이들은 그가 재벌 3세 도련님임을 잊고 행동하고 있었다. 아마 오늘 저렇게 차려입고, 원장님을 대동해서 나타나지 않았더라면 깨닫지 못했을지도 모른다. 그냥 함께 일했던 동료. 그렇게 남았을지도 몰랐다.

"나중에 어디 가서 무슨 일을 하든, 다온 씨는 했던 대로만 하면 잘할 거야."

"맞아요. 성격도 싹싹하고 딸 있었으면 사위 삼고 싶네."

"아이고, 다온 씨 데려가려면 어디 보통 집안이 되겠어요?"

신 팀장이 손을 길게 뻗어 다온의 등을 두드리며 격려했다. 신 팀장의 맞은편에 멀찌감치 떨어져 앉은 희순마저 웃는 얼굴로 그를 칭찬했다. 별거 아닌 우스갯소리였는데, 윤서의 너스레에 다온도 연아도 젓가락질을 멈췄다. 약속한 것도 아닌데 두 남녀의 시선이 허공에서 맞붙었다. 연아가 먼저 시선을 아래로 내렸다.

식사는 그렇게 끝났다. 잔뜩 술에 취한 신 팀장과 그렇게 마셔도 정신은 맑은지 비틀거리면서도 병원으로 돌아가야 한다고 우기는 성균이 골칫거리로 남았다. 다온 역시 몇 잔 받아먹은 터라 운전대를 잡기가 곤란했다. 다온은 대리를 불렀다. 신 팀장이 운전해 온 차에도 대리를 부르려 했지만 희순이 만류했다.

"내가 할게, 운전. 어차피 가는 길이고, 성균 쌤 병원에 내려 주고 신 팀장 마누라한테 인계하면 돼. 저 사람, 내가 보기엔 오늘 와이프한테 한 대 맞을 날이야."

쿡쿡 웃으며 덧붙이는 말에 다온은 더는 권하지 못했다. 타고 왔던 사람 중 한 명이 비었다. 조수석에 올라탄 다온이 뒤편을 돌아봤다. 재미있는 걸 발견했는지 보고 있던 핸드폰 화면을 보여 주는 윤서에게 연아가 밉지 않게 타박을 건네고 있었다.

"어디로 먼저 갈까요?"

"저희 집 서대문구 쪽인데, 그냥 가다가 주변 지하철 역에 내려 주세요."

"그럼 서대문구 먼저 가 주세요. 이대 앞쪽이라고 하셨죠?"

"네에."

이대 주변에서 자취를 하고 있다는 윤서가 멋쩍은 듯 요청하자 다온이 고개를 절레절레 젓고 대리에게 서대문구로 먼저 가자고 했다. 차량이 부드럽게 출발하고 나서 연아가 부드러운 승차감에 눈동자를 도록도록 굴렸다.

볼 때마다 차가 바뀌는 것 같았다. 처음에는 검은색이라 눈치를 못 챘지만, 저번에 탑승했던 비싼 외제차도 그렇고, 오늘 처음 본 하얀색 승용차도 그렇고, 차에 대해서 잘 모르는 연아도 다온이 차량을 한두 대 갖고 있는 것이 아니라는 걸 깨달을 수 있었다.

다른 세계에 사는 사람. 운 좋게 가까이서 닿을 기회가 생긴 것뿐이었다. 연아가 자조적으로 미소 지었다.

"감사합니다. 조심히 들어가요. 오늘 잘 먹었어요. 연아야, 조심히 들어가?"

가장 먼저 내린 건 윤서였다. 활기차게 손을 흔들며 인사하는 윤서에게 다온이 목례했다. 가벼운 걸음으로 윤서가 건물 안으로 걸어 들어가는 걸 확인하고 나서야 다온이 내렸던 창문을 올렸다. 바람이라도 쐬나 싶어 불이 꺼져 가는 거리를 보고 있던 연아가 시선을 돌렸다.

"진지하게 생각해 줘요."

아직도 포기를 못 했나 보다. 다온이 툭 내던지는 말에 연아가 참담하게 고개를 떨궜다. 끝내 이렇게 되고 만다. 라디오도 음악도 틀지 않은 차 안이 적막했다. 저 남자는 자신한테 뭘 바라는 걸까.

꼴에 여자라고 좋은 면만 보여 주고 끝내고 싶었는데, 오늘 일도 그렇게 순순히 물러날 생각은 없는 모양이었다. 연아가 입꼬리만 올려 서늘하게 웃었다.

"생각 없이 던진 돌에 개구리는 맞아 죽어요. 나도 사람인 이상 기대하게 될 거고, 그 기대는 날 망칠 거예요. 그리고 다온 씨는 나한테 실망하겠죠. 정해진 일이에요. 나만 죽는 일인데, 내가 마냥 좋다고 할 줄 알았어요?"

"누나가 누나 자신을 판단하는 건 내가 어떻게 할 수 없지만, 날 판단하지는 마요."

연아가 무심하게 입술을 달싹였다. 냉정하다 못해 얼음이 뚝뚝 떨어지는 말에 다온의 얼굴에 그늘이 내려앉았던 것도 잠시였다. 예상치 못하게 곧바로 훅 들어오는 다온의 목소리에 연아가 눈을 크게 떴다.

"내가 당신한테 실망하게 될지, 아니면 더 좋아하게 될지 어떻게 알아요?"

"다온 씨."

저음으로 잔뜩 가라앉은 목소리에 연아가 한숨을 푹 내쉬었다. 어떻게 납득시켜야 할까. 머리가 지끈거려 왔다.

"나, 자격지심 있어."

한참의 침묵 뒤 연아가 갑작스럽게 건네는 말은 다온으로서는 예상치 못한 것이었다.

"내가 가지지 못했던 거에 대해 결핍도 되게 심해. 오빠나 남동생한테 질투도 심하고, 그거 티 안 내려고 엄청 노력하고……."

"그게 나랑 사귀는 거랑 무슨 상관인데요?"

"너랑 있으면 내가 망가질 거 같아서."

"왜요? 내가 돈이 많아서? 아님, 뭐요. 나 가진 거 돈밖에 없다고 했잖아. 그럼 다 버릴까? 전부 기부할까요? 그럼 나랑 만날래요?"

"아니, 넌 절대 못 해."

금방이라도 눈물을 뚝 떨어뜨릴 것 같은 눈으로 연아가 다온을 올려다보았다. 그럼에도 단호하기 그지없어 다온이 짜증스러운 얼굴을 했다. 세상에 완벽한 사람이 어딨겠는가. 나한테 딱 맞는 사람이 어딨겠는가. 서로 맞춰 가는 거지. 어울리지 않게 처음부터 안 된다고 자르는 연아의 태도가 벽을 잔뜩 세우는 것만 같아 속상했다. 더불어 화도 났다. 나이가 어리다고 마냥 어리게 보는지 자신의 말 한마디 한마디를 그냥 던지는 말 취급이었다.

"하면 어쩔 건데요."

"이런 걸로 이기려고 하지 마. 자존심으로……."

"자존심 아니에요."

연아의 말을 중간에 동강 잘라먹으며 다온이 대꾸했다. 그윽한 눈으로 바라보는 남자의 얼굴이 진중하기 그지없어 연아가 괜한 가방 고리만 쥐어뜯었다.

"한 번에 다 정리하긴 힘들어요. 클럽이나 술집은 원래 접으려고 하던 거라 이달 안에는 정리할 수 있을 거 같구요. 누나도 남자친구가 술집 사장이라고 소개하면 좀 그렇잖아요. 그리고……."

"나, 무안 내려갈 거야."

"……네?"

"나 어제 사직서 냈어. 집 정리는 내일부터 해서, 이 달 안에 내려갈 거야. 미안해."

연아가 자조적으로 입을 열었다. 속물은 속물이지. 재벌 3세가 자기 좋다니 한번 못 이기는 척 만나 볼까 하는 생각이 들었나 보다. 반면 다온은 이 달 안에 정리하겠다는 말에 찬물을 뒤집어쓴 듯 정신이 맑아졌다. 속삭이듯 말하는 연아의 입술이 잔뜩 말라 있었다.

연아는 할 말을 잃고 핏줄이 설 만큼 주먹을 강하게 쥔 다온의 손등을 내려다보았다. 단 하루의 꿈이었다. 그를 희망 고문한 셈이었다. 처음부터 단호하게 끊고 들어갔어야 했다. 괜히 생각 없이 같이 휘둘려 주다가 더 큰 상처만 주었다. 어차피 갈 사람인데…….

차가 멈춰 섬과 동시에 연아가 크로스백 가방끈을 어깨에 걸었다. 달칵하는 소리와 함께 차 문을 열었다.

"어디 가요."

"미안, 미안…….”

"누나!"

뒤늦게 다온이 손을 뻗었지만, 연아는 이미 내려 문까지 닫은 상태였다. 탁 하는 소리와 함께 부드럽게 닫힌 문을 느끼자마자 반사적으로 다온이 차에서 내려 발걸음을 재촉했다. 빠른 걸음으로 연아를 따라잡아 팔을 잡아 돌렸다. 한순간에 뒤돌아서 다온을 마주 보게 된 연아의 두 눈동자는 붉게 변해 있었다.

"신데렐라 싫다고 했죠."

원망을 쏟아 내거나 혹은 화를 낼 거라 생각했는데 다온의 입에서 나오는 이야기는 뜻밖이었다. 연아가 당혹스러운 눈으로 잡힌 팔을 내려다보았다.

"지금부터는 생각해 봐요. 누나 말대로 나 부족한 거 없이 살았을지 몰라요. 근데, 나는 부족한 게 있었어요. 가진 자가 하는 소

리라서 제대로 들어 주는 사람 하나 없었는데. 누나가 들어 줬잖아
요."

"다온아, 그건……."

연아가 다온에게 잡힌 팔을 풀어 내려 애를 썼다. 이상하게 팔
부터 시작한 압박감이 온몸으로 퍼져 가는 기분이었다. 여기서 벗
어나야 한다는 생각이 들었다. 그렇지 않으면 원하지 않았던 일이
일어날 것 같은 예감, 그런 예감이 밀물처럼 연아를 덮쳤다.

"사람이요. 나 안 좋아하는 거 알아요. 근데, 내가 누나가 필요
해요. 그러니까 누나는 이렇게 생각해요. 연애가 아니라 거래다."

"거래?"

"누나한테 필요한 걸 내가 채워 줄게요. 대신에, 나한테 필요한
건 누나가 채워 줘요. 거래로 시작하자는 말이에요."

연아가 한숨을 폭 내쉬었다. 모른 척 그러마 하고 고개를 끄덕
이는 일이 어려운 건 아니었다. 그냥 눈 한번 감고, 그래 네가 원
하는 대로 할게. 그 한마디면 되는데, 머리 복잡한 일들이 곧바로
깨끗하게 해결될 텐데. 그러지 못하는 이유는 속물근성 때문에 저
사람을 망치고 싶지 않은 마음에서였다.

"다온아 그 문제가 중요한 게 아니야. 나는……."

"알아요. 착한 딸이 되고 싶다면서요. 내가 누나보다 나이가 어
리긴 하지만, 나만 한 조건 가진 남자 없을 걸요?"

"아니, 내 문제야. 나에 대해서 알면 얼마나 안다고, 내가 필요
하다고 하는 건데? 솔직히 말해서 우리 제대로 이야기해 본 적도
몇 번 없잖아. 지금 이건 너무 성급하고 갑작스러운 것 같다. 못
들은 걸로 할 테니까. 다시 한 번 생각해 봐."

팔에 힘을 주고 휘저어 다온의 팔을 떨어뜨린 연아가 입술을 질

끈 물었다. 누가 꿈꿔 보지 않았을까. 여자라면 자기 좋다고 매달리는 남자를 상상해 본 적이 있을 터였다. 단 한 번이라도 상상해 보지 않았다면 거짓말이었다.

그 상상이 현실이 되었는데, 게다가 그 남자가 자신이 원하는 거라면 뭐든지 채워 줄 재력을 갖고 있는데, 못 이기는 척 넘어가고 싶었다. 그런 욕망이 가슴 깊숙한 곳에서부터 몽글몽글 솟아났다.

이기적일지는 모르지만, 이 악물고 공부해서 과탑도 몇 번 했고 성적장학금을 놓친 적이 없었다. 대학교 재학 내내 전액장학금을 받았고, 조기졸업의 신화도 이뤄 냈다. 국가고시 역시 한 번에 패스하고 연아의 전공에서 보면 엘리트 코스를 밟아 왔다고 해도 과언이 아니었다.

죽도록 노력해서 여기까지 왔는데 남자친구가 재벌 3세라고, 혹은 남편이 재벌 3세라고? 그때부터 연아의 인생은 없었다. 아무리 뼈가 삭을 만큼 노력해 왔어도 그 굴레에서 벗어나지 못할 게 눈에 뻔히 보였다.

"울지 마요."

항상 갑의 위치에 있던 이가 을, 혹은 그 아래의 자리까지 내려와 자신과 눈높이를 마주했다. 자신을 위해 준비하고 기대했던 것들이 한순간에 어그러지면서 속상한 것은 그일 텐데. 연아는 메마른 자신의 눈을 들어 그를 바라보았다. 물기 하나 없는 얼굴인데 왜 울지 말라 하는 건지.

"울지 말라니까요."

난처하다는 듯 다온이 자신의 미간을 문질렀다.

"나 안 우는데?"

"울고 싶잖아요."

"근데 왜 울지 말라 해?"

"내가 아프니까."

다온이 벽에 몸을 기댔다. 시선은 바닥에 떨어져 있었다. 항상 강하던 네가 울면, 네 눈물이 꼭 나를 산산이 부서뜨릴 것만 같으니까. 다온이 입술을 앙다물었다.

밤길을 천천히 걸어 자취방으로 돌아온 연아는 이불을 펑펑 차다 잠들었고 오피스텔로 돌아간 다온은 한숨도 잠을 이루지 못했다. 두 남녀에겐 여러모로 잊을 수 없는 밤이었다.

◇ ◇ ◇

"아침 드세요~"

아침을 여는 목소리는 있어서는 안 될 사람의 것이었다. 윤서가 마시던 커피를 분무기처럼 입에서 뿜어 냈다. 원 플러스 원. 마트에서 자주 볼 것 같은 이름이 새겨진 하얀 비닐봉투를 양손에 가득 들고, 뒤따라 오는 사람의 손에는 커피 트레이를 안기고 들어온 사람은 바로 다온이었다.

"아니, 이게 무슨 일이야?"

희순 역시 놀라움에 눈을 크게 떴다. 그만둔 사람이 찾아올 수는 있지만 그게 매일은 아니었다. 어제도 와서 근사한 저녁을 선사하고 가 놓고 아침부터 이렇게 바리바리 뭘 싸오느냔 말이다.

또 이렇게 이른 시간에 일이 아닌 이유로 찾아오는 일은 드물었다. 아니, 어느 누가 그만둔 직장에 매일 출근한단 말인가. 저 사람이 우리 팀이 아닌 게 맞나. 희순은 이제 긴가민가하는 표정이었다.

"그냥요. 좀 좋은 면을 보여 주고 싶어서."

힐끗 던지는 시선이 연아의 책상으로 내려앉았다. 희순과 윤서는 벌써 눈치챈 듯했다. 만족스럽게 입꼬리를 끌어올리는 다온과 다르게 연아는 이마를 짚었다.

"잘됐네. 잘됐어."

"잘되긴 뭐가 잘돼!"

윤서가 곧바로 연아의 어깨를 두드렸다. 신나게 두드리는 덕에 대책 없이 흔들리던 연아가 빽 소리를 내질렀다. 머리가 지끈거렸다. 아무리 같이 일했다고 해도 저 사람은 이제 그만둔 것 아닌가.

"이게, 이번에 새로 개발한 신제품이라는데요. 저희 둘째 형수님이 개발하셨어요."

"아 진짜? 형수님이 카페 하셔?"

"네. 카페 아르바이트하실 때 우리 둘째 형이 한눈에 반해서 결혼까지 직행했잖아요."

능청스럽기 그지없다. 희순에게 카페 브런치 도시락을 건네며 물어보지 않은 것들을 늘어놓았다. 희순이야 원래 사람 안 가리고 이야기하길 좋아했으니 딱 좋은 상대였다.

"다온 씨 내 거는?"

"윤서 쌤 거는 제가 신경 좀 썼죠. 휘핑 잔뜩 얹은 프라푸치노 맞죠?"

"완전, 다온 씨는 센스도 참 좋아."

자고로, 한 사람을 얻으려면 주변부터 공략하라고 했다. 루미가 수줍게 쏟아 냈던 연애사에서 루미조차 짐작하지 못한 둘째 형의 의도를 술술 읽어 냈던 다온이었다. 이들이 방해꾼보다는 조력자가 될 것이라는 걸 깨닫긴 쉬웠다.

평소라면 연아의 것까지 챙겨 갖다 줬을 윤서였다. 아니나 다를까 자신의 것만 쏙 빼내어 병동 다녀오겠다며 싱글벙글 웃으며 사무실을 나갔다. 나가면서 다온의 어깨를 툭툭 쳐 주는 것은 서비스이자 신호였다. 잘해 보라는 신호.

"성균 쌤 거는 쓰리샷 넣었고, 우리 연아 쌤 거는!"

"아이고, 잘해 봐. 다온 씨."

희순마저 목소리에 웃음기를 가득 담은 채 다온의 어깨를 두드린다. 사방이 방해꾼이었다. 연아가 팔에 얼굴을 파묻었다. 능청스럽게 감사하다는 말까지 전한 다온이 연아의 책상에 벤티 사이즈는 될 만한 테이크 아웃 컵을 올려 두었다.

"고마워요……."

"듣기 좋은데요? 맨날 와야겠다."

시선도 마주하지 않고 하는 말에 다온이 중얼거렸다. 그 중얼거림을 듣자마자 몸을 일으킨 연아가 곧바로 다온과 시선을 마주했다. 불과 이십 센티도 되지 않는 거리를 사이에 두고 있다는 걸 깨달은 연아가 의자를 뒤로 물렸다.

"일 미터는 못 지켜 드릴 거 같아요."

그날부터 다온은 시간 맞춰서 사무실에 출근 도장을 찍었다. 어떤 날에는 자신의 비서실장이라며 진철을 대신 보내기도 했으나 대부분은 다온이 직접 왔다. 능글맞게 직원들의 놀림을 감내해 내고, 시선을 피하는 연아를 졸졸 쫓아다녔다.

"점심 같이 먹을래요?"

일하는 시간까지는 따라오지 않았던 다온은, 어딜 갔다 온 건지 때를 맞춰 들어와 점심을 제안했다. 처음에는 연아가 너무 피하는 바람에 팀원들의 도움을 받아 함께 식사하곤 했지만, 일이 바빠 둘이서만 먹는 날들이 늘어났다.

"나 일 그만둔다니까요? 무안 내려가요, 전남 무안. 다온 씨 가본 적이나 있어요?"

"난 누나가 반말하는 게 더 좋은데. 이삿짐 쌀 때 말해요. 도와줄게."

쉽게 물러설 사람이 아니었다. 연아가 젓가락을 든 채로 한숨을 푹 내쉬었다. 얼굴을 마주 본 채로 그 앞에다 한숨을 푹푹 내쉰다는 게 예의가 아님을 알고 있었지만 속에서부터 우러나오는 것을 어쩌겠는가.

"까여도 지금은 안 까여요."

"까면 까는 거지 왜 지금은 안 된다는 건데요?"

"애매하잖아요. 내가 싫어서 안 만난다는 건지. 아니면 일 그만두고 내려가니까 안 만난다는 건지. 둘이 같은 건 아니니까."

어중간한 상태로 그냥 끝내 버릴 수 없다는 의지가 그득했다. 연아는 안 넘어가는 밥을 꿀꺽 삼켰다. 왜 저 사람이 자신에게 집착하는지 도저히 이해가 안 되었다. 그냥 가만히 있는 걸로 반짝 빛나는 사람인데 왜 굳이 자신일까. 그녀보다 더 헌신적인 삶을 사는 사회복지사가 사방팔방 널리고 널렸는데, 대체 왜 날 좋다고 하는지. 연아로서는 이해할 수가 없었다.

다온의 비공식적인 출근 이틀째 되는 날, 팀원 전체가 그녀와 다온 사이에서 흐르는 기류를 눈치챘다. 윤서는 만족스럽게 웃으며 연아의 옆구리를 찌르곤 했고, 성균은 여동생을 뺏긴 오빠처럼 다온을 못마땅하게 내려다보다가도 미소를 짓곤 했다.

"그만 좀 하라니까!"

분위기에 밀려 사무실 내에서는 한마디 입도 뻥긋 못 하던 연아가 다온을 질질 끌고 나왔다. 연아가 먼저 다온의 몸에 손을 대는 일은 처음이라 질질 끌려나오면서도 입가에 미소가 가득했다. 능글맞은 성균이 그들의 뒤통수를 향해 올 때 메로나를 외쳤지만 아무도 대꾸하지 않았다.

"일하는데 방해돼요?"

"그걸 말이라고 해?"

"그래서 일할 때는 나가서 혼자 놀다 오잖아요."

겨우 인적 드문 구석으로 들어오자마자 사무실에서와 달리 다온은 뻔뻔하기 그지없었다. 아무리 마음을 가라앉히려고 해도 시간차 공격처럼 가슴을 뒤집어 대는 통에 연아는 계속 일에 집중할 수 없었다. 얼마 뒤면 오지 못할 거고 마지막은 잘 마무리해서 좋은 모습으로 남고 싶은데, 다온 때문에 계속 일이 밀리고 있었다. 딜레이는 또 다른 딜레이를 낳았다.

속삭이는 입술이 바짝 말라 있었다. 그런 연아의 입술을 내려다보며 다온이 립밤을 선물해야겠다고 결심한 걸 아는지 모르는지. 심호흡을 한 연아가 쓴 약을 삼키듯 얼굴을 찡그리고는 입술을 달싹였다.

"이러지 말자 응? 저번에 알아듣기 쉽게 말했잖아. 우리 둘이 만나서 좋을 게 없다고……. 나 네가 생각하는 것보다 욕심도 많고, 성격도 안 좋아."

"그건 내가 차차 알아 가면 되는 거 아니에요?"

연아가 입술을 악물었다. 그건 너를 망칠 거야. 계속되는 일들이 겹치고 겹쳐 어깨 위를 짓누르고 있었다. 안 그래도 아버지에게 우선 오빠 병문안부터 하는 것이 어떻겠느냐 전화를 받은 참이었다.

나를 포함해서 네가 가진 것에 대해 욕심내는 것들이 결국 너를 망치게 될 거야. 계속해서 돌고 도는 대화였다. 어쩜 둘 다 이렇게 고집이 센지. 져 주는 듯 한 걸음 물러서는 것 같으면서도, 다음 날 보면 다온은 또 성큼 다가와 있었다.

"누나."

"응."

나이는 연아가 많다고 해도 키는 다온이 한 뼘은 더 컸다. 다온 은 두 손으로 연아의 양 볼을 짓누르며 배시시 웃었다. 맨손에서 전해져 오는 온기에 볼이 달아오르는 것 같아 연아가 다온의 손을 떼어 내려 애를 썼지만 그의 손만 잡아 준 셈이 되고 말았다.

벗어나고 싶은지 볼을 씰룩이는 연아를 내려다보며 다온이 환하 게 미소 지었다. 다온이 두 볼이 눌려 툭 튀어나온 연아의 입술에 자신의 것을 갖다 대었다. 달큰한 열기가 입술에 와 닿으면서 연아 가 눈을 크게 떴다.

이 사람이 지금 미쳤나. 여기가 어딘 줄 알고. 아무리 인적이 드 물다고 해도 병원 안이었다. 다온을 붙들었던 손을 황급히 움직여 가슴께를 힘주어 두드려도 다온은 쉽게 밀리지 않았다.

윗입술을 두드리면서도 입안으로 들어오지 않은 다온이 천천히 물러났다. 연아가 포기하고 그의 가슴에서 손을 뗀 지 얼마 안 되 서였다. 심장이 금방이라도 터질 듯 빠르게 날뛰었다. 닿았던 곳에 서 불이라도 나는 듯 뜨거웠다. 이래서는 계속 말리기만 하겠다 싶 어 굳게 결심한 연아가 한마디 하려 입을 떼려던 순간이었다.

"누나가 걱정하는 건, 대부분 아직 일어나지 않은 일 같아요. 그래서 그런데, 그런 거 전부 빼고요. 하나만 생각해 볼래요? 저에 대해서는 어떻게 생각해요? 그냥, 누나 옆에 둬도 될 거 같지 않아 요?"

"모르겠어……."

느릿하게 대꾸하는 연아의 얼굴에는 확신이 없었다. 반면, 다온은 그 대답이 만족스러워 입매를 매만졌다. 그녀는 그저 상황이나 환경에 이리저리 휘둘리고 있을 뿐이었다. 자신이 그랬던 것처럼. 이제는 시간과의 싸움이었다. 하지만 망연한 표정으로 혼란스러워하는 연아를 내려다보는 다온은 알 수 있었다. 얼마 남지 않았단 것을.

연아는 연아 나름대로 생각에 잠겨 있었다. 어떤 감정일까. 정확히 바라보려면 이 감정을 둘러싸고 있는 것들을 전부 한 꺼풀씩 벗겨 내야 했다. 그가 가진 재벌 3세라는 타이틀도 그녀가 가진 상황적인 제약들까지 전부 벗겨 내야만 직시할 수 있었다. 하지만 두려웠다. 만약 그게 감당할 수 없을 만큼 커다란 것이면 어쩌지? 세상을 다 가진 듯 웃고 있는 그의 얼굴을 올려다보다 연아가 한숨지었다.

다온의 비공식 출근이 사흘째 되는 날, 연아는 사표가 수리되었다는 말을 전해 들었다. 이제야 팀원들도 연아가 사직서를 제출했다는 걸 알게 되었고, 충격을 받은 듯 말 한마디 건네지 않는 윤서의 모습에 연아는 순순히 다온과 식사를 하러 나섰다. 병원 직원에게 얼굴이 알려지지 않았기에 평소 직원식당에서 식사하던 다온은 연아의 손목을 잡고 엘리베이터를 탔다.

"어디가?"

"밥 먹으러요."

병원 식당도 지하에 위치해 있었다. 하지만 그가 누른 번호는 지하 3층. 주차장이 있는 구역이었다. 반사적으로 다온의 얼굴을 올려다본 연아가 방실방실 웃고 있는 다온의 모습에 포기한 듯 고개를 떨어뜨렸다. 심리적으로 타격이 컸다.

어떻게 이야기할지 계속 시간만 끌고 있는 연아 때문에 신 팀장이 총대를 멨다. 아무렇지도 않은 척, 지나가는 말로 아침 회의시간에 폭탄을 터뜨렸다. 놀란 눈으로 바라보는 팀원들의 시선이 따가웠다.

희순은 무슨 일이냐며 어깨를 도닥여 왔지만, 윤서는 현주 일 때문으로 판단한 듯했다. 어째서 자신과는 상의조차 안 했냐며 화를 냈다. 굳이 집안 사정까지 줄줄이 꺼내고 싶지 않았던 연아는 그저 미안하다 사과를 했고, 그 사과를 받은 윤서는 더더욱 화를 냈다. 그리고 냉전 아닌 냉전이 시작되었다.

"그러게 빨리 말하라니까……."

"그게 어디 쉽니."

타박 아닌 타박에 대꾸하는 말에는 힘이 없었다. 다온이 연아의 팔을 잡아당겨 자신의 팔에 끼워넣었다. 연인처럼 팔짱을 끼는 모양새가 되자 연아가 다급하게 주변을 둘러봤다. 아무리 주차장이라고 해도 직장 안인데. 흘기는 시선이나 팔을 때리는 감각이 전혀 느껴지지 않는지 다온은 주차된 차량으로 연아를 에스코트 했다.

"빨리 타요. 맛있는 집 갈 거니까."

"설마 너 저번처럼……."

"아니에요, 아니에요. 점심시간 한 시간 있는데, 차에서만 보낼 일 있어요?"

며칠 전의 일식집을 떠올린 연아가 질색을 하자 다온이 조수석을 열어 그녀의 등을 떠밀었다. 믿음 반 불신 반. 그를 돌아보고는 어쩔 수 없다는 표정으로 차에 탑승했다. 계속해서 말리는 것 같은데, 어째서 단호하게 선을 긋기가 어려운지.

"둘째 형네 가게로 갈 거예요. 저희 형이 여기저기서 사업을 크게 하거든요. 아, 큰형한테 비하면 크게도 아니다. 큰형에 비하면 쥐꼬리만 한 사업?"

연아가 헛웃음을 토해 냈다. 어디 성심그룹에 비교할 수 있는 사업이 존재하기나 하나. 손가락 다섯 개로도 꼽기 어려울 터였다. 독과점이라 부를 수 있을 정도로 한국 경제의 큰 부분을 차지하고 있는 곳이었다. 그녀가 일하는 곳은, 그리고 그의 할아버지, 아버지, 큰형의 순으로 내려오고 있는 그곳은 그런 곳이었다.

너무 거대해서 현실감조차 느껴지지 않는 곳. 지상으로 차가 빠져나오자마자 커다란 건물이 눈에 들어왔다. 새삼스럽게 병원이 거대하게 보였다. 창문에 바짝 달라붙어도 차에서는 가장 높은 스카이라운지 층조차 보이지 않았다.

"프랜차이즈?"

"아뇨. 그냥 임대업? 월세받는 거 좋아해요."

대수롭지 않은 대꾸에 연아가 떨떠름한 표정으로 다온을 돌아봤다. 그를 볼 때마다 뭐가 그리 좋은지 다온은 빙긋빙긋 웃곤 했다.

식당은 정말 그리 멀지 않았다. 병원이 위치한 곳에서 차로 오분 거리. 예약을 주로 받는 집인지 점심시간에 흔히 늘어서 있는 사람들도 없었다. 먼저 걷던 다온이 뒤를 돌아보며 손을 내밀었지만, 연아는 그것을 빤히 보다가 먼저 걸음을 빨리 해 식당으로 들어섰다.

"여기 파스타 잘해요. 오일 파스타도 괜찮게 하는데, 뭐 따로 더 시킬까요?"

"아냐 괜찮아. 이거면 돼."

가장 무난한 로제 파스타를 골랐다. 다온이 소개한 집이니 뭐가 맛있지 않겠냐마는 천성이 도박은 하지 않는지라 연아는 메뉴판을 오래 훑어보지 않았다. 반면 다온은 지배인에게 이것저것 꼬치꼬치 캐묻고 나서야 메뉴를 불러 주었다.

"아, 그리고 피노누아로 한 병 갖다 줘요."

"로마네 꽁띠가 있는데, 그걸로 드릴까요?"

"그거 내가 마시면 둘째 형이 가만 안 있을 거 같긴 한데…… 갖다 줘요. 지배인님, 저랑 공범입니다?"

연아가 눈을 동그랗게 떴다. 두 사람 사이가 하루 이틀 친밀한 게 아닌 듯했기 때문이다. 와인에 대해서는 하나도 모르는 연아가 메뉴판을 뒤적이려 했지만 지배인의 눈길에 포기하고 돌려주었다.

제일 먼저 식전빵이 나왔다. 따뜻하다 못해 뜨거운 것을 집어 들고 한입 먹으려는 순간이었다. 흐뭇한 표정으로 바라보고 있는 다온을 발견하고 연아가 천천히 빵을 내려 두었다.

"왜요. 그거 맛있어요. 먹어요."

"너 지금 여기서 뭐 하냐."

그렇게 보고 있으면 부담스럽다며 말을 하려는데 장우산을 손에 든 한 사내가 식사 자리에 난입했다. 식탁을 앞에 두고 다온을 직시하는 것이 다온을 아는 눈치인 것 같아 연아가 두 사람을 번갈아 보며 살피는데, 뒤쪽에서 하얀 손이 뻗어 나와 사내의 팔을 잡았다.

"사장님?"

"어? 안녕하세요, 예비 형수님. 저번에 주신 뼈해장국 잘 먹었어요. 오늘 아침으로 먹고 나왔어요."

"오늘 아침이요? 안 상했어요?"

"너는 지금 네 형은 안 보이고, 내 와이프만 보이지?"

"와이프는 무슨, 아직 결혼 안 했잖아. 예비 형수. 예비. 예비 몰라, 형?"

이죽거리는 태도가 너무 자연스러웠다. 자세히 보니 닮았다. 둘 다 흠집 하나 없는 구두에 먼지 한 톨 묻지 않은 맞춤 정장. 테이블을 짚은 사내의 손에서 반짝이는 시계를 발견하고 다온의 손목으로 시선을 옮긴 연아는 같은 브랜드라는 걸 금세 알아챘다.

"이게 진짜!"

"아 쫌! 밥 먹잖아 밥! 우리 누나 불편하니까 빨리 꺼져, 쫌."

"누나?"

다온의 뒤통수를 한 대 휘갈기려 손을 들어 올렸던 서원이 그제야 연아의 존재를 눈치챈 듯했다. 바짝 긴장해서 손을 꾹 쥐었다 펴는 연아와 다르게 서원은 의아한 시선으로 그녀와 다온을 번갈아 쳐다보았다.

"아, 주연아입니다. 다온……씨랑 같이 일했었어요."

"아, 네."

"사장님, 소개요. 소개."

"아, 맞다. 도서원입니다. 이 녀석 형 되는 사람이에요. 이쪽은 제 와이프 될 사람이구요."

"루미예요. 이루미."

대화는 잠깐이었고 침묵은 길었다. 어정쩡하게 일어난 연아가 서원의 손을 잡아 악수했고, 앉을 타이밍을 잡지 못해 떨떠름하게 서 있었다. 이 자리가 어색한 것은 루미도 마찬가지인지 서원의 옆구리를 연신 찔러 대고 있었다. 그게 느껴지지 않는지 멍한 표정으로 다온과 연아를 번갈아 쳐다보던 서원이 입을 벙긋거렸다.

"그러니까…… 이게, 무슨 상황이냐면…….

"뭐긴, 형이 내 데이트 훼방 놓은 거지. 아 쫌 가!"

도저히 못 참겠다는 얼굴로 벌떡 일어난 다온이 서원의 등을 꾹 밀어 내보냈다. 루미 역시 서원의 팔을 끌어냈다. 루미에게 끌려 터덜터덜 걸어가면서도 서원이 계속 그녀를 돌아보았다. 어벙한 표정이었다.

연아가 묘하게 가라앉은 얼굴로 서빙된 샐러드에 포크를 갖다 대었다. 그녀의 심기를 살피던 다온이 불안함에 몸이 달았다.

"내가 오라고 한 거 아니에요. 원래 가게에도 잘 안 나오는 사람인데 오늘은……."

다온이 식기는 손에 들지도 못하고 안달했다. 저 인간은 인생에 도움 된 적이 없다며 한숨을 푹푹 내쉬기까지 한다.

"데이트요?"

"아, 또 왜 존댓말……."

다온이 좌절한 척 마른세수를 하고는 이마를 짚는다. 과장스러운 행동과 표정에 어쩔 수 없다는 듯 연아도 웃음을 토해 냈다.

"와인 준비되었습니다. 사실, 둘째 도련님께서 주문해 놓으신 와인입니다. 미리 디캔딩 해 놓으라고 해서 해 놨는데, 어디 예약 시간을 지키셔야 말이죠."

예약 시간에 딱 맞춰 세 시간 전 디캔딩을 완료해 놨는데 연락이 안 되었다며 지배인이 토로했다. 연아가 슬며시 멀찌감치 떨어진 테이블을 돌아보려 했으나 다온이 만류했다.

"그렇죠. 귀한 것을 마시는데 일찍 와서 준비를 하질 못할망정. 저희 형이 잘못했네."

잔을 내미는 다온의 태도가 **뻔뻔**했다. 하지만 그에 맞장구를 치

335

며 솜씨 좋게 와인 병 라벨을 손에 든 수건으로 가리고 조심스럽게 따라 내는 지배인도 만만치 않았다.

"뵙게 돼서 영광입니다. 막내 도련님은 한 번도 여자분 데리고 오신 적이 없거든요."

"네. 감사합니다."

"아, 왜 저번 회식 때는 데리고 왔잖아."

"그건 회식이셨구요."

심플한 잔 속에 찰랑이며 흘러내린 와인에서 연아가 눈을 떼지 못했다. 와인에 대해선 잘 몰랐지만 풍겨 오는 향이나 다온이 말하는 것으로 보아 한두 푼 하는 것은 아닐 터였다.

"그럼 이건 어떻게 할까요, 도련님?"

"그건 저희 주시고, 둘째 형한테는 저번에 봐 뒀던 러시안 피노 누아가 좋겠어요."

"이번에도 속으실 거 같나요? 저번에 전복도 뒤늦게 알아채셔서 후폭풍이 좀 거셌는데……."

속삭이는 지배인의 입가에도 장난스러운 미소가 걸려 있었다. 다온 역시 덩달아 목소리를 줄인 터라 연아가 귀를 쫑긋 세웠다.

"속을걸요? 우리 형 저래 봬도 막입이라. 미식가인 척하는데, 사실 뭐든 잘 먹어요."

"막입이요?"

전혀 그렇게 안 보이시는데. 의아한 얼굴로 덧붙이는 연아의 말에 지배인과 다온이 장난치는 다섯 살짜리 꼬마들처럼 서로 마주 보고 웃음을 터뜨렸다.

서른은 훨씬 넘어 보이는 지배인이나 스물 초반의 다온이나 저 서원이라는 사람을 놀리는 데 꽤나 죽이 맞는 모양이었다. 연아는 갑자기 오늘 처음 본 저 사람이 안쓰러워졌다. 편안하게 이완된 분위기에서 본 식사가 나왔다. 새우와 홍합이 듬뿍 들어간 로제파스타. 장식 하나에도 신경 쓴 것이 티가 났다.

"그럼, 식사 맛있게 하십시오."

각이 잡힌 행동으로 정중하게 인사까지 마친 지배인이 천천히 물러났다. 다온 쪽으로 와인 라벨을 돌려놓은 걸 보니 진심인 모양이었다. 와인 맛을 보면 다르다는 걸 바로 알게 될 텐데. 연아가 뒤편으로 시선을 주었다.

"누나, 저희 점심시간 삼십 분 남았어요."

"아, 빨리 먹자."

차가 밀릴 것을 감안하면 제대로 식사할 수 있는 시간은 십 분 남짓이었다. 넉넉히 십 분 전에는 출발해야 했다. 다급하게 포크를 집어 드는 연아와는 다르게 다온은 반쯤 빈 연아의 잔을 채워 주었다.

식사를 끝내고 계산하러 지갑을 꺼내는데 지배인이 손을 내저었다. 연아가 카드를 꺼내 내밀었으나 받지 않았다. 힐끗 다온을 돌아보는데 다온도 놀라 보이는 눈치였다. 저게 연기일까. 아니면 진심일까. 재보던 연아가 순순히 카드를 집어넣었다.

"잘 먹었습니다."

"다음에 또 오세요. 꼭이요."

"네, 네."

"형, 이따가 둘째 형 다 마시면 빈병 갖다 줘. 꼭?"

나만 믿으라는 듯 가슴을 치는 지배인이나 장난을 계획하듯 악동 같은 미소를 짓는 다온이나 학생 때나 봤던 장면이었다. 나이가 들면서 점잖을 찾고 체면을 찾느라 친한 친구 사이가 아니라면 할 수 없는 행동들. 편견이었다. 재벌 3세에 대한 편견.

묘한 표정으로 바라보는 연아에게 다온이 손을 내밀었다. 빤히 바라만 보았지만, 이번에는 다온이 좀 더 다가왔다. 일자로 쭉 뻗어 있는 손을 잡아 깍지를 끼었다. 단단하게 잡힌 손의 온기가 낯설어 딱딱하게 어깨를 긴장시키면서도 연아는 가만히 손을 맞잡았다.

그리고 나흘 째 되는 날. 결국 연아는 두 손 두 발 다 들고 항복을 선언했다. 백기 투항이었다. 죽이든 살리든 네 맘대로 해 보아라. 그럼에도 불만이 가득한 눈동자에 다온이 웃으며 말했다. 그럼 우리 진지하게 만나는 거죠? 일 그만두고 고향 내려간다고 이야기했고, 돌려서 말했지만 그가 가진 것이 욕심이 난다고도 이야기했다. 그럼에도 이렇게 나오는 데 어찌할까. 연아가 한숨을 푹 내쉬었다.

"그래. 만나자 만나."

"완전 고마워요."

로맨틱이라고는 한 톨도 찾아볼 수 없는 대답이었지만 다온에게는 충분했다. 일곱 시 오십 분, 다온이 양손에 커피와 샌드위치를 들고 나타나는 시각에 맞춰 사무실 앞에서 기다린 연아가 토해 내듯 선언한 말에 뒤에 서 있던 진철이 입을 멍하니 벌렸다.

속셈이 있겠다고 짐작은 하긴 했지만, 여자 문제였어? 그가 경악한 얼굴로 둘을 번갈아 보거나 말거나 만족스러운 얼굴로 다온이 팔을 벌려 연아를 끌어안았다. 그럼에도 비닐봉투를 놓지 않아 봉투와 함께 끌어안긴 셈이 된 연아의 얼굴이 천천히 달아올랐다.

"여기가 어딘 줄 알고 진짜."

"나 오늘 날짜 팔에다 새길까 봐. 문신이라도 할까?"

일 절만 해라 제발. 다온이 가볍게 굴 때마다 다시 생각해 봐야 하나 심각히 고민하는 연아였지만 어쩌겠는가. 한 꺼풀씩 벗겨 낸 감정은 그에 대한 호감이었다.

"나 다다음주에 내려가."

"아 정말요? 생각보다 늦네? 난 다음 주에 내려갈 줄 알았는데. 출근 내일까지잖아요."

"네가 그걸 어떻게 알아?"

"어떻게 알긴요. 사무실 전체가 내 편인데."

붕 뜬 다온의 감정에 초를 쳐 보겠다고 꺼낸 말인데 오히려 당황한 건 연아였다. 예고 없이 팍하고 밀어낸 탓에 툴툴거리던 다온이 열린 사무실 문에 환하게 웃었다.

"형! 커피 드세요!"

맙소사, 적은 가까이에 있다더니. 무안한 얼굴로 웃고 있는 성균을 마주하면서 연아는 손을 들어 마른세수를 했다. 어쩐지 사직서에 대해 일언반구도 없더니 다른 데에 관심이 쏠려 있었나 보다. 자기 연애나 신경 쓸 것이지! 이름도 모르지만, 저 일에 미친 남자와 십여 년간 연애를 이어 오고 있다는 그 여자 분이 안쓰러울 지경이었다.

붙임성 있게 성균과 대화를 나누는 다온의 해맑은 얼굴을 바라보는 연아의 입가에 저도 모르게 미소가 걸렸다.

"뭔데 그래?"

다온은 이따금씩 종종, 아니 아주 자주 핸드폰을 들여다보곤 했다. 무슨 일이냐고 물어도 아무 일 없다는 둥, 잘못 걸려온 전화라고 그녀에게 둘러댔다. 자연스럽게 그의 시선이 닿은 핸드폰을 내려다보니 큰형이라고 적혀 있는 화면이 잘게 진동하고 있었다.

성심그룹 도 전무님. 성심그룹의 장남이자 후계자, 그리고 다온과
는 11살이나 나이 차이가 나는 형이었다.

"전화 안 받을 거야? 형이잖아."

"음……."

다온은 망설였다. 문을 박차고 나왔던 그날 이후 계속해서 재준
의 연락을 피하고 있었다. 한동안 잠잠했었는데 무슨 일이라도 있
는지 또다시 끈질기게 연락을 취해 오고 있었다. 수신 차단을 했어
야 했는데. 그가 손을 들어 마른세수를 했다.

"왜."

— 할 이야기 있으니 회사 좀 들어와라.

"싫어."

딱 한 마디 내뱉은 다온은 그대로 전화를 끊어 버렸다. 길게 울
리던 핸드폰은 순식간에 잠잠해졌다. 그대로 그것을 주머니에 넣
는 다온의 행동을 바라보는 연아의 시선을 눈치챘는지, 그는 입꼬
리를 끌어올려 억지로 웃음 지으며 입을 열었다.

"누나, 우리 저녁 먹을까요?"

사랑과 집착은 겨우 한 끗 차이에 불과하다던데, 그 차이는 많
은 연인들을 이별하게 만든다고 해. 그럼 사랑과 원망은 어떤 차이
가 날까. 같은 평행선 위에 있기는 한 걸까.

입가에 걸리는 미소가 많아지고, 생각 없이 웃음을 토해 낼 때
가 많아질수록 연아는 가슴 깊은 곳에서부터 자라는 불안감을 애
써 꾹 눌렀다. 언제 저 사람의 의지가 바닥날까. 언제쯤 자신에게

가진 관심이 다른 데로 돌아갈까. 그런 생각을 할 때마다 가슴 한 구석이 묵직해져 오는 것 같았다.

그리고 그렇게 굳어져 가는 연아의 표정을 다온은 그대로 지켜 보고 있었다. 가진 건 돈이랑 눈치뿐이지. 부잣집 막내아들로 태어 나 자라오면서 필연적으로 갖게 된 것이었다. 어떻게 하면 귀여워 보일 수 있을까. 어떻게 하면 형들이 날 적으로 판단하지 않을까. 끝없이 상대방을 관찰하던 습관들. 그 습관들이 고스란히 연아를 향하고 있었다.

불안을 곱씹는 연아를 바라보며 다온은 그녀의 불안의 싹을 잘 라내 버릴 계획을 치밀하게 짰다. 곧 연아가 무안으로 내려가고, 자신도 입대를 해야 했으니 중간에 눈치채고 도망갈 수 없도록 꼼 꼼하게 계획을 짜야 했다. 겨우 잡은 사람이다. 놓치는 일은 없을 것이다.

시작은 가족모임이었다. 첫째로 둘째도 결혼을 했으니 이제 남 은 건 망나니 막내아들뿐이었다. 한정식으로 유명한 집의 별채에 위치한 특실. 제일 먼저 자리한 첫째 내외가 도 회장 부부를 기다 리고 있었다. 그 뒤를 둘째 내외가 따라 들어오고, 기다렸다는 듯 이 상이 세팅되었다. 줄줄이 내어오는 반찬들의 행렬을 루미는 질 린 듯이 바라보았다. 어린나이에 시집온 것도 있지만 이건 정말 적 응할 수 없었다. 그 손을 형님인 아름이 고이 잡아 주었다.

"다온이는 아직이냐?"

"온다고 했습니다."

도 회장이 젓가락을 들지 않아 가만히 손을 내려놓고 있던 며느 리들이 고개를 치켜들었다. 도 회장의 심기가 영 불편해 보였기 때문이었다. 반면, 대꾸하는 재준의 얼굴은 어떠한 변화도 없이 단단했다.

"이이도 참. 그 아이 늦는 게 하루 이틀도 아닌데 먼저 듭시다. 애들 배고프겠어요."

지 여사가 역정을 내기 직전인 도 회장을 다독였다. 결혼한 지 얼마 안 된 며느리들이 잔뜩 긴장해서 뻣뻣하게 굳어 있는 게 영 눈에 거슬린 듯했다. 그 순간 미닫이문이 드르륵 소리를 내며 열렸다.

"어라? 다 와 계시네?"

주섬주섬, 신발을 벗어 던진 다온이 재준이 인상을 찌푸리거나 말거나 성큼성큼 들어와 자리에 털썩 주저앉았다. 기다리셨어요? 먼저 먹지. 분위기 파악할 생각도 안 하고 능청스럽다. 서원이 달라지지 않는 다온의 모습에 픽 웃음을 흘려 냈다. 굳었던 분위기가 순식간에 이완되고 있었다. 지 여사의 입매에 자연스러운 미소가 걸렸다.

"우리 막내 아드님 오셨네."

"이렇게 애미애비가 먼저 와서 기다려야겠냐?"

기어이 도 회장이 역정을 냈다. 평소 가장 중요한 게 시간이라는 철학을 가진 도 회장이 가장 싫어하는 것이 지각이었다. 하필이면 그것은 다온의 습관이었다. 시간 약속에 미리 도착하는 일 없이 아슬아슬하게 오거나, 늦는 것. 잔소리를 이어 가려던 도 회장은 새 식구가 된 며느리의 존재를 인지하고 헛기침을 큼큼 하며 화를 눌렀다.

"들자."

"잘 먹겠습니다."

신혼여행을 막 다녀온 서원과 루미를 위해 준비된 자리였다. 습관적으로 젓가락을 들며 내뱉은 말에 루미가 살며시 눈치를 보았다. 그러자 서원이 식탁 아래로 루미의 다리를 도닥였다. 둘째 내외를 바라보던 도 회장은 다온에게 잠시 시선을 주었다.

　첫째도 가고, 둘째도 갔는데 영 시원찮을 막내만 남아 있었다. 그에게 온전히 맡겨도 될까. 알아서 제 짝을 데려온 아이들과 다르게 다온은 영 믿음이 가지 않았다. 워낙 늦은 나이에 본 막내이고, 오냐오냐 키운 것이 이제 와서 마음에 걸렸다.

　"다온이 너, 요즘 뭐 하고 지내냐. 큰애한테 들어 보니 일도 했다면서."

　"아이참, 당신은 애 밥 먹는데 왜 그러세요. 다 들고 해도 늦지 않은데……."

　"저것이 이런 말 듣는다고 체할 애였으면 진즉에 위궤양으로 실려 가도 몇 번이나 실려 갔어. 배짱은 누굴 닮았는지."

　"누굴 닮긴요. 당신 닮았지."

　밉지 않게 타박하는 지 여사의 타박에, 도 회장이 다온에게 눈을 부라렸다. 아니나 다를까 다온은 태연하기 그지없었다. 밥상 위에서 언제나 있었던 일이었다. 다온은 도 회장의 시선에도 아랑곳 않고 밥을 다 먹고 나서야 물 한 잔으로 입가심을 했다.

　"그렇게 뭐라 하실 거면 저 왜 부르셨어요? 바쁘다니까……."

　"네가 뭐가 바빠? 제일 한가한 놈이."

　뻔뻔하게 하는 말에 도 회장이 황당한 얼굴을 했다. 재준도 말은 안 했지만 막내 동생의 뻔뻔함이 한심한 눈치였다. 저러지 말라니까. 차마 부모님과 동생 내외 앞에서 막내 동생을 훈계할 수 없었던 그가 물 한 잔을 소리 없이 비워 냈다.

"바쁘다니까요. 요즘 얼마나 바쁜데."

"그만하세요, 아버지. 다온이 요즘 바쁜 거 맞아요."

투덜거리는 다온의 손을 들어준 것은 여태껏 가만히 있던 서원이었다. 항상 식탁 자리에서는 도움이 안 되는 형이었던지라 다온이 반사적으로 그를 응시했다. 아니나 다를까. 그의 입에서 폭탄이 터졌다.

"저번에 보니까, 다온이 여자 있더라구요. 제 가게에 들렀어요."

"뭬야?"

말하지 않을 생각은 없었다. 단지, 좀 타이밍을 재고 있었을 뿐인데. 가장 최악의 상황에 터져 나왔다. 다온이 입술을 악물었다. 저 인간이 진짜. 아무리 생각해도 저번에 식재료 몽땅 털어 간 사건으로 꿍해 있었던 모양이었다.

"다온이 너, 누구 만나는 사람 있니?"

"어떤 여자야? 술집 여자는 아니지? 어?"

평소 다온의 생활 반경을 알고 있는지라 순간적으로 그들의 얼굴에 걱정스러움이 스쳤다. 지 여사가 다정스레 물어온 것과 달리, 젓가락부터 탁 소리 나게 내려놓은 도 회장이 기어코 역정을 냈다. 여보, 하며 조용하게 말리는 지 여사의 손을 뿌리친 그가 활활 불타는 눈으로 자신의 막내아들을 직시했다.

술집 여자라니. 망나니 이미지가 아버지한테까지 형성되어 있을 거라고는 생각지 못한 다온이 소리 없이 한숨을 내쉬었다. 폭탄을 터뜨려 놓고 자기 와이프 챙겨 먹이기 바쁜 도서원에게 두고 보자는 시선을 준 다온이 뻔뻔하게 수긍했다.

"네. 있어요. 술집여자라니. 제가 그렇게 눈이 낮아 보이세요?"

"그럼? 네가 운영하는 클럽에서 만난 여자냐? 어?"

"아, 진짜. 그런 거 아니라니까."

"다온아, 말을 해 줘야 알지. 네가 이러는 걸 보니 잠깐 만나는 여자는 아닌 거 같은데……."

평소라면 그냥 한번 만나 보는 거라는 둥, 여자랑 밥 한번 먹은 것 가지고 유난들 떤다는 둥 능글맞게 잡아뗐을 막내아들이었다. 정색하고 대꾸하는 게 가벼운 마음으로 만나는 것 같진 않았다. 지여사의 얼굴에서 미소가 사라졌다.

"뭐 하는 여자냐. 큰애 너는 알고 있었냐?"

"아니오. 전 모르는 일입니다."

전혀 짐작 가는 데가 없던 재준의 입가가 딱딱하게 굳어 있었다. 따갑게 꽂히는 큰형의 시선에 다온이 미간을 문질렀다. 아버지에 엄마도 모자라서 이젠 큰형까지. 이 와중에도 모든 사건의 원흉인 서원은 신혼 티 풀풀 내며 루미를 챙기기 바빴다.

"만난 지 얼마 안됐어요. 신경 쓰지 마세요."

"내가 어떻게 신경을 안 써? 네 나이를 생각해 봐라. 이젠 너도 자리를 잡아야지. 그것도 못 하면서 여자를 옆에 둬? 네가 지금 정신이 있는 애냐?"

최대한 대수롭지 않게 넘기려는 다온의 태도에 도 회장이 큰 소리를 냈다. 이번에는 지 여사도 말리지 않았다. 얼마 전에는 독립을 한다고 해서 이 애가 드디어 자리를 잡겠다는 건가 싶어 기꺼웠다. 그래서 흔쾌히 내보내 주었는데…….

그럼에도 술집이니 클럽이니 드나드는 꼴이 영 마음에 들지 않아 큰애를 시켜 회사에 집어넣었다. 좋은 일을 하다 보면 노는 것을 접고 회사로 들어오겠다고 할 줄 알았는데, 약속한 한 달의 수습기간이 끝나자마자 다시 원상 복귀. 도 회장은 영 탐탁지 않은 눈으로 다온을 바라보며 자식 농사 잘못 지었다고 자신을 탓했다.

재준이도 서원이도 알아서 제 갈 길 찾아가고, 제 짝을 찾아오는데 다온만은 불안했다. 저것이 어떤 여자를 데려올지. 보통 성질머리가 아니라서 더더욱 걱정이 되었다. 어디 모자란 여자를 데려와 평생을 함께하겠다고 고집을 피우며 밀어붙일지도 모를 일이었다.

"좋은 여자예요."

"좋은 여자? 네 기준에서 좋은 여자가 어떤 여자인가 내 궁금해서 그런다. 집에서 나가더니 말 한마디도 안 하고 네 멋대로 살아?"

"여보. 그만해요. 다온이 너도, 오죽 궁금하시면 네 아버지가 그러겠니."

지 여사가 걱정스러운 얼굴로 다온을 지켜보며 도회장을 뜯어말렸다. 그 속이 짐작 가지만, 이미 훌쩍 커 버린 자식이었다. 궁금한 것은 그녀 역시 마찬가지라 화제의 중심은 다시 다온을 향했다.

주인공이 되어야 할 신혼부부는 이미 뒷전이었다. 다온이 한숨처럼 음식을 삼키고는 젓가락을 내려놓았다. 아마, 연아가 안다면 뒷목 잡고 뒤로 넘어가거나 당장에 짐 싸들고 도망치지 않을까. 연아의 이삿짐을 싸는 걸 도와주기까지 했던 다온은 알고 있었다. 충분히 도망칠 수 있는 여자라는 것을.

많은 것을 남에게 양보하며 살면서 억울하지 않으려 애쓰던 여자였다. 그런 연아가 유일하게 지켜 온 게 자기 자신. 져 주는 척 넘어오면서도 그녀는 끝까지 걱정했다. 다온을 만나게 되면서 스스로가 망가질까 겁이 난다고.

"저랑 만나기 싫어하는 여자예요."

346

"그게 무슨 소리냐?"

"도다온 너. 아버지 앞에서 말 제대로 안 할래?"

오래 참았다 싶었다. 삐딱한 어투에 재준이 다온에게 기어코 한 소리를 했다. 손을 들어 뒷목을 긁은 다온이 둘러앉은 가족들을 쭉 살펴보았다.

"무섭대요. 제가 가진 게 너무 많아서, 그것 때문에요."

"다온아. 재준이 말이 맞다. 제대로 설명을 해야지."

답답한 기색의 지 여사와 달리, 도 회장은 짐작 가는 구석이 있는지 일자로 입을 꾹 다물었다. 낯설기까지 한 다온의 가라앉은 모습으로 보건데 가벼운 여자는 아닌 듯했다.

"서원이 네가 이야기 좀 해 봐. 어떻게 알게 된 거야?"

다온이 아무렇지도 않게 식사를 다시 시작했고, 지 여사의 끈질 긴 눈빛에도 입을 떼지 않자 지 여사의 화살이 서원에게로 향했다. 루미가 좋아하는 것들만 골라 앞 접시에 대령하던 서원이 화들짝 놀라 어머니를 바라보았다.

"저희 결혼식 전에 이 사람이랑 저녁이나 같이 할까 해서 레스토랑에 갔다가 우연치 않게 만났어요. 저도 아는 건 그게 다예요."

"어떤 애인지는 봤을 거 아냐."

서원이 슬며시 눈동자를 굴려 다온을 힐끗 바라보았다. 하지만 그 행동을 눈치 못 챌 지 여사가 아니었다. 아무리 도 회장 내조와 외조에 바쁜 날들을 지내 왔어도 아들들의 분위기를 잡아내지 못할 리가. 얘! 뾰족하게 솟아오른 어머니의 목소리에 항복하듯 서원이 고개를 주억거렸다.

"그동안 본 다온이 여자 중에서 제일 멀쩡해 보였습니다."

"멀쩌엉? 형 진짜!"

"내가 느낀 대로 말한 건데 넌 왜 트집이야?"

"멀쩡? 그게 지금 할 소리야? 형이 내가 만난 여자들을 알면 얼마나 안다고!"

"도다온, 부모님 앞에서 큰 소리 내지 말랬지!"

서원이 진술 아닌 진술을 마치자마자 다온이 반쯤 몸을 일으켰다. 앞에 부모님만 없었어도 삿대질에 멱살까지 휘어잡을 것 같은 동생들의 행태에 재준이 한숨을 토했다. 재준의 큰 소리에 자동적으로 아름이 그의 손을 잡아 내렸다. 따뜻하게 전해져 오는 체온을 느끼며 재준이 그녀의 손을 한번 쥐었다가 놓았다.

"어휴, 한 놈은 결혼까지 해 놓고 지 마누라 앞에서 동생이랑 싸우고, 한 놈은 아직도 철이 덜 들었고. 내 죄다 내 죄야."

도 회장이 한탄을 늘어놓았다. 그럼에도 씩씩대기 바쁜 다온과 서원이 식탁을 사이에 두고 따가운 눈짓을 주고받았다. 루미가 서원의 옆구리를 쿡쿡 찔러 말려 보았지만 소용이 없었다. 남자는 나이 먹어도 애라더니.

"말하기 싫으면 말하지 마라. 내가 알아볼 테니."

"아버지!"

"아버지가 알아보는 게 싫으면 나한테라도 말해야지. 당신은 가만있어요. 내가 알아볼게요."

다온은 딱 죽을 맛이었다. 겨우 연아의 옆에서 남자친구 비슷한 걸로 인정받기 시작했는데 시작 단계에서부터 부모님 개입이라니. 절로 찌푸려지는 미간을 힘주어 문지르면서 다온이 결국 백기를 들었다.

"공들이고 있는 여잡니다. 냅 두세요. 안 그래도 저랑 만나는 거 불안해 죽으려고 하는 데 아버지랑 엄마가 끼어들면 백 퍼센트

도망가요. 좀 냅 둬요 좀. 아, 진짜 둘째 형은 내 인생에 도움이
안 돼."

"뭐? 도움이 안 돼? 니가 우리 가게에서 털어 간 것만 해도 빌
딩 한 채는 세워!"

"서원이 너는 조용히 해 봐라. 뭐 하는 애인데? 어떻게 만났는
데 그러니?"

다시 싸움을 시작하려는 듯 서원의 목소리가 커지자 지 여사가
끼어들며 서원을 자제시켰다. 다정스레 물어 오는 지 여사의 목소
리에 모두 조용히 다온에게 집중했다. 그때 자신보다 먼저 재준이
입을 열었다.

"저 녀석 병원에서 일할 때 만났대요. 어쩐지 어울리지도 않게
성실하게 다닌다 했더니 마음이 딴 데 가 있으니 그러지."

"형 진짜……."

처음부터 그런 마음이 있었다면 조금이라도 더 붙어 있을 시간
을 늘렸을 거다. 마지막이 되어서야 저 사람과 진지하게 만나고 싶
다고 생각한 것인데, 마치 처음부터 여자 때문에 다녔다는 듯이 그
렇게 매도하는 큰형의 태도에 기분이 상했다.

결제는 이미 수행비서를 통해 예약할 때 마쳐놓은 상태였다. 큰
형수인 아름은 화장실에 다녀오겠다며 자리를 비웠고, 재준은 차
량을 예열하겠다며 먼저 주차장으로 나갔다. 동생들은커녕 부모님
한테도 저렇게 해 본 적 없는 사람이 결혼한 뒤로는 세세하게 배
려하고 있었다. 낯선 재준의 모습에 다온이 팔뚝에 올라온 소름을
쓸어내렸다. 결혼하고 나서 한 번씩 재준은 이미지를 깨곤 했다.
깬다 깨. 무뚝뚝한 표정으로 좋아 죽겠다는 행동이라니.

"진지하게 만나는 여자냐?"

다들 먼저 일어난 바람에 천천히 나갈 준비를 하던 두 사람만이 남자, 도 회장이 다온을 마주하고 툭 던지듯 물었지만, 다온은 대답하고 싶지 않았다. 겨우 마음을 열고 손을 맞잡게 된 사람이었다. 여기서 고개를 끄덕였다간 아버지 어머니 등쌀에 밀려 상견례까지 순식간에 치르게 될 것 같았다. 떠밀리다 그대로 밀려갈 사람이었다. 손아귀에 아무것도 남지 않고 그렇게 파도처럼 밀려갈 사람이었다. 어렵게 잡은 연아를 그렇게 떠나보내고 싶지 않았다.

　"그럼, 군대 다녀와라."

　"아버지!"

　"여보! 다온이는 아직……."

　"아직은 무슨. 때 됐다. 갔다 오는 편이 상대방한테도, 다온이한테도 좋아."

　"좋아요. 올해 안에 갈게요."

　다온으로서는 큰 결심이었다. 나름 진지하게 내뱉은 결심에 도 회장은 눈썹을 치켜 올렸다. 구체적인 날짜도 아니고 두루뭉술하게 또 넘어가려나 싶어 부러 소리를 높였다.

　"왜 올해 안이냐? 갈 거면 빨리 다녀와야지."

　"아직이거든요."

　"뭐가."

　"항상 도망갈 생각만 하는 사람이라 안 돼요. 아직은."

　그녀는 신중한 사람이었다. 사소한 일 하나까지도 깊이 생각했다. 그래서 틈을 내보일 수가 없었다. 살면서 이렇게 공부를 했으면 진작 사법고시도 통과했겠다 싶어 다온은 쓴웃음을 머금었다.

　"도망은 너 군대 갔을 때가 제일 쉽지. 안 그러냐?"

　"형은 진짜. 지금 내가 로마네 콩띠 해치워서 그러지, 어?"

"당연하지. 그걸 내가 어떻게 구한지 알아? 큰맘 먹고 구해서 맡겨 논 건데 그걸 네가!"

"아이참, 빨리 가요. 막내 도련님 조심히 들어가세요."

"형수님도요."

작은 손으로 서원의 팔을 찰싹찰싹 때리며 말린 루미가 공손하게 허리를 숙였다. 다온도 덩달아 허리를 굽히며 인사했다. 아직은 둘 다 어색한 사이였다.

자신도 신중하게 고민하던 문제. 무안으로 내려간다는 연아를 무작정 말릴 수 없었던 이유. 국방의 의무. 원하지 않게 부모님께 연아를 공개하게 되었지만, 타이밍이 조금 앞당겨진 것뿐이다. 다온은 한숨을 내쉬며 연아를 잡아 두려 세운 계획을 다시 한 번 머릿속으로 점검했다.

"도다온, 네가 원하면 병원에 자리 만들어 줄게."

"됐어. 필요 없어."

"후, 너 계속 이럴 거야?"

"경영에 관심도 없고, 일하고 싶은 생각도 없고 난 그냥 나대로 살래."

사귀자마자 장거리 연애라니. 조금은 회의적인 태도의 연아에게 깊이 생각할 시간을 주지 않으려는 듯 다온은 생각지도 못한 곳에서, 사방에서 튀어나왔다. 시도 때도 없이 전화에 문자에, 안 그래도 정신이 없는데 영혼이 가출할 지경이었다. 그럼에도 수신 차단을 하지 못하고, 통화 거절을 누를 수 없었다.

그 뒤로 두 번째 데이트. 원래대로라면 클라이언트 개입을 종료하고, 종료 과정을 밟아 인수인계 매뉴얼을 작성한 뒤 푹 쉴 예정이었다. 쉬지 않고 2년을 달린 결과가 퇴직이라는 씁쓸한 이름이라는 점이 마음에 들지는 않았지만, 꿀 같은 주말이 될 터였다. 그러나 다온이 졸졸 쫓아다니는 통에 그에게 온전히 바치게 되고 말았다.

"더치페이 같은 거 생각하고 있으면 꿈도 꾸지 마요."

"뭐?"

연아는 기가 찼다. 만나자마자 하는 소리가 오늘 머리가 예쁘다, 옷이 어떻다는 둥 그런 것도 아니고, 돈 이야기야? 그러든가 말든가 머리를 계속 쓸어 올리며 다온이 퉁퉁 쏘아붙였다. 내심 단호하게 보이고 싶은 듯했다.

"나는 어릴 때부터 제일 잘 하는 게 돈 쓰는 거였단 말이에요. 내 기준에 맞추면 당신이 죽고, 당신 기준에 맞추면 제가 미칠 거니까. 그냥 포기해요."

"야."

저게 진짜. 아무리 가지고 있는 돈의 액수가 극과 극이라고 해도 월급으로 따지면 연아가 다온의 훨씬 위였다. 쟤는 이제 백수잖아. 언제부터 운전에 그리 집중했다고 연아와 눈을 마주치려고도 하지 않는 다온의 모습에 연아의 미간에 주름이 잡혔다.

"연애는 서로 맞춰 가는 거라는 것도 안 배웠어 도련님?"

"중간에서도 못 맞출 거니까 포기해요. 서로 스트레스 받지 말자는 거예요."

"그걸 네가 왜 스트레스 받아? 나 남자가 전부 계산하는 거 딱 질색이거든?"

"걱정 마세요. 계산 안 할 거니까."

"뭐? 그건 또 무슨 소리야?"

연아의 표정이 혼란스럽게 일그러졌다. 아무리 성심그룹 계열사라고 해도 막내 도련님한테 돈을 안 받는 건 아닐 텐데? 몇 번을 캐물어도 다온은 그저 웃기만 했다. 둘째 형에게 피의 복수를 할 시간이었다.

"뭐가 갖고 싶어요?"

그가 연아를 데려간 곳은 서울 시내에서 땅값 비싸기로 명동이랑 비등비등하다는 가로수길이었다. 한 번씩 스쳐 지나가기도 했고, 친구들과 종종 놀러오기도 했던 곳. 그 길 입구에서 다온은 기세등등한 얼굴로 물어 왔다.

예쁜 카페들도 많았고, 수공예 집도 고급스러운 레스토랑도 줄지어 늘어서 있었다. 하지만 이 길이 유명한 것에는 다른 이유가 있었다. 이곳은 세계에서 내로라하는 브랜드들이 줄지어 입점해 있는 명품거리였기 때문이었다. 연아가 소리없이 경악했다

"너 미쳤어? 여기가 어딘 줄 알고 막 말해."

"여기 임대료가 얼만 줄 알아요?"

"임대료? 갑자기 임대료 얘기가 왜 나와?"

"여기서부터 저기까지 전부 형 거예요."

"뭐?"

연아가 소리 내어 경악했다. 한국인이라면 한 번쯤 들어 본 거리 이름에 관광객들도 시간을 내어 굳이 들렀다 가는 명소가 가득한 곳이었다.

다온은 그녀의 반응에 만족스러운듯 빙그레 웃고는 확인사살을 날렸다.

"둘째 형?"

"말하지 않았나? 월세 받아먹는 거 좋아하는 형이요."

다온이 웃음기를 지우지 못하며 대꾸했다. 지나가면서 이런 데 건물주는 참 좋겠다. 인생 편하게 살겠다하고 리연과 우스갯소리를 주고받았던 게 생각이 났다. 하나만 있어도 좋겠다는 의미였는데, 이거 전체가 전부 한 사람 거라고?

"그럼, 누나는 딱히 원하는 게 없는 거 같으니까…… 제가 원하는 데부터 가겠습니다."

"야, 야 손목 잡지 마, 아파."

"그래요? 그럼 손잡지 뭐."

휘어 잡았던 손목에서 손을 뗀 다온이 빙그레 웃으며 손에 깍지를 꼈다. 슬그머니 얽혀 오는 그의 손을 연아 역시 부드럽게 맞잡았다. 꽉 잡혔다, 주연아 인생. 그리고 손을 잡는 것을 시작으로 가장 정신없는 데이트가 시작될 예정이었다.

"어떤 색이 예쁜 거 같아요? 아니다. 어떤 색이 잘 어울릴 것 같아요?"

앞장서 들어간 곳은 고급 양복점인 듯했다. 바로 앞에 디스플레이 되어 있는 것도 그렇고 남자 양복 전문인 것 같았다. 그래서 나름 여자친구인 척 한다고 걸려 있는 정장 재킷들을 훑어보고 있는데 연아에게 내밀어진 것은 상상을 초월했다.

"이게 다 뭐야?"

"만져 봐도 돼요. 근데 난 천은 잘 신경 안 써서 그냥 색만 봐줘요. 뭐가 어울릴 거 같아요?"

얇은 은테 안경에 희끗하게 벗겨진 머리카락을 갖고 있는 어르신이 테이블에 펼쳐 놓은 건 원단 샘플이었다. 슬쩍 손가락으로 쓰다듬어 보니 작은 천 쪼가리지만, 고급스럽다는 생각이 들었다.

"갑자기 옷은 왜?"

"아, 저희 둘째 형이 곧 결혼이라 거기 입고 갈 옷 좀 고르려고요."

"그래? 결혼식이면 좀 점잖아 보이는 게 낫지 않을까."

연아의 손이 천 하나하나를 들춰 보며 주로 검은 색 계열의 천을 훑었다. 먼저 와서 말을 걸고, 아는 체하고, 장난을 걸고, 받아 주고 하는 걸 보면 꽤나 친밀한 형제관계인 것 같았다.

"누나."

"어?"

머리 위에서 느껴지는 인기척과 부름에 연아가 반사적으로 고개를 들었다. 다온은 연아의 바로 앞에서 반쯤 허리를 굽히고 그녀와 시선을 맞추고 있었다. 연아가 고개를 든 덕에 그와 그녀의 사이에는 종이 한 장 정도의 작은 거리만이 있었다.

"얼굴 빨개졌다. 알아요?"

"아니거든. 색은 네가 골라. 나한테는 다 그 색이 그 색 같다."

장난기 가득한 타박에 연아가 열이 올라오는 듯한 얼굴을 두 손으로 감싸 쥐었다. 얼른 몸을 돌려 괜히 디스플레이 된 양복을 둘러보는 척했다.

"그럼, 이거랑 이것만 남겨 주세요."

다온이 남긴 것은 짙은 네이비에 가까운 두툼한 천과 지금 입고 있는 재킷 색과 비슷한 다크 브라운 계열의 천이었다. 좀 오래 걸리겠다고 판단한 연아가 테이블 앞 의자를 빼서 앉았다. 치맛자락이 구겨지지 않게 유심히 신경 썼다.

"어떤게 좋아요? 난 둘 다 좋은데, 누나가 골라 줘요."

"두 개 다 살 수 있으면서?"

"그건 그렇지만, 결혼식 용으로 살 건데. 제가 두 겹 입을 것도 아니고 하나면 돼요."

의외였다. 연아가 봐 온 다온은 머리 아프게 결정을 하는 시간을 갖느니 그냥 결제할 것 같았는데……. 생각을 털어 내고 의자를 바짝 당겨 앉아, 그가 내민 천을 바라보았다.

"이런 건 자주 입는 것 같으니까, 네이비 쪽이 좋을 거 같아."

"이걸로 할게요. 날짜는…… 다음 주 목요일에 입어야 하니까 그 전에 완성되었으면 좋겠어요. 피팅은 언제 가능할까요?"

"치수는 저번이랑 같게 할까요?"

"네."

"그럼, 다음 주 화요일 오후는 어떠신가요? 그때 피팅해 보시고 수선할 곳 있으면 손을 대는 쪽으로 하는 게 좋을 거 같은데……."

직원은 연아가 고른 천을 들어 주문서에 붙였다. 옆에서 그것을 보던 다온은 만족스럽다는 듯 고개를 끄덕였다. 의자에 앉아 발을 흔들며 듣던 연아가 고개를 들었다. 다음 주 목요일? 그날은 연아가 무안으로 내려가는 날이었다.

"목요일?"

"신경 쓰여요? 난 차라리 잘 됐다 싶은데, 누나 또 부담스러워할 거잖아요."

그건 그랬다. 그럼에도 혹시나 자신이 다온에게 모자라게 보이지 않을까. 그래서 데려가지 않는 건가 싶은 생각을 떨쳐 낼 수 없었다. 아무렇지도 않은 척 가볍게 떨쳐 내고 싶은데 일자로 굳게 다물어진 입매는 움직일 생각도 하지 않고 있었다. 모르는 척 계산을 하고 연아에게 손을 내민 다온이 그녀가 손을 맞잡길 기다렸다.

"불안해요?"

"어?"

"그냥 솔직히요. 나도 누나한테 솔직하게 하잖아요."

"……응, 조금."

대답하면서도 연아는 조금 부끄러웠다. 철없는 재벌 3세라고 생각한 것과 달리 가까이서 지켜본 다온은 눈치도 빠르고 어른스러웠다. 멋대로 들리는 말로만 그를 판단하고 선을 긋던 과거의 자신이 부끄러웠고, 비교할수록 자신이 자아존중감이 낮다는 사실을 깨닫는 중이었다.

"제가 수습 한 달 했잖아요."

내밀었던 손을 재킷 주머니에 집어넣고 다온이 생뚱맞은 이야기를 꺼냈다. 지금 그 이야기가 왜 나오나. 연아가 고개를 갸웃했다.

"누나도 수습 기간이에요. 도다온 인생에 들어오는 수습기간."

"야, 오글거려."

"헐. 진심을 오글거린다고 매도하다니. 다온이 상처."

"장난치지 말랬지!"

순간적으로 가슴이 덜컹하면서 동시에 손이 나갔다. 워낙 편한 분위기를 만들어 주는지라 이정도 스킨십은 애교일 정도였다. 그의 팔을 아프지 않게 치자 엄살을 부리듯 그가 몸을 웅크리는 시늉을 했다.

연인이라기보다 오랜 친구같이 보일 수도 있겠지만……. 다온이 또다시 손을 내밀었다. 이번엔 연아도 시간 끌지 않고 곧바로 그 손에 자신의 것을 내밀었다. 기다렸다는 듯 깍지를 껴 오는 그의 긴 손가락을 연아가 엄지손가락으로 만지작거렸다. 그와 닿은 곳부터 전해지는 온기가 가슴까지 따뜻하게 만들고 있었다.

"진지하게 생각해 줘요. 누나 곧 무안 내려가는데 이렇게 어중간한 거 불안하단 말이야."

"너야말로. 아직 군대도 안 다녀왔으면서."

"어차피 이러나저러나 장거리 연애네요, 그렇죠?"

연아가 어쩔 수 없다는 얼굴로 웃음을 뱉어 냈다. 연아가 그의 손을 부드럽게 쓸어내리자 다온도 습관적으로 그녀의 손가락을 따라 덧그렸다.

"장거리는 오래 못 간다던데."

"시작한 지 얼마나 되었다고 끝을 생각해요? 나 완전 상처받았어."

"능청은."

믿지 않게 다온을 타박한 연아가 눈꺼풀을 파르르 떨었다. 무안군은 그녀의 고향이지만 서울에서 쉽게 다녀갈 거리는 아니었다. 버스로 왕복 열 시간. 다온도 연아도 젊다면 젊고 어리다면 어린 나이였다. 이제 스물일곱을 앞두고 있는 연아와 스물셋을 앞두고 있는 다온. 아직은 가볍게 즐기고 헤어질 수 있는 나이였다. 그래서 순순히 만나 보자고 결심할 수 있었으나 현실의 벽을 생각할 수밖에 없었다.

"누나, 누나는 나랑 떨어지는 거 안 불안해요? 나 소문 좀 몰고 다니는 남자인데?"

"소문? 어떤 거? 술집 주인? 연예인 스폰서? 망나니? 클럽 죽돌이? 아님 호구? 하도 많아서 뭘 말하는 건지 모르겠네?"

"와 진짜, 이렇게 적나라하게. 나 이번엔 진짜 상처받았어요."

과장되게 가슴을 끌어안고 쓰러지는 시늉을 한 다온이 연아가 배시시 웃자 벌떡 일어나며 그녀의 손을 맞잡았다. 그리고 그대로 그녀를 따라 웃었다.

"나도 지금 불안해 죽겠다고요. 겨우 오케이 받았는데 장거리라니."

"네가 뭐가 불안해."

"누나 지금도 헤어질 생각만 하잖아요."

갑작스럽게 다온의 눈빛이 가라앉았다. 씩 올라간 입꼬리가 진중하게 가라앉으면서 연아가 허리를 바짝 세웠다. 속마음을 들킨 것 같았다. 다온과 있으면 기분이 좋다가도 이따금씩 드는 생각. 오래지 않아 헤어지겠구나. 서원과 그 곁에 있던 여자를 보고 나서 느꼈다. 있는 집 사람들은 연애할 사람, 결혼할 사람 따로라던데. 수줍고 여리게 보였던 그녀를 보고 나서 느꼈다.

"그러면 안 돼?"

"이제 시작인데 왜 끝을 먼저 생각해요? 누나가 좀 상황 인지를 잘 못하는 거 같아서 말하는 건데요."

걷던 도중 다온이 갑자기 걸음을 멈추었다. 그녀의 어깨를 단단히 붙들어 움직이지 못하게 한 채 그녀와 눈을 맞췄다. 딱딱하게 가라앉은 분위기에 연아가 떨리는 시선으로 그를 올려다보았다.

"이 관계에서 갑을 나누자면, 갑은 누나예요."

"하지만……."

"내가 우리 아버지 아들인 게 누나를 만나는 데 제일 걸림돌이었고, 지금도 그렇고, 앞으로도 그럴 거 같아서 하는 말이에요. 돈이 많은 건 맞아요. 그래서 지금까지 편하게 살아왔고 아마 집이 망하지 않은 이상 돈은 걱정 안 하고 살겠죠. 하지만 인간으로, 누나한테 사람 대 사람으로 난 내세울 게 없어요."

"다온아."

"만약에, 만약에 우리가 헤어진다면……."

다온이 숨을 급히 들이켰다. 바짝 힘주어 잡았던 어깨에서 스르르 손이 흘러내렸다.

"주변 상황 때문이 아니라, 오로지 우리 둘 문제로 헤어졌으면 좋겠어요."

"……너 연애 처음이지?"

"네?"

진지했던 다온의 얼굴이 푸시식 바람 빠지듯 어벙해졌다. 갑작스러운 연아의 말에 당황한 티가 가득했다.

"그게 말처럼 쉬운 줄 알아? 원래 몸 멀어지면 마음 멀어지고, 마음 멀어지면 헤어지고 그런 거야."

"그럼, 나 무안 내려갈까? 안 그래도 나 사업 다 정리하고 있어요!"

진지했던 분위기는 찰나에 불과했다. 어깨를 으쓱이는 모양이 칭찬해 달라는 듯하여 연아가 입을 삐죽였다. 순순히 원하는 말을 해 줄 것 같으냐.

"무안 와서 뭐 하려고? 그냥 여기 있으세요, 도련님~ 그리고 사업은 왜?"

"되게 애매하잖아요. 남자친구 뭐 하냐는 질문에 술집 사장이에요 하는 것도 그렇고, 백수예요 하는 것도 그렇고 좀 아닌 것 같아서 때려 쳤어요. 그리고 이 얼굴에, 이 몸매에 술집 사장은 좀 안 어울리지 않아요? 좀 등치 좀 크고 문신 얼룩덜룩해야 하지 않나?"

가슴이 내려앉았다. 계속 자신의 모자람을 돌아보면서 땅을 파고 들어가느라 막상 다온의 마음은 헤아려 보지 못했다. 스스로 불안해하느라 다온의 불안함까지는 생각해 보지 못했다.

쥐꼬리만 한 연봉, 사회적으로 부족한 평판과 명예. 직업을 말하면 '좋은 일 하시네요.', '봉사활동하면서 돈 받는 거 아니에요?' 라고 되묻는 사람들의 말에, 늘 스스로가 다온에 비해 부끄럽게만 여겨졌다. 그 생각에 빠져 그가 저런 생각을 하고 있는 줄은 몰랐다.

"그럼, 결혼식 같이 갈래요? 우리 부모님한테 정식으로 인사도 드리고……. 아 정식이 좀 부담스러우면 그냥 약식으로! 잠깐 얼굴만 비추고 가도 괜찮은데."

"됐거든."

그건 또 다른 이야기였다. 연아가 딱 잘라 거절했다. 다온 역시 기대도 안 했다는 듯 어깨를 으쓱했다.

"뭐 먹을까요. 음, 뭐 먹자고 물어보면 아무거나라고 대답할 거면서 비싼 데 데려가면 싫어하겠지?"

"당연하지."

"여기선 돈 생각 안 해도 돼요. 나 형 가게 털어먹는 거 한두 번 아니거든요."

"……털어먹어?"

너무 대수롭지 않게 말하는 투라 가만히 듣고 있었는데……. 연아는 어이가 없어 그를 올려다보았다. 잡은 손에 힘을 주어 손쉽게 그녀의 걸음을 멈춰 세운 다온이 짐짓 고민하는 척 턱을 쓸어내리며 주변을 둘러봤다.

"역시, 자고로 사람은 잘 먹어야 해요. 그렇죠?"

"그렇긴 한데……. 대체 뭘 먹으려고?"

이제는 불안할 지경이었다. 의기양양하게 앞서 나가는 다온의 걸음을 따라 발을 움직이며 연아가 되물었다. 대답 없는 그에게 몇

번을 물었지만 대꾸가 없어 더 불안해져 왔다. 타닥거리는 발소리
는 한 건물 앞에서 멈춰 섰다.

"대체 뭘 먹으려고 그러는 데에."

"맛있는 거요. 저번 달인가 한번 친구들 데리고 왔었는데 완전
맛있었어요."

"대체 뭐가……."

"들어와 보면 안다니까."

연아가 못 이기는 척 들어섰다. 도다온이 가는 가게답게 고급스
러운 인테리어. 어쩔 수 없는 노릇이었다. 자신한테 맞춰 달라고만
요구할 수도 없고…….

"어서 오십……."

"아, 저번에 먹었던 대로 갖다 줘요. 사람은 둘이고."

문을 열고 들어가자마자 자신들을 맞이한 종업원의 얼굴이 시퍼
렇게 변했다. 다온이 당당하게 앞장서 들어가는데 연아는 계속 그
종업원에게 시선이 갔다. 계속해서 돌아보는 연아의 팔을 끌어당
기며 다온이 빙긋 웃었다.

"뭐야, 왜 널 보고 저래?"

"에이 날 보고 그랬겠어요?"

"아닌데? 너 보고 그런 건데?"

"어디가 좋아요? 창가에 앉을까, 방에 앉을까?"

연아가 미심쩍은 눈으로 다온을 응시했지만, 다온은 아무 일도
아닌 양 뻔뻔하게 말을 돌렸다. 그리고 그 뻔뻔한 표정은 지배인이
등장함과 동시에 일그러졌다.

"막내 도련님……."

"아이, 그 도련님 소리 좀 하지 말라니까. 누나, 우리 방으로 갈

까요?"

"어…… 그래."

원망스러운 눈으로 그를 바라보는 30대 중반의 사내가 왠지 안쓰러워 보였다. 아니나 다를까. 방에 자리를 잡고 앉자마자 지배인이라는 남자가 한숨부터 내쉬었다.

"도련님, 이번에는 저번처럼……."

"아 진짜, 저번에 제가 뭘 했다고. 누나 뭐 먹을래요? 여기 전복 맛있어요."

"아니 무슨 일이……."

"아무 일 없었다니까요. 형, 형. 여기 전복 코스로 두 개 줘요. 아, 빨리이~"

아무리 봐도 수상했다. 원망이 절절 흘러나오는 눈빛에 잔뜩 울분이 서린 얼굴. 게다가 어서 그를 내보내려는 그의 태도. 대체 뭘 숨기려고 하는 걸까. 궁금해 미칠 지경이었다. 도다온이라는 남자가 돈을 안 내고 도망갈 리도 없고, 혹여 둘째 형과 관련된 이야기인가.

"뭔데 그래?"

"아 진짜……."

지배인이 주문을 받고 나가자마자 물어 오는 연아의 목소리에 다온이 손에 얼굴을 묻었다. 듣고 말겠다는 의지가 강력해 보였다. 머리를 벅벅 긁고 나서야 그가 천천히 입을 열었다.

"아, 그러니까…… 작년에 제 생일날 형이, 그러니까 둘째 형이 제 가게에서 와인이라는 와인은 싸그리 쓸어갔거든요. 그래서 저도 쓸어간 거뿐이에요. 전복을. 와인보다는 이동이 힘들었어요."

풉, 하고 연아가 터지는 웃음을 입으로 가렸다. 형제 싸움에 걸린 것들이 금액으로 치면 상상을 초월할 것이었다.

"그래서, 다온……씨도, 둘째 형님 생일날?"

"에이, 생일날 가져가면 바로 티 나잖아요. 어떻게 똑같이 갚아 줘요?"

"그럼 언제……."

"그 생일 열흘 전부터 디데이 세 줬죠. 마포구 곱창집, 서대문 구 레스토랑……. 둘째 형이 건물만 갖고 있는 데가 있고, 경영까 지 하는 데가 있는데, 저는 경영까지 하는 데로 해서 싸그리 다. 여기가 마지막이었어요. 생일 전날 전복 싹쓸이."

"못살아, 진짜."

그때 생각만 해도 좋은지 다온의 얼굴에 장난기가 가득했다. 어린아이 같은 모습에 연아도 웃었다.

그렇게 몇 번의 데이트가 이어졌다. 병원 퇴사 뒷풀이까지 따라 온다는 걸 뜯어말리기도 하고, 리연에게 걸리기 직전에 겨우 살아 나기도 하는 잔잔했던 날들. 처음 서울에 발을 디딜 때는 리연과 함께였으나, 고향으로 돌아갈 때는 홀로 돌아갈거라고 생각했었는 데 결과적으로 혼자이되 혼자가 아닌 셈이었다. 그는 자신의 일처 럼 살뜰히 챙겼다. 사귄 지 얼마나 되었다고 장거리를 결정한 여자 한테.

날이 어둑어둑해질 때가 되어 고향집에 도착한 연아는 아파트를 올려다보았다. 뉘엿뉘엿 노을이 지고 있었다. 작은 1톤 트럭 한 대 도 다 채우지 못한 양의 짐이었다. 기사 한 명과 인부 두 명. 과하다 싶을 정도의 배려였다. 택배로 보내면 된다는 것을 이리 오게 만든 것은 그녀의 어린 남자친구였다.

"고생했다."

딩동 소리가 나자마자 인부들의 손에서 깨질 만한 것부터 따로 챙긴 어머니가 겨우 한마디를 뱉어 내며 그녀를 도닥였다. 이른 아침부터 정신없이 움직였는데 막상 도착하니 저녁시간에 몸은 가득 녹초가 되어 있었다.

짐을 풀 생각을 하니 벌써부터 막막하기만 했는데, 혹시나 재촉이라도 하다 사고라도 날까 연락 한 번 못 하고 수척해진 엄마의 모습을 보니 맥이 탁 풀렸다.

"짐 어디로 넣어?"

"네 방 치워 놨어. 이거 이쪽에 좀 놔 주세요."

올라가는 데도 온갖 고난 역경을 거친지라, 배배 꼬인 마음에 명절에도 단 한 번도 내려오지 않은 집이었다. 창고로 전락했거나 패션에 관심 있는 남동생의 드레스 룸이라도 되어 있을 줄 알았는데, 손대지 않은 그대로였다. 심지어 연노랑 촌스러운 꽃무늬 커튼은 중학생 때 그녀가 썼던 것 그대로였다.

"피곤하지? 밥은 먹었어?"

"오다가 휴게소에서 간단히."

짐은 단출했다. 풀 옵션 원룸에 둘이 살았으니 짐이 늘어나 봤자 거기서 거기였다. 게다가 연아는 짐을 늘릴 만큼 뭘 사거나 모으지 않았다. 아니, 그런 쪽으로 신경 쓸 시간이 없었다는 게 맞았다. 일에 미친 듯 직장에서 인정받기 위해 일에만 집중했으니까.

이삿짐 싸는 것을 도와주겠다며 발 벗고 나선 다온에게 미안할 만큼 짐이 없었다. 옷가지 몇 개와 책 몇 권을 제외하면 거의 그대로였다. 마치 서울에서 지낸 1년여의 시간은 없었던 것처럼 느껴질 정도였다.

"그래, 피곤하지? 짐은 내일 풀까?"

그래도 밥은 먹어야지. 덧붙이는 말에 연아는 대꾸하지 않았다. 텅 빈 집. 막내는 불과 몇 개월 전 입대를 했고, 오빠는 병원에 입원. 연아는 유난히 번들거리는 가죽 소파의 한 부분을 바라보다가 부지런히 움직이는 엄마에게 시선을 돌렸다.

"아빠는?"

"아, 네 아빠? 오늘 약속 있다고 나갔다. 짐이 얼마 안 될 줄 알았으면 택배로 할 거 그랬다. 그렇지? 돈도 없는데 뭐하러 사람까지 사서 썼어."

"아냐, 한 번에 처리하는 게 낫지. 중간에 분실이라도 되면 어떡해."

대수롭지 않은 듯 대꾸하고는 연아가 인부들에게 허리 숙여 감사를 표했다. 수고하셨어요. 감사합니다.

다온이 처음으로 고집부린 일이었다. 잔뜩 각오를 하고 나간 데이트에서도 다온은 연아를 먼저 생각했다. 혹시나 부담이 되지 않을까. 혹여나 이질감을 느끼고 있진 않을까. 평범한 커플들처럼 영화를 보고, 카페에서 손을 잡고 이야기를 했다. 끝까지 고집부린 일은 이게 유일했다.

'같이 내려가고 싶은데, 누나가 부담스러워할까 봐 참는 거예요.'

망설이며 더듬더듬 말한 다온은 부끄럽다는 듯 그녀의 손을 만지작거렸다.

도다온, 연아는 소리 없이 속으로 그의 이름을 중얼거렸다. 계절상으로 여름도 멀었는데 마치 한여름 밤의 꿈처럼 다가온 남자. 집 현관에 도달하고 나서야 현실감이 그녀를 급습했다. 전혀 달라지지 않은 거실 풍경, 시간이 멈춰 버린 듯한 커튼과 가구 배치를 보고 나서야 현실을 인지했다.

자신도 조금 고집을 부려 보는 게 어떨까. 연아는 다온을 만나면서 자신이 자존감이 많이 떨어져 있다는 걸 알아냈다. 스스로가 무의식적으로 외면하고 억눌렀던 자아의 조각을 돌아볼 수 있었다. 어쩌면 자신은 다른 사람을 돕는 걸로 존재의 의미를 찾고 있는 것은 아니었을까.

"엄마가 전기장판 온도 올려 놨어. 대충 씻고 자. 내일 하자. 내일."

"네……."

어린 기억 속에서부터 엄마는 항상 딱 저 정도 길이의 파마 머리였다. 멍하니 허공을 응시하는 그녀의 등을 밀어 욕실에 들여보낸 엄마가 천천히 돌아서고 나서야 연아가 수도꼭지를 열어 물을 틀었다.

쏴아아, 소리를 내며 흘러내리는 물길을 따라 시선이 움직였다. 저 사람이 필요하다. 연아는 마지막이 될지 모르는 고집을 피워 보기로 결심했다. 서울에서 일할 수 있게 해 달라고, 독립을 시켜 달라고 눈물로 요청할 때 이게 마지막 불효라고 생각했었다.

저 사람이 내 범위 내로 들어오게 되면서 어떤 도미노 효과가 발생할지는 모르겠지만…… 욕심을 부려 보기로 했다.

씻고 방으로 돌아와 핸드폰을 눌러 보니 부재중통화가 여럿 찍혀 있었다. 다온이었다. 처음 저장한 그대로 도다온, 이름 석 자가 선명히 화면 위로 떠올라 있었다. 수건으로 물기를 털어 내고는 연아가 먼저 전화를 걸었다.

— 누나? 안 잤어요? 자는 줄 알았는데.

"아냐, 씻고 왔어. 이제 자려고."

— 많이 피곤하죠? 김 실장님한테 물어봤더니 무안이라는 데가 진짜 멀긴 멀더라구요.

"아니야, 괜찮아."

— 괜찮긴 뭐가. 일찍 자요.

잡은 물고기에는 먹이를 주지 않는다고 하던데, 연아가 자신을 물고기로 생각하는 것과 달리 다온은 자신이 물고기인 양 파닥였다. 조금만 다른 생각을 하려고 하면 곧바로 주의를 자신에게 돌리게 만들었다.

그녀가 잠시라도 다른 생각을 하는 것이 불안하기라도 한 건지 간절해 보였다. 통화로는 다른 면을 확인해 볼 수 없지만, 귓가로 흘러드는 목소리는 꿀에 담구었다 빼낸 듯 달콤했다.

— 그래도 공항이 있어서 좋았어요…….

"뭐 공항? 공항은 왜?"

꼬물꼬물 이불 안으로 기어 들어가 전기장판에 몸을 내맡기던 연아가 다급하게 몸을 일으켰다. 순간적으로 불안감이 엄습했다. 설마 데이트하자고 국내선 타고 날아오는 건 아니겠지. 충분히 가능성이 있어서 무서운 일이었다.

— 왜긴요. 누나 보러 갈 건데. 잊었어요? 나 돈 많은 백수예요. 내 나이 대 모든 청년들의 꿈! 돈 많은 백수!

"내가 미쳐."

어쩐지 순순히 보내 준다 했다.

'누나 택배 말고 사람 불러서 내려가요. 부탁이에요.'

그렁그렁한 눈빛으로 애원하다시피 하길래 마음이 약해졌는데 뒤에서 이런 생각을 하고 있었나 보다.

그리고 사흘 뒤 정말로 다온은 국내선을 타고 무안공항에 내려왔다. 잔뜩 찌푸린 얼굴로 마중을 나온 연아가 제일 먼저 한 일은 다온의 정강이를 걷어차는 일이었다. 말없이 내려오지 말라니까 비행기 표 끊고 통보하는 남자친구라니.

"아파요! 아파, 아퍼, 아파요!"

"내려올 거면 미리 말하랬지!"

"미리 말했잖아요. 오늘 아침에."

"전날에는 말해 줘야지. 내가 약속 있었으면 어떡할 뻔했어?"

"전날 말하면 못 내려오게 할거면서."

다온이 아픈 다리를 문지르며 작은 목소리로 웅얼거렸다.

"근데, 여긴 진짜 한산하다. 서울이랑 많이 달라요."

"당연하지. 서울은 서울특별시. 여기는 무안군!"

좋아하는 사람은 그냥 보고만 있어도 좋다더니. 아무것도 하지 않았는데 다온이 사랑스럽게 보였다. 게다가 며칠 안 봤다고 그새 얼굴이 달라진 듯했다. 이젠 습관적으로 꼭 잡은 손을 내려다보고 연아가 앞장 서 공항을 빠져나갔다. 공항이지만 버스 편도 얼마 없었다.

"차 없으니까 좀 어색하다. 여기다 차 한 대 살까요?"

"죽는다, 너."

"에이, 농담인 거 알면서. 버스비는 누나가 낼 거죠? 나 비행기 타고 왔잖아."

다온은 길게 무릎 위까지 올라오는 멋스러운 코트에 간단한 목도리 하나만 한 채였다. 능청스럽게 말하며 다온이 안겨 왔다. 연아가 입매를 부드럽게 휘며 깍지 낀 손을 도닥였다.

여느 다른 장거리 커플들과 다름없는 장면이라 연아는 이 시간이 애틋하고 좋았다. 머릿속으로 떠오르는 별별 걱정들과 잡생각들이 순식간에 사라졌다.

#6
또 다른 문

공채 기간도 아니었고, 채용 시즌도 아니었다. 구직에 머리를 싸매던 연아가 자리하게 된 곳은 시내 중심가에서 조금 벗어난 노인 복지관이었다. 타 복지관에 비하면 이용자 수도 적어서 연봉이 적은 것을 납득하고 들어왔는데 의외로 일이 많았다.

시에서 위탁을 받아 복지관을 운영하고 있는 법인은 규모가 작았고, 그 덕에 서울에서 그녀가 받았던 연봉에서 꽤나 많은 금액을 깎아 내고서야 채용되었다. 그나마 다행인 건 계약직이 아니라 정규직이라는 점일까.

요즘 같은 시기에 정규직을 따내다니. 빠르게 재취직을 한 연아를 미안하고도 또 자랑스럽다는 눈으로 바라보며 어깨를 토닥이는 엄마의 눈길에 쓰라린 속을 달랬다. 서울에서 비교적 높은 연봉을 받으며 경력을 쌓고 천천히 내려온다는 계획을 한순간에 구겨 버린 장본인인 오빠는 재활훈련에 한창이었다.

— 진짜 월차 못 내요?

끈질기게 울리는 진동에 연아가 눈치를 보다 사무실에서 빠져나와 자판기에 몸을 기대며 전화를 받았다. 받자마자 하는 소리가 톡으로 시끄럽게 하던 말 그대로라 연아가 피식 웃음을 흘려 냈다. 귀신같이 알아챈 다온이 왜 웃느냐며 발을 동동 구르는 듯했다.

"못 낸다니까? 나 여기 신입이야, 신입."

— 나 이제 군대 가면 휴가 나올 때까지 못 볼 텐데, 아 진짜 언제쯤 돼야 누나가 날 더 좋아할 거예요? 나 계속 을이야?

"어. 너 계속 을이야."

도 회장의 명령 아닌 명령으로 다온은 군 입대를 결정했다. 신체검사에서 당당하게 1급 판정을 받았고, 휴가가 많다며 공군에 지원해서 다녀오라는 둘째 형의 속살거림을 단호하게 쳐냈다. 휴가가 많으면 뭘 하나 복무기간이 긴데. 저 인간은 인생에 도움 되는 일이 없다며 연아에게 칭얼거리곤 했다.

— 진짜 못 와요? 그냥 훈련소 와서 빠빠이만 해 주면 되잖아. 나 들어가기 전에 누나 얼굴 꼭 보고 싶은데…….

반복되는 실랑이에 연아가 한숨을 푹 내쉬었다. 마음 같아서는 자신도 가고 싶었다. 그러나 이제 들어온 지 석 달된 신입이 월차를 내기엔 일이 너무 많았고, 눈치도 보였다. 동네 작은 복지관이라 더했다. 일이 없기는 개뿔. 연봉 협상을 다시 하고 싶어졌다.

"노력해 볼게. 다온아, 나 지금 일 들어가야 해."

— 휴우, 알았어요. 끝나고 전화해요.

일은 바빴고, 이렇게 남자친구에게 소홀해도 되나 싶을 정도로 다온과 만나기가 쉽지 않았다. 연아는 한 번씩 불편함을 내비치고는 했으나 통화상에서도 다온은 단칼에 그녀의 걱정을 잘라 냈다. 오히려 그런 걱정을 할 때 자기 걱정이나 하라며 투덜거렸다.

논산 훈련소. 군 입대의 성지라고 불리는 곳이었다. 계획은 미리 무안으로 내려가 연아와 함께 훈련소에 올 생각이었는데, 도 회장의 부름을 받아 본가에 입성하게 되는 바람에 다온은 옴짝달싹할 수 없었다. 둘이나 군대를 보냈으면 적응할 만도 한데 늦둥이라 그런지 지 여사의 굵은 눈물이 뚝뚝 쏟아진 탓이었다. 어머니가 이런데 어딜 가려고 하느냐는 아버지의 역정을 들을 수밖에 없었다.

"대체 이게 무슨 행차예요?"

도 회장 행차에 기자들까지 들러리로 따라왔다. 벅벅 밀다시피 한 머리가 어색해 모자를 깊게 눌러쓴 다온이 어이가 없어 혀를 찼다. 형들이야 당연히 안 올 사람이었지만 큰형, 둘째 형 군대 갈 때도 잘 갔다 와라 말만 했던 양반이 훈련소까지 따라오다니. 이건 아무리 봐도 아들 배웅보다는 막내아들의 여자 친구에 대한 호기심이리라.

"뭐가? 막내아들 군대 들여보낸다는데."

"저 혼자 간다고 했잖아요."

"아버지도 나이 드셨으니까 그렇지. 다온이 너 입대 날짜 나오고 나서 한숨도 못 주무셨다."

말은 청산유수다. 눈물 젖은 눈으로 자신의 손을 잡아 오는 어머니의 말에도 다온은 불신이 가득한 눈으로 도 회장을 응시했다. 천성이 사업가인 사람들 사이에서 자라온 다온이었다. 망나니라고 불리긴 했지만, 앞뒤 안 가리고 계산 한 번 없이 살아왔다면 진작 호적에서 파이고 쫓겨나지 않았을까.

이제 이것으로 성심그룹 애국 마케팅이 펼쳐지리란 건 바보도 알 수 있는 사실이었다. 재벌가 3형제가 한 명도 병역 회피하지 않고 현역 입대. 이미지 메이킹을 하기에 딱 좋은 소재거리였다.

"그래서, 새아기는?"

"엄마!"

"너 계속 핸드폰 보고 있잖니. 어디쯤 왔대? 최 기사한테 말해서 데리러 가라고 할까? 여기 너무 복잡해서……."

부부가 공범인 모양이었다. 다온이 눈을 부릅떴다. 살포시 손수건으로 눈물을 닦아 낸 지 여사가 곧바로 본론을 꺼냈다.

"와도 이 모양인데, 날 보고 가겠어요?"

"그런가? 여보, 어디 식당이라도 들어갈까요? 조용히 이야기하기엔 여긴 좀 아닌 거 같은데. 기자들도 있고, 새아기도 불편할 거예요."

"아, 엄마! 제발 새아기라고 하지 좀 마요."

다온이 습관적으로 머리를 헤집으려다 손끝에 닿은 모자의 감촉에 손을 내렸다. 그러고는 서둘러 연아에게 전화를 걸었다.

"믿어 줘요. 제가 진짜 의도한 게 아니거든요?"

— 뭔데…….

"진짜 아니에요. 믿어 줘요."

— 무슨 소리야. 됐고, 어디야? 나 겨우겨우 휴가 냈거든?

"저 지금 동암 회관. 훈련소 들어가기 전에 시내 그쪽 음식점인데. 택시 타고 와요. 아니다 내가 데리러 갈까요?"

— 아냐. 들어가서 앉아 있어. 아직 날 추워.

몇 번을 연속해서 뜸 들이느라 짜증이 난 것 같았음에도 다정한 목소리가 건너 왔다. 끊어진 핸드폰을 주머니에 밀어 넣고, 다온은 천천히 누구보다 여유롭기 그지없는 그의 부모님에게 다가갔다. 연아의 반응이 짐작도 되지 않았다.

부담스럽다고 헤어지자 그러면 어떡하지? 무의식중에 최악의 결말을 상상한 다온이 입술을 질끈 깨물었다. 그럼, 탈영이다. 아니지. 들어가지도 않았는데 탈영이 되진 않겠지? 뒷수습은 일을 벌린 두 분이 해 주실 터였다. 만약에 여기서 인정받고 연아도 싫은 내색 안 한다면? 그럼 금상첨화지! 흐물흐물 풀린 다온의 입매를 가만히 지켜보던 지 여사의 입에도 미소가 걸렸다.

"그렇게 좋으니?"

"네, 좋아요. 그러니까 싫은 소리 하지 마세요."

"그 처자. 나이가 어떻게 되냐."

"이미 알고 있으면서 모르는 척하지도 마시구요."

맹랑한 놈. 이미 조사에 착수했고, 보고까지 받은 걸 눈치챈 모양이었다. 도 회장이 에잉 하고 혀를 찼다.

연아는 택시에서 내리자마자 걸음을 멈추었다. 베이지색 워커가 다각거리는 소리가 멈춤과 동시에 일반 식당에 흔히 있을 수 없는 사람 무리를 발견해 냈다. 검은 양복에 선글라스를 낀 사내, 거기다가 연한색의 양복이었지만 딱 봐도 나 회사원이요 하고 티내는 얼굴들. 그런 사람들이 식당에 들어가지 않고 문 앞에 서 있다는 것 자체가 불안했다. 그 순간 머릿속에 다온의 말이 스쳐 지나갔다.

'믿어 줘요. 제가 진짜 의도한 게 아니거든요?'

그가 훈련소 배웅을 와 달라 요구하자마자 줄줄이 내뱉은 것들이 있었다. 큰형이 입대할 때도 그랬고, 둘째 형이 입대할 때도 그렇고 두 분 다 일이 바쁘셔서 단 한 번도 온 적이 없다. 공평한 분이시다. 이번에도 안 오실 거다. 혼자 쓸쓸하게 들어가게 내버려 둘 거냐. 아련한 눈으로 조르던 다온이었다.

식당 앞에 서 있는 저 검은 무리들. 딱 봐도 답이 나왔다.

인지하게 된 순간 연아의 마음에 두 가지 감정이 생겨났다. 양가감정. 하나는 저 사람이 정말 날 진지하게 생각해서 부모님한테까지 내보이려는 거구나, 하는 감정. 그리고 두 번째 감정은 두려움이었다. 이제 겨우 다온을 재벌 3세가 아닌 도다온 한 남자로 보려는 찰나에 그의 부모님을 만난다는 것은 큰 부담으로 다가왔다.

그래도…….

마지막으로 욕심을 내보기로 결심했었다. 다온이 좋아하는 연아의 성격 중 하나는 바로 결정한 것을 후회하지 않는 것이었다. 이번에는 그가 원하는 사람이 되어 보리라. 연아는 크게 심호흡을 한 뒤 걸음을 떼 식당 문을 열었다.

"어? 누나 왔어요? 추웠죠?"

"아니 괜찮았어. 너 머리가…….”

"많이 이상해요? 나도 어색해서."

처음으로 보는 짧막하게 밀어낸 다온의 머리칼에 연아가 눈을 동그랗게 떴다. 낯선 모습이었다. 멋쩍은지 머리를 긁적이던 다온은 반가운 나머지 자신의 가슴팍으로 그녀를 끌어당겼다. 들어오자마자 그의 부모님은커녕 그의 얼굴도 제대로 못 보고 끌어안긴 연아가 갑갑함에 그의 가슴을 쳐 댔다.

"진짜 내가 의도한 거 아니에요."

"너희 부모님? 도 회장님?"

"눈치챘어요? 어떻게 알았어요?"

연아가 그의 팔을 잡고 겨우 숨 쉴 만큼의 거리를 벌렸다. 다급하게 물어 오는 얼굴에 당황이 가득 담겨 있어 연아가 픽하고 웃음을 토해 냈다.

"밖에 경호원들이 가득이더라."

"아 진짜…… 누나 괜찮겠어요?"

"너야말로 괜찮겠어? 내가 이렇게 인사하고 나면 너 진짜 나한테 코 꿰여서 결혼할 수도 있는데."

다온의 얼굴에 '나 지금 걱정하고 있어요.' 라고 쓰인 것 같았다. 연아가 대수롭지 않은 듯 치마를 툭툭 털어 내며 대꾸했다.

"그럼 완전 땡큐죠. 해 줄 거예요? 해 줄 생각 있으니까 물은 거죠? 그죠?"

"설마 이거 프러포즈야?"

"에이, 당연히 아니죠!"

연아의 장난스러운 물음에 다온이 과장되게 보일 만큼 손을 내저으면서 부정했다. 그럼에도 연아는 마음 한구석에서 자라나는 불안을 모른 체할 수 없었다. 그의 팔을 떨어뜨리고 힐끗 보이는 그의 부모님에게로 나아가려 멈칫하고 다온을 올려다보았다.

"나로 괜찮겠어? 나, 정말 많이…….."

"내가 더 많이 부족해요. 부족한 나랑 만나 줘서 고마워요, 누나."

하고자 하는 말을 채 끝내지도 못했는데 듣고 싶은 말을 그대로 속삭여 준다. 이거 아무리 봐도 선수인데. 불쑥 치켜드는 생각을 고개를 흔들어 떨쳐 낸 연아가 중년의 남녀가 앉아 있는 테이블로 걸음을 옮겼다. 곧바로 등 뒤로 따라붙는 체온이 든든했다.

"안녕하세요. 주연아입니다."

"크흠, 다온이 애비 되는 사람이네."

"당신도 참. 다온이 엄마예요. 멀리서 왔다고 들었는데, 식사는 아직이죠? 앉아요. 같이 들어요. 음식 이제 나왔어요."

"초면에 이런 자리라 불편하겠네요. 다온이 쟤도 몰랐어요. 우리가 말 안 하고 왔거든."

"아아……. 초면은 아닙니다. 아마 기억 못 하시겠지만, 제가 대학 다닐 때 성심그룹에서 장학금을 받았습니다."

"대표였나?"

연아가 목례를 하듯 정중한 태도로 고개를 끄덕였다. 성심재단 장학금을 받을 정도의 성적, 거기다 대표였다면 그와 찍은 사진이 있을 터였다. 어째서 이걸 보고 받지 못했지? 도 회장의 눈이 날카롭게 빛났다.

"그래서 우리 회사에서 일을 했던 건가?"

"아버지!"

"솔직한 답을 원하신다면, 제가 하는 일에서 가장 연봉이 높은 곳이 성심대학병원이었거든요. 그래서 선택한 것이었습니다."

다온보다 네 살이 많다더니 애가 야무졌다. 2남 1녀 중 둘째라고 했나. 아들만 둘이라 마냥 집에서 오냐오냐 컸을 거라 예상했는데, 의외였다. 긴장한 것 같긴 했지만 겁을 집어먹은 것 같지도 않았다. 심지도 굳고, 심약한 둘째 며느리보다 맹랑하고 야무져 보였다. 기꺼운 마음에 도 회장이 굳은 입가를 씰룩였다.

연아는 식은땀이 나는 손을 치맛자락에 문질러 닦았다.

"다온이는 어떻게 하다 만나게 됐는가?"

"아버지! 이미 다 조사하셔 놓고, 왜 계속 꼬치꼬치 캐물으세요? 결혼하겠다고 데려온 거 아니거든요? 저 군대 가는 데 굳이 궁금하다고 오셔가지고 왜 이 사람 밥도 못 먹게 하세요?"

"그래요 여보. 좀 참아요. 좋은 날인데."

"좋은 날이요? 저 군대 가는 게 좋은 날이에요?"

"어머 내가 좋은 날이라 했니?"

능청스럽게 시치미를 뗀 지 여사가 잘 구워진 생선 접시를 들어 연아의 앞에 놓아 주었다. 딱딱하게 굳어 있던 연아가 고개를 살짝 숙여 감사를 표했다. 답답한 듯 다온이 부모님과 투닥거렸지만 계속 연아가 신경 쓰이는지 슬그머니 왼손을 뻗어 그녀의 허벅지를 두드렸다.

"넌 가서 김 실장한테 내 핸드폰이나 받아 와라."

"아버지 핸드폰이 왜 김 실장한테 있는데요?"

"너는 애비가 시키면 '예, 알았습니다.' 하고 다녀와야지. 말대꾸는 무슨 말대꾸야? 군대 가 철이나 들어올는지……. 쯧쯧."

흘끗 시선을 내려 다온이 하는 짓을 눈에 담은 도 회장이 그를 눈앞에서 쫓아냈다. 눈치가 빠른 편은 아니지만, 다온 없이 그녀에게 질문하려는 의도를 눈치채지 못할 리 없었다. 연아가 침을 꿀꺽 삼켜 냈다.

"우리 애가 자네를 마음에 깊이 두고 있는 거 같은데, 결혼하게 되면 회사에 들어올 생각은 있는가?"

"여보 너무 일러요. 아직 결혼하겠다고 한 것도 아닌데."

"저 자식이 저렇게까지 하는데 생각 있는 거지, 뭐. 편하게 대답해도 되네."

"아니요. 그럴 생각 없습니다. 저는 제가 하고 있는 일에 만족하고 있어요."

연아가 단호하게 고개를 내저었다. 다온이 사무실에 들어오면서 그의 이름이 아니라 그가 가진 타이틀로 인해 많은 사람들이 휘둘렸다. 그가 원하건 원하지 않건 간에 사람들은 사업보다 의전에 신경을 썼고, 똑바로 사용될 수 있었던 돈이 쓸데없는 의전에 낭비되었다.

솔직히 차라리 잘 되었다 싶었다. 다온과 만나고 있는 여자로 회사에 소문이 나면 사람들의 태도가 어떻게 바뀔지 충분히 짐작이 되었으니까. 다른 사람들과의 감정 관계와 인간관계에 얽매여 사는 것은 지긋지긋했다.

"일을 바꾸라는 게 아니네. 돌아온다고 생각하면 편하지 않겠는가?"

"만약에 다른 직장을 찾게 된다고 해도 돌아가진 않을 것 같습니다."

"왜 그러는가? 행정상의 문제라도 있나? 아니면 팀 내에서……."

"아니요. 제 개인적인 문제입니다. 항상 같은 일만 반복해서 하면 성장도 없고, 발전도 없을 것 같아서요. 되는 데까지는 새로운 일을 많이 경험해 보고 배우고 싶습니다."

도 회장의 입매가 만족스레 비틀렸다. 그를 조용히 뜯어말리던지 여사도 그녀의 대답이 꽤나 기꺼운 모양이었다. 부드럽게 곡선을 그리는 입매를 확인한 연아가 다시 한 번 손을 치맛자락에 닦았다.

"여기요."

찰나였다. 대화가 마무리되자마자 다온이 신발을 던지듯 벗어 던지고 연아의 앞에 앉았다. 무릎을 꿇고 앉은 연아와 달리 편한 자세로 털썩 주저앉은 다온이 망설임 없이 연아의 어깨를 끌어당겨 안았다.

"뭐라고 하셨어요?"

"뭐라 안 했다. 밥이나 먹어라."

가시방석에 앉은 것 같았던 식사는 끝을 맺었다. 끝날 듯 끝나지 않는지라 땀을 한 바가지는 흘린 듯한 연아가 신발을 신으며 비틀거렸다. 어머니와 이야기를 하면서도 주시하고 있었는지 다온이 곧바로 팔을 끌어당겨 지탱했기에 망정이지 아니면 고꾸라질 뻔했다. 지 여사가 어머, 하며 막내아들의 새로운 면모를 흐뭇하게 지켜보았다.

"그럼, 사람들 이목도 있으니, 우리는 먼저 들어가 볼게요. 다온이 너 잘 들어가고, 편지 보내고."

"편지는 무슨. 나 그런 거 못 써요."

"어머니한테 말버릇이 그게 뭐야."

"아이참, 당신도. 그럼, 다음에 봐요 연아……양."

떠밀리듯 도 회장이 자리를 떴다. 끝까지 다정스레 웃은 지 여사의 뒷모습이 차 안으로 들어가는 것까지 확인하고서야 연아가 폐 속 깊숙한 곳에서부터 뿜어져 나오는 한숨을 바닥에 내뿜었다.

"긴장했어요?"

"그럼, 긴장 안 했겠어? 근데, 너 왜 이렇게 기분이 좋아? 군대 들어가는데?"

"누나 긴장하니까 좋아서. 지금 이거 우리 집에 누나 소개한 거예요. 알아요?"

"……결혼하겠다고 인사드린 것도 아닌데, 뭐."

다온이 어색하게 빡빡 민머리를 쓸어 올리며 환하게 웃었다. 연아는 맥이 탁 풀리는 기분이었다. 끝까지 고민하고 난리를 쳤는데 다온은 그 고민거리를 그대로 직면하게 만들었다. 두렵고 무서운 그 순간에 기댈 수 있게, 바로 곁에 있어 주는 사람.

그런 사람이었다. 도다온이라는 사람은 연아에게 그런 사람이었다.

"그래서 그런데 고무신 거꾸로 신을 생각은 꿈도 꾸지 말아요. 누나가 몰라서 그러는데 우리 도 회장님이 며느리감으로 찍어 놨으니까 아마 사람 붙을걸?"

"뭐?"

어이가 없어 곧바로 다온을 올려보자마자 햇살 앞으로 둥글게 휘어진 입매가 시선에 들어왔다. 다온이 뻔뻔하게까지 느껴질 정도로 당당한 포즈를 취했다.

"기다려 줄 거예요?"

"하는 거 봐서……."

집합 명령이 떨어졌고, 연아는 꽉 잡힌 손을 밀어서 놓아주었다. 몇 번 뒤돌아보던 다온이 다른 사람들 사이에 섞여서 분간하기 어려울 지경에 닿을 때까지 연아는 그 자리에 가만히 서 있었다.

이상하게 그와 만나기만 하면 말려들어 가는 기분이었다. 그런데, 나쁘지 않았다. 가장 중요한 건 자신의 의지였는데, 그걸 꺾어내는 사람들을 증오하다시피 싫어하기도 했었는데, 이상하게……. 아주 이상하게 그에게 말려들어 가면서도 기분 나쁘지 않았다. 아니, 오히려 좋았다.

말은 그렇게 했지만, 고무신 거꾸로 신을 기회도 주지 않을 사람이었고, 덧붙여 은근슬쩍 자신이 원하는 대로 이끌어 갈 사람이었다. 아마도 그 마음이 변하지 않는다면 천천히 이끌려 줘도 괜찮지 않을까. 연아는 천천히 돌아서며 생각했다.

◇ ◇ ◇

자대 배치를 충남으로 받은 다온은 죽을상을 하고 있었다. 서울
보다 조금 가까워졌나 했는데 만만치 않았다. 차라리 논산에 뼈를
묻는 게 무안과 가까울 지경이었다. 버스로 최소 네다섯 시간. 왕
복 열 시간의 거리였다. 다온이 지끈거리는 미간 사이를 꾹꾹 눌렀
다.

장거리는 운명인가. 배치된 자대 위치에 다온이 망연자실했다.
정말 거지같았다. 하루라도 빨리, 하루라도 더 많이 붙어 있고 싶
은데……. 가까이 있고 싶은데 거리는 좁혀질 듯 쉽게 좁혀지지
않았다. 충동적으로 결혼 욕구가 솟아났다.

"야, 나 결혼이나 할까. 이번에 휴가 나가면."

"미쳤냐. 야, 오늘 아침 밥 뭐 나왔냐? 얘 돌은 거 아냐?"

"내버려 둬. 어디로 배치 받았는데 그리 죽을상이야?"

"태안. 태안."

"아, 거기 나 거기 알아. 주변에 아무것도 없을걸?"

동기라는 새끼들은 도움도 안 되고 남의 속도 모르고, 그의 손
에 들린 통지서를 훑어 보고 한 마디씩 내뱉었다. 대부분 배치가
다 달라 헤어지지만 다온으로서는 싫은 티 안 내고 챙겨 준 좋은
사람들이었다

"나중에 사회에서 만나면 내가 술 한잔 산다."

"됐다. 벼룩의 간을 빼먹지. 훈련소에서 온라인으로 편지 한 번
도 못 받은 건 너 밖에 없어."

동기 하나가 혀를 쯧쯧 찼다. 다온이 멋쩍은 듯 머리를 한번 쓸
어내렸다. 온라인 편지에 대해 미리 알았다면 연아에게 부탁을 했

을 텐데 아는 게 하나도 없었다. 전화 통화 할 때도 안부 묻는 데 바빠 편지에 대해 언급하는 것을 계속 잊어버렸다.

안 그래도 어려 보이고, 또 어려 보일 남자친구인데 세세한 것까지 마음 쓰게 하고 싶지 않았다. 그러면서도 다온은 마음 한구석이 허전했다.

"진짜 결혼을 해야겠어."

"뭐래 이 미친놈이. 결혼은 혼자 하냐? 여자 친구는 있냐?"

다온이 굳은 어조로 중얼거리자마자 옆에 앉아 있던 동기가 그의 옆구리를 팔뚝으로 찌르며 타박했다.

"야, 아픈 데 좀 찌르지 마. 여자 친구가 있으면 절절하게 편지 받았겠지. 상욱이 쟤는 매일매일 받잖아. 여자 친구가 편지로 일기 쓰는 줄."

"진짜 편지가 아니라 일기 아니야? 그러고 보니 저 새끼 편지, 한 번도 안 보여 주더라?"

"내가 왜 니들한테 보여 줘야 하는데?"

"야, 곧 헤어지는데 편지 그거 하나 보여 주기가 힘드냐? 얼마나 이쁜데 그래?"

화제의 중심이 관물대에서 머리를 만지던 동기에게로 향했다. 사진 한 장이라도 들고 나올걸. 짤막한 데이트 시간에 손을 잡고, 서로를 보기 바빠 사진 한 장 같이 찍지도 못했다. 그녀가 매우, 아주 절실하게 보고 싶었다.

다온이 군대에 입대했다는 사실은 조용해진 휴대전화로 인해 실감하게 되었다. 다온을 들여보내고 손수건으로 눈물을 찍어 내는 그의 어머니와 비서진을 망토처럼 등 뒤에 두르고 사라지는 도 회장을 배웅할 때도 느껴 보지 못한 감정이었다.

"주쌤, 오늘은 핸드폰이 조용하네?"

"네에, 남자친구가 군대 갔거든요."

"어쩐지. 둘이 너무 달달하다 했어."

선임 사회복지사는 그녀가 다녔던 대학교 옆에 있는 3년제 전문 대학교 출신이었다. 자격증 급수도, 경력도 연아가 더 높았지만, 자신이 선임이라는 이유로 그녀를 편하게 대하고 있었다. 동갑임 에도 그녀에게 존댓말을 써 달라고 요청하기도 했다.

"주쌤, 1급 자격증 있던가?"

"네. 졸업하자마자 취득했어요."

"확실히 4년제가 좋긴 하네. 경력도 없이 1급을 따고, 이론보다 는 현장 아닌가."

딱 들어도 시비를 걸기 위해 하는 말이었다. 연아는 눈을 감고 귀를 닫았다. 너는 떠들어라 나는 할 일을 할 테니. 복지관의 규모 는 작았지만 그녀가 근무했던 사회사업 팀보다 직원 수는 훨씬 많 았다. 간호사, 물리치료사부터 공익근무요원에 사회복지사까지. 하 지만 모든 사람이 다 서로를 존중하진 않았다. 바로 옆에서 입을 삐죽이는 선임 민하처럼.

"아, 근데, 남자친구 군대 갔으면 연하? 학교 후배?"

"학교 후배는 아니구요."

"하긴 맞아. 사회복지사끼리 결혼하면 되나. 굶어 죽기 십상인 데."

그녀의 대꾸에 한참을 자기 하고 싶은 말만 쏟아 내던 민하가 화장실에 다녀온다며 자리를 비웠다. 그제야 연아가 모니터에서 손을 떼고 마른세수를 했다. 일이 많은 것도 일이 많은 거지만 툭 하고 던지는 말들이 계속 신경 쓰였다.

"너무 신경 쓰지 마. 연아 쌤한테 관심 있어서 그러는 거야. 민하 쌤이 계속 막내였거든."

"괜찮아요, 팀장님."

"오늘 오전에 준 서류는 관장님 선에서 결재될 거야. 아마 오후면 처리될 거 같은데."

막내, 그녀에게 떨어진 그 타이틀에 씁쓸하게 웃으며 고개를 까딱였다. 서른 즈음 된 젊은 팀장은 관장과 더불어 유일하게 성별이 남자인 사회복지사였다. 좁다고 하면 좁은 이 세계에서 그녀는 뒤지지 않는 스펙을 갖고 있었다.

과에서는 상위권 성적을 달렸고, 과탑도 몇 번 했다. 거기다 전액 장학금을 한 번도 놓친 적 없었고, 합격률 30%도 안 되는 사회복지사 1급 국가자격 시험은 한 번에 패스했다. 경쟁률 몇백 대 일을 뚫고 성심그룹 신입 사회복지사로 입사까지 했다. 중간에 그만둔 것도 아니고 2년을 채우고 나서 그만뒀다. 스펙도 이만하면 남들 부럽지 않다고 생각했는데, 무안으로 내려와서는 마음에 들지 않는 일에, 마음에 들지 않는 곳에 자리를 잡게 되었다. 노인복지관, 싫다는 건 아니지만 처음부터 관심이 없었던 분야였다. 그랬기에 경력이 있다고 해도 처음부터 다시 배워야 했다. 연아가 깊이 한숨을 내쉬었다.

"오전에 결과 보고서 해 오라고 한 거 어떻게 됐어요?"

"책상에 올려 뒀어요."

과했다. 아무리 후임을 지도한다는 명목이라지만, 서류 하나하나 넘겨 보며 이래라저래라 참견하는 것도 머리가 지끈거렸다. 언제까지 참을 수 있을까.

— 누나.

소리 없이 울리는 진동에 자리를 박차고 벌떡 일어났다. 사무실을 나가 그나마 인적이 드문 커피 자판기 뒤쪽으로 곧바로 걸어 나갔다. 다정스레 건네져 온 목소리에서 피곤이 느껴졌다. 연아가 천천히 입매를 가다듬었다. 자신도 힘들고 피곤하지만, 자유로운 영혼이라고 지칭하던 다온에게 군대는 더 힘겨운 공간일 터였다.

"응. 힘들지?"

— 아니, 다 좋은 사람들이야. 오히려 헤어지는 게 아쉽다.

"자대 배치 받는다고 했었지? 다 따로 떨어졌어?"

— 응. 하아…….

커피 자판기 뒤에 기대선 연아가 다온의 한숨소리를 그대로 전해 들었다. 전화할 때마다 늘 괜찮다고 살 만하다고 꾸며서라도 활기참을 내보이곤 했었는데, 자대 배치가 속상한 듯했다.

"왜 그래? 설마 최전방으로 났어?"

— 아니…… 충남. 충남 태안.

"끝과 끝도 아닌데 왜 그래. 제주도로 배정 난 것도 아니고."

조금이나마 가깝길 바라긴 했다. 솔직한 심정으로 도 회장님이 무어라 한마디만 해 주면 이쪽 주변으로 배정이 날 수도 있지 않았을까. 농번기에 힘들긴 하겠지만 가까이 있으면 면회도 자주 가 주고 외박이라도 나왔을 때 얼굴도 쉽게 볼 수 있었을 텐데. 그녀가 가라앉으려는 목소리를 부러 높여 다온을 위로했다. 그녀도 속상했지만, 그가 더 속상할 게 분명했기에.

— 제주도가 차라리 낫죠. 비행기 타면 되잖아.

"그놈의 비행기. 군인 월급 얼마나 한다고 비행기를 타? 요즘에는 비누랑 샴푸도 다 사서 써야 한다고 하던데. 돈 안 모자라?"

— 훈련소에서는 돈 쓸 일 없어요. 내가 담배를 피는 것도 아니고. 나 속상해서 여기서 담배 배울지도 몰라.

"지금 나 협박하는 거야?"

불평하듯 꿍얼거리는 목소리에 연아가 입가 가득 미소를 띠고 물었다.

— 복지관에 저보다 잘생긴 남자 없죠? 하긴, 노인 복지관이랬지.

"뭐? 야. 직원들은 남자 아니냐."

뻔뻔하기 그지없는 목소리에 꾹 눌러 참았던 감정마저 증발되듯 사라졌다. 훨씬 가벼워진 마음으로 연아가 대꾸했다. 기대했던 대로 놀란 목소리가 귓가에 새어 들어왔다.

— 헐. 남자 있어요? 유부남이죠? 아니면 좀 나이 드신…….

"그러길 바라는 거지?"

— 와 내박. 나는 사내새끼들반 바글바글한 데서 누나 생각밖에 안 하는데. 누나는!

"그런 사람 없어. 면회도 못 가고 미안하다. 주소 나오면 바로 연락 줘. 편지라도 써 줄게."

— 보고 싶다.

속삭이듯 들려오는 목소리에 연아는 핸드폰을 세게 틀어쥐었다. 틱틱대고 불평해도 그는 한결같이 그녀가 듣고 싶은 소리만 들려주었다.

"다온아……."

— 듣기 좋다. 한 번만 더 불러 주면 안 돼요?

"다온아…… 보고 싶다. 나도."

심장이 뛰어오르는 감각이 머리끝까지 올라가는 게 느껴졌다. 가만히 자판기에 기대어 서서 목소리를 듣는 이 시간이 좋았다. 어떻게 하면 이렇게 좋을 수 있지. 시간으로 따지면 정말 얼마 되지 않았는데 주체하지 못하고 다온에게로 끌려가는 마음이 불안할 정도로 컸다.

몸이 멀어지면 마음도 멀어지고, 마음이 멀어지면 그대로 헤어지는 거라고 했던가.

그 말은 그와 그녀에겐 통용되지 않는 말이었다. 시간을 쪼개 나누는 대화는 일상의 달콤함으로 자리 잡았고, 면회를 가지 못해 미안한 마음은 정성을 담아 보내는 택배로 덜어내려 노력했다. 택배를 받은 날이면 전화로 주절주절 자랑을 늘어놓는 다온 때문에 눈물을 흘린 적도 여러 번. 연아는 그렇게 다온을 기다리는 삶을 살고 있었다.

어느 순간 삶의 중심이 가족에서 그에게로 옮겨 갔다. 무서운 사람이다. 도다온, 그는 천천히, 아주 천천히 그녀를 잠식해 가고 있었다.

다온은 신병 위로휴가를 겨우 받아 연아를 만나러 올 수 있었다. 휴가를 내기 어려운 연아의 사정을 헤아린 것도 있었지만, 그녀가 일하는 곳을 보고 싶다는 마음도 컸다. 오전에 출발해서 도착하고 나니 딱 퇴근시간이었다. 삼 층짜리 허름한 복지관 건물을 올려다보며 다온은 지나가는 어르신들의 시선을 한 몸에 받았다.

"아이고, 군인 총각이네."

"이쪽에 부대가 있었나?"

"안녕하세요, 어르신. 혹시 복지관 문 닫았나요?"

"이제 닫아. 복지관 누구 찾아왔나 봐?"

주름진 얼굴에 눈을 가늘게 뜬 나이 든 할머니가 물어 왔지만 다온은 싱긋 입꼬리만 끌어올릴 뿐 대답하지 않았다. 금세 관심을 거둔 어르신들이 두런두런 이야기를 나누며 인도를 따라 걸었다. 유리문으로 비치는 안쪽이 어수선한 걸 보면 정리하고 있는 모양이었다.

"다온아!"

"이제 끝났어요?"

다온은 십분 여를 더 기다려 직원용 출입구에서 뛰어나오는 연아를 맞이했다. 반가움에 다온이 그대로 연아를 안아 들었다.

"그만, 그만. 아직 다른 사람들 퇴근 안 했단 말이야. 보면 어떡하려고 그래?"

"남자친구 있다고 했다면서요. 남자친구인가 보다— 하겠지."

"못살아, 내가."

어쩔 수 없다는 듯 연아가 손을 내밀어 그의 목을 끌어안았다. 짙은 향수 냄새 대신 은은하게 느껴지는 바닷바람의 향. 그의 어깨를 토닥토닥하다 살짝 밀어내 얼굴을 올려다보았다. 그리고 곧바로 선크림이라도 보내 줘야겠다 결심했다.

어머니가 남동생 챙기는 것보다 남자친구를 못 챙기면 어쩌나. 위장크림도 사제로 쓰는지는 생각도 못 했다. 남동생 군대 갈 때 어머니가 챙기는 걸 눈여겨본다고 봤는데…… 미처 선크림까지는 생각하지 못했다.

"살 빠졌다."

"그건 내가 할 말인데요. 밥 안 먹고 일하죠?"

"아냐, 잘 먹어."

"거짓말. 서울에서 일할 때도 밥 잘 안 먹었으면서. 은채 병원비 대야 한다고 전화통 붙들고 내리 앉아 있던 것만 생각하면 믿음이 하나도 안 가네요."

본능적으로 잔소리의 시작을 예감한 연아가 씨익 웃고는 입술을 그의 것에 내리 눌렀다. 순식간에 떨어졌지만, 서로의 온도는 충분히 느낄 수 있었다.

"감칠맛 나게! 한 번 더 해 줘요."

"싫은데?"

장난스럽게 대꾸한 그녀가 자연스럽게 허리를 감싼 다온의 손을 풀어내며 바닥에 안착했다. 구겨졌던 셔츠 자락을 탁탁 털어 낸 연아가 고개를 들자마자 기다렸다는 듯 다온이 또다시 허리에 손을 휘감아 그에게로 끌어당겼다.

심장이 거칠게 뛰었다. 혈관이 터져 버리지 않을까 걱정될 정도로 빠르게 뛰는 것 같아 반사적으로 그의 옷깃을 힘주어 잡았다. 은은했던 바닷바람 향이 훅하고 그녀의 숨 안으로 파고들었다. 망설임이라고는 존재하지 않는 행동이었다.

뜨겁게 닿아 온 입술이 곧바로 그녀의 것을 비집고 들어섰다. 힘을 줘 놀라 숨을 들이켜는 그녀의 허리를 끌어당겨 자신에게로 밀착시킨 다온이 눈꼬리를 휘며 웃었다. 바짝 끌어당겨진 몸과 맞닿은 입술로 두근거리는 심장 박동마저 맞닿아 가고 있었다.

"다온……."

"눈 감아야죠."

아직 이른 초저녁이었다. 퇴근 시간이라 지나다니는 사람이 있을 법했다. 직장 앞이라는 것과 여러 가지 생각이 섞인 연아가 그를 밀어내려 가슴팍에 손을 짚은 순간이었다. 살짝 맞닿은 입술을 다온의 혀가 부드럽게 두드렸다. 긴장해서 숨을 참고 있던 연아가 숨을 뱉어 내는 순간, 망설임 없이 입술 사이를 가르고 들어왔다. 뻣뻣하게 굳은 그녀의 뒷목을 잡아 쓰다듬으며 리드해 냈다.

"……저 이제, 남자로 보이죠?"

"너 진짜……."

천천히 떨어져 나가는 둘 사이로 늘어지는 타액을 연아가 소매로 다급하게 훔쳐 냈다. 보지 않아도 목 뒤에 귀까지 전부 빨갈 게 분명했다. 고개를 숙인 연아의 이마에 또다시 내리누르듯 키스한 다온이 반쯤 잠긴 목소리로 물었다.

"진짜 뭐요? 진짜 좋다고?"

"그래. 아주 좋아 죽겠다. 여기 회사란 말이야……."

그제야 허리에 감았던 손을 풀어 준 다온이 팔을 내밀었다. 척하면 척이라고 연아가 그 사이에 손을 끼워 넣었다. 바짝 붙어 오는 다온의 체온을 느끼며 발 맞춰 걸었다. 탁탁 소리 나는 군화와 바스락 소리를 내는 운동화가 나란히 섰다.

무안군 시내라고 해 봤자 거기서 거기였다. 분식집에서 대충 식사를 마치고 손을 잡고 발 맞춰 걷는데, 발갛게 하늘을 물들이며 천천히 떨어지는 해가 보였다.

"웬일이야?"

서울에서 데이트할 때도 아무 데서나 잘 먹고, 아무 데서나 잘 노는 다온이었지만 꼭 하나씩 비싼 곳을 끼워넣곤 했다. 하나부터 열까지 그녀를 배려하는 모습에 연아도 이 정도쯤이라면 하고 수긍했던 일이었다. 무안이라고 해서 가격대가 높은 레스토랑이나 맛집이 없는 것은 아니었지만 오늘은 조금 달랐다.

"군대 월급이 너무 짜요, 누나."

돌아온 대답은 상상도 못 한 것이었다. 군대 월급이 통장으로 들어오고 있다는 건 알았지만, 그 월급이 예금 이자보다 더 적다는 걸 알고 있는데 물기 가득한 대꾸라니. 놀란 연아가 멍하니 입을 벌렸다.

"나 지금 너한테 평생 듣지 못할 거 같았던 말을 들은 거 같은데, 제대로 들은 게 맞니?"

"샴푸 좀 살려고 아버지한테 용돈 달라고 했는데 턱도 없는 소리하지 말래요."

아무리 쉬쉬한다고 해도 도씨라는 성은 흔한 성이 아니었다. 게다가 훈련소까지 직접 행차한 회장 내외 때문에 숨기려야 숨길 수가 없었다. 배치 받고 나서도 부대 내에서 몇 명은 그의 부모가 누군지 알고 있다고 했다.

"나 사업도 다 정리하고, 가게도 정리해서 돈 나올 데가 없다구요. 나도 형처럼 임대업이나 할 걸 그랬어. 월세 받으면서 살게."

"통장 이자로도 충분히 먹고살 수 있다는 거 알거든?"

"쳇. 좀 그러려니 속아 주면 안 돼요? 걱정 좀 해 달라구요."

"돈 많다고 자랑한 건 여기 계신 도다온 씨가 아니셨나요?"

짐짓 침울한 척 구시렁거려도 연아는 빙그레 웃기만 했다. 소문으로 들은 그의 재산과 그가 소유한 건물의 가치만 해도 천문학적 액수에 가까웠다. 아니 땐 굴뚝에 연기 없다고 소문의 일부는 사실일 터였다. 게다가 성인이 된 자식의 재산을 소리없이 빼앗아 가기엔 우리나라 사법체계는 견고했다.

"저 아끼면서 살기로 결심했단 말이에요."

"갑자기 무슨 일로 심경의 변화가 있으셨나요? 피엑스가 많이 비싸?"

"그것도 그건데. 결혼하려면 준비해야죠. 사업도 접어서 돈 나올 데도 없는데 있는 거 아껴 가면서 오순도순 살아야 하지 않겠어요?"

"결혼?"

갑작스럽게 나온 단어에 연아가 우뚝 발을 멈췄다. 다온이 군대를 가고, 연아가 직장에서 자리를 잡으면서 해가 지나 한 살씩 더 먹었다. 그래도 어린 나이였다. 결혼을 생각하기에 연아도 어렸지만, 다온은 더더욱 일렀다. 연아가 설마 하는 마음에 그를 돌아봤다.

"저 좀 믿음직스러워 보이지 않아요? 기특하죠?"

"떡 줄 사람은 생각도 안 하는데 김칫국부터 마시지 맙시다, 도다온 씨."

힐끗 올려다본 얼굴이 평소와 다름없이 장난기가 가득해 연아가 피식 바람 빠지는 듯한 웃음소리를 내며 그의 옆구리를 쿡 찔렀다. 엄살을 피듯 실짝 옆으로 떨어졌던 다온이 곧바로 바짝 붙어 왔다.

"농담 아닌데. 미리 생각해 놔요, 누나. 누나 부모님한테 미리미리 떡밥도 좀 뿌려 놓고."

"떡밥? 무슨 떡밥? 남자친구가 있는데 군대에 있어요— 그러면 되니?"

"거기다가 한마디 더 붙여야죠. 이 남자가 아니면 평생 수절하고 살겠습니다~ 하고."

"뭐? 수저얼? 누구 혼삿길을 막으려고."

연아가 헛웃음을 토해 냈다. 다온이 잠시 떨어지면서 풀렸던 팔짱 대신 그가 손을 내밀었다. 반사적으로 그의 손을 움켜쥔 연아가 대꾸 없는 그를 올려다보았다. 어느 순간 걸음이 멈춰 있었다. 쌀쌀한 날씨에 둘 다 코끝이 빨개져 있었다.

"누나 혼삿길은 이미 꽉 틀어 막혔어요. 울 아부지가 누나 며느릿감으로 찍어 놓은 거 알아요? 누나는 이제 텄어요. 인생 텄다고."

"트긴 뭐가 터. 내 인생 이제 일곱이거든?"

"누나가 아직 뭘 모르네. 우리 도 회장님 집착이 얼마나 강하신데. 누나는 이제 나랑 결혼하러 가는 길 밖에 없다니까? 누나가 져 주는 게 신상에 편할걸?"

다온이 연아의 손을 잡아당겨 꼭 붙잡으며 눈을 빛냈다. 건네져 오는 말들이 심상치 않아 연아가 바짝 허리에 힘을 주었다.

"혹시나 해서 묻는 건데…… 너 혹시 이거 지금 프러포즈니?"

"네."

"……넌 지금 모든 여자들의 로망을 한순간에 박살 냈어."

"내가 알기로 내 여자 친구의 로망은 그게 아닌 걸로 알고 있는데. 그럼 이건 어떨까요? 아까 보니까 큰 길 앞에 대형현수막 있던데 우리 스티커 사진 찍어서 걸어 놓을까? 아니면 복지관 앞에 레드카펫이랑 꽃다발이랑 풍선 쫙 깔고……."

"됐다. 내가 잘못했어. 말을 꺼낸 내가 잘못했어."

연아가 끝없이 늘어놓을 것만 같은 다온의 입을 틀어막았다. 장난스럽게 대꾸하긴 했지만 너무 쉽게 결혼을 말하는 것에 묘한 감정이 들었다. 그의 나이 이제 스물셋이었다. 평생 자유롭게 살아왔던 그가 먼저 결혼을 이야기한다는 게 어떤 의미일까. 묘한 눈길로 바라보는 연아의 머리에 다온이 손을 얹었다.

"누나 부모님 만나는 거 걱정된다. 딱히 어른들이 좋아하는 타입이 아니라서…….”

“아냐. 엄마는 내가 좋다면 오케이고, 아버지는…… 네가 어느 집 자식이라는 거 알면 뭐…….”

반쯤 가라앉은 다온의 목소리에 연아가 다급히 입을 열었다. 침울하게 가라앉은 표정이 안쓰러웠다. 얼른 손을 들어 올려 그의 거칠어진 볼을 쓸어내렸다. 바닷바람을 많이 쐬어 그런지 얼굴이 많이 텄다.

“나 말 안 하고 싶은데요.”

“뭘?”

“결혼 허락 받고, 그러고 나서 말하고 싶어요. 우리 집 돈 많은 거.”

연아의 표정이 딱딱하게 굳었다. 마주 보는 다온의 입가에는 씁쓸한 미소가 걸려 있었다. 둘 다 쉽지 않은 길이 될 거라는 걸 알고 있었다. 연상연하 커플이 아무렇지 않은 거라고 해도 다온의 나이는 많이 어렸다. 평범한 스물셋, 대학에 진학했다면 한창 학교를 다닐 나이. 가정을 꾸리기엔 턱없이 부족한 나이처럼 느껴졌다.

“많이 어려울걸.”

“누나는 나로 괜찮겠어요? 아마 나 평생 직장 안 다닐 수도 있고, 철없이 술 마시러 다닐 수도 있고…… 평생 철 안 들 수도 있는데? 그리고 돈도 하나도 안 벌어 오면?”

“글쎄…… 나한테 큰 소리 낼 거야? 내가 못 나가게 하면?”

“미쳤어요?”

“그럼…… 밖에서 다른 여자 만나고 다닐 거야?”

“아, 누나 제가 누나 만나면서 한눈파는 거 봤어요?”

“또 모르지. 결혼하고 나면 이미 잡힌 물고기라고 다른 물고기

잡으러 다닐지."

"어떻게 하면 믿어 줄 건데요? 아, 그럼 전부 공동명의로 돌리자. 만약에 내가 바람피우면 바로 재산 분할 소송 걸어요. 내가 다 줄 테니까."

나 누나한테 그런 이미지예요? 억울한 듯 덧붙이는 말에 연아가 결국 참았던 웃음을 토해 냈다. 아마 그가 가진 것이 없는 상태에서 이렇게 프러포즈를 해 왔다면 끝없이 고민했을 것이었다. 자신의 월급도 얼마 되지 않는 상황에서, 혼수며 예물이며 돈 들어갈 데가 많은 결혼을 부모님이 찬성해 줄까. 하지만 연아는 편하게 생각하기로 했다. 일어나지 않은 일들을 고민하다가 가장 중요한 감정을 놓칠 수도 있고, 그러다 정말 중요한 것을 놓칠 수도 있으니까.

"그럼 돈은 내가 벌게. 넌 집에서 살림이나 해."

"와……."

다온이 감탄했다. 저 지금 누나한테 또 반한 거 같은데. 심쿵했어요, 완전. 호들갑스럽게 덧붙이는 말에 연아는 천천히 다온의 팔을 끌어다가 어깨에 고개를 기댔다.

완벽한 사람은 없다. 아마 끝없이 자신의 부족함만 바라보면서 타인과 비교하며 살 것이다. 자신은 그렇게 자라 오고 그렇게 살아왔으니까. 한순간에 생활양식을 바꿀 수는 없다. 하지만 이 사람이 있다면 그걸로 행복할 것 같다.

공부도 하기 싫다고 하고, 돈도 벌고 싶지 않다고 말하는 그였지만, 그녀 그대로의 모습을 받아 주는 사람이다. 만약을 가정할 수는 없지만 그가 아무것도 갖지 못했어도 선택은 같지 않았을까. 그 길이 고생길이라도 자신은 이 길을 택했을 것 같다. 그녀 인생에서 그 무엇보다 중요한 것은 자기 자신을 있는 그대로 사랑해 주는 사람이었으니까.

◇　◇　◇

상병 계급장을 달면서 받게 된 나흘짜리 휴가는, 부대 앞에서 기다렸다는 듯 그를 낚아채는 아버지의 수행비서에 의해 산산조각 났다. 비서 들으라는 듯이 한숨을 푹푹 내쉬며 연아에게 전화해서 소식을 알린 다온은 뒷좌석에 대자로 뻗었다. 도 회장님이 안달이 나시긴 난 모양이었다.

"아이구, 우리 막내."

"엄마, 오늘은 미술관 안 나가셨어요?"

최근 미술관 사업을 하나 시작하면서 바쁘게 움직이는 어머니였다. 며느리들이 아들들을 잘 챙겨서 걱정거리가 없다면서, 본격적으로 일을 해 보겠다고 나선 덕에, 요즘에는 아버지보다 더 바쁘시다고 들었는데.

다온이 눈을 동그랗게 뜨면서 묻자 우리 아들이 온다는데 어딜 나가냐며 지 여사가 너스레를 떨었다.

"예끼! 왜 아직까지도 소식이 없어?"

"뭘요."

무슨 소식인지 뻔히 알면서 되레 무뚝뚝하게 대꾸하는 다온이었다. 들어서자마자 내뱉긴 했지만 새까맣게 탄 얼굴과 마른 듯한 팔목이 눈에 들어와 도 회장이 입을 다물고 돌아앉았다.

"새아기 말이다. 언제쯤 우리 집으로 들어오나 싶어서."

"저 아직 군인이에요 엄마."

다온이 한숨처럼 대답했다. 어쨌든 진작 프러포즈도 했고 그녀의 부모님을 만나기 위해 마음의 준비도 하고 있었다. 연아 역시 흔들림 없이 고개를 끄덕여 줬다. 긍정적인 신호였다. 그런데 이렇게 재촉하시니 마음이 급해졌다.

"그러니 하는 말이지. 사방 널린 게 사내놈인데 어디 네놈이랑 비교가 되겠느냔 말이다. 딴 데로 눈 돌리기 전에 집안에 들어다 앉혀 놔."

"아버지가 보시기에 쉽게 앉아 줄 여자로 보이셨어요?"

쓰고 있던 모자를 아무렇게나 벗어 소파 팔걸이에 올려놓고 다온이 군복 단추를 훌훌 풀어냈다. 이 집안에서 유일하게 다온만 할 수 있는 행동이었다. 체면 차리는 도 회장이 가정부도 있고 아내도 있는 공용 공간에서 저리 행동할 리는 없고, 재준과 서원은 도 회장이 있는 자리에서 함부로 행동하지 않았다.

"그러니까 네가 꼭 잡아야 할 거 아니냐. 저리 멍청해서야…… 어디 가서 내 아들이라 하지 마라."

"안 그래도 안 할 거네요."

"다온아, 너무 새겨듣지 말어. 니 아버지 속상하셔서 저러시는 거야."

퉁명스레 내뱉는 말에 져 줄 생각은 하나도 없는 다온이 무뚝뚝하게 받았다. 정말 말하지 않고 허락받고 싶었다. 어려운 길을 돌아 돌아 가게 될 것이 분명했지만 도다온이라는 사람 자체로 인정받길 원했다.

평생을 함께할 사람을 얻고, 그 사람과 가족이라는 테두리로 묶일 거라 더했다. 재벌 3세라는 타이틀보다 도다온이라는 사람 자체로 인정받는 것. 어려운 길이었다. 그가 생각하기에 자신이 가진 조건은 보잘 것 없었기에.

"그 사람 부모님 만나 뵈면, 집안 이야기 안 할 거예요."

"다온아?"

"진심이에요. 그냥 저란 사람 그대로 사위로서 인정받고 싶어요."

"그게 될 거라 생각하는 거냐. 멍청한 놈."

도 회장이 혀를 쯧쯧 찼다. 세상물정 모르고 단꿈에만 젖어 사는 놈. 현실이라고는 모르고 자란 티가 났다. 좋은 집에서 태어난 것 말고 제게 내세울 것이 무엇이 있다고.

"그 아이는 좋다고 하더냐? 집에서 허락받을 수 있을 거 같대?"

"누나는 그렇게 해 보겠대요."

"무어?"

"되든 안 되든 끝까지 해 보자고. 돈이 많건 적건 누나는 나란 사람 그대로를 봐 주고 있으니까."

도 회장이 몸을 일으켜 세웠다. 대수롭지 않다는 듯 대꾸하는 다온과 다르게 그의 얼굴에는 놀라움이 가득했다. 한번 보았지만 근성 있는 아이였다. 대학시절 장학금에 대한 교수 추천서부터 자기소개서와 성적, 그리고 입사할 때 냈던 이력서를 살펴보면 근성 있게 자라왔다. 4년 내내 전액장학금, 꾸준히 하던 봉사활동에 남부럽지 않은 영어성적까지. 다온이 가진 것과 비교하면 그녀가 이루어 낸 것은 반짝반짝 빛이 났다.

"세상은! 정도만을 걸을 수는 없는 법이야. 어느 집 자식인지, 네 아비가 누구인지, 무슨 일을 하는지 알리지 않고 결혼이 가능하다고 생각하는 게야? 너보다 배는 산 어른을 놀리는 거고 기만하는 행위인 것을 왜 몰라?"

"물어보시겠죠. 아버지는 회사원이시고, 어머니는 예술계에 종사한다고 할 겁니다."

"도다온! 그것이 기만하는 행위라는 거다. 허락을 받는다고 해도 그것은 허락이 아니야. 어른을 속여서 하는 일이 잘 풀릴 거라고 생각하는 게야?"

"아이고, 여보 그만 좀 해요. 그만 좀."

큰 소리가 나자 부엌에서 과일을 준비하고 있던 지 여사가 다급하게 달려와 그의 팔에 매달렸다. 고개를 삐딱하게 기울인 채 도 회장의 삿대질을 감내하고 있던 다온이 머리를 긁적였다. 입대할 때와 비교하면 더벅머리 상태였다.

"그렇지 않으면 그 결혼은 저와 누나의 결혼이 아니라, 누나와 저희 성심그룹의 결혼이겠죠."

답지 않게 단호한 어조였다. 지 여사가 낯선 아들의 모습에 입을 벌렸다. 입술을 우물거리다 털썩 소리를 내어 자리에 앉은 도 회장이 한층 누그러진 눈으로 그의 아들을 훑어 내렸다. 세상 물정 모르고 철없이만 보았는데 그가 추측했던 것보다 생각의 깊이가 있었다. 단호한 모습이 못내 기꺼워 들썩거리는 입매를 매만지는데 지 여사가 등 돌려 축축해진 눈가를 닦아 냈다.

"왜 울어."

"울긴 뭘 울어요. 그냥 눈에 뭐가 좀 들어가서……."

"옷 갈아입고 올게요."

다온이 단추를 풀어 낸 군복 차림으로 2층으로 올라섰다. 발목 위로 한참 올라온 양말도 답답했고 거기서 옷을 갈아입기엔 가정부를 포함한 눈들이 거슬렸다. 아버지에게 선전포고 아닌 선전포고까지 했으니 이젠 움직여야 했다. 제대 후로 예정해 놨지만 계획을 앞당겨야 할 필요가 생겼다. 이렇게까지 했는데 근시일내에 결과보고가 없으면 발 벗고 나서실 분이었다. 그가 평생을 봐 왔던 도 회장이라는 사람은 그런 사람이었다.

다음 날로 다온은 비행기 표를 끊었다. 무안으로 출발하는 국내선은 하루에 한두 편 정도라 이젠 시간까지 외울 정도였다. 왜 벌써 가냐며 아쉽지 않은 척 물어오는 도 회장에게 하늘을 봐야 별을 따지 않겠냐며 너스레까지 떨어 준 다온이 지 여사의 배웅을 받으며 공항에 도착했다.

"미안해……."

"아니에요. 괜찮다니까. 누나는 만날 때마다 이러더라."

그녀가 휴가를 내는 일은 쉽지 않았다. 작은 복지관이었고 일은 많고 인력은 부족했다. 게다가 신입이라는 위치는 선임의 눈치를 봐야만 했다. 미안한 마음에 연아는 설명을 주절주절 늘어놓았다. 선임인 민하의 이야기는 나올 수밖에 없었다. 오랜만에 만났는데 불평만 한 거 같아 어깨를 축 늘어뜨리는 연아를 다온이 품에 안아 다독였다.

"집에는 잘 다녀왔어? 더 있어야 하는 거 아니야? 오랜만에 갔잖아, 집."

"우리 집 알면서. 우리 어머니 이번에 사업 새로 시작하셨어요. 미술관. 누나도 이름 들어 봤을 걸? 그리고 난 누나 보러 오는 게 더 좋아요."

깍지 낀 손을 매만지며 다온이 빙그레 웃었다. 그럼에도 미안한 표정을 지우지 못하는 연아의 입가에 꾹꾹 입술 도장을 찍어 주었다. 그제야 허탈한 듯 웃음을 터뜨렸다. 만져도 만져도 아쉽기만 하고, 닿아도 금방 떨어져 나가는 체온이 손아귀에서 흘러내리는 것 같았다.

"누나, 나 누나 어머님께 인사드릴까."

"뭐? 너무 급하지 않아? 너 군대 제대하고 나서……."

"그냥 좀 마음이 급해서."

처량하게 떨어뜨리는 시선에 마음이 쓰였다. 어쩔 줄 모르던 연아가 잡혀 있던 손 대신 다른 손을 내밀어 그의 얼굴을 쓸어내렸다. 처음 만났을 때와 비교하면 새까맣게 탄 얼굴이었다. 거칠거칠해진 피부가 그의 노력을 대변하는 듯했다. 고생이라고는 한 번도 해 보지 않은 사람이었다. 군대 생활이 맞을 리가 없었다. 그럼에도 불평 하나 없었다. 선임도 좋고, 후임도 좋고, 다 좋아. 군대 생활에 대해 물으면 짠 듯이 똑같은 대답만이 돌아왔다. 그런 다온이 그녀의 부모님 이야기만 나오면 약해지는 모습이 그녀의 가슴을 쓰라리게 했다.

"그럼, 다음에 나왔을 때 준비해서 찾아뵙자. 우선 엄마 먼저 알게 하고……."

"그래요. 누나 설마 혹시 니 몰래 다른 남자 있고 그런 건 아니죠? 나 어머님한테 물어볼 거야."

"에이, 대학시절에 잠깐이었어."

"아 맞다, 대학! 나도 대학교 갈까 봐. 거기가 연애하기에 딱이라던데."

"너 나한테 결혼하자고 해 놓고 지금 딴 여자랑 연애를 하겠다고 하는 거야? 그것도 내 앞에서?"

"장난인 거 알면서 이러시면 다온이 상처 받습니다아~"

짐짓 화난 척하자마자 다온이 곧바로 그녀의 손에 볼을 부벼 왔다. 거칠어진 피부가 생생하게 느껴져 연아는 한숨지었다. 아무래도 다온은 그녀를 만나고 편하게 살던 생활 전체를 버리게 된 것 아닐까.

"다온아, 근데 너 진짜 담배 안 펴?"

"아, 진짜. 남자 친구를 뭘로 알고. 싫다면서요."

"술은?"

"또 무슨 소문을 들었길래 그래요."

다온보다 먼저 군대에 들어간 막냇동생이 제일 먼저 배운 게 담배라는 엄마의 소식에 걱정이 돼, 다온을 볼 때마다 수십 번씩 당부했었다. 능청스럽게 절대 그럴 일 없다고 대꾸하는 다온을 보면 믿음이 떨어져, 믿는데도 항상 잔소리를 했다.

"그냥. 너 병원 들어오기 전에는 매일 술집에서 술 먹고 그랬다길래."

"그건 일이죠! 술집 운영하는데 어떻게 술을 안 마셔요. 그냥 뭐랄까. 손님 대접하게 되면 마실 수밖에 없는 일이었다구요."

"그래, 그래 알았어."

"누나 안 믿는구나. 어오! 억울해. 가게 정리해서 증명할 방법도 없고. 그거 알아요? 술 먹을 때나 날 찾아 주던 친구 녀석이 나 사업 접고 연락도 안 하는 거?"

"믿어. 믿는다구."

다온이 답답한 표정으로 가슴을 쳤다. 그녀가 진실이라는 걸 알아주기나 할까. 서울에 있을 때는 데이트하느라 정신이 없어 친구 관계에 소홀했고 좀 정신 차릴 만하니까 군대에 왔다. 사내새끼들만 바글바글한 군대에서 같은 사내인 친구 생각이 나기나 하겠나. 게다가 핸드폰도 쓸 수 없어, 쓸모없어진 지 오래니. 그가 암기하고 있는 번호는 진철과 연아의 것이 전부였다. 연아는 알 듯 모를 듯한 미소만 짓고 있었다.

저녁을 함께 먹고, 카페에서 마주 보고 밀렸던 이야기를 하니 시간은 순식간에 지나갔다. 조금이라도 같이 있는 시간을 늘려 보겠다고 다온은 연아의 집까지 천천히 걸었다. 비행기는 밤 10시에 한 대가 있었다. 시간 맞춰 택시 타고 갈 테니 걱정 말라 연아를 다독이며 그녀의 아파트까지 와서 놀이터 그네에 앉아 조잘거리고 있을 때였다.

"연아야, 거기 연아니?"

"아⋯⋯."

외마디 신음성을 낸 연아가 벌떡 일어섰다. 꼬리가 길면 밟힌다는 속담이 그대로 들어맞았다. 아버지가 아닌 게 다행이지. 연아가 다급하게 소리가 들려온 쪽으로 달려갔다. 아니나 다를까 낯익은 목소리의 주인은 그녀의 엄마였다.

"엄마⋯⋯."

"누구니? 남자 친구?"

"어? 응⋯⋯."

음식물 쓰레기를 버리러 나오다가 발견한 듯했다. 냄새 난다고 음식물 쓰레기가 조금이라도 쌓이는 것을 두고 보지 못하는 엄마가 또 바지런을 떠신 모양이었다. 연아가 한숨처럼 대답하고 힐끗 뒤를 돌아보았다. 갑작스러운 만남에 다온 역시 당황한 눈치였다.

"안녕하십니까. 도다온이라고 합니다."

군대 가면 사람 되어 나온다더니, 인사하는 얼굴이 무뚝뚝하게 굳어 있었다. 딱딱하게 긴장한 얼굴로 공손하게 허리를 굽혔다. 얼떨결에 마주 인사를 한 그녀의 어머니가 손에 든 쓰레기봉투를 슬그머니 뒤로 숨겼다. 연아가 그것을 발견하고 한숨을 푹 내쉬며 손을 내밀었다.

"내가 버릴게, 엄마."

아주 잠깐, 연아가 자리를 비워 버린 탓에 어색한 상황이 연출되었다. 각오는 했지만 갑작스럽게 뵙게 되니 다온은 손에서 식은 땀이 나는 것 같았다.

"아…… 우리 연아랑은 언제부터……."

"이제 2년 정도 되었습니다."

"2년? 그럼 서울에서 만났나 봐요?"

"네. 그렇습니다."

좀 더 대화를 이끌어 가고 싶은데 어떻게 이야기를 건네야 할지 생각이 안 났다. 하얗게 변한 머리를 데굴데굴 굴려 보았지만 그런 다고 뚜렷한 해답이 나올 리가 없었다. 그때 구원자처럼 연아가 등 장했다.

"엄마! 들어가야지."

"어, 그래. 다온 군이라고 했죠? 시간 늦었는데 조심히 들어가 요."

"네, 감사합니다."

그와 마주한 그녀 역시 당황한 눈치였다. 연아가 떠밀어 발을 떼긴 했지만, 아파트 현관으로 들어가면서도 연신 그를 돌아보고 있었다. 엄마를 쫓아 보내다시피 해서 집 안으로 들여보낸 연아가 다온에게 손을 내밀었다. 당황한 기색을 지우지도 못한 다온이 손 을 맞잡았다.

"뭐야, 땀났어?"

"하아, 나 정말 놀랬어요."

"평생 긴장이라고는 안 할 거 같았는데 생각보다 심약하시네요,

남자 친구님?"

손바닥에 고스란히 느껴지는 물기에 연아가 웃음을 터뜨렸다. 딱딱하게 굳은 얼굴에 잔뜩 긴장해서 곧추세운 허리까지. 다온의 의외의 모습을 보았다.

"누나……."

"어?"

"이렇게 된 김에 나 제대하면 결혼할까요?"

"뭐?"

"쇠뿔도 단김에 빼랬다고, 이왕 이렇게 걸린 거 바로……."

어둠 속에서 내려다보는 얼굴이 진지했다. 연아가 기가 차서 그를 올려다보다 아프지 않게 옆구리를 꼬집었다.

"허락이나 받고 생각합시다, 응?"

"그럼 허락받으면 바로 해 줄 거예요 결혼?"

"음, 절대 그럴 리 없으니까…… 그래! 해 주지 뭐."

장난스럽게 대꾸한 죄로 그에게 코를 잡혔던 연아는 다온이 택시를 타는 것까지 확인하고 집 안으로 들어섰다. 야근이 잦은 직업을 가진 연아를 못마땅하게 생각하는 아버지의 눈초리를 받고 발꿈치를 들어 소리 없이 방 안에 들어섰다. 불을 딱 켜자마자 기다렸다는 듯 팔짱을 낀 채로 설명을 요구하는 그녀의 어머니를 만날 수 있었다.

"아, 엄마 깜짝 놀랐잖아."

"놀래긴. 내가 더 놀랐어, 이 가시내야. 만나는 남자 없다면서?"

연아가 놀란 가슴을 쓸어내렸다. 어깨에 걸쳐 놨던 가방을 내려놓고 겉옷을 벗어 내며 옷걸이를 꺼내 들었다. 아무렇지도 않은 척 움직이는 연아의 뒤꽁무니를 그녀의 어머니 김 여사가 부지런히 쫓았다.

"그건…… 언제 적 이야기인데 그걸 지금 말해?"

"만나는 남자가 없다고 해 놓고 서울에서 만난 남자가 여기까지 널 보러 와? 이야기 들어 보니 한두 달 만난 것도 아니더만."

연아가 짧은 한숨을 삼켰다. 조금씩, 아주 조금씩 각오하고 있던 일이었다.

자신이 가지고 태어난 것보다 자신 그대로를 인정받고 싶다는 다온을 이해했다. 쉽지 않은 일이라는 걸 왜 모르겠는가. 그건 그녀에게도 쉽지 않은 일이었다.

도다온이라는 사람에게 가진 감정을 그가 갖고 있는 조건과 그녀가 가진 욕심과 분리해서 보는 일. 완전히 분리할 수는 없었다. 만나면서 그가 가진 것으로 인해 정의할 수 없는 묘한 포만감을 느끼기도 했다. 하지만 그의 생각과 의지를 존중했다. 그 길이 너무 힘겨워 다온 스스로 무너져 내린다고 해도, 그로 인해 그녀를 온전히 놓아 버린다고 해도 그의 의지를 존중하겠다고 마음먹었다. 굳은 결심을 한 연아는 뒤돌아 김 여사를 마주했다.

"엄마."

"말해."

"나 결혼할 거야. 그 사람이랑."

"뭐?"

김 여사의 얼굴에 황당하고 어이없다는 표정이 떠올랐다. 그녀가 기억하는 것은 그의 이름 세 글자. 그리고 꽤 큰 키에 긴장을 많이 한 얼굴이었다는 것 정도. 그런데 갑자기 결혼이라니?

"너 지금……."

"프러포즈 받은 지는 쫌 됐어. 그 사람 이병 진급하면서 받았으니까."

"이병? 군인이야?"

"응. 지금은 상병. 제대 얼마 안 남았어."

대수롭지 않게 건네는 말에 김 여사의 얼굴이 경악으로 물들었다. 예상했던 엄마의 반응이었다. 아직 제대도 안 한 군인이랑 무슨 결혼 이야기냐며 펄펄 뛸 거라고 생각했다. 그래서 제대하고 나서 조심스럽게 설득해 볼 생각이었는데, 어디 세상사가 그리 마음대로 될까. 연아는 한숨을 삼켜 냈다.

"너 지금 정신이 있는 애야 없는 애야? 남자애 나이가 몇인데?"

"스물셋."

"미쳤어, 미쳤어."

때리면 때리는 대로, 흔들면 흔드는 대로 조용히 감내했다. 큰 소리를 내 봤자 일이 커지기만 할 터였다. 거실에서 아버지가 텔레비전을 보고 계시니까. 그걸 아는 김 여사도 차마 큰 소리를 내지 못하고 그녀의 팔을 찰싹찰싹 내리쳤다.

"뭐 하는 애인데?"

"군인이라니까. 상병 달아서……."

"그전에! 군대 가기 전에 뭐했냐고."

"……하."

연아는 대답을 망설였다. 다온이 예견했던 일이 이걸까. 누가 클럽이나 술집을 운영했던 사람을 남자 친구, 아니 사윗감으로 받아들일까.

"대학, 그래. 대학은 어딘데. 서울에서 만났다고 했지?"

"일하면서 만났어. 우리 팀 수습 직원으로 들어왔거든."

"그러니까 대학이 어디냐고. 너희 회사 정도면 꽤나……."

"대학 안 갔어."

연아는 최악의 상황을 예상했다. 다온이 이 자리에 없는 것이 다행이었다. 차라리 홀로 이렇게 미리 감내하는 것이 나았다. 그가 조금이라도 마음고생을 덜하게 되었으면. 아버지는 미처 감당할 엄두도 나지 않았다. 하지만, 어머니라면 간절한 그녀의 마음에 조금이라도 응답해 주지 않을까.

"엄마……."

"안 돼. 죽어도 안 돼. 그렇게 그 남자애랑 결혼하고 싶으면 그 놈 대학도 보내고, 취업도 시키고 해서. 그래서 데려와. 아니면 나 죽어도 안 된다."

그럼 그렇지. 군인 신분에 대학조차 가지 않은 남자에게 딸을 보낼 부모가 어디 있을까. 반대는 예상했던 일이었다. 그나마 다온이 안 된다고 딱 잘라 내지 않은 걸로도 다행이었다.

"아버지한테도 인사시킬 거야. 그러기로 했어."

"미쳤어, 너? 돌았어? 아버지 쓰러지시는 거 보고 싶어?"

"내가, 내가 많이 좋아해, 엄마. 내가 그 사람이 필요해."

"네가 뭐가 부족한데? 그 남자애가 돈이 있어 비전이 있어? 가진 게 뭐가 있느냐 말이야. 지금은 그냥 좋지? 마냥 좋지? 결혼하고 나서도 그럴 거 같니? 결혼은 현실이야. 현실이라구. 혼자 돈 벌어서 애 키우고 그렇게 살 거야? 어?"

김 여사가 연아의 옷깃을 붙잡고 뾰족한 목소리로 그녀의 몸을 흔들었다. 걱정할 것 하나 없이 혼자서도 잘 자라던 아이가 이러니 더 충격이 컸다. 자라면서 속 썩인 적 없던 딸이었다. 운동하는 큰 아들에게, 어린 막내에게 관심을 쏟느라 상대적으로 많이 사랑을 주지 못한 아픈 손가락. 그렇기에 연아는 더 행복해야 했다. 고생길로 내보낼 수 없었다.

"엄마 미안해."

연아의 담담한 목소리에 기어코 김 여사가 눈물을 쏟았다. 알면 하질 말아야지. 미안한 줄 알면 시작을 말았어야지. 흐느끼듯 그녀의 등에 기대어 오는 엄마를 연아가 몸을 돌려 끌어안았다.

어떻게 할 거니, 다온아? 나는 네 생각을 존중하고, 네 의지를 존중했다. 닿지 않을 속삭임이었다. 연아가 어머니의 가슴에 못을 박은 입술을 엄지손가락으로 쓸어내렸다. 바로 몇 시간 전 다온의 것과 맞닿았던 것이었다. 가슴을 치는 엄마를 내보내고 나서 연아가 핸드폰을 들었다. 다온 역시 생각이 많은 것인지, 혹은 핸드폰을 볼 정신이 없는 것인지. 택시를 타고 간 후로 다온에게선 어떤 연락도 없었다.

— 누나…….

먼저 전화를 걸었다. 몇 번 신호 끝에 받은 목소리는 잔뜩 잠겨 있었다. 연아가 이불을 끌어당겨 덮으며 벽에 기대어 앉았다.

"많이 힘들 거 같은데 정말 괜찮겠어? 나 때문에 그러는 거면 굳이 그렇게 안 해도 돼."

목 끝까지 고집피우지 않아도 된다는 말이 올라왔지만, 혹시나 부정적으로 비칠까, 그를 비난하는 것처럼 보일까 봐 연아는 꾹 눌러 참았다. 다온은 침묵으로 응답했다.

— 해 볼 수 있는 만큼은 해 보고 싶어…….

"그래. 그러자 우리."

— 누나는 괜찮아?

"나는 괜찮지. 너희 집에 정식으로 인사 갈 일도 걱정이다. 나도 그렇게 좋은 사람 아닌데…….."

애써 화제를 바꿔 보려 해도 도로 제자리였다.

— 우리 집은 걱정하지 말고. 누나 집만 걱정해.

"복귀가 언제더라? 내일이었나 모레였나?"

— 모레야. 좀 남았어.

"집에는 잘 들어갔고?"

— 거의 다 왔어. 피곤할 텐데 누나도 자. 내일 출근해야 하잖아.

전해져 오는 숨소리를 눈을 감고 가만히 들었다. 바싹 마른 입술을 달싹이며 망설이던 연아는 간신히 입을 열었다.

"미안해."

— ……누나가 미안하긴 뭐가 미안해. 내가 결혼하자고 한 건데. 내가 일찍 하고 싶어 했잖아.

"그냥 좀 생각이 많아져서. 일도 힘들고, 너도 보고 싶고 해서 충동적으로 대답한 게 아닌가. 결정한 게 아닌가. 생각이 좀……."

— 누나, 그냥 다 말씀드리고 결혼한다고 할까? 내가 우리 아버지 아들이 아니었으면 누나를 못 만났을 수도 있잖아. 내가 큰형 말에 반항했어도 못 만났을지 모르고. 내가 돈이 많지 않았으면…….

"미안해. 내가 말을 잘못 꺼냈다. 네가 어떻게 결정하던 네가 원하는 대로 할게."

장난기 없이 담백하게 끝낸 통화는 이번이 처음이었고, 연아는 핸드폰을 내려놓으면서 이번이 마지막이길 바랐다. 이미 알고 있었던 사실이었지만, 다온은 사람들의 평가를 받는 것에 익숙하지 않았다. 아마, 처음으로 받는 평가지 않을까. 그래서 더 고집부리는 것 같았다. 성심그룹 막내아들 도다온이 아니라 그냥, 아무것도 없는 도다온으로.

　이상적이었다. 이미 알고 있었다. 하지만, 말리지 못했다. 미안
했으니까. 자신을 만나지 않았다면 더 자유롭게 살 수 있는 사람이
었다.

7

너와 내가 함께하는 삶

　연아는 더할 나위 없이 완벽한 남자를 얻었다고 생각했다. 하지만 다른 사람들 모두 그녀와 같은 생각을 가질 수 없는 법이었다. 모든 사람이 똑같은 생각을 할 수 없단 걸 알지만, 연아의 인생에서 가장 중요했던 가족 전체가 연아의 생각과 다른 생각을 해서 그녀는 적잖이 놀랐다. 한 명 정도는 자신과 같은 생각을 가져 줄 줄 알았는데.

　그녀와 함께 집 안으로 들어서는 다온의 얼굴을 보고서 김 여사는 얼굴을 굳혔고, 오랜만에 일찍 집에 들어온 그녀의 오라비 성준은 눈을 크게 떴다.

　"나이가 너무 어린데. 둘이 혹시 사고라도 쳤나?"

　"아닙니다."

　결혼하고 싶다는 선언에 한참을 침묵을 지키던 주씨 가문 가장은 미심쩍은 눈으로 연아가 남자 친구라 소개한 다온을 위아래로 훑어보았다. 다온이 대답함과 동시에 연아가 곧바로 고개를 내저었다.

"대학도 안 갔고, 이제 군대 제대 앞두고 있고. 그런데 사고를 친 것도 아니면서 우리 애랑 결혼을 하고 싶다고?"

"아버지……."

"넌 조용히 해. 남자 친구 있다고 말도 안 했으면서."

연아가 시무룩하게 입을 다물었다. 그녀의 말을 들어 줄 사람이 아니란 걸 알고 있었기에 불같이 화를 낼 거라 예상했었는데, 의외로 조용히 말해 더 무서웠다.

"네. 결혼은 조건 맞춰서 상황 맞춰서 하는 일이 아니라고 생각했습니다."

"그 말은 자네가 아니라 우리 쪽에서 해야 하는 말 같지 않나? 그런 말은 조건이 갖춰진 쪽에서 하는 거지."

무릎 꿇고 앉아 곧이곧대로 대답하는 다온의 손끝이 하얗게 질려 있었다. 연아가 뒤편에 물러앉은 김 여사에게 시선을 주었지만 그녀의 시선은 바닥을 향해 있었다. 성준은 갑갑하다는 듯 자리에서 일어서 베란다로 나갔다. 거기서 성준은 곧바로 담배를 꺼내 물고 한숨 같은 연기를 뿜어내며 그녀와 다온을 응시했다.

"제게 어떤 조건을 원하십니까?"

"맞춰 보려고? 이미 늦은 거 같은데. 우리가 원하는 조건이 있다고 해도 자네가 맞춰 가는데 걸리는 시간보다 이 아이가 다른 사람이랑 만나는 게 더 빠를 거 같은데."

"아버지!"

"그럼, 누나 조건에는 맞추지 못하겠네요."

잔뜩 찡그리고 있는 딸아이에게 잠시 시선을 준 그가 당돌하다 싶을 만큼 건방진 표정을 짓는 다온을 직시했다. 어디 한 번 말을 해 보라는 듯 기다려 주자 바짝 마른 입술을 축이고는 천천히 입을 열었다.

"다른 조건은 다 맞춰도 주연아가 좋아하지 않는 남자라면 조건 미달 아닌가요?"

"허, 자네 세상이 사랑만으로 살 수 있다고 보는가? 삶은 현실이야. 자네한테 시집가게 되면 고생할 게 뻔히 보이는데 아비 된 입장에서 보내겠는가 말이야."

"저희 아버지랑 똑같은 말씀을 하시네요."

다온이 입매를 둥글게 휘었다. 시선이 마주치자 그녀의 아버지가 먼저 허탈한 웃음을 토해 냈다. 배짱은 있는 녀석이었다. 스물셋이라고 했나. 걱정되는 듯 연신 자신의 얼굴을 살피는 연아의 손을 토닥여 주기까지 한다.

그래도 아닌 건 아니었다. 좋다는 사람과 결혼시켜 주고 싶은 거야 부모로서 당연한 일이었지만 고생길이 훤히 보이고, 도와줄 수 없는 집 사정이었다. 조금이나마 비슷하게 돈을 버는, 혹은 연아보다 조금 더 벌어 조금이나마 편하게 살 수 있는 그런 사람 곁으로 보내고 싶었다.

"그런가? 자네 아버지는 뭐라 하시던가?"

"제가 인사를 가면 이렇게 야단만 잔뜩 맞을 거라 일러 주셨습니다."

"그런데?"

올 것이 왔다. 연아가 침을 꿀꺽 삼켰다. 당장이라도 난입하고 싶은 듯 반 이상 짧아진 담배꽁초를 베란다 재떨이에 비벼 끈 성준이 베란다 문을 붙잡았다.

"걱정 안 하셔도 됩니다. 고생시킬 생각 전혀 없으니까요."

"그럴 능력이 돼야 말이지. 막말로 지금 이뤄 논 거 하나도 없으면서 자네 말만 믿고 따님을 제게 주십시오, 한다고 주면 그게 말이 되냔 말이야."

"성준아!"

많이 참았다 싶었다. 오빠가 있는 것부터 불안했는데 기어이 폭탄을 터뜨린다. 김 여사가 그의 다리를 잡고 말렸으나 전혀 소용없었다. 성준은 제 할 말을 끝까지 뱉어 낸 뒤, 씩씩거리며 다온을 노려보았다.

"다온아."

"맞습니다. 저 능력 없어요."

연아가 조심스럽게 붙잡은 손에 식은땀이 가득했다. 뻣뻣하게 세운 허리에 잔뜩 힘이 들어가 있는 것 같아 걱정했는데, 아니나 다를까 계속 긴장하고 있는 모양이었다. 색이 바랜 입술도 바짝 말라 있었다. 걱정스러운 눈으로 바라보는데도 다온은 한 번 더 힘주어 자신의 능력없음을 강조했다.

"이놈이 뻔뻔하게……."

"오빠!"

연아가 결국 참지 못하고 일어섰다. 아무리 마음에 들지 않아도 그렇지 초면에 삿대질이라니. 일어나자마자 그의 손을 잡아 내렸다.

"근데 한 가지는 정말 약속드릴 수 있습니다. 책임질 수 있고, 그럴 능력 되고 그리고…… 누나가 원하는 삶을 살 수 있도록 도와줄 거예요. 저한테 헌신하는 인생도 아니고, 저희 집에 시달리는 인생도 아닐 거구요."

"능력이 된다? 앞뒤가 안 맞잖아. 능력이 없다면서 이제는 능력이 된다? 내가 언제까지 이런 헛소리를 듣고 있어야 하나? 연아 너. 당장 방에 들어가!"

"아버지!"

연아가 두 눈을 질끈 감았다. 기어코 큰 소리가 났다. 어디까지 하나 싶어 무심한 낯으로 다온을 지켜보던 아버지였다. 인내심이 한계치까지 도달한 모양이었다. 생각한 것보단 오래 참았다. 다온을 달래 돌려보내고 장기적으로 노력해 보자고 설득하는 게 낫다고 판단한 연아가 방에 들어가는 대신 다온을 일으키려 했다.

"괜찮아요. 어떤 능력인지 물으셨죠. 경제적 능력을 말하시는 겁니까? 아니면 누나한테 얼마나 헌신적일 수 있냐고 물으시는 겁니까?"

"둘 다. 나는 둘 다 필요하네. 근데 자네는 아닌 거 같아. 주연아 뭐해. 방에 안 들어가?"

"다온아. 가자. 다음에…… 다음에 다시 오자. 우리 장기적으로 보기로 했잖아. 응?"

"주연아!"

"잠깐만. 잠깐만, 누나."

세 사람 사이에서 연아가 지끈거리는 머리를 부여잡았다. 아예 관심을 주지 않겠다는 듯 돌아앉은 어머니와 열 받아 죽겠다는 듯 정신없이 거실을 돌아다니는 오빠. 조건을 따지지 않을 수는 없지만, 면전에서…… 아랫입술을 질끈 깨물면서 연아는 통증도 느끼지 못했다.

"아버지께서는 성심그룹 총수이자 계열사 회장이십니다. 큰형은 현재 성심그룹 전무로 일하고 있으며……."

끝내 이렇게 되고 만다. 다온의 말이 시작되자마자 외면하고 있던 어머니부터 거실 중앙에서 멈춰 선 오빠, 그리고 다온과 마주앉은 아버지의 시선까지 전부 다온에게 집중되었다.

"어머니께서는 현재 다움 미술관 관장으로 계시고, 대학교수도 겸임하고 있습……."

"일어나. 빨리. 빨리 일어나라고!"

다온의 시선은 허공을 맴돌고 있었다. 꼭 쥐고 있던 주먹이 반쯤 풀려 있었다. 꼿꼿하게 버티던 전과 달리 연아가 흔드는 대로 하염없이 흔들렸다. 비명처럼 그의 귓가에 내지른 연아가 그대로 그의 손과 어깨를 잡아끌었다. 일으켜 곧장 현관으로 걸어가던 연아가 당혹스러운 표정으로 자신들을 보고 있는 가족들에게 시선을 돌렸다.

"이제 만족할 거야, 그치? 믿을지는 모르겠는데, 나 이 사람 조건 보고 만난 거 아니야. 이 사람이 부모님이나 큰형 이름 팔아서 인정받고 싶지 않다고 했고, 나도 그러자고 했어. 엄마랑 아빠가 이러는 거 예상 못 했던 건 아닌데……."

댐이 무너져 내리듯 흘러내리기 시작한 눈물은 연아 자신도 주체할 수 없었다. 소매를 들어 벅벅 문질러 닦느라 시야도 뿌옇게 변했다. 정신없는 와중에 연아의 눈물을 발견하고는 다온이 손을 들어 그녀의 눈가를 쓸어 냈다.

"조건이 중요한 게 아니잖아. 사람이 중요한 거지. 오빠는 또 나한테 꿈같은 소리 하고 있다고 하겠는데. 나한테 제일 중요한 건 나랑 평생을 함께할 사람의 조건이 아니라, 내가 중심이라고 말해 주는 사람이었다고……."

눈물로 토해 내는 말들은 다온의 가슴팍에도 무겁게 가라앉았다. 현관까지 이끌고 나간 것은 연아였지만 정중한 인사와 함께 그녀를 집 밖으로 데리고 나온 것은 다온이었다. 충격받은 얼굴로 한참을 망설이던 연아의 아버지 주강현은 참담한 표정으로 고개를 돌렸다.

씁쓸하게도 얼마 뒤 그들은 결혼 허락을 받아 낼 수 있었다. 어찌 되었건 그녀의 아버지가 말했던 두 가지 조건 모두 다온은 충족했다. 태어나면서 받은 것은 자신의 능력으로 칠 수 없다고 했던 다온은 속상하지 않냐고 묻는 말에 고개를 절레절레 저었다. 그러고는 가만히 그녀의 어깨에 얼굴을 묻었다.

모든 걸 예상했다는 얼굴로 도 회장은 아들의 등을 툭 쳐주었다. 세상사 마음대로 돌아가지 않는다는 걸 알아야지. 사내가 고집만 피면 여자가 힘들어지는 법이다. 마음 상했을 아들을 지 여사에게 떠넘기고 연아와 마주앉아 긴긴 이야기를 나누었다.

"결혼을 서울에서 해요?"

예상했던 질문이었다.

《도영준과 지문희의 삼남 도다온 군과 주강현 김인화의 차녀 주연아 양.》

입체카드 형식으로 수제 제작된 청첩장은 연아의 손에 들려 복지관 전 직원에게 뿌려졌다.

그녀가 복지관에 입사한 지 2년을 조금 넘긴 시기였다. 결혼이라니. 연아 쌤의 남자친구가 군대에 가 있다는 것은 암암리에 모두

가 알고 있는 사실이었는데 어떻게 제대하자마자 결혼을 하나. 혹여 사고라도 쳤나 하는 비뚤어진 시선이 그녀를 비추었다.

봄이 다 지나가는, 벚꽃마저 져 버린 하늘 아래였다. 관장에게는 청첩장과 동시에 사직서를 제출했다.

결혼해서 살림만 할 건가 봐요? 삐죽하게 묻는 민하의 이죽거림에 연아는 신혼집을 경기도에 마련하게 되어서 어쩔 수 없었어요, 라며 친절하게 설명했다.

조 팀장을 비롯해서 대부분의 직원들은 그녀의 결혼을 축하해 주었다. 몇 명이나 결혼식장에 오려나. 솔직한 말로 연아는 별 기대를 하지 않았다.

"버스 대절했구요. 아침 6시까지 여기에서 버스 타시면 식장까지 모셔다 드리고, 다시 여기로 데려다 드릴 거예요."

말하면서도 큰 기대가 되지 않았다. 어차피 그만둘 사람의 결혼식이었고 민하로 인해 인간관계에 회의감을 느낀 연아는 다른 직원들과도 데면데면했기 때문이었다. 원만하지 못했다. 그 전 직장과 비교하면 더더욱 두드러졌다.

무안에서 초등학교 중학교 고등학교를 나온지라 친구들을 만나 청첩장을 전달할 때마다 불평과 타박을 동시에 받았다. 왜 서울까지 가서 결혼을 하냐. 차라리 중간지점에 자리를 잡으면 안 되냐.

그때마다 다온에 대해 말하고 싶어 입이 근질거렸지만 혹시나 기삿거리가 될까, 새어 나갈까 싶어 입을 꾹 다물었다. 그녀가 감내해야 할 일이었다. 지금까지는 다온 혼자 감내하고 고민해 왔지만 이제부터는 함께 고민해야 할 일이었다.

완벽한 사람은 없다. 착한 딸, 좋은 딸. 주변에 자랑할 수 있는 딸이 되길 바랐던 연아는 그렇기 때문에 주변사람과 자신을 끊임없이 비교하며 살아왔다.

누구보다는 잘해야 해. 저 사람보다 조금 더 내가 잘 나가야 해. 그래야 좋은 딸이 되고, 자랑할 수 있는 딸이 될 수 있어. 그러면서도 집안의 기대에 어긋나지 않기 위해 이 악물고 살아왔다. 한 번씩 억울한 마음이 들기도 했으나 그녀에게 우선순위는 늘 가족이었다. 그들이 알아주건 알아주지 않건 그랬다.

오랫동안 그래 왔기에, 그 사이를 파고들 수 있는 사람이 있을 줄은 몰랐다. 그것도 아주 효과적으로 단기간에 파고들어 온 그 사람은 가장 달콤한 유혹의 손길을 내밀어 왔다. 갑옷처럼 단단하게 쌓아 놓았던 편견의 벽을 한순간에 무너뜨렸다.

자유로운 영혼이라 불렸지만, 완벽하게 자유로울 수는 없었다. 어릴 때는 어머니가 바라는 대로 천연덕스러운 어린아이로 생활했고, 나이를 먹으면서 의도하지 않아도 후계자 싸움에 이름을 올리는 것에 기가 질리고 치를 떨었다. 어렵기만 했던 큰형의 눈빛이 날카로워질수록 다온은 스스로를 좀 더 틀에 가두었다.

능력 없고, 욕심도 없으며 생각도 없는 재벌가 막내아들. 망나니라고 불려도 그러려니 하고 살았다. 그런데 그렇게 꽁꽁 싸맸던 틀을 깨고 싶어졌다. 그 사람한테는 부끄럽지 않은 사람이 되고 싶었다. 재벌 3세, 술집 사장, 고급클럽 운영자, 망나니. 그에게 붙었던 모든 수식어를 제외하고 도다온이라는 사람 그대로 그녀 옆에

서고 싶었다.

이상과 현실은 다른 법이다. 완벽한 사람이 아닌 그들이 하나가 되어 살아갈 삶 또한 기대만큼 행복하지 않을지도 몰랐다. 그럼에도 그들이 손을 맞잡은 이유는 서로가 서로를 알아주는 사람이라는 사실 단 하나 때문이었다.

"감사합니다."

반듯하게 한쪽으로 넘긴 머리카락에 목 끝까지 단추를 채운 턱시도 차림의 다온이 건네 오는 연아의 손을 맞잡았다. 항상 잡아오던 손이었는데 얇은 장갑 너머로 느껴지는 체온의 무게는 남달랐다. 내리깐 눈동자가 서서히 올라오며 연아와 다온의 눈이 마주쳤다. 마주치는 순간 누가 시킨 것도 아닌데 작은 미소가 감돌았다.

"신랑 신부가 좋아 죽네요. 초상 치르기 전에 얼른 식부터 치러야겠습니다. 자, 그럼 지금부터 주례사가 있겠습니다……."

사회는 다온의 친구인 현오가 맡았다. 끝까지 거절하더니 한 달 치 알바비만큼의 선수금을 주자 못 이기는 척 마이크를 들었다. 하지만 그가 받은 봉투 그대로 축의금 함에 넣었다는 것을 다온도 연아도 알고 있었다. 현오의 진행에 두 사람은 살짝 미소 지었다.

대부분의 결혼식 주례사가 지루하듯, 이 결혼식 역시 마찬가지였다. 신랑 신부가 성심대학병원에서 만났다는 이유 하나만으로 주례를 맡은 병원장의 얼굴이 번들번들했다. 경영진에게 얼굴도 알리고 확실한 줄을 타게 생긴 병원장의 얼굴엔 연신 싱글벙글한 미소가 가득했다. 얼굴을 알리려는 의지가 주례사의 길이로 반영된 것은 안타까운 일이었다.

"안 힘들어요?"

"괜찮아."

둘 중 누구도 손을 놓으려 하지 않았기에 연아는 한 손으로 부케를 들고 있었다. 침을 튀겨 가며 결혼의 중요성과 가정의 중요성을 연설하는 병원장이 알아챌까 봐 다온이 소곤거렸다. 연아 역시 잔뜩 낮춘 목소리로 대꾸했다. 힐끗 눈을 마주한 그들이 빙그레 미소를 지었다.

부케는 끝까지 사양하던 리연이 볼이 퉁퉁 부은 채 받았다. 평생 결혼 못 하게 할 셈이냐고 눈을 흘겼지만 결국 웃는 모습으로 부케를 흔들었다. 신랑 측은 이미 모두 결혼을 한 상황이라 딱히 받아 줄 사람이 없었고, 다른 친구들은 모두 고사한 덕택이었다.

양측 어머니 모두 눈물을 보이고 나서야 결혼식이 끝났다. 막내 며느리가 마음에 차는지 사돈댁 앞에서 이런저런 말을 늘어놓던 도 회장이 다온이 접근하자 헛기침을 하며 자리를 빠져나갔다. 지 여사가 연아의 등을 두드리며 원래 저런 사람이라며 너무 어려워하지 말라 속삭였다.

연아는 얌전히 고개를 끄덕이다가 자신을 향해 반갑게 다가오는 사람들을 맞이했다.

"주연아!"

"계집애. 제일 늦게 갈 줄 알았더니 제일 일찍 가네."

"왔어?"

리연을 포함한 고등학교 시절 친구들이었다. 대학교 동기들은 식전에 신부대기실을 휩쓸고 지나갔는데, 어쩐지 안 보인다 싶었다. 연아가 부케를 던져 버린 뒤라 가벼운 손으로 반가움을 표했다. 서울까지 올라오는 길이 쉽지 않다는 걸 알았기에 더 반가웠다.

"나 와서 깜짝 놀랐다."

"그걸 말이라고 하냐. 이 기지배 나한테도 이야기 안 했어. 내가 들어오면서 우리 회사 회장님이 악수하고 있는 걸 보고 얼마나 놀랐는지 아냐. 넌 나한테 평생 잘해야 해."

친구 수진의 말에 리연이 입술을 삐죽였다. 급하게 내려가 버려 얼마나 마음이 쓰였는데, 곧바로 취업해서 바쁘다고 연락도 잘 안 하더니 갑자기 청첩장이 날아왔다. 배신감에 치를 떨었다. 대체 언제 연애를 했다고. 식장에 도착하니 삼엄한 경비에 이름만 대면 알 수 있는 정재계 유명 인사들이 가득이었다.

"능력 좋네. 주연아. 어떻게 하면 그런 사람을 꿰차는 거냐?"

"피로연을 노려 봐. 능력 있는 남자들이 가득가득 할 거다."

눈을 빛내는 수진에게 연아가 어깨를 으쓱하고는 대답했다. 그녀와 다온은 참가하지 않을 테지만 그녀들에게 그런 경험도 괜찮을 거라고 생각했다. 어디 저런 사람들 모아 놓고 구경하는 기회가 흔해야지.

"너는 멀리서 찾지 말고 가까이서 좀 찾아. 주변에 의사가 깔렸는데 왜 굳이 밖까지 와서 찾아?"

"미쳤어? 맨날 보는 게 의산데. 너야말로 주변에 의사가 깔렸는데 왜 안 가는데?"

리연의 타박에 수진이 짜증스레 대꾸했다. 친구들 중에서 대학을 제일 잘 갔고, 인턴 생활 막바지를 향해 달려가고 있는 수진이었다. 수진의 애꿎은 말에 리연이 욕심이 많다며 그녀를 또다시 타박했다. 나이를 먹어도 변하지 않는 친구들의 모습에 연아가 픽 웃고는 기다리는 웨딩플래너에게 손짓했다. 조금 이따가 가겠다는 신호였다.

"연아 씨, 축하합니다. 저희가 조금 늦게 도착해서 신부대기실에 가질 못했네요."

"아, 관장님, 조 팀장님 오셨어요."

무안에서 일찍부터 올라온 모양이었다. 출발 시간이 이른 새벽이고 또 그만둘 사람이니 예의상 축의금만 보낼 거라 생각했는데. 연아가 황급히 그들에게로 돌아섰다. 사람을 응대하는 연아를 힐끗 바라본 수진과 리연이 재빠르게 자리를 비켜 주었다

"결혼 축하드립니다. 남자 친구분 있다고는 들었는데, 설마 저런 거물일 줄이야. 혹시 기부금 내실 생각 있으시면 저희 기관 꼭 좀 추천해 주세요?"

"관장님도. 여기까지 와 주셔서 정말 감사합니다."

"축하해요, 주연아 씨."

"감사합니다, 팀장님."

많은 대화가 이어지진 않았다. 관장과 팀장 뒤에서 가만히 차례를 기다리듯 서 있는 사람은 그녀의 선임이었던 민하였다.

"이래서 그만 뒀나 봐요? 남자 잘 만나서."

잔뜩 삐딱한 말투에 연아가 한숨을 푹 내쉬었다. 다온이 있었다면 좋은 날에 한숨을 왜 쉬냐며 호들갑스럽게 정신을 빼놨을 테지만 하객들이 다 빠져나가고 거의 텅 빈 식장의 입구에는 연아와 민하뿐이었다. 다온이 서둘러 자리를 뜬 탓에 연아도 마음이 급해졌다. 어른들 기다리실 텐데.

"저한테 자격지심 있으세요?"

"내가 뭘요? 찔리니까 그래요? 그렇게 고상한 척. 잘난 척은 다 하더니 결국 남자 잘 만나서 시집가는 걸로 인생 고친거지. 그러니까 사표 냈잖아요."

"뭔가 착각하신 거 같은데요. 전에 말씀 드리지 않았나요? 신혼 집을 경기도로 정해서 그만두는 거라고. 복지관이 될지 병원이 될지 센터가 될지 모르겠지만, 저는 일 계속할 거구요."

대꾸하는 연아의 목소리가 싸늘하게 가라앉았다. 보자 보자 하니까 사람을 보자기로 안다. 선임이니 참자. 그래도 일은 잘 하니까 참자. 이제 그만두니까 참자. 참을 인 자를 수십 번 되새기며 참았다. 다온과 함께 걸어갈 첫날이 되는 결혼식에서 큰 소리를 내고 싶지 않았다.

"남편이 하나 차려 주겠죠. 돈도 많은데. 복지관? 병원? 골라잡으면 되겠네. 결혼식 뷔페처럼."

자신과 다온의 관계에 대해 하나도 아는 게 없으면서 눈에 보이는 것으로만 판단한다. 아니, 제대로 보기나 했을까, 도다온이라는 사람을? 2년여를 함께한 자신조차 제대로 파악하지 못한 사람이 그를 알 리가 없었다.

"뚫린 입이라고 다 내뱉으면 안 되죠. 생각하는 대로 내뱉으면 그게 사람 말입니까. 개 짖는 소리지?"

"이봐요, 주연아 씨. 지금……."

"오늘, 제 결혼식 날이에요. 이제 식을 마쳤고 폐백도 해야 하고, 옷도 갈아입어야 하는데 축하는 못할망정 신부 기분 더럽게 만드는 사람이 하객인가요?"

민하가 아랫입술을 깨물었다. 소매 아래로 꾹 쥔 주먹에 힘이 들어갔다. 연아가 딱딱하게 굳은 표정으로 그녀를 지나치려 했다. 자리를 오래 비우면 다온이 찾으러 나오게 될 거고 이런 꼴을 보여 주고 싶진 않았다.

"결국, 시집 잘 가면 그만이죠."

그녀의 뒷모습에 툭하고 내뱉는 말만 아니었으면 조용히 지나치려 했다. 연아가 천천히 뒤돌아 그녀를 응시했다.

"나에 대해서 뭘 안다고 그렇게 지껄이는 건가요? 아, 남자 잘 만나서 팔자 고친 여자? 신데렐라? 그렇게 보고 있나 봐요? 뭐 완전히 틀린 말은 아니니까. 좋게 좋게 넘어가려고 했는데요, 민하 씨. 제가 겪어 보니까 열등감에 자격지심 덩어리네요. 스스로에 그렇게 자신이 없으세요?"

"이게 진짜……."

"손을 들려면 각오해야 할 거예요. 당신이 아는 것처럼 내 시댁이 될 집안 만만치 않으니까. 스스로를 아끼고 사세요. 그렇게 주변 사람들이랑 비교하고 분노해 봤자 자기 깎아 먹는 일이에요. 부러움은 당연한 거고 열등감이 생길 수도 있어요. 자연스러운 거라고 생각해요. 우리 학부에서 배우지 않았나요? 아들러 이론이었죠?"

"잘난 척하지 마."

악문 잇새로 분한 듯 명령하는 민하에게 전혀 무섭지 않은 표정으로 연아가 말을 이어 갔다. 혹시나 상처받을까, 같이 일하면서 계속 얼굴 봐야 할 텐데 하는 마음에 꾹 눌러 참아 온 말들이었다. 속 시원하게 털어 내자 싶었다. 막말로 다시 볼 사이도 아닌데.

"나도 그렇게 살았으니까 할 수 있는 충고예요. 나도 끝없이 비교하고 살았고, 아마 계속 그러고 살 거 같으니까. 자신을 진정으로 사랑해 줄 수 있는 사람을 찾고, 당신 스스로 당신을 사랑해 보세요."

대답을 기다리지 않고 연아는 발걸음을 재촉했다. 왜 결혼식에 왔을까. 조 팀장은 그녀의 직속상사니까 그럴 수 있다고 치고, 관장은 직원에 대한 배려 차원에서 참석했다고 치는데 청첩장을 받았을 때 온갖 불평을 다 하던 저 여자는 왜 여기까지 왔을까. 잘난 척하지 말라고 충고하러? 연아가 씁쓸한 미소를 내걸었다.

부럽겠지. 쥐꼬리만 한 월급에 사명감으로만 버티기엔 너무 힘든 일들. 그리고 누가 꿈꾸지 않겠는가. 돈 걱정 없는 삶. 재벌가에 시집간다는 이미지가 그랬다. 하던 일 전부 접고 내조나 하면서 집에서 조용히 지내는 일. 아마 주변 사람을 포함한 대부분의 사람들은 그렇게 생각할 것이고, 그런 편견과 선입견으로 그녀를 바라볼 터였다.

하지만 상견례 자리에서 선포했듯이 연아는 끝까지 일할 생각이었다. 아마 다온과 만나기 전보다 더욱더 짙고 끈질긴 시선이 따라다닐 듯했다. 걱정도 되었지만, 걱정만 하고 아무것도 하지 않을 수는 없으니까. 게다가 남편이 놀 생각밖에 없는데 자기라도 벌어야지. 피식, 웃음을 뱉어 낸 연아가 걸음을 뗐다.

"왜 이제 와요, 여보. 나 많이 기다렸잖아."

"여보는 뭐야?"

"딱 이거 입으니까 이렇게 불러야 할 거 같은데? 아 각시라고 불러야 하나?"

"으으, 손발이 오그라들려고 한다. 그만해."

이미 옷을 갈아입고 한참을 기다린 듯 다온이 생긋 웃었다. 그놈의 장난기는 어딜 안 가지. 연아가 자연스럽게 대꾸하며 탈의실로 걸음을 옮겼다. 또각또각 구두 소리에 귀를 쫑긋 세운 다온이 손을 들어 흔들었다. 빨리 다녀오세요, 여보. 멜로디까지 붙여 당부했다.

아마 이렇게 살 것 같다. 탈의실 커튼이 좌르륵 소리를 내며 닫히는 사이로 연아는 눈꼬리를 가득 휘며 웃고 있는 다온을 보았다. 그를 보자 자연스럽게 입매가 들썩였다. 이렇게 계속 살고 싶다.

fin.

에필로그
1

"다온아, 행복하니?"

다정한 눈매를 고이 접으며 지 여사가 물었다. 갑작스러운 물음에 살짝 커진 눈으로 다온이 그녀를 돌아보았다.

"좋아요, 엄마. 아주 많이."

한 치의 망설임 없이 빙그레 웃는 모습에 지 여사가 이마를 짚었다.

어어? 엄마 왜 그래요?

놀라움에 바짝 다가와 그녀를 부축한 다온이 연아에게 눈짓을 했다. 무슨 일이 있었냐는 의미였지만, 연아는 대답 없이 빙그레 웃기만 했다.

"근데, 아무리 그래도 전업주부는 좀 그렇지 않니? 내가 새아기한테 아주 창피해 죽겠다. 아들 놈 멀쩡하게 키워 놨더니, 전업주부라니……."

"아, 왜요. 엄마는 우리 집 올 때마다 그러더라."

다온이 행주의 물기까지 털어 싱크대를 정리하고 고무장갑을 벗었다. 이제는 설거지에 능숙해진 다온이었다.

두 사람은 경기도에 작은 신혼집을 차렸다. 결혼했으니 집은 남자가 해 오는 거라며 부득불 도 회장이 마련해 준 집이었다. 둘이 사는데 이건 너무 크다고 만류해 봤지만 전혀 소용이 없었다.

둘 다 복잡한 서울에서 사는 것보다 한적한 곳으로 집을 마련하고 싶어 해서 내린 결정이었다.

지방을 고려하고 있었는데 지 여사가 본가 가까이가 아니면 영 불안하다고 부산을 떨며 사돈댁까지 설득한 결과 경기도에 새 살림을 차리게 됐다.

"그리고 사부인 보기 죄송해 죽겠다. 살림도 이 모양으로 하면서 주부는 무슨."

지 여사가 막내아들을 가차 없이 타박했다. 식탁 의자에 앉아 연아가 흐뭇한 눈길로 모자를 지켜보았다.

"새아가, 괜찮겠니? 돈 벌어다 먹여 살리는 애가 살림을 이 모양으로 한다, 이 모양으로 해. 얘 세탁기는 돌릴 줄 안다니?"

"요즘은 잘 돌려요."

지 여사가 하소연하듯 연아에게로 몸을 돌렸다. 그러고는 찬찬히 위아래로 연아의 옷차림을 훑어보았다.

"아가, 혹시 너 오늘도 회사 다녀왔니?"

"아, 새벽에 잠깐……. 아동학대 신고 전화가 있어서……."

"어떤 미친놈이 새벽에 애를 때려?"

"그러게요……."

항상 반복되는 대화라 연아가 대수롭지 않게 대답했다. 아동학대 전문기관으로 자리를 옮긴 연아는 신고접수가 들어오면 바로 달려 나갔다. 지 여사는 사부인 되는 김 여사와 깊은 공감대를 형성했다.

연아는 어째서 편한 길을 놔두고 고생길을 선택하는가. 반면 도 회장은 다온이 그 자식이 노는데 와이프라도 벌어야 한다며 연아의 편을 들었다.

"몸조심해야 한다 아가. 너 잘못되면 다온이 그날로 돌아 버릴지도 몰라."

"엄마!"

연아가 터져 나오는 웃음을 막기 위해 입을 틀어막았다. 짐짓 심각하게 말하는 지 여사의 과장된 어투나 반발하듯 터져나오는 다온의 목소리 때문이었다. 결혼하고 나서 정말 좋은 점 하나를 꼽으라면 아무리 밖에서 일이 많고 힘들어도 집에만 오면 잔뜩 웃을 수 있다는 점이었다.

"너 정말 이러고 살 거야?"

"아버님 오셨어요?"

"됐다. 앉아 있어라."

들어오자마자 다온의 머리를 쥐어박은 도 회장이 벌떡 일어나는 연아를 만류해 앉혔다. 귀중품 다루듯 아들들보다 며느리들을 더 애지중지하는 도 회장이었다.

신음소리 한번 없이 쥐어박힌 머리를 쓱쓱 쓰다듬은 다온이 냉장고를 열었다.

주스 드실래요?라고 묻는 폼이 너무 자연스러워 도회장이 입을 떡 벌렸다.

"너 정말로 이러고 살 거냐?"

"전 주부가 딱인 거 같아요."

"저, 저 실없는 놈."

뻔뻔하기 그지없는 말에 도 회장마저 할 말을 잃었다. 연아가 쿡쿡 숨죽여 웃었다. 이젠 머리칼이 하얗게 새어 버린 도 회장은 한참 젊은 막내아들을 후려치기엔 힘에 부쳤는지 연아의 앞에 털썩 소리 내어 앉았다.

"다온 씨, 대학 간대요."

"뭐? 다온이 네가?"

"정말로?"

평소에는 다온아, 다온아 잘 불렀지만 어른들 앞에서는 존칭을 쓰는 연아였다. 그리고 절대로 먼저 말할 다온이 아니란 걸 알기에 연아가 입가에 미소를 걸고 테이블에 폭탄을 내던졌다.

놀라움에 바로 몸을 일으키는 도 회장과 다온의 곁으로 달려가는 지 여사의 행동에 다온이 쑥스러운 듯 머리를 긁적이며 거실로 자리를 옮겼다.

"얘. 다온아!"

"새아가. 진짜니? 저 녀석이 대학을 간다고? 무슨 과?"

"식품영양학과요. 진짜 주부 하겠대요."

곧바로 다온을 쫓아 나가는 지 여사와 달리 도 회장은 가까이에 있고 다온보다 순순히 대답할 연아를 붙들었다.

재벌 3세가 전업주부라니. 내 자유는 결혼하면서 끝이 났네, 연애하면서 끝이 났네, 노래를 부르던 다온은 얼마 전 하고 싶은 게 있다며 밥상머리 앞에서 당당히 선언했었다. 본격적으로 전업주부를 하겠다고.

어이없는 표정으로 도 회장이 식품영양학과라는 말을 곱씹었다.

"허 참……. 저 녀석은 대체 누굴 닮은 거야?"

"글쎄요, 아버님."

대꾸하는 연아의 얼굴에 웃음기가 가득했다. 시답지 않은 대화들이 줄줄 흘러가는 시간이었지만 행복했다. 한참을 웃던 연아가 안방에 들어가 핸드폰을 확인했다. 그리고 미안한 표정을 얼굴에 띠웠다.

"죄송해요, 아버님 어머님. 저 지금 현장 나가 봐야 할 거 같아요."

아동학대 전문기관의 필드 담당을 맡고 있는 선임 사회복지사의 업무였다. 게다가 그녀는 출동팀의 팀장을 맡고 있었다. 자연스럽게 옷을 챙겨 입고 다급하게 현관으로 뛰어가는 그녀의 뒤를 다온이 능숙하게 따라붙었다.

"아무리 정신없어도 어디로 나가는지 문자로 알려 주고, 몸조심하고. 갔다 와요, 누나."

"갔다 올게. 저녁에 맛있는 거 해놔."

"오케이. 잘 갔다 와요."

"다녀오겠습니다!"

다온의 배웅을 받으며 연아가 신발끈을 동여맸다. 대충 머리를 하나로 묶고 곧바로 뛰어나가는 며느리의 뒷모습에 도 회장이 허탈한 한숨을 내뱉었다. 아무리 봐도 남녀 역할이 바뀐 거 같은데 말이야. 무슨 말을 할지 뻔히 아는 다온은 모르는 척 그의 곁을 스쳐 지나갔다.

"하고 싶은 거 다 하고 살겠다더니. 하고 싶은 게 고작 주부냐,

주부?"

"주부가 뭘요! 이제 딱 애만 낳아 주면 잘 기를 수 있을 거 같은데. 그냥 아동학과 넣을 거 그랬나. 유아교육과나."

"예끼, 이놈아!"

도회장의 일갈에 지 여사가 터지는 웃음을 손을 들어 막았다. 다온이 고무장갑을 끼며 어깨를 으쓱했다.

아마도 정말 아이를 가지게 된다면, 아이가 자라면서 한 번은 물을 것이다. 우리 집은 왜 엄마가 일하고 아빠는 집에서 살림해? 라고. 다온은 그 질문에 꼭 대답해 주고 싶었다.

그게 행복이니까. 엄마는 일하는 걸 좋아하고, 아빠는 일하는 엄마를 바라보는 걸 좋아한단다. 그렇게 꼭 대답해 주고 싶었다. 그러기 위해서는 연아를 설득하는 일이 최우선이었다. 워낙 일하는데 신경을 많이 쓰는 사람이고 육아휴직을 쓰는 데 눈치를 봐야 하는 사회에서 큰 결심을 하게 해야 했다.

하지만, 그는 알고 있었다. 연아는 조금씩 다온에게 져 주고 있었다. 처음 진지하게 만나 보자는 그의 제안에도 그랬고, 장난스럽게 반지도 하나 없이 건넨 프러포즈에도 그랬다.

그리고 생활전반에서 그녀는 그에게 소홀한 적이 없었다. 그래서 좋아 죽겠다는 얼굴로 일하러 뛰어나갈 때 질투하지 않았다. 이번에도 아마…… 그녀는 천천히 그의 계획에 못 이기는 척 넘어와 줄 것이었다.

꼼꼼하고 철두철미하고 추진력도 가득한, 일에 있어서는 사리분별 정확하고 냉철한 그녀가 항상 한 수 접어 주는 게 자신 아니었던가.

다온은 자신 있었다. 행복할 자신도 있었고, 하고 싶은 일은 끝까지 이뤄 낼 자신도 있었다. 아마 조금의 변화는 있을 수 있겠지만 계속 이렇게 연아와 평온하게 행복하게 살 수 있을 거라는 자신이 다온에겐 있었다.

다온은 성균과 자주 만났다. 연아로서는 대체 어떻게 둘이 친해졌지 하고 고개를 갸웃할 노릇이었으나 당사자들이 좋다는데 어쩌겠는가. 아무리 집돌이 생활이 천성에 맞는다고 우겨도 결혼 전에는 집 밖에서 놀던 사람이었다. 집 밖 생활이 그리울 만도 했다.

그런 다온을 이해는 하지만…… 연아는 어쩐지 가슴 한구석이 쓸쓸해졌다. 간만에 오프를 받았는데. 항상 반겨 주던 남편이 없으니 조금 쓸쓸했다.

"언제 들어올 건데?"

— 와, 누나 바가지 긁는 거 봐.

"야, 그냥 물어본 건데 뭘 바가지를 긁었다고……."

수화기 너머로 들려온 목소리에 웃음이 가득했다. 그래도 잘 놀고 오라며 통화종료를 누른 연아가 기지개를 켜고는 소파에서 일어섰다.

부모님부터, 오빠, 남동생에 친구들. 그리고 주변 사람들까지 한 번씩 묻곤 했다. 왜 그러고 사니? 어느 집 누구는 시집가더니 일 그만두고 남편 휴가 때마다 해외여행을 간다더라, 어느 집 누구는 애가 몇인데…….

다른 사람과 비교하지 말자고 생각만 했지. 실천을 해 보니 이 게 사람 사는 것 같았다. 비교할 수 없을 만큼 만족스러운 삶을 살 고 있었다.

"형님! 아이스크림 드실래요?"

"날도 좋은데 좋지요. 도련님은 오늘 늦으신대요?"

"아마 저녁 전엔 들어올걸요? 만나고 있는 사람이 바빠서 그이 가 오래 있고 싶어도 못 있을 겁니다."

경기도 외곽의 전원주택은 이런 면이 좋았다. 아름이 데리고 온 개들이 마당 여기저기에 서 뛰어놀고 있었다. 탁 트인 테라스에 차 대신 아이스크림 하나를 사이좋게 문 그녀들이 마주 앉았다.

"대체 언제까지 즐긴다고 하실 건지. 아버님이 좀 답답해하셔 요. 그래서 절 보내셨지요."

"음, 저희 둘 다 철들 때까지?"

연아가 뻔뻔하게 어깨를 으쓱했다. 어쩔 수 없다는 듯 아름이 피시시 바람 빠지는 소리로 웃음을 흘렸다. 아버님의 분부도 있었 고, 남편도 그러길 바라는 눈치라 이야기를 꺼내 봤지만 여전했 다.

연아와 다온은 결혼하고 나서 두 집안 공통의 골칫거리가 되었 다. 다온의 집에서는 모자란 아들과 결혼해 준 연아를 구세주와 비숫한 급으로 봐 줬고, 연아의 집에서는 자존심 상하지 않게 돈 걱정 안 하게 만들어 준 사돈댁과 다온에게 말은 안 해도 은근히 고마운 티를 내고 있었다.

이렇다 보니 이 커플은 예뻐 보일 수밖에 없었지만 그것도 딱 2년뿐이었다. 연아가 직장에서 자리를 잡고, 다온이 수능을 치고 대학에 붙었다.

"아이…… 생각은 없어요?"

아름이 조심스럽게 물었다. 순한 여자였다. 성심그룹 도재준 전무의 와이프로 그 거친 생활에서 살아남을 수 없을 것만 같은 순하고 착한 여자. 연아가 입꼬리를 올렸다.

"아직 이야기해 본 적은 없어요. 아시잖아요. 저희 장거리였고, 그러다 보니 애틋해서……."

그러니까 그렇게 애틋한데 왜 아이는 안 생기냐고. 아름은 시아버지의 울분을 떠올렸다. 품 안에 자식이라더니. 그렇게 구박을 하셔도 막내는 막내였다.

특히 다온이 결혼하고 나서는 항상 막내 새아기를 챙기는지라 재준과 서원이 서운하다는 티까지 낼 정도였다.

"그럼 아버님 질문은 여기까지?"

"아뇨. 아직 남았는데요."

"아아, 형님."

연아가 짐짓 지친 듯 울상을 지어 보였으나 아름은 자신도 어쩔 수 없다는 듯 안쓰러운 표정을 지었다. 그러면서도 여기까지 온 이유를 전부 토해 냈다.

"회사 들어오실 생각 없으시냐고 조심스레 이야기해 보라고……."

"맙소사……."

연아가 이마를 짚었다. 한 번씩 복지재단이나 회사일에 관심 없냐고 슬쩍 화두를 던지던 분이셨는데, 이렇게 직접적으로 물으신 것은 처음이었다. 중간에서 말을 전하게 된 아름도 난처한 얼굴이었다.

"제가 무어라 말하긴 그렇지만, 아버님께서 단단히 결심하신 거 같아요. 저나 둘째 동서는 회사일이나 내조 같은 거에 서툴러서……."

"내조야 형님들 충분히 잘 하고 계신데요 뭐."

"제가 잘 몰라서……. 모임도 나가고 그래야 하는데, 재준 씨도 제가 그러는 거 싫어하고……."

연아가 소리 없이 한숨을 내쉬었다.

자신에게 회사일을 제의하신 게 회사를 혼자 맡은 큰도련님에게 조력자가 필요해서인지, 혹은 다온을 끌어들이려는 하나의 초석인지는 모르겠지만……. 이 일 때문에 아름은 소리 없이 속앓이를 하고 있었다.

"형님. 잠깐 일어서 보세요."

"네?"

갑작스러운 연아의 말에 아름이 눈을 동그랗게 뜨고 자리에서 일어섰다. 그 모습을 힐끗 바라봐 확인하고는 앞장서 마당으로 내려갔다.

그녀가 데려온 황구가 저 멀리서 사람의 인기척에 헉헉 소리를 내며 달려왔다. 자주 봐서 이제는 친근한 황구의 시선에 맞춰 연아가 잔디 위에 앉았다.

"아쿠, 간식 줄까요?"

언제 수심이 깊었냐는 듯 메고 있던 크로스백에서 강아지용 간식을 꺼내 든 아름이 입가에 미소를 띠며 연아의 곁에 앉았다. 간식 냄새를 맡고 달려온 다른 강아지들의 입에도 전부 간식을 넣어 주고서야 아름이 가방을 갈무리했다.

"제가 형님한테 이래라저래라 할 수는 없지만, 제가 보기엔 큰형님 정말 충분히 내조 잘 해 주고 계세요. 제가 해 보니까 더 확실한 거예요. 저 다온 씨한테 내조 그런 거 안 하잖아요. 오히려 제가 받고 있지."

연아가 악동같이 웃었다. 이 집에서 안사람은 도다온이었고, 집사람도 도다온이었으며, 내조 역시 도다온의 역할이었다.

연애시절 장난스럽게 돈은 내가 벌어 올 테니 살림만 하라고 했던 말이 그대로 실현되었다. 하지만 둘 다 불만은 없었다.

"그래도…… 제가 뭘 해 줄 수가 없으니까 오빠가 더 힘든 거 같아요."

"……형님도 제가 큰도련님 회사일 도와 드렸으면 좋으시겠어요?"

연아가 망설이다 조심스럽게 물었다. 아름은 망설이며 대답을 미뤘다. 황구가 연아의 발 주변을 빙빙 돌았다.

"모든 사람이 다 좋으면 좋죠. 근데, 제일 중요한 건 저희 둘이 좋은 거라……."

"누나! 저 왔어요. 어? 형수님 와 계셨네."

역시. 분위기 깨는 데는 도다온이지. 연아는 주차하자마자 팔랑팔랑 달려오는 다온을 맞이하기 위해 엉덩이를 훌훌 털고 일어났다.

"저녁에 갈치 구워 먹어요!"

연아가 미처 왔느냐고 인사를 건네기도 전에 다온이 연아와 아름 두 사람을 향해 큰 소리로 외쳤다.

"어쩐지! 비린내가 난다 했어. 둘이 어디서 만난 거야 대체?"

"수산시장!"

"못살아, 진짜."

까만 비닐봉지 몇 개를 자랑하듯 흔드는 모습이 강아지 같았다. 그 옆을 강아지 두 마리가 뛰어놀고 있으니 더더욱.

"갈치 정말 좋아서, 아 형수님도 가져가실래요?"

"아뇨, 도련님. 저는 괜찮아요."

"에이, 가져가세요. 제가 세 마리나 사 왔어요~"

어깨를 들썩이며 콧노래까지 부르는 게, 간만의 외출이 꽤나 즐거웠던 모양이다. 연아가 자연스럽게 다온의 팔에 팔짱을 꼈다. 그러고는 그에게 지나가듯 물었다.

"다온아, 자기야. 나 회사일 할까?"

"왜? 하고 싶어요?"

"음……. 그냥."

다온의 시선이 재빠르게 아름과 연아를 오갔다. 집안의 막내로 자라 오면서 늘어난 것은 눈치뿐인 터라 계산은 순식간에 끝났다.

"할 거면 내가 먼저 해야지. 남편 먼저. 몰라요 누나?"

"뭐야, 진짜."

"아버지한테 그렇게 말할 거야. 그렇게 제 와이프 시키고 싶으시면 저부터 시켜야 할 거라고."

"할 생각은 있고?"

"그러엄? 다 말아먹어야지."

연아가 깔깔 웃었다. 다온이 생선의 신선도를 위해 후다닥 집안으로 뛰어 들어갔다.

"아버님께는 이래서 안 되는 걸로 제가 전해 드려야겠어요."

"후, 정말 막내 도련님은……."

아름의 입가에 미소가 드리웠다. 그녀가 처음 봤을 때 도다온은 정장 차림에 단정한 얼굴. 그리고 놀기 좋아하는 한량이었다. 같은 사람인데 어떻게 저렇게 다를 수 있지. 처음 봤을 때는 전혀 상상할 수 없는 모습이었다.

"저희 남편 매력 포인트죠. 너무 마음 쓰지 마세요, 형님. 어디 큰도련님이 내조 없다고 일 못 하실 분이랍니까? 도움 필요하시면, 아버님이 아니라 큰도련님이 직접 저한테 말씀하셨을 거예요."

"네, 그렇죠."

아름이 순하게 고개를 끄덕였다. 좋은 날이었다. 집순이 집돌이가 사이좋게 집에 있을 만큼 날씨가 좋았다.

"식사하시고 가실래요? 아무래도 오늘 갈치 3종 세트가 나올 거 같은데."

"3종 세트요?"

"우선, 구이. 조림, 어…… 국도 나오려나?"

연아가 고개를 갸우뚱했다. 다온은 식재료 하나에 꽂히면 그것으로만 음식을 만드는 버릇이 있어, 연아가 자주 놀리곤 했다.

"아, 그러고 보니 어머님께서 도련님 음식 잘하신다고 하셨어요. 근데, 좀 한숨 푹푹 쉬시던데."

"저희 집 오실 때마다 쉬셔요. 그래도 밖으로 나도는 것보다 집에서 살림하니 마음은 편하다고……."

"왜요?"

"집에 있으면 사고는 안 칠 거 같아서 마음은 놓인다고 하시더
라구요."

두 여자가 마주 보고 소리 내어 웃었다.

작가 후기

날이 추웠다가 더웠다가 종잡을 수 없는 겨울 막바지입니다. 푸른 밤 아래서 인사드리게 되어 기분이 너무 좋습니다. 밤이 너무 푸르러 후기를 적는 지금 꿈이 아닐까 걱정도 됩니다. 겨우 원고를 마감했는데 꿈이면 너무 슬플 것 같아요.

글을 쓰면서 많은 생각을 했습니다. 어떻게 하면 우물 밖 여우 새끼라는 제목을 정한 이유를 전달해 드릴 수 있을까. 본편 안에서 언급하고 싶었지만, 그렇게 하면 생각하는 재미가 없어질 것 같아서 부러 빼게 되었습니다. 여우는 다온이와 연아 모두를 지칭한다고 생각하고 쓴 글입니다. 부족한 글 여기까지 읽어 주셔서 감사합니다.

저는 거리의 담벼락에서 사란 님, 윤해조 님과 함께 머물고 있습니다. 운 좋게 만나게 되어 어떤 일이든 챙겨 주시고 물심양면으로 도와주시는 두 작가님 덕에 글을 쓸 수 있었던 것 같아 행복합니다. 이 시리즈의 모티브는 윤해조 님께서도 언급하셨겠지만 삼둥이에서 따온 것이 맞습니다.

문제는 모티브는 거기서 따 왔는데 쓰다 보니 그 이미지에서 많이 벗어난 것 같아 아쉽기도 합니다. 첫째 도재준의 이야기는 윤해조 님께서, 둘째 도서원의 이야기는 사란 님께서 맡으셨습니다. 겹치는 이야기도 많으니 함께 봐 주셨으면 좋겠습니다.

부족한 필력에도 흔쾌히 믿고 계약에 응해 주신 뿔미디어, 다향에 감사를 표하고 싶습니다. 개인 사정으로 마감을 미뤘는데도 부족한 저를 믿고 기다려 주셨던 안리라 팀장님과 출판사 뿔미디어에 다시 한 번 감사드립니다.

우물 밖 여우새끼

초판 1쇄 찍음 2016년 3월 28일
초판 1쇄 펴냄 2016년 4월 1일

지은이 | 피 니
펴낸이 | 정 필
펴낸곳 | (주)뿔미디어

기획 · 편집 | 안리라, 조미연

출판등록 | 2002년 9월 11일 (제1081-1-132호)
주소 | 경기도 부천시 원미구 소향로 17, 303(두성프라자)
전화 | 032)651-6513 / 팩스 | 032)651-6094
E-mail | dahyangs@naver.com
블로그 | http://blog.naver.com/dahyangs
홈페이지 | http://bbulmedia.com

값 9,000원

ISBN 979-11-315-7067-8 03810

www.bbulmedia.com

www.bbulmedia.com